文春文庫

さよなら、ニルヴァーナ

窪　美澄

目次

さよなら、ニルヴァーナ

I　いつか王子様が

駅前にある大型チェーンの書店に入ると、平積みにされた新刊本がまぶしく目に映った。

書店員の手書きPOP、添えられたカラフルなイラスト、色紙に書かれたあまり字のうまくない作家のサイン。手に取って、買って、読んで。どの本も大声を張り上げているようで、耳を塞ぎたくなる。

その中から一冊を手に取る。帯には自分が最終選考に残った文学賞受賞の大きな文字が踊る。表紙を開くと著者のカラー写真が目に飛び込んでくる。自分より十五も歳下の女。重い前髪をまっすぐに切りそろえた黒髪のロングヘア、アイラインをきつめに入れた切れ長の目、尖った顎、ぽってりとした唇。目と鼻と口の配置にはかすかにアンバランスさを感じるが、それがどことなく性的な魅力にも思える。

授賞式には自分も呼ばれた。迷った末に行くことに決めた。最後に見ておこうと思ったのだ。

金屏風の前に緊張した表情で立っていた女は、実際に見るよりも、写真で見たほうが、はるかに美しかった。東京生まれ、一流大学に在学、父はドイツ文学者。自分とはどこも重なるところがない。生まれも育ちもあまりにも遠い存在。その女の本を手に取り、レジでお金を払う。千三百円近いその本をカバーもかけず、袋も断って、直接鞄に入れると、たいした厚さでもないのに、肩にずしりと重い。

つり革に摑まって目の前の窓ガラスに映る自分とは目を合わせない。不細工な自分の顔が車内の白色照明の下では、さらにひどい顔に映るから。視線を落として座席に座る人たちを見る。皆、スマートフォンや携帯をいじってばかりで、本を読んでいる人などほとんどいない。読む人がいないのだから本が売れるわけがない。

「夢を叶えるために三十歳までにしておきたいこと」

ふと顔を上げると、中吊りの自己啓発本の広告が目に入った。

目の前の座席で眠りこけている中年のサラリーマンが足を組んでいるせいで、汚れた革靴の先が私のすねに触れる。薄くなった後頭部のつむじあたり、毛髪に混じって雲脂《ふけ》が浮かぶ。がくん、と頭が揺れ、すねをまた、軽く蹴られる。思わず、ちっ、と小さな舌打ちが出てしまい、隣に立っている若いサラリーマンが驚いた顔で私の顔を見た。

夢を叶える?

この電車の中に夢を叶えた人が何人いる?

「将来の夢は?」「大きくなったら何になりたい?」

子どもの頃、大人たちから投げかけられる残酷な質問。けれど、その質問をした大人たちだって、夢を叶えた人はほとんどいないんだろう。だったら、なんで子どもに無邪気に聞くんだろう。まだ未来のある子どもなら自分の代わりに夢を叶えてくれるかもしれないと思うからだろうか。

改札口で吐き出された人の多くは、駅前ロータリーにあるバス停に向かう。昨日から急に冷え込むようになった。都心のオフィス街にいるときには感じなかったような厳しい冷気が、スカートの裾から忍びこんでくる。薄手のトレンチコートの首元をかき合わせても、体のかすかな震えは止まらない。

新宿から中央線で西へ約四十分。さらにそこからバスで二十分。お金がないのだから、本当はバスに乗らずに歩いたほうがいいのだけれど、市立野球場近くの薄暗い道で、レイプ事件が多発していると聞いてからは、急に怖くなってしまった。

会社で、隣の駅に住む男性社員にその話をすると、「近くにある女子大の学生ねらいでしょ」と、にやにや笑われた。自分はレイプの心配をすることも許されないのか、と思いながら、曖昧な笑みを返すしかなかった。年を重ねるごとに、加齢のスピードは加速していくような気がした。この前、三十になったばかりだと思ったのに、そこから先は早かった。三十四という年齢にも、響きにも、いつまで経っても慣れない。

バスを降りて、目の前にあるコンビニで、カップラーメンやおにぎりをカゴに入れ、いつもの習慣でレッドブルの缶を手にとって、また、棚に戻した。もう、自分は眠い目をこすって、遅くまで起きている必要などないのだから。

カン、カン、と音を立てて錆びた階段を上がり、二階の一番端にある部屋のドアを開ける。玄関ギリギリまで積み上げられた段ボールの脇をすり抜け、布団一枚だけ敷けるスペースに置かれた折りたたみテーブルの上に、白いビニール袋を置く。一口しかないガスコンロに、水道の水を直接入れた薬缶をかけ、ビニール袋から取り出したカップラーメンの薄いビニールを剝ぐ。

お湯が沸くのを待ちながら、ニットの裾から手を入れ、ブラジャーのホックを外し、肩紐を腕から抜いて取り出した。後ろにある浴室の折り畳み式のドアを開け、蓋が開いたままになっている洗濯機に放り込む。カップラーメンにお湯を入れ、テーブルの前にぺたんと座った。

ノートパソコンを起ち上げ、ブックマークからアマゾンのページを開く。今日、買った本を検索する。星一つ、星五つと評価は両極端だ。星一つのレビュー、「このレビューは参考になりましたか?」の「はい」をクリックする。「フィードバックありがとうございました」の言葉を見つめながらカップラーメンをすする。

読書メーター、ブクログ、Twitter に Facebook。辛辣な言葉を書くのは、自分のような、なりそこないばかりなのではないか、と思うことがある。一冊の本を出し、小説家として知られるようになる人、その裏にどんな努力があったかなど知らない。けれど、叶えた人はすべて嫉妬の対象になる。小説家になりたい、という夢があったとして、その夢に怖じ気づいて挑戦すらしない人、挑戦したけれど叶わなかった人、そのすべての負け犬たちが成功した者に刃を向ける。おまえだけうまいことやりやがって。どんな言葉で、どれほど深く傷つけてやろうか。顔の見えない相手に向けて、舌なめずりをしながら算段する私のようなクズが、きっと星の数ほどいるんだろう。

あっという間にカップラーメンを食べ終え、梅干しおにぎりの包装紙を剝ぐ。口の中に張り付く海苔を舌先で剝がしながら、中途半端に開いたカーテンの向こうを見ると、朝、出勤前に洗濯して干したままのブラジャーが揺れている。Eカップのブラジャーは、その中にどんぶりごはんが盛れるほど大きい。無様《ぶざま》だ、とそのブラジャーを見ながら思う。なぜ、この顔でこの胸なのか。大きな胸のせいで、原稿を書いているとすぐに肩が凝るし、満員電車の中では痴漢の標的になる。

積み上げられた段ボールのそばには、整理できていない本が散乱している。

春になったらこのアパートを引き払い、実家に戻る。実家であてがわれた部屋は、母が寝ている六畳間にも満たない中途半端な洋室だ。引き戸と、小さな窓があるだけのその部屋に、すべての本を持っていくことなどできないだろう。その選別がいつまでたっても終わらない。食費を削り、洋服代を削り、化粧品代を削り、本を買い、読み続けてきた。気になった表現には黄色い蛍光ペンで線が引いてあるし、折り目もある。古本屋に売ることもできない無用の長物。私の大きすぎる胸と同じだ。

乱雑に積み上げられた本の横には、茶封筒からはみ出した紙の束。東京に来てから書き続けた原稿だ。本にならなければ誰も読むことのない私の妄想。自分のつややかな内臓が目の前にぶちまけられているようで目を逸らしたくなる。

もしかしたら自分は文章を書くことが上手なのかもしれない。

どの時点でそう思ったのか。小学生か、中学生か。作文を書けば先生はほめてくれた。今思い返せば、手放しで賞賛してくれたわけではない。ほかにほめるところのない生徒だから、ほんの少しだけほかの生徒より優れているところを見つけて、ほめてくれたただけだ。ナンバーワンよりオンリーワン。絵を描くとか、文章を書くとか、歌を歌うとか、他人にもほめやすい、わかりやすい才能ならまだいい。

けれど、人より優れているところが、もし、他人のポケットから財布を抜き取ることだとしたら、それもオンリーワンだと言えるんだろうか。

「くどい言い回し。最後まで頑張って読んだけれど何が言いたいのか理解不能。心に訴えてくるものがひとつもなかった。時間を無駄にしたい方におすすめ。私にはこの世界を楽しむことは到底無理でした」

食べ終わったカップラーメンの容器に割り箸を突っ込んで、キーボードを叩く。

私以外のコメントも酷評と言っていいものが多い。顔も見せず、名前も明かさず、刃を向ける弱虫たち。私と同類だ。そう思いながらも、胸のあたりに苦いものが広がる。ビニール袋から取り出した野菜ジュースをストローで勢いよく吸い上げすぎて、むせた。

カーテンを開けたホテルの出窓に私を座らせ、男は大きく左右に私の足を開いた。丸く出っ張った男のおなか。天井を向いた黒ずんだ性器に男は慣れた手つきでコンドームを装着する。男の中指は迷わず、私のなかの一点に到着し、膀胱のほうに押し上げるように擦った。指が抜かれたのと同時に、なじみのある圧迫感が私を貫いていく。両足を男の腰にからみつけると、男が私のおしりを抱えて、中をかき回すように腰を動かす。挿入したまま、男の親指が私の突起をやさしく撫でる。男が体を屈め、ちゅう、と音がするほど、乳頭を吸い上げた瞬間、あえぎ声とともにのけぞった私の目を太陽の光が射貫いて、目の前が真っ白になった。

男とつきあい始めて、もう十年が経っていた。

初めての男。私はこの男一人しか知らない。女子大を出て二年、男が主催する小説教室に通い始めて二年目で、そういう関係になった。男の肩書きは、三冊の本を出したことのある元小説家であり、小さな編集プロダクションの経営者だった。編プロの経営難を救うために始めた小説教室だったが、今や小説教室のほうがメインの仕事になっていた。小説教室に予想以上に生徒が集まることに味をしめた彼は、ライター教室やコピーライター教室と、手広く、素人相手の商売を続けていた。

大昔に男が書いた小説は、読み終えて本を閉じた瞬間に、どんな話か忘れてしまうようなひどい代物だった。けれど、男の小説教室からプロになった人間が二人いた。書くことはだめでも、書けるように指導する能力はあったのだ。

この小説教室からデビューした女性作家の作品が好きだった。

彼女のインタビュー記事で、この小説教室に通っていたことを知り、私も通い始めた。安い給料のなかから、生活を切り詰め、小説教室に通う費用を捻出した。彼女に少しでも近づきたくて小説を書き続けた。

世の中で何が起こっているかなど、ちっとも関係のない恋愛小説。ほろほろと口の中で溶ける砂糖菓子のようなレトリック。ほんの少しだけひっかかりのある文章。登場人物は、生まれてきたからには、恋愛しなくちゃ意味がない、と信じ込んでいて、始終誰かを好きになり、誰かとくっついては離れていた。男が読めば、こんな奴は世の中にいないだろう、という男性が登場した。容姿が良く、頭の回転がいい、女性に優しく、どんな困難からも守ってくれる。

そんな男性が自分の目の前に現れるのだと思っていた。十年前までは。

小説教室に入って二年目、二十四歳のときに書いた小説が、とあるエンタメ系新人文学賞の二次選考まで残った。それは生まれて初めて書いた長編の恋愛小説だった。

「通るよ。最終まで。だいじょうぶ」

男は前祝いだ、と言って、私をホテルのバーに連れて行った。喉をすべり落ちていく甘いカクテル。窓の外に広がる星をまいたような夜景。小説で、そんなシーンを書いたことがあるけれど、今までそんなところに来たことがなかった。のみすぎて（正確にはのませられて）ふらふらになり、抱えられるように入った部屋で男とそうなった。

「初めてなのか……」

突然、口のなかに入ってきた男の舌に驚いて、思わず口を閉じようとしたとき、男が言った。急に恥ずかしくなり顔を背けると、なぜだか男は私をうつぶせにして、ワンピースをまくり上げ、背中を舌で丹念に舐め始めた。背骨に沿って舌が上下する。ブラジャーのホックが外され、ストッキングと下着を剝がれた。腰骨を口に含み、音を立ててすする。肩胛骨《けんこうこつ》の窪みを舌でなぞっていく。レコードをひっくり返すように、仰向けにされたあと、胸をわしづかみにされた。人さし指と中指の間から飛び出した乳頭を男が尖らせた舌で弾くと、自分の口から悲鳴のようなうめき声のような不思議な音が出た。男がコンドームを装着する間は目を閉じていた。男が挿入したあとも、股の間に圧迫感はあったが、痛みはない。血も出なかった。

「ほんとに初めてなのかよ。嘘だろ」

嘘ではない。ほんとうに初めてだったのだ。驚いたのは最初のセックスから強い快感があったことだ。体の相性、のようなものがあるとしたら、私と男の体の相性は天文学的な確率の組み合わせで良かったのだと思う。

高校生のときも大学生のときも男にもてたことはない。

幼いころから、鏡を見るたび、うんざりしていた。小さな目なのに黒目がちで、小学生のころは宇宙人、といじめられた。鼻は顔のなかでいちばん存在感があり、笑うと、にんにくのような形になる。一番嫌いなのは唇だった。なぜだか下唇が異様に厚い。黙っていると、怒っていたり、不機嫌なように見られる。笑うと乱杭歯があらわになる歯並びだけはどうしても直したくて、働き始めてからローンを組んで矯正歯科に通った。二十四歳まで、常に矯正器具が口のなかにあった。笑って、その矯正器具が見えると、さらに私の醜さに拍車をかけるようで、口元に目をやった人のほとんどが、そっと目を逸らした。

そんな私に手を伸ばしてきた男だ。有り難いとまでは思わなかったが、自分が人並みにセックスできるとは思わなかったので、求められることに素直な喜びがあった。男の容姿は自分と同じくらいひどかった。背は私と同じくらい。つきあい始めた当初は、まだ四十代後半だったはずだが、それよりも十歳くらい上に見えた。若いころできたにきびのせいなのか、顔には大小のクレーターがあり、表面にはいつも脂が浮いている。おなかには浮き輪のように脂肪がこびりつき、わきの下や股間から、思わず顔を背けたくなるようなひどいにおいがした。

そんな醜い男の前だから、萎縮しないで裸になれたし、大きな声を上げることができた。セックスの喜びを知っても、ほかの男としたいとは思わなかった。この男以外に自分を誘う男などいないと思っていたし、実際のところそうだった。

毎週水曜日、小説教室のあと、別々に教室のあるビルから出て、隣の駅で待ち合わせ、同じホテルに行った。ガソリンのメーターのように、週に一度セックスをすれば full、日が過ぎるほどに減っていき、火曜日の夜には empty になった。燃料を補給すれば一週間は我慢できた。セックスをするときにはいつも目をつぶっていた。頭の中では、男はテレビでよく顔をみる俳優になり、韓流アイドルになり、ハリウッドスターになった。顔をすげ替えて、その行為だけを楽しんだ。

セックスを終えたあと、男はパンツ一枚で、おなかの上に紙の束を載せ、赤いペンを握って私の小説を添削した。二十人ほどの生徒がいる小説教室では、一人ひとりの指導はどうしてもおざなりになる。窓のないかび臭いラブホテルの一室が、小説の個人授業を受ける教室になった。

こんなシーンはいらない。冗長すぎる。ここからここまで削って。このとき、この主人公はどんな服を着て、どんな物を食べていたの。季節は。天気は。どちらから日が射しているの。心の動きをもっと丁寧に追って、この倍の分量で。私は男の言うとおりに文章を削り、ふくらませ、それをまた男に見せた。男は刃物を何度も研ぐように、さらに文章を推敲した。

男が予言したようには最終選考には残らず、二次止まりだったけれど、男との関係を続けながら書いた小説は、二十六歳のときに再び二次選考に残った。

その頃、私はすでに小説教室の女王だった。

二年おきとはいえ、こんなふうに順調に駒を進めていく者など私以外に誰もいなかったのだから。学生、会社員、主婦、フリーター、定年後のサラリーマン。小説教室には、あらゆる年代のあらゆるタイプの人がいた。決められた期間で決められた枚数の短編、長編を書き、それを皆の前で男が講評する。生徒の小説はコピーされ、皆に配られた。はっとするほどうまい文章を書く人など、ほとんどいなかった。日本語としてやっと理解できるくらいの文章力で、どうしてこの人は小説家を目指しているのだろう、と思う人も多かった。年配の男性の多くは、自らの歩んできた半生を記し、こんなに都合のいい女はいないだろうという恋愛を綴っていた。女性に多いのは、今、売れている小説の模倣だった。ベストセラーの劣化コピー。どこかで読んだことのあるような設定、文体。若い人たちは、あと数年もすれば忘れられてしまいそうな、今流行っている事象や固有名詞を作品に取り入れ、句読点の少ない小説を書いた。

素人の小説を読めば読むほど、どういう小説がだめなのかがわかった。

濁った水を何度も濾過して出てきた一滴の水が、プロとして活躍できる作家なのだと思った。書けば書くほど、狭い門なのだと気づかされたけれど、三十歳までにはなんとかなるだろう、と漠然と思っていた。何の根拠もないのに。

教室の後には、お茶をしたり、飲みに行く生徒も多かった。何度か誘われたこともあるけれど、「ごめんなさい。……家で小説の続きを書きたいから」と断り続けていたら、そのあとは誘われなくなった。

「女王は違うなぁ」

クラス最年長、七十歳に近い松田さんというおじいさんがとぼけたような声で言ってから、私の教室での呼び名は女王になった。そう呼ばれるのは嫌いじゃなかった。学校でも会社でも、その他大勢でしかなかった自分が、ここでは女王扱いだ。冴えない人たちの集団のなかでも、女王になるのは悪い気がしなかった。

大学を出たあと、必ず定時に帰れることだけを基準に選んだ会社でも、私はまるで透明人間のように息を殺して仕事をしていた。伝票整理をし、電卓を叩き、データを打ち込み、午後五時五分前には机の上を片付け始める。小説教室のある水曜日以外は、どこにも寄らず、夕食のための簡単な買い物をして家に帰り、適当な食事をして、眠るまで小説を書いた。

小説家になればすべて変わる。おいしいものを食べるとか、いい家に住むとか、高い服を買うとか、そんなことよりも、作家という肩書きが欲しかった。あなたにはすばらしい才能がある、とたくさんの人に賞賛されたかったのだ。

二十八歳のとき、初めて最終選考に残った。その知らせを聞いたとき、手が震えた。あぁ、新人賞がとれる。みじめな人生はこれで終わる、と思った。受賞すれば、今までの自分をずるりと脱ぎ捨てて作家になれる。本が出せる。もう少しで手が届くのだ。二十八歳で作家としてデビュー、ちょうどいい年齢だと思った。

会社にいても、小説教室にいても、「自分の書いた小説が最終選考に残った」と思うと、すっと背筋が伸びた。古びた雑居ビルにあるほこりっぽいオフィスで、誰にでもできる仕事を続ける同僚や、人生のゲームに早々と負け続けている小説教室の人たちとは違う人生を歩いていくのだ。そう思うと、なぜだか今いる場所に愛着が湧いて、まわりの人たちにやさしくなれるのが不思議だった。賞がとれると決まったわけではないのに。

出版社から連絡があった日に、乗り換え駅にあるデパートで、ブラジャーとショーツを買った。店員さんにサイズを測ってもらったのも初めてだった。今までDカップだと思っていた自分の胸がEカップだということがわかった。地下でフランボワーズのケーキを一つ買った。五百円近くするケーキだったので、二個買う勇気も余裕もなかった。アパートで一つだけ買ったケーキを一人で食べた。甘酸っぱい香りが口のなかに広がる。作家になったら、この夜のことをエッセイに書くんだ。そう心に決めた。

目の前を塞いでいた重いカーテンが次々に開いていくような気持ちで過ごしていた日々は、すぐに終わりを告げた。賞は取れなかった。それがわかった夜、男の前でひどく泣いた。泣ける相手は男しかいなかった。家族にも、会社の同僚にも小説を書いていることを話していなかったから。自分の戦いを知っているのは、この男しかいなかった。そういう意味では、戦友と呼んでもいいのかもしれなかった。

泣き止まない私を男は裸にして、タオルで目隠しをし、ネクタイで腕を縛り上げた。カチャカチャとベルトを外す音がしたかと思うと、いきなり口に性器を押し込んできた。

その先端が喉の奥に到達したとき、えずいて目尻に涙が浮かんだ。口から性器を引き抜いた男は、まだ十分に濡れていないのに一気に挿入してきた。自分のなかから粘液がしみ出してくるのがわかった。数回、男が腰を動かしただけで、ねちゃねちゃと音が聞こえるくらいに。ぽかり、と体の奥で朱色の火が灯ったような感じがした。いれたまま、男が乳頭をカリッと音がするほど強めに噛んだとき、じゅっ、と音がして、また自分のなかで何かが湧いて、その直後に逝った。

「やめたら……ここで終わる。終わり……と決めたら終わるんだ」

それが小説のことなのか、セックスのことなのか、私と男のことなのかはわからなかったけれど、すぐにやってきそうな次の絶頂の波をつかまえるため、自分のなかの収縮と男の腰が動くリズムと呼吸を合わせるうちに、もう何も考えられなくなった。

何度目かに逝ったあと、ベッドの上で四つん這いになって、男の性器をくわえているときに思った。三十歳になるまではあと二年しかないけれど、それまでは、死にものぐるいで書いてみようと。

朝五時に目覚ましをかけ、出勤準備を始める午前七時まで原稿を書いた。家から持っていったおにぎり二個と水筒のお茶で昼食を済ませたあとは、会社のトイレや屋上で、朝書いた原稿を推敲した。午後五時かっきりに同僚や上司の冷たい視線にさらされながら会社を出て、家に帰ってから深夜まで書いた。

男の指導で、それまで書いたことのなかったセックスシーンも積極的に取り入れるようになった。最初は筆が止まった。けれど、恥ずかしさに慣れていくうち、セックスを書くことは自分にとって普通のことになっていった。男としたことをなぞって書きさえすれば良かった。あの日以来、男は私に目隠しをしてセックスをするようになっていた。男も私の顔など見たくはなかったのだろう。男の顔を、今書いている小説の登場人物になぞらえた。

「セックスを恐れずに書くことで物語に奥行きが出てきた」

男は私といるときにも、小説教室で講評をするときにも、そうやって大げさにほめた。

ある晩、ラブホテルから出てきたところで、小説教室の人たちと鉢合わせした。私よりもさらに年上の専業主婦の二人だった。お互い顔を見つめあったまま、一瞬、足がすくんで歩けなくなったが、向こうのほうが、目を伏せて、足早に通り過ぎて行った。

翌週には私と男との関係は、小説教室の誰もが知ることとなった。直接、私に向かってそのことを口にする人はいなかったが、ただ一人、松田さんだけが、私の小説の講評があった日、私に近づいてきて、

「あんなことしてんだねぇ先生と女王は……」と顔を赤らめながらそう言った。

三十を過ぎてから、原稿を書いて応募しても、一次通過すらしなくなった。

毎日、小説を書く。書き上げる。応募する。落ちる。その繰り返しだった。セックスシーンがいけないのかと思い、次の応募作ではセックスには触れずに原稿を書いた。それでも、結果は変わらなかった。

年を重ねるうち、小説教室の生徒の顔ぶれもずいぶん変わった。生徒の数も減った。

私ほど長く通っている人はいなかった。女王と私のことを呼ぶ人もいなくなった。小説教室に通い始めたころは、一刻も早くプロとしてデビューするために、生徒同士がぎりぎりと競い合っていたが、今ではそんな雰囲気もすっかり消え失せた。

私以外に、新人賞の選考に通ったことがある人など誰一人いなかった。一生に一度、小説のようなものを書いてみたい、本など出せなくてもいいから、趣味の延長で書いていたい、という人ばかりだった。

指導している男自身にも変化はあった。経営している編集プロダクションの経営がいよいよ危うくなり、その危機を乗り越えるために、会社の雑務に奔走させられていた。小説教室の講師も、元、文芸誌の編集長、定年で出版社を退職したという男性に代わった。新しい講師は、男ほど、私の小説をほめてくれなかった。

それでも男とは会い続けていた。週に一度が、月に一度になっても。いっしょに映画を見たり、食事をしたりすることもなく、ただ、互いの体を使って性欲を解消するという関係だった。相変わらず、私はほかの男から声をかけられることもなかったし、現実にいる誰かを好きになることもなかった。セックスだけの関係とはいえ、自分に触れてくれる人がいることは救いでもあったのだ。

東京で仕事をし、小説を書き、働いて得たお金で本を買う。時々、男とセックスをする。そういう生活が自分のリズムになりつつあった。

でも、このまま……。このまま、何の賞も取れなかったら……。

そういう不安が頭をもたげてきたときは、自分よりも年齢が上でデビューした作家のインタビュー記事を読んだ。この人は三十六歳。この人は四十二歳。この人は四十八歳。それに比べれば自分にはまだまだ時間がある。そう言い聞かせて、小説を書き続けた。

「明日香《あすか》がね、結婚するの。子どもも来年生まれるのよ」

母から電話がかかってきたのは、三十歳になったばかりの春のことだった。

「それでね……家を改築しようと思っていて……」

聞けば、四歳年下の妹である明日香ができちゃった結婚をするのだという。妹夫婦と同居したいから今の家を二世帯住宅にする、という報告だった。

「もちろん今日子《きょうこ》の部屋もちゃんと作るわよ……勝手に決めてごめんね。いろいろとばたばたしてて電話するのも遅くなっちゃって……」

おずおずとした口調で母は話を続ける。

実家を出てから十年以上が経っている。二十三歳のときに、自分を可愛がってくれた父が交通事故であっけなく亡くなってからは、お盆と正月くらいしか故郷には帰っていなかった。母は結婚しろとも、早く子どもを産めとも言わない。妹ほど私には興味がないのだと思っていた。子どものときと同じだ。だから、悲しいとも思わない。私が東京で何をしているのか聞こうともしない。私のほうだって実家に帰る気もないし、二世帯住宅になろうが、三階建てになろうが、知ったことではない。母が電話の向こうで息を殺して私の答えを待っている。

「もちろんかまわないよ」と答えると、

「そうぉ。ごめんね。良かった」とそれだけ言って慌ただしく電話を切った。

東京の女子大に入ったときから、もう家には二度と帰らないつもりだった。いつかは作家になる自分がなぜ生まれ故郷に帰る必要があるんだろう。このときはまだ、そう思っていた。けれど、三十一歳、三十二歳と歳を重ねるたびに、頭の片隅に追いやっていた実家と母の存在がじわりじわりと色濃く浮かび上がることがあった。

もしかしたら自分は東京の生活に疲れているのかもしれない。そう思うことが増えた。短い睡眠の間にはいつも同じ夢を見た。免許がないのに車を運転している夢。いつ警察につかまるか、誰かを轢《ひ》いてしまうんじゃないかと、ひやひやしながら見覚えのない街のなかで運転を続けていた。

朝の目覚めは年々悪くなり、布団から出ても体がだるく重い。睡眠時間を削って小説を書いていたから、目の下にはいつも濃いくまができている。洗面所の鏡に映った自分を見るのも嫌だった。歯ブラシを口につっこむと、胃がむかむかする。朝、顔を洗うと、頬の細かいざらつきが手のひらに触れた。

プライベートの時間をすべて小説に注いではいたものの、その先が見えない。

そんな生活を続けることがしんどくなってきた。二十代の頃は書きたいものが自分のなかから溢れ出てきた。その作品が選考を通過したり、最終選考に残ることは、東京に居続ける許可をもらうことと同じことだった。自分の書いた小説が認められない月日が続くことは、東京から拒否されることと同じだ。

今いる場所から弾き飛ばされて、そこから先、どこに行けばいいのか、それを考え始めると怖くなった。

「……あなた、もう三十三歳でしょう。本気でプロになりたいなら、こんな夢みたいな、どこかで読んだことのあるような恋愛もの書くのやめて、もう少し地に足のついたもの書いたら。仕事をしていて感じることとか。そうじゃなくても結婚とか、妊娠とか、出産とか。女性が書くべきテーマはいくらでもある。……なぜそれを書かない。あなたが書いているような小説を書く人はいくらでもいる。そのなかから認められるのは並大抵なことじゃない」

誰もいなくなった小説教室の部屋に男性講師の声が響いた。

指先がべたっと広がった指が、机の上の原稿の束をパラパラとめくる。限られた時間のなかの講評ではなく、もう少しくわしい講評が聞きたい、と、授業が終わったあとに詰め寄った。午後十時を過ぎると、小説教室のある古いビルは自動的にエアコンが切れる。開け放った窓から入ってくる、晩夏の生あたたかい風が肌にまとわりつく。近くの首都高を走る車の、低く響くような音が鼓膜を震わせる。男が講師をやめてから、自分の作品を詳しく添削してくれる人はいなくなった。ホテルに行っても、疲れ果てた男はすぐに眠ってしまい、原稿を添削する体力など残ってはいなかった。ほかの凡庸な生徒たちと同じように、自分の作品は男性講師の短い講評を受けるだけになった。書いても書いても、自分の作品がいいのか悪いのか、わからなくなっていた。書いているそばから、それまでは確かにあった自信のようなものが、熱湯をかけた角砂糖のように溶けていく。

「……不景気が長く続く今はね、こんな読み物は好まれない。胸をえぐるように迫ってくるものが何もない……登場人物たちのスノッブな生活も、あなた自身が体験したものじゃないから、まるでリアリティがないね。一昔前のバブル時代のテレビドラマみたいだ。……作家がいい暮らしをしてたって、今はあこがれを抱く人なんていないんだ。むしろ妬まれるだけだよ……。こんなものを書くなら、あなたの毎日の生活を等身大で書いたほうがよっぽどいい」

男性講師の話を聞きながら、思わず親指の爪を噛んでいた。

放たれた言葉が、自分の前にある透明で硬い壁にぶつかって、ぱらぱらと机の上に散らばっていくようだ。こんなふうに自分の作品を酷評された経験はなかった。面と向かって、はっきりとだめだと言われたことなど、今まで一度もなかったのだ。こめかみの奥で頭痛が始まる予感がした。男性講師は原稿の左端をとめていたクリップを外し、机の上で紙の乱れを整えてから、再びクリップでとめた。その手の動きを黙ったまま、見つめていた。

「……ただね、文章そのものは悪くない。思わずはっとするような表現もある。まだ十人並みだけれどね。……あなたがもし、心から書きたいと思う題材を見つければ、あなたの小説は変わっていくかもしれない。何か興味のあることはないの。……例えば……例えばだけど」

男がペットボトルのウーロン茶を飲み、手の甲で口をぬぐった。

「昔に起こった大きな事件とか。そこからヒントを得て書くという方法もある」

窓の外から大きなクラクションの音が聞こえた。男性講師の言葉は、もう耳には入ってこない。何も言わず急に立ち上がった私を男性講師が驚いたような顔で見る。机の上にのったままの原稿の束をバッグに突っ込み、頭を下げて、部屋を出た。コンビニで買った缶ビールを、児童公園のベンチに座って飲んだ。いつまで暑さが続くのか、昼間とあまり変わらない気温と湿度のなかでは、冷えていたビールはすぐにぬるくなる。お酒には強くないから一口飲んだだけで、くらりと目がまわり、こめかみに鈍い痛みが走った。めちゃくちゃにセックスがしたくて、男の携帯に電話をかけたが、何度かけてもつながらない。

公園の向こうにあるチェーンの居酒屋から、足元のふらふらしたサラリーマンとOLの集団が出てきた。誰かが大きな声で何か言っては、皆で弾けたような声で笑う。魯鈍で愚図で平凡で何のとりえもない。頭の中でパソコンのキーボードを早打ちしたように悪口が浮かぶ。若いサラリーマンが、

「ほんとうに女王様なんだからぁ」

と一人の若い女に向かって大きな声で言うと、皆が一斉にどっ、と笑った。

死ね、と心のなかで叫ぶ。

私には、あんなふうにくだらない話で笑い合える友人はいないし、この先誰かから女王と呼ばれることもない。東京に来てからの十年以上の時間を無駄にした。そのことの重さが、自分の体をじわじわと締めつけていくような気がした。

希望とか夢とか、ついこの前まで自分のなかに詰まっていたピンク色のふわふわした泡がぷちぷち、ひとつ、またひとつと壊れていく。ナイフのような凶器を持っていたら、

どこでもいいから自分の体を傷つけてみたい、と思ったけれど、バッグの中には、誰からも読まれることのない原稿の束と、生きていくために必要な細々としたものしか入っていないのだ。

くだらない、という五文字が頭のなかに浮かんだけれど、それが自分のことなのか、まだ居酒屋の前で大声を張り上げているあの集団のことなのか、酔いのまわった頭では、もう判別がつかなくなっていた。

潮時か。

そう思ったのは年が明けて三月に起こった地震のあとだった。

都心にある会社から八時間歩いてアパートのある町についたときには、すっかり日が沈み、体が冷え切っていた。慌ててトイレに駆け込んだ。いつまでも尿は止まらなかった。ひどく喉が渇いて、水道の蛇口からコップに汲んだ水を続けて二杯飲んだ。ハイヒールで歩き続けたせいで、つま先とかかとがひどく痛んだ。部屋のなかは本棚に並べられた本が床に散乱し、足の踏み場もなかった。百円ショップで買った小さな観葉植物の鉢が本の上に倒れ、まだ読んでいなかった新刊本を泥で汚していた。それを見て、なんだか急に、もういいか、と思った。

「体の具合があまり良くないの。明日香と未玲《みれい》の面倒も見ないといけないし……地震と原発のこともあるじゃない。こっちだって安全とは言えないけど、短い間でもいいからこっちに帰って来ない？」

母から電話がかかってきたのは地震から一週間後のことだった。母は一気にそれだけしゃべると、電話口の向こうでごくりと唾を飲んだ。

「でも……仕事も、あるし……」

「……だけどお母さん、今日子一人、東京で生活させるのもなんだか心配になってきちゃってね」

心配……。母がそんな言葉を使うのを初めて聞いた。最初は母や姪の面倒を見るお手伝いのような存在が欲しいのだろう、とどこか距離をおいて母の話を聞いていたが、心配という言葉で心がぐらりと揺れた。そんな自分に驚いてもいた。

「すぐに、ってことじゃないのよ。会社のことだってあるでしょ。だけど、このこと、どこか……今日子の頭の片隅で覚えていてくれないかしら……」

「ん……」曖昧な返事をしたけれど、電話を切ったときにはもう帰ってもいいのかもしれない、という気持ちになっていた。

東京にいろ、と自分を引きとめてくれる人などいないのだ。地震が起こってから、小説を書くためにパソコンに触れる時間はどんどん少なくなっていった。地震が起こったあのとき、会社の机の下に隠れながら、もうこのまま何もかもなくなってしまえばいい、と東京を呪った。小説など、誰かが読んでくれなければ、自分の頭のなかの妄想でしかない。東京でその妄想をこねくり回した長い時間はなんだったのか。テレビで繰り返し流される、あの津波の映像を見ていたら、自分の妄想など、なんの値打ちもないことに気づいてしまったのだから。

それなら最後に一回だけ。

まるで離婚届を送りつけるように、ほとんど書き終えていた作品に手を入れ、三月末締め切りの新人賞に応募した。それでひとつの区切りにしたかった。

桜の咲く頃、男と一度会った。男が指定してきたのは、窓から桜並木が見下ろせるごく普通のホテルの一室だった。あんなに大きな地震があっても春になると自動的に桜が咲き始めるのが、なんだか不思議な気がした。昼間に男と会うのは初めてだった。日が差し込む部屋で、カーテンを開けたままセックスした。

「これで最後にしたいのだけれど……」緊張しながら男に告げると、

「……俺も会社畳んで故郷に帰ることにしたから」そう言って、私の胸を摑み、乳首を強く吸った。この日、男と話したのはこれだけだった。それ以外、何も言葉を交わさず、時折休憩をはさんでは、夜になるまで男と交わった。

男が最後に私の体の上で果てたとき、初めて会ったときよりさらに薄くなった頭頂部を手のひらで撫でた。男の故郷の場所を聞こうとして口を開きかけたけれど、そんなことにはちっとも興味がないことに気づいて聞くのをやめた。

男がシャワーを浴びている間に着替え、黙って部屋を出た。ヒールが沈み込んでいくような赤いカーペットの上をエレベーターに向かって歩いた。男と過ごした部屋が遠のいていくたび、男の記憶が少しずつ、自分のなかから消えていくような気がした。

夏が終わって自分の作品が最終選考に残ったと聞いたものの、喜ぶ気持ちは湧いてこなかった。受賞はできないだろうという予感があった。まるで、それは自分の人生に起こらなかった出来事のように頭の隅に追いやり、毎日会社に行って単純作業に明け暮れた。来年の春に実家に帰るつもりだった。

予想どおり賞には選ばれなかった。それでも授賞式に呼ばれ、友人の結婚式用に買った五年前のワンピースを着て出席した。買ったときには気にならなかったが、膝が丸見えになる一昔前のデザインが気恥ずかしかった。私とそう年齢が変わらないように見える出版社の女性編集者は私に名刺を渡し、

「次も期待しています」とだけ言うと、慌ただしく金屏風の前にいる受賞者のほうに歩いていった。つやつや光る高そうなシルクのジャケットの背中に、嘘つき、と心のなかで悪態をついた。自分とは縁遠い、華やかな人生を生きる人たちの間をすり抜け、金屏風の前で焚かれるフラッシュの音を聞きながら、会場をあとにした。

さよなら。さようなら東京。


改札口を出ると、黒い軽自動車の窓から明日香が手を振っているのが見えた。助手席に乗り込もうとすると、明日香が車から降り、私のほうに近づいてくる。

「ごめん。つわりで気持ち悪くて、運転してくれる?」

そう言って青白い顔をした明日香が、私の手のひらに車のキーを落とした。

「え、私、もう何年も運転してないんだよ」

「だいじょぶだいじょぶ。スピードさえ出さなければだいじょうぶだから」

そう言ってさっさと助手席に乗り、シートベルトをしめ始めている。仕方なく、運転

席に座ると、車の芳香剤だろうか、妹がつけている化粧品だろうか、人工的なフルーツの香りが鼻をかすめた。明日香がバッグの中から飴を取りだし、私に差し出す。

「お姉ちゃんも食べる?」

ううん、と首を振り、車を発進させた。ぐるりとロータリーをまわり大通りに出る。シャッターを閉ざしている店が並ぶ商店街を抜け、川を越え、高速道路の高架下をくぐり抜けて、自宅に続く山沿いの道に出た。ひかりに乗り、浜松で東海道本線に乗り換えて約十分。寺、ぼたん園、ゆり園、ゴルフ場に茶畑。若い人が喜ぶようなものは何もないこの町。スピードを出しているトラックとすれ違うたび、冷たい汗が背中をつたう。緊張したまま運転を続ける私にはかまわず、絶えず飴を舐めながら明日香は話を続ける。

「もう妊娠なんてうんざりだよ。産むつもりなんてなかったのに。……一人っ子はだめだって、だんながきかなくてさぁ」

そう言いながら、おなかのあたりを手のひらで擦《さす》る。

まわりを気にせず、なんでも思ったことを口にする明日香の性格は子どものころから変わっていない。父親似の私と、母親似の明日香。姉妹なのに顔も似ていない。大きなぱっちりした目とすっとした鼻筋、透き通るような肌。母は親として、私と妹、両方に愛情を注いでくれたけれど、母の目線はいつも、ほんの少し、妹のほうに多く向けられていることに気づいていた。友達も多く、スポーツの得意な明日香と、人と接することが苦手で、一人で本を読んでいるのが大好きな私。心を通い合わせることもなかったけれど、衝突することもなかった。

「お姉ちゃんさぁ、彼氏とかいないの？」

聞こえないふりをして黙っていた。かまわず妹は話を続ける。

「いないわけないか。ずっと東京にいてさ。あ、もしかして、失恋して戻ってきたの？」

けらけらと笑う妹のほうを見る余裕はなかった。のろのろ走っているこの車を、後ろを走る車が車間距離をわざと縮めて煽ってくる。

妹は高校を出たあと、隣の県にある医療系の専門学校に進み、実家に戻って、地元の総合病院で看護師として働いていた。けれど、仕事が続いたのは二年だけだった。

「いや、なってみたら、予想以上に大変でねこれが。汚いしつらいし」

お正月に帰省したとき、笑いながらそう言って、しばらくの間、親のすねをかじり、気が向くと短期でバイトをし、何人かのボーイフレンドとつきあっていた。そのうち、高校のときの同級生との間に子どもができ、安定期に入ったところでばたばたと結婚式をあげたのだった。二世帯住宅にしたいと強く主張した明日香の希望を、父が亡くなったあと、一人で暮らしていた母はすんなりと受け入れた。妹夫婦の家事や子育てを助けながら忙しく過ごしていたからこそ、結婚しろ、とか、出産しろ、とか、そんな言葉の矢が私のほうに飛んでこなかったのかもしれない。

駅から三十分ほど走り、山沿いの道を抜けたところで実家が見えてきた。グレーのブロックを二つ重ねたような表情のない外観。二世帯住宅にしてからというもの、帰ってきても、ここが実家という気がどうしてもしない。一階は母、二階は妹夫婦。玄関も別で、外階段を上がったところに妹夫婦専用の玄関がある。

車から降りると、玄関の前に、妹の長女、未玲が一人で立っている。

「あれ、パパはぁ？」車から降りた明日香が聞くと、

「……パチンコ」見上げて小さな声でそう言う。

「まったく。面倒見てて言ったのに。しょうがないなぁ」

トランクから荷物を下ろした私が近づいて、こんにちは、と声をかけると、未玲は何も言わず、玄関で靴を脱いで家に上がってしまった。私も子どものころ、めったに会わない親戚がやってくると緊張して挨拶ができず、よく父に叱られた。そんな私に未玲は似ている。顔も性格も。母親である明日香に似ずに、顔までが私に似てしまったのは、未玲にとって不幸なことでしかないだろう。

廊下を進んで、リビングに入ると、ダイニングテーブルの上に寿司桶が五つ並んでいる。母の姿が見えないので、リビングの隣にある部屋に行き、そっと襖を開けた。

「……お母さん」

部屋の真ん中で布団に寝ている母に声をかけるが、目を覚まさない。もう一度、声をかけると、薄目を開けて、こちらのほうを見た。

「あぁ……今日子、ごめんね。少しめまいがして……。荷物は全部、引っ越し屋さんが部屋に入れてくれたから。あと、お寿司とってあるから……明日香といっしょに、ね」

そう言ってまた目を閉じた。

襖を閉じ、水を流す音とともにトイレから出てきた明日香に声をかけた。

「お母さん、体調、ずいぶん悪いの？」

「……病院で検査してもどこが悪いってことはないんだよ。腰が痛いとか、頭が痛いとか、お父さん死んでからずっとそうだよ……お姉ちゃんはずっと離れてたから知らないだろうけど」

ひそひそ声でそう言って玄関で再び靴を履こうとする。明日香に悪意はないのだろうが、「お姉ちゃんはずっと離れてたから」という言葉がちくりと胸を刺す。

「悪いんだけど、あたしも気持ち悪くてさ。少し上で寝るわ。お姉ちゃん、未玲にお昼食べさせてくれないかな。ごめん」

全部言い終わらないうちに、玄関ドアを閉めて出て行ってしまった。しん、とした静けさのなか、リビングのほうからテレビの音が聞こえてくる。

リビングに戻ると、テレビのすぐ前で、未玲が床にぺたんと座って、画面を凝視している。女の子向けのアニメだろうか。金髪のツインテールの少女が、魔法のスティックを振り回している。音量が大きすぎるような気がして、

「もう少し小さくしようか？」

と声をかけたが、聞こえないようだ。近づき、床にあったリモコンを拾って音量を下げると、未玲が驚いたように私を見上げた。

「耳が悪くなっちゃうからね」

黙ったまま私を見つめている。近くで見れば見るほど私に似ている。目も鼻も口も。子ども時代の自分が目の前にいるようでいたたまれない気持ちになる。

「お寿司、食べようか?」そう言うと、こくん、と未玲がうなずき、ダイニングテーブルの椅子に座ろうとする。テレビを消し、テーブルに置いてあった寿司桶を未玲の前に置いた。子どもが食事時に飲むものはなんだろうか、と迷いながら、ケトルに水を入れ、火にかけた。

テーブルについた未玲は、寿司桶にかけられていたラップを器用に外し、指でトロの寿司をつまんで勢いよく口に入れる。ガス台にかけたケトルがピーーーーッと耳障りな音を立て始める。立ち上がり、キッチンのほうに向かうと、ぎゃーーーーーーと未玲の声がした。

振り返ると、未玲が大きな口を開けて泣いている。慌てて近づくと、

「かーーらーーーーいぃぃぃぃ」と言いながら、手にしていたトロの寿司を私に投げつけた。ペパーミントグリーンの薄手のセーターの上で寿司はばらばらになり、床に落ちていく。わけもわからず、それをティッシュで拾おうとすると、未玲がテーブルの上に直接、口の中のものを吐き出した。赤身や白いご飯の間に薄緑のわさびが見えた。未玲の目から涙がぽろぽろとこぼれ落ちる。

「ちょっと待ってね。今、お水持ってくるからね」

慌てて流しでコップに水をくみ、未玲に飲ませた。一口飲んでは、赤い小さな舌の表面を手のひらで擦ろうとする。さっきまで黙ってテレビを見ていた未玲とはあまりに違う様子を目の当たりにして恐怖に近い感情が湧く。姪とはいえ、これくらいの子どもとどう接していいかわからないまま、背中をさすると、大きく首を横に振った。泣き声は

どんどん大きくなる。テーブルの上に目をやると、ラップがかかったままの寿司桶に付箋紙で「さびぬき」という手書きのメモが見えた。

「ごめんね。……間違っちゃって」

頭を撫でながらそう言うと、

「ばか！」と私の顔を見て叫ぶように言った。

頬に涙のあとをつけた未玲は滑り落ちるように椅子から降りて、リビングを抜け、廊下を駆け抜けて行く。玄関のドアがばたん、と閉まる音がして家のなかが急に静かになった。


今起きた出来事をうまく理解できず、しばらくの間、ダイニングテーブルの前に立ちつくしていた。あんな子どもだっただろうか。セーターについたご飯粒をティッシュでむしるようにつまんでいるうちに、馬鹿と言われた悔しさと驚きで、泣きたい気持ちになっている自分が情けなかった。

ぱたぱたぱたと、天井のほうから絶え間なく音がする。その音を聞きながら、早く布団から出なければいけないと思うのだけれど、体が動かない。あともう少し、と思ったところで、目覚まし時計がなった。のろのろと起き上がって着替え、洗面所で顔を洗って、キッチンに向かった。タイマーで炊飯器のご飯が炊きあがっていることを確認して、お味噌汁を作るために鍋に水を張り、火にかける。東京にいる間、自分一人の朝食は、コンビニで買ったパンやヨーグルトですませてきた。それなのに、実家に帰ってきてからというもの、母に頼まれて、つわりでひどく苦しんでいる明日香の代わりに、明日香の夫である誠司《せいじ》さんと未玲のために朝食を用意していた。明日香の体調によっては、夕食も用意する必要があった。

フライパンからハムエッグを皿に盛ったところで、玄関ドアが開く音がした。配送会社に勤める誠司さんと未玲が、廊下を歩く音がする。

「おはようございます」と大きな声で言う誠司さんの後ろで、幼稚園の黄色いバッグをななめがけにした未玲が、無表情のまま、くねくねと体を動かしている。

朝のニュースを横目で見ながら、誠司さんが大盛りのごはんを口にかっこんでいく。その食べっぷりには驚くばかりだが、自分の食欲を満たすばかりで、未玲のことをあまり気にかけないのが気になる。未玲はハムエッグには手をつけず、ふりかけをかけたご飯を、二口、三口、口に運んだだけで食事を終えようとする。

「ヨーグルトは？　林檎食べる？」

そう聞いても首を横にふるだけだ。

「ごちそうさまでした」

誠司さんが大きな声で手を合わせ、立ち上がると、まだ茶碗にごはんが残っている未玲も慌てて椅子から降りる。

「お姉さん、いつもすみません」

口は丁寧だが、食べ終わった食器を片付けることもない。

「あ、あと……」

廊下をどたどたと進みながら、誠司さんが振り返る。

「明日香が洗濯お願いしますって言ってました」何の迷いもなく満面の笑みで言う誠司さんに曖昧に頷く。

「じゃ、いってきます」

誠司さんが開けた玄関ドアの隙間から未玲が外に飛び出して行く。

「車に気をつけて」そう声をかけたが、聞こえてはいないだろう。

誠司さんと未玲の食器を片付けていると、ダイニングテーブルの隅に置いた携帯が、メール着信を知らせるために点滅している。スマホにしなくちゃ、と思いながら使い続けている二つ折りの携帯を開くと、妹からメールが来ていた。

「お姉ちゃんごめん。すっごい体調悪くて。洗濯物と夕食お願いしまーす」

私の意志や気持ちなど聞く余地のない、断定的なその文面に腹が立ち、バチンと音を立てて携帯を閉じた。ため息をつきながら椅子に座る。母も今日は体調が悪いのか起きてこない。どこが悪いわけではない、と妹は言うけれど、私が今、妹夫婦に頼まれていたようなことを、私がここに戻るまで、母は一人でやっていたんじゃないだろうか。そう思うと、特別母のことなど気にかけているわけではないのに、いらいらした気持ちになる。その気持ちを呑み込むように、茶色く変色し始めた林檎を、フォークで刺して、わざと音を立てて食べた。

「この町にさ、いるんだって」

明日香が私の耳元で囁くように言った。ショッピングモールのフードコートのテーブルで、私と明日香は向かいあってコーヒーを飲んでいた。日曜の午後という時間帯のせいか、どのテーブルも小さな子どもを連れた若い家族ばかりだ。誠司さんと未玲は、子どもを遊ばせる遊具があるキッズコーナーに行ったまま戻ってこない。

食材を買いに、近くのスーパーマーケットまで行くために車を出そうとしたら、明日香たちが、買いたいものがあるから、と車に乗り込んできた。こんな巨大なショッピングモールができたことなど今まで知らなかった。わんわんと耳のなかで響く人の声に紛れて、最初、明日香が何を言っているのかわからなかった。

「え?」

「だからぁ、少年Aが……」

話題があちこちに飛躍する明日香の話には慣れていたが、少年Aという響きを耳が受け止めても、それがなんのことなのか自分のなかにすとん、と落ちていかない。

「ほら、昔あったじゃない、そういう事件が。十四歳の子どもがさぁ、七歳の女の子殺して、その子の……」

明日香の話を聞いていて、ふと、記憶の底から浮かび上がるものがあった。

東京に出てきて女子大の寮にいたころの事件だ。たった十四歳という子どもが起こした残虐な事件は、確かにあのとき、世の中を騒然とさせた。寮の食堂のテレビでは、毎朝、ワイドショーでその事件を取りあげていた。その画面を見ながら食べていたマーガリンとジャムを塗った食パンの味と舌触りをふいに思いだした。

「もう少年院を出てさぁ、名前変えて、ひっそり働いてるらしいんだよ。その子が、この町にいるって噂があって……ほんっとこわいよねぇ」

口では怖い、と言っている明日香だが、表情や声は、その出来事をおもしろがっているようにしか見えない。すっかり冷めてしまったコーヒーを一口飲んだ。明日香は粉砂糖をまぶしたドーナツを指でちぎって咀嚼《そしゃく》する。妊娠の経験がないからわからないが、明日香のつわりは、絶えず食べ物を口に入れていないと、気分が悪くなるらしい。実家に帰って二カ月が過ぎたが、明日香のおなかが膨らんでくると同時に、顔も少しずつ丸みを帯びている。

「この前もさぁ、このモールで、四歳の女の子が、男性用の個室トイレに連れ込まれて……血だらけになって……病院でね……手術……将来、出産とか無理らしいよ」

フードコートの騒音で明日香の声がときおり聞こえなくなる。聞きたくもない話だったから、ちょうどよかった。子どもがいる母親で、さらにおなかのなかに子どもがいる妊婦のくせに、どうしてそんなに残酷な話ができるのかが不思議だった。

顔を上げると、向こうから未玲と誠司さんが歩いてくる。誠司さんに手をひかれている未玲は泣いたのか、目のあたりが赤い。

「何度も帰るって言ってるのにきかなくてさぁ」

誠司さんがそう言うと、未玲が声を上げて泣き始めた。泣き声はどんどん大きくなり、まわりのテーブルに座る親子連れが、遠慮のない視線を投げかける。

「もう、こうなったらだめだよ。帰ろ」

明日香がテーブルの上のトレイを手にして立ち上がった。その間も、未玲の声は止まない。誠司さんが未玲を強引に抱き上げ、歩き始める。誠司さんの太い腕から逃れようとして、未玲が体をくねらせる。まるでつり上げられたばかりの大きな魚のようだ。明日香は二人に目をやることもなく、やれやれという顔をしながら、出口のほうに歩き始める。右足から脱げ、床に落ちた未玲の靴を拾い、誠司さんの背中を見ながら、私もゆっくりと歩きだした。

家に帰ると珍しく母が台所に立っていた。魚の焼け具合を気にして、ガスレンジを覗きこんでいる。

「お母さん、体、大丈夫なの？」

「今日はだいぶいいのよ」そう言いながら、焼き鮭を菜箸で皿に盛った。ごはんと味噌汁と、焼き鮭と、漬け物。今、食べたいものが全部あった。

明日香たちが夕飯を食べに来るときは、育ち盛りの未玲がいるし、妊娠中の明日香もいるし、たくさん食べる誠司さんもいるし、と何かと作るおかずに気を遣うが、母と二人のときは、何品も作らなくていいから気が楽だった。

向かい合って母と食事をしていると、天井のほうからどすん、どすん、と大きな音がする。茶碗を手にしたまま、母と二人、天井を見上げる。

「……まったく……」

それだけ言うと、母は口を閉じ、不機嫌な表情できゅうりのぬか漬けをぽりぽりと囓った。私が東京にいる間に、母と明日香たちに何があったのかは知らない。けれど、母の体調が悪くなったのは、どう考えても、明日香たちに原因があるように思えた。

口数も少なく食事を終えると、午後八時前だと言うのに、母はもう部屋で横になると言う。一人で台所を片付け、洗い物を済ませると、また、天井のほうで、どすん、と大きな音がした。未玲だろうか。けれど、あの小さな体であんな音がするだろうか。じっと私を見上げる三白眼の視線。どうしても可愛く思えないのは、やはり、自分に似ているからだろうか、と思いながら、流しのまわりの水滴を布巾で丁寧に拭《ぬぐ》った。

自分の部屋に入り、照明をつける。六畳にも満たないこの部屋には、小さな窓がひとつあるだけだ。どう考えても、ここは納戸なんじゃないかと思うが、住まわせてもらっている以上、贅沢は言えない。自分のこれからのことなど考えないふりをして、母と明日香たちのために家事をする毎日が続いていた。

もうずいぶん荷物は片付いたが、部屋の隅に、捨てようかとっておこうか、踏ん切りのつかない本が重ねられている。一番上には、新人文学賞をとった、あの人の本。こっちに帰ってきてからも、テレビや新聞で彼女の写真を何度か目にした。どの写真も、授賞式のときのような緊張した表情はなく、いかにも作家らしい自信にあふれた顔で笑っている。新人ではなく、もうずっと前から作家だったみたいに。生まれながらの作家みたいな顔をして。

折りたたみテーブルの上に置いたパソコンを起ち上げた。

「執筆中」とタイトルがつけられたフォルダから、書きかけの小説のファイルを開く。息を詰めて、文章を直し始めている自分に気づいてはっとする。長年続けてきたことを、そう簡単にやめられるわけはない。わかっているけれど、やめないといけない。フォルダごと削除しようとして指が迷った。ここで家事をしながらでも書けるんじゃないか。あと一作書いてだめなら、そこであきらめればいいじゃないか。この前の作品は最終選考まで残ったんだ。あと一息だったんじゃないか。考え始めると気持ちに踏ん切りがつかず、いったんファイルを閉じて、本や小説にはまったく関係のないサイトを見始めた。

「少年Aってこの町にいるんだって……」

フードコートで聞いた明日香の言葉が頭をかすめた。

「少年A　現在」と打ち込むと、四十万近いサイトがヒットする。

「少年Aは今どこにいる？」というサイトを開くと、日本中のさまざまな場所がリストアップされていた。上から順番に目を通すと、確かに、この町の名前がある。

「●●ガソリンスタンドで働いている」

「●●スーパーで働いていたけど、気づいたやつが三人同時にやめた」

本当か嘘かはもちろんわからないが、書かれている場所がこの近くに本当にあると思うと、背中が少しずつ緊張してくるのがわかる。

あんなに残虐なことをした犯人だというのに、なかには少年Aを新興宗教の教祖やアイドルのように崇めているサイトもあった。事件からもう十五年が経っているのに、内容は頻繁に更新されている。誰にとっても一刻も早く忘れたい事件だと思っていたが、たくさんの人が今でも興味を持ち続けている、その意味がわからなかった。

最後に開いたのは少年Aの画像だった。

事件当時、写真週刊誌に掲載されたらしい「少年Aの素顔」という写真が並んでいる。中学校で撮った集合写真を無理矢理引き伸ばしている写真がほとんどで、粒子が粗く、顔もはっきりとは写っていない。そのなかの一枚、まっすぐにこっちを見つめているカラー写真に目を止めた。額にかかる少し癖のある前髪、大きな目ではないが強い視線でこちらを見つめている。自己主張の少ない小さな鼻、少し開いた薄い唇。細い首や肩には、まだ子どもらしさが残っている。胸の奥がきしむ音がする。

こんなに美しい少年だっただろうか。

こんなにきれいな顔をした少年があんなことをしたんだろうか。

頭が混乱しはじめる。じり、と体温が少しだけ上がったような気がした。視線はどうやっても、その写真から離れない。なんでこんなに唇が乾くのか。舌の先で下唇をゆっくり舐めた。どん、と天井から音がして我に返る。

消えかけた種火に風を送って火の勢いを強めるように、いろいろな思いが頭のなかをぐるぐるとまわり始めて苦しくなる。はるか昔、中学生だったころに、身に覚えのある感情。痛みと恥ずかしさが混ざり合う、やっかいな心の動き。地層に深く埋もれていたような、からからに乾いた感情が、一枚の写真によって水分を含みはじめる。これはもしかしたら、世間一般で恋と呼ばれている感情なのかもしれない。そうだとしたら、なんて自分は不幸なんだろう、と三十五歳の私は思う。けれど、もし、自分が十四歳で少年Aと同じ教室で過ごしていたら、私はこの子を熱い目で絶えず見つめてしまうだろう。鼓動が速くなって、勉強すら手につかなくなるだろう。

頭のなかで妄想が始まる。この子で小説を書けないか。風の勢いで火が強くなる。腰を上げ、首を傾けて、ディスプレイの少年Aの写真に顔を近づける。唇に冷たさを感じた瞬間、目を覚ませ、と言っているかのように天井からまた、どすん、と大きな音がした。

Ⅱ　スイートリトルセブンティーン

カモノハシの顔のような新幹線がホームに滑り込んできた瞬間、うわ、これから私、旅に出るんだな、というふわふわした高揚感が足元から私を浸していった。一昨年、岡山に住んでいたおばあちゃんのお葬式に出るために乗ったきりだったから、チケットを見ながら自分の席を捜すのも、狭い通路をカートを押してやってくる売り子さんを見るのも、後ろの人に頭を下げてシートを適度に傾けるのも、そのひとつひとつがなんだか楽しかった。

少しずつスピードを上げて新幹線は東京を離れていく。新横浜を過ぎてしばらくすると左手に熱海の海が見えてきた。もし今、去年みたいな大きな地震が起きて、津波が来たら、この新幹線も海に引きずりこまれてしまうのかな、と思った。でも、そう思ったのも一瞬で、波頭が金色に光る穏やかな海は、猛スピードで後ろに消えて行った。

隣に座るサラリーマンのおじさんが、私の膝頭を見ているような気がして、肩にかけていたカーディガンを膝にかけた。おじさんからは、煙草と安い柔軟剤と豚肉の脂身を炒めたときのようなにおいがする。生まれてから一度も男の人と暮らしたことがないから、こんなふうにすぐ近くに男の人が座っていることに慣れない。でも、おじさんに気をとられていたら楽しい旅の気分も台無しだ。気を取り直して、駅で買ったシウマイ弁当を食べることにした。

食べる前に、スマホをチェックすると、母から、また、メールが来ていた。母は今、仕事でソウルにいる。月の半分は、ソウルや上海や台北や香港に出張に出かけていて家にいない。

「だいじょうぶだよ。心配しないで。ちゃんと一人でできるから」

さっきと同じようなことを書いて返信する。母にはおばあちゃんのお墓参りに行く、と言ってきた。母はなんのために私が西に行くのか、その本当の理由を知らない。

シウマイ弁当をあっという間に食べてしまった私は、再びやってきた車内販売のお姉さんから、アイスクリームとコーヒーを買った。どちらも高すぎる気がしたけれど、今日は許す、と思った。冷たいアイスクリームと熱いコーヒーを交互に口に入れる私を、隣のおじさんがちらちらと見る。そんなに変なことをしているだろうか、と思ったけれど、気にせず、スマホで今まで集めてきた写真を見て過ごすことにした。と言っても、何枚もあるわけではない。ハルノブ様が十四歳のときの写真、二十三歳のときの写真。保育園、小学校、そして中学校のアルバムから抜き取られた写真の数々。どれも鮮明でない粒子の粗いその写真を何度も見ていると、ハルノブ様がまるで自分の家族のような気持ちになることがある。

おなかがいっぱいになって急激に眠くなってきたけれど、名古屋が近づいてきて、ここからは寝ちゃだめだ、と気を引き締めた。駅に近づくにつれ、ビルが増えていく。高いビルの窓ガラスに夏の雲が映っている。こんな空を彼もどこかで見ていたりするんだろうか。お昼ごはんはもう食べたのかな、と思った瞬間、ちょっと泣きそうな気持ちになった。

新神戸駅に着いたのは、午後三時過ぎだった。

ホームを歩いていると、すーーっと気持ちのいい風が通り過ぎる。小学校のときに行った長野の林間学校で感じたことのあるような山の風だ。ふと顔を上げると、ロープウエイのゴンドラが行き来しているのが見えた。そのスピードのゆっくりさが、今の自分の気持ちの開放感と合っていて、それだけで、この町に来てよかった、と思った。そしてまた、去年の地震が起こったあとの、東京という町がまとっている重苦しい雰囲気を改めて感じたのだった。

ガラガラとキャリーバッグを転がして地下鉄に乗り、三宮で下りた。新神戸の駅のまわりよりも人が多いせいか、地上に出た途端、むっとした熱気に包まれた。手にした地図でホテルの場所を確認しながら、三宮って自分がイメージしてたのと違って池袋みたいだな、と思った。キャリーバッグがすれ違う人にぶつからないように注意しつつ細い脇道に入る。

神社の前を通り過ぎ、ホテルに続く石畳の細い道を上がっていく。わかりにくいエントランスを入っていくと、エレベーターホールもフロントも極度に照明を落としている。ホテルのホームページには北ヨーロッパスタイルのインテリアとあったけれど、どこもかしこも、ディズニーシーみたいな嘘くささが漂っている。

渡されたカードキーを手に、しばらく待ってやってきたエレベーターに乗り、六階で下りる。部屋は思ったよりも広かった。テラコッタタイルの床に置いたキャリーバッグを開き、パソコンを起ち上げる。神戸にいる間もホームページを随時更新する予定でいたから、Wi-Fiにつながるかどうか確認しておきたかった。問題なくつながることにほっとして立ち上がり、窓のカーテンを開ける。ホテルは神戸の山も海も見える場所にはなく、隣のビルと立体駐車場が見えただけだったが、なぜだかその風景を見て、帰ってきたんだ、という気持ちが湧いてきた。


十七年前、私はこの町で生まれた。

父と母はこの町で出会い、恋愛をして、結婚をした。

大きな地震が起こったのは、私が生まれるはずだった日の一カ月前のことだ。私は一月に生まれたけれど、出産予定日は二月十四日、バレンタインデーだった。母は倒壊したマンションの部屋に閉じ込められてしまったけれど、半日後、なんとか助け出されて病院に運ばれた。病室はいっぱいで、幸いにも右足を捻挫しただけの母は、けが人が次々に運びこまれてくるロビーで渡された毛布にくるまって、隅にあるテレビのニュースをぼんやり見ていた。燃えさかる赤黒い炎に包まれている町の一角が映しだされた途端、母は捻挫した足のまま病院を飛び出して行こうとして、まわりの人たちにとめられた。テレビに映っていたのは、父のパン屋がある場所だった。その直後、陣痛が始まった。そして母は、一カ月早く、私をこの世に産み出したのだった。

赤んぼうの私は呼吸もうまくできなかったし、大腸にもトラブルがあった。私以外にも母親たちが受けた精神的なショックで起こってしまったお産によって、予定よりも早く生まれてきた子どもは多かったらしい。ただでさえ、満員の通勤電車のように、ぎゅうぎゅう詰めのNICU（新生児集中治療室）の保育器に私も保護されたのだった。腸の手術が必要だったが、私には手術に必要なだけの体力がなかった。まずは体力を蓄えるために私は保育器に保護された。母の子宮の代わりに、保育器が私の呼吸や体温を管理し、私を育ててくれた。

母も、誰も、信じてはくれないけれど、私にはこのころのぼんやりとした記憶がある。

NICUは一日中照明が消されることがなかったから、まぶしくて仕方がなかったこと。目を閉じても天井に並んだ蛍光灯の光がまぶたの裏に残って、それが煩わしかったこと。ピッ、ピッ、ピッ、という規則的な機械の音。そして、自分と同じような、もしくはそれ以上の危機的状況にある赤んぼうの泣き声。元気な泣き声をあげている子なんてほとんどいなかったし、泣くことすらできない子もいた。泣き声が急にか細くなったり、ある日突然ぱったりと泣かなくなる子もいた。赤んぼうの私は、まだ言葉はわからなかったけれど、あそこにいる赤んぼうたちは、「生きたい生きたい」と泣いていたし、死にそうな子の泣き声を聞くと、「死んじゃだめだ」と励ますように泣いていたように思う。うまく言えないけれど、あのころ、NICUにいた赤んぼうは、なんだかみんなで、ひとかたまりのいのち、だったような気がするのだ。

保育園の頃、そんなことを無邪気に母に話したことがあった。でも、「莢《さや》は想像力が豊かなのね」とか「私が話していたことを莢が覚えているだけなのよ」と言われるだけなので、いつのまにかそんな話をすることもなくなった。

母には言ったことはないけれど、もうひとつ覚えていることがある。

地震のことを思い出すと、いつも同じ「あのにおい」が鼻先をかすめる。お肉が焦げるような、パンが発酵するときのような、そういうにおい。町が燃え続けていたにおいなのかもしれないし、それが父のにおいのように感じることもある。ふいに鼻をかすめるそのにおいをなつかしい、と感じるときもあれば、そんなにおいを感じてはいけない、と思うこともある。子どものころはわからなかったけれど、それは多分、日常生活にあってはならないにおい、なんだと思う。

だから余計に、母に話すことができなかった。多分、あれは、死んだ人のにおいだ。けれど、そのにおいを嗅ぐと、いけないことをしているようで、私のおなかの下あたりはむずむずとしだすのだ。切り傷の上に絆創膏を貼っておいて、しばらくしてから剝がすと、同じようなにおいがする。父の記憶がまったくないことをとてもさびしく思うときは、わざと長い時間、絆創膏を貼り付け、はがしてから、そのにおいを思いきり吸い込んだこともあった。

保育器のなかで体力を蓄えて、手術を終え、私がなんとか退院できたのは、それから半年後のことだった。母は私を抱いて、父のパン屋があったあたりに連れて行ったらしい。父のお店だけでなく、そのあたりはほとんど焼け落ちて、父が使っていた煉瓦《れんが》の大きなオーブンの基礎だけが残っていた。母もその場所に行くのは地震後、初めてのことだった。呆然と立ち尽くす母の腕のなかで私は突然泣きはじめた。私がそんなに大きな声で力強く泣くのを初めて聞いた母は、ひどく驚いたらしい。私はそのとき、その場所の、父が死んだ場所のにおいを、小さな体に思いきり吸い込んだんだと思う。

母は今でもパンというものを絶対に口にしないし、神戸に帰ろうともしない。地震のことも父のこともあまり話さない。去年、大きな地震があったとき、母が日本にいなかったのはラッキーなことだったのかもしれない。地震のあと、ソウルにいる母とはなかなか連絡が取れず、私の無事を確認した途端、電話口で半狂乱で泣きだした。

一昨年、おばあちゃんが死んだのはちょうどお盆の時期で、飛行機のチケットが取れなくて、新幹線で帰ることになった。新神戸駅が近づいてくるにつれ、母は何度もトイレに行き、落ち着かなくなった。新幹線が新神戸駅に着いたときは、目をぎゅっと閉じ、ひざの上でお祈りをするときみたいに左右の指を組んでいた。力を入れすぎたのか、どの指も真っ白になっていた。

大きなおなかをした母が、あの日見ていた神戸の町を私は知らない。

大きな地震を人生で二回も体験する人ってどれくらいいるんだろう。

去年の地震が起きたとき、私は学校にいた。

学校は部分的に古い校舎を建て替えている最中で、私はその日、旧校舎の一階にある生物室の掃除をしていた。揺れ始めたとき、ほかのみんなと同じように、机の下に隠れた。けれど、思ったより地震は長く続いて、棚に飾ってある猿や猫の骨格標本や、鵲《かささぎ》や雷鳥の剝製標本が床に倒れ始めたとき、いつもの地震とは違うな、と思った。何かの骨が床にばらばらに散って乾いた音がした。いっしょに掃除をしていたクラスメートの笹原さんが、嫌な音を立てて揺れている窓ガラスを、ものすごい勢いで端から順番に開けていくのを、ぼんやり机の下から見ていた。

「ここにいたら死んじゃうよ！　みんな早く！」

笹原さんは開けた窓から野兎みたいに飛び出して、窓の外からみんなを呼んだ。その声でみんなも、はっ、と気づいたみたいになって、窓枠に足をかけて、次々に外に出て行った。私も机の下から出て行ったけれど、そこから足が動かなくなった。外に出たみんなが私を呼んでいた。あぁ、この揺れを知ってるってそのとき思った。母のおなかのなかで体験したことある、って。だから、ぜんぜん怖くなかった。もしかしたら、自分の顔はそのとき、かすかに笑っていたかもしれない。だって、地震は、私にとって、生まれておいで、っていうサインみたいなものだったんだって、そのときわかったから。ハルノブ様も十二歳で神戸の地震に遭ったんだよね。もうすぐ三十歳になるハルノブ様は今どこにいるんだろう。「早く、早く外に出て！」って叫んでるみんなを見ながら、私はぼんやりとそんなことを思っていた。

「莢だけでも沖縄とか海外に移住して」

母は、地震のあと、パニックみたいになって私を説得しようとしたけれど、そんなところに行ったらハルノブ様に会えなくなってしまう。沖縄にいるって情報も聞いたことないし、ハルノブ様が海外にいるわけない。放射能が、って母は言ったけど、目に見えないから私にはその怖さがわからない。ハルノブ様がどこにいるのかわからないけれど、できれば近くにいたいのだ。

もう一度、ホテルの窓の外を見る。

薄曇りの夏の空からさした日の光が、どこにでもあるような町の風景を照らしている。写真で見たことのある震災直後の風景はもうどこにもない。ひしゃげたビル、瓦礫《がれき》の山、電線のぶら下がった電柱、倒れた高速道路。ぺろん、と一枚シールを剥がしたように、十七年前の町の風景はもうどこにもない。どこにでもあるような町並みがただ続いているだけだ。

去年の地震で津波で流された町も、十七年経てば、なんにも起こらなかった町みたいになるんだろうか。

パソコンで明日行く場所をもう一度確認する。高校に入ってから作ったハルノブ様のホームページも確認しておく。「明日、いよいよ聖地巡礼します！」昨日書いた日記に、いくつかコメントがついている。

「いよいよですね☆」

「写真楽しみに待ってます」

「ハルノブ様のご生誕地に行かれるなんてうらやましすぎます」

読んでくれてる人がいるんだ、と思うとうれしくなる。

岡山にあるおばあちゃんの家に行く前に、私には行きたい場所があった。母にはそのことを言っていない。つまり、嘘をついた。それでも、どうしても行きたかった。

ハルノブ様の生まれた町。ハルノブ様が十四歳で子どもを殺したあの町をどうしても見てみたかったのだ。

一人で外食するのは苦手だから、デパ地下かどこかで何か適当なものを買って部屋で食べようと思った。その前に、少しホテルのまわりを歩いてみることにした。

高架下をくぐって三宮のセンター街のほうに歩いて行く。このあたりの記憶はまったくないから、『るるぶ』を買って予習しておいた。歩くたび、下っ腹の奥のほうが、ずん、と鈍く痛む。またかぁ、と思った途端、自分の口からため息が漏れた。旅行中に生理が来てしまうのだけは避けたかったけれど、私の不順な生理のリズムは、自分でもどうしようもない。二日目にはものすごくたくさんの血が出て、おなかがひどく痛くなる。一回、学校で倒れて、保健室の先生のすすめで婦人科を受診したことがある。母よりも若い女の先生は、ピルをのみなさい、そうすれば生理も楽になるんだから、と言ったけれど、母が大反対したのだ。

「高校生なのにピルなんて。どうして避妊する薬が必要なの」

母はそう言ってきかなかった。その理由を婦人科の先生に伝えると、先生も困ったような顔をした。いちばん困っているのは、先生と母の間にいる私なんだけど、と思ったけれど黙っていた。ふだんは私がしたいようにさせてくれる母だけど、母のなかには何かに対して、強いこだわりがあって、一回だめ、と言ったらそれを撤回することは絶対にない。まるで地雷みたいだ。それがどこに埋まっているかわからないから、私は母が時々怖い。

中学受験をしなさい、と言ったときの母のこだわりもすごかった。私に拒否権はなかった。一度頑張れば、大学までのびのびすごせるのよ。それが母の言い分だった。

確かに高校三年の今、こうして受験勉強もしないで、のんびりと夏休みを過ごせるのだから、母の言い分は正しかったのだとは思う。けれど、そのために行かされた塾が最悪だった。

確かに私はほかの子より勉強ができたけれど、母が見つけてきた少人数制の進学塾には、私の百倍も頭のいい子ばかりで、そういう子たちを押しのけて、自分が受験をかいくぐっていけるなんて、とても思えなかった。塾に行くたびテストがあって、成績順でクラスが分けられた。A、B、Cに分けられたクラスのうち、Aクラスに入らないと、母の希望する中学に入ることは難しいと塾の先生に言われた。小学校から帰ると、塾の名前入りの鞄を持って電車に飛び乗って、午後十時くらいまで勉強した。宿題もたくさん出たから、家に帰ったあともすぐには眠れなかった。それはまだ我慢できたけど、いちばん嫌だったのは個別指導の先生だった。

勉強してもあまり成績の上がらない生徒は、苦手な教科だけ、クラス別の勉強以外に、個別指導を受けることになっていた。私は算数が苦手だったから、受験の三カ月前から個別指導を受けていた。生徒たちは、空き教室の、パーテーションで区切られた机で授業を受ける。先生は、移動式の椅子に座ったまま、それぞれの生徒の机を回遊して、わからないことを教えてくれる。パーテーションの陰に隠れた狭い机で、先生が体をぐっと近づける。それがどうしても苦手だった。

私を担当してくれた里見《さとみ》先生は、いつワイシャツのボタンがちぎれて飛んでいくか、こっちが心配になるほど、おなかの出た男の人で、髪の毛もちょっと薄かった。口をあまり開かず、ぺちゃぺちゃと舌を鳴らすような音を出してしゃべる。問題ができると、ものすごく大げさにほめて、頭を撫でる。わからない問題を聞くと、ちょっと近づきすぎじゃないかな、と思うくらい、顔を寄せて説明してくれる。その先生があまりに嫌すぎて、すっかり良くなっていたアトピーが出たくらいだった。

ハルノブ様を見つけたのもそのころだったと思う。

母は私がパソコンに触るのをいやがったけど、パソコンをロックしていなかったから、母が仕事で遅いときや、出張でいないときは、黙ってパソコンを使っていた。子ども用の検索ワードのガードもなかったから、興味のあることはぜんぶパソコンで調べた。母に聞けないことは、なんでもパソコンが教えてくれた。初潮のことも、セックスのことも。けれど、それ以上に興味があったのは、幽霊とか、UFOとか、殺人とか、未解決事件とか、そういうほの暗く、怖いことだった。でも、私はそういう出来事を暗いとも怖いとも思っていなかった。自分が見ている世界だけじゃなくて、世の中にはもっと違う世界があることに、私は勇気づけられてもいたのだ。

日本で起こった怖い事件をまとめてあるサイトで、私はハルノブ様に出会った。そこで、ハルノブ様が十四歳のときにしたことを知ったのだった。

その事件があったとき、私はまだ二歳だから、まったく記憶にはない。十四歳のハルノブ様は、近所に住む七歳の女の子を殺して、その体の一部を教会の門の前に置いた。中学生が、そんなことをするなんて信じられなかった。私は今まで生きてきて誰かを本気で殺したいと思ったことなんてない。でも、どうしてもその事件がひっかかって、ハルノブ様のことを検索し続けた。

極悪な殺人犯なのに、どういうわけだか、ネットの世界でハルノブ様は人気があった。その理由は私にもすぐわかった。ハルノブ様はとてもきれいな男の子だったから。こんなにきれいな顔をした人があんなことをしたんだ。それまで誰かを好きになったことなんて一度もなかったけれど、ハルノブ様の顔を写真で見たあのとき、私は彼に恋をしてしまったのだと思う。

どの写真もやさしげな表情で、目はそれほど大きくはないけれど、鼻筋がすーっと通っていて、少し開けた口からきれいに並んだ歯がのぞいている。こんな人が電車のなかにいたら、思わず振り返ってしまうだろうと思った。テレビに出ているアイドルと言ったって信じる人はいるだろう。というか、むしろ、私にとっては芸能人やモデルより、ハルノブ様のほうがかっこよく見えた。

私と同じような気持ちの人はほかにもいるらしく、何枚もないハルノブ様の顔写真をきれいに修整した画像やイラストはもちろん、ハルノブ様の出てくる小説や漫画、戯画化した「はるのぶくん」というキャラまでいた。ハルノブ様は女の子の体の一部を置いた場所に、ゴブリンみたいなイラストを描いた紙を残したんだけど、そのあまりうまくないイラストも「厨二病風味でイイネ！」と人気があった。ハルノブ様のファンサイトみたいなのもたくさんあって、そのイラストがトップページに使われたりしていた。

十四歳の少年が七歳の女の子を殺した、という事件は、当時、世の中を驚かせたようだけれど、私にはその重さなどわからないし、正直に言えばどうでもいいことだった。私はハルノブ様に夢中だった。学校の友だちが、アイドルにはまるのと同じだ。けれど、アイドルのように、鮮明な顔写真など手に入らなかったから、サイトからプリントアウトした紙を、手帳にはさんでいつも持っていた。里見先生の個別指導を受けるときは、お守りみたいにスカートのポケットにその紙を入れていた。

里見先生は授業に熱中すると、次第に私に近づいてくる。私の顔のすぐそばで話すので、唾が飛んでくるのが死ぬほど嫌だった。里見先生の体から出てきたものが自分の皮膚に触れるなんて、気が狂うほど気持ちが悪い。

ある日、算数の問題がどうしてもわからなくて、私は泣きたい気持ちになっていた。というか、もう、半分、泣きべそをかいていた。たくさん勉強しても成績は思ったほど上がらないし、受験はもうすぐだし、正直どうしていいかわからなかった。受験に落ちちゃうかも、と思うと怖くて仕方がなかった。そう思っても目の前の問題は難しくてわからないし、頭のなかがぐちゃぐちゃだった。家の外で泣くことなんて一度もなかったけれど、その日はふいに涙がこぼれてしまった。ぐいっと手の甲で拭こうとした瞬間、里見先生がひとさし指で私の頰を撫でた。まるで涙をすくいとるみたいに。そして、自分の指をぺろんと舐めたのだ。

咄嗟《とっさ》のことで何が起きたのかわからなかった。鉛筆を持ってプリントを見て、考えているふりをしていたけれど、頭のなかにはさっきの里見先生の気持ち悪さが充満していた。先生は私の涙を舐めたんだ。私の体から出た液体を。そう思ったら、涙なんてぴたりと止まった。肘の内側が急にかゆくなった。アトピーで乾燥してがさがさになったその場所をぽりぽりと掻きながら、この先生まじでやばいかも、と思っていた。

事件が起こったのは、私がなんとか第三志望の私立中学に受かったころだったと思う。里見先生が電車に飛び込んで自殺した。親たちも先生たちも、誰もほんとうのことは何も言わなかったけれど、里見先生がとある一人の生徒をストーキングして、警察に訴えられる事件があったらしい。いつもAクラスにいる、ストレートの髪の毛がきれいで、手足のすらっとしたモデルみたいにかわいい藤原さん、という女の子だった。その子のマンションまで押しかけて、部屋に入ろうとしたところを、帰宅した父親に取り押さえられた。藤原さんはほんとうは里見先生にレイプされたとか、里見先生の部屋には、藤原さんの髪の毛や、消しゴムかすや、鼻をかんだティッシュペーパーまできれいに保存されていたとか、とにかく塾の子どもたちの間ではいろいろな噂があった。

里見先生が死んだと聞かされたとき、私がすぐに思ったのは、ハルノブ様のことだ。ハルノブ様が殺してくれたんだと思った。なぜなら、あるサイトで、満月の夜、灯りを消して、蠟燭を灯し、ハルノブ様の写真の前で自分の望みを伝えると、その望みが叶えられる、という体験談が綴られているのを見たことがあるからだ。

受験に受かったとか、彼女とつきあうことができたとか、子どもができたとか、ハルノブ様をまるで神様みたいにあがめる人たちがいた。最初は私だって、まさかね、と思っていた。でも実は、私も満月の夜に、部屋の電気を消して、ハルノブ様に「里見先生を殺してください」とお祈りしたことがあった。

ほんとに叶うんだって思った。叶ってしまった、と思った。

やっぱりハルノブ様には何か不思議な力があるんだ。


股の間からゆっくりと何かが漏れていく感触がした。

生理が始まった途端に食欲もなくなる。もうなんでもいいや、と思い、ホテルのそばにあったコンビニでなにか買おうと思って引き返した。さっきくぐった高架下をまたくぐる。横断歩道で信号が変わるのを待つ。通りすぎる車が起こす、ほこり臭い風が私の髪の毛を揺らす。ふいに、「あの」においがした。なつかしいにおいだった。なぜだかこの町に、おかえり、と言われているような気がした。十七年たっても、家や人の燃えかすは、この町の空気中に浮遊しているんじゃないだろうか、と思った。自分の鼻の粘膜に付着した何かが、父の欠片《かけら》だったとしたら、それはちっとも嫌なことじゃないな。じくじくと痛み始めた下っ腹をおさえながら、そう思った。


三宮からその町までは地下鉄で二十分もかからず着いてしまう。

町の風景を何度もネットで見ていたから、初めて来たような気がしない。

朝起きてもやっぱり食欲はなかったから、鎮痛剤を飲むために、昨日コンビニで買ったチョコレートバーを一口囓り、ミネラルウォーターで流し込んだ。しばらくするとお腹の痛みは消えたけれど、薬のせいか、私の頭はどこかふわふわしている。

駅のロータリーを抜けて、住宅街に入っていく。どこにでもあるようなごく普通の住宅街だ。東京から来た私が歩いていても、違和感なく、するりと溶け込んでしまうような。空の頂上に近づきつつある真夏の太陽が、ワンピースを着た私の剝き出しの腕をじりじりと焼いていく。しん、とした道路に私の濃い影だけが映る。時々、透明なプールバッグを持った小学生たちや、小さな子どもを自転車の後ろに乗せた若いお母さんとすれ違ったけれど、通り過ぎてしまうと、ほとんど音がしない。

しばらく歩くと、道に傾斜がついてきて、急な坂道になる。真夏の直射日光に当たったまま、坂道を上がっていくのは少し息がきれた。足を止めて、振り返り、その風景を一枚写真に撮った。

坂道の向こう、こんもりとした山の頂上に聖火リレーに使うトーチを逆さまにしたような給水塔が見えてくる。あそこが、ハルノブ様が子どもを殺した聖地だ。ネットでは誰がいつから言い出したのかわからないけれど、ハルノブ様が女の子を殺した場所や、ハルノブ様が今いるかもしれない場所のことを、「聖地」と呼んでいた。

給水塔が近づいてくると、やはり、ずいぶん古びていて、コンクリートのひび割れが目立っているのがわかる。

坂道から続く階段を上りきったところに、ハルノブ様が殺した女の子の慰霊碑が建っていた。灰色のつやつやした半円形の石の下には、枯れかけた花束と、途中で燃えるのをやめて、中途半端に灰になったままの線香の束、オレンジジュースの缶や、色の褪せた熊の小さなぬいぐるみが置かれている。少しの間迷って手を合わせた。

給水塔に入って行く道の前には鍵のかかった鉄の門があるのだけれど、その脇には子ども一人通れるくらいの隙間がある。それもネットで見て知っていた。まわりを見渡し、誰もいないことを確認して、ワンピースの裾を足の間に挟んで、そこを通り抜ける。たくさんの落ち葉で隠れた道を進むと、途端に薄暗い藪道になる。苛立つような蚊の鳴く音が耳のすぐそばでする。ホテルを出るときに、虫よけスプレーを吹きかけてきて良かったと思った。

道を覆うように笹や木が鬱蒼と生えていて、真夏とは思えないほど、まわりの空気がひんやりしている。上腕部に鳥肌がたつのがわかる。給水塔をぐるりと囲む道の半周を過ぎると、ハルノブ様が少女を殺した場所に出た。給水塔の裏側に取り付けられた螺旋階段の真下。そのまわりは、藪がきれいに刈られていて、さっきの坂道と同じような真夏の太陽が降り注いでいる。自分では意識していなかったけれど、緊張していたせいなのか、急に疲れを感じて、そのそばにある木の下にしゃがんだ。

ここで昔、殺人事件が起こったという怖さもない。風が吹いてざっ、ざっと、笹や木々の葉が揺れる音がする以外は、とても静かな場所だ。

ここでハルノブ様がしたことをもう一度、頭のなかで反芻する。

たった一人でブランコに乗っていたハルノブ様に声をかけたのは女の子のほうだった。ハルノブ様は「家の庭で飼っている兎、見に来ぃへん？」と嘘をついて女の子を誘う。そのときも、多分、ハルノブ様はとても優しく、紳士的に声をかけたに違いない。とびきりの笑顔を浮かべながら。ハルノブ様が女の子を連れて行ったのが、この給水塔だった。ハルノブ様は錆び付いた螺旋階段を少女と二人で上り、町の景色を見せたあと、階段を下りたこの場所で少女の首を絞める。細いビニール紐でぎゅっ、と。地面に横たわった少女の体を糸ノコギリで切断する。切り離したその……。

そのとき、足の甲にちくりと痛みが走った。視線を落とすと、なぜだか左足に数匹の蟻がたかっている。体がむちっとした、とても大きな蟻だ。手のひらで払い落とした蟻をサンダルの底でぎゅっとつぶす。鎮痛剤のせいなのか、まだ頭がひどくぼうっとする。そうだ写真、と思いながら、バッグのなかからデジカメを取り出す。このあたりでいいか、とカメラをかまえるが、どうしてもシャッターが下りない。一度スイッチをオフにして、もう一度、焦点を合わせようとするが、だめだった。

女の子ののろいだったりして、という考えが頭をかすめるけれど、なぜだか怖い気持ちにはならなかった。よくある心霊現象だ。そういうサイトでよく見る話だ。ごめんね、撮らせてね、と心のなかでつぶやいて、もう一度シャッターを切った。やけにゆっくりとシャッターが下りる。撮った写真を確認せずに、デジカメをバッグの中にしまった。

来た道をもう一度戻って、地図を頼りに教会に向かった。途中、道に迷ってしまい、白い日傘をさしたおばさんに場所を尋ねた。

「あぁ……」と返事をした、その顔からはどんな感情も読み取れない。小さく畳んだハンカチで額から流れる汗を拭いながら、丁寧に場所を教えてくれた。ふと、町の外からやってきた人に、私のように教会の場所を聞かれることがあるのかもしれない、と思った。

自分が住む町で殺人事件が起こるって、どういう感じなんだろう。そんな出来事が起こっても、時間と共に少しずつ忘れていって、時々は思い出して、毎日ごはんを食べたり、くだらないテレビを見て声をあげて笑ったりすることを、ほんの少し、怖いことのように思った。

郵便局の角を曲がると、坂の向こうに焦げ茶色の古い煉瓦造りの小さな教会が見えてきた。白く塗られた鉄の門は閉じられている。鉄柵をつかんで軽く揺らしてみたものの、門が開く気配はない。門から少し離れて、教会全体を写真に撮った。この門の前にハルノブ様は女の子の体の一部を置いた。

殺された女の子の写真を見たことがある。すごくかわいい子だった。かわいいその子の一部分がここにあったんだなぁ。かわいそうだけれど、なんだか、それはとても美しい風景のような気がしてしまった。事件が起こったのは、夏休みが始まる直前の七月の半ばのことだ。もし、夏休みに楽しみにしていたことがあれば、それはちょっとかわいそうだなぁ、という気がした。

しばらく歩いた疲れのせいだろうか、突然、生理中によく起こる貧血で目の前が暗くなった。暗い靄《もや》がかかって、赤や青や緑のつぶつぶが点滅する。鎮痛剤もきれたのか、おなかがまた痛みはじめている。まっすぐに立っていられなくて、鉄柵を握ったまましゃがんでしまった。コンクリートの上に溜まったままの熱気を、臑《すね》に感じる。見上げると太陽が白く霞んでいる。

ぼーっとしてきて頭を左右にふる。むかむかとして口のなかがねばつく。こんなところでなんだって。急に泣きたい気持ちになったとき、目の前がすーっと薄暗くなった。あ、ここで気を失うのはだめだ、と思い、目を思いきり開き、空を見上げた。目の前に女の人が立っている。おしりまで隠れる安っぽい化繊のキャミソールにロールアップしたデニム。肩まで伸びたパーマのとれかかった髪。化粧っ気のない地味でださいおばさんが私を日傘の陰に入れてくれた。

「だいじょうぶ？」そう言いながら、心配そうに私の顔を見る。おばさんは肩に重そうな黒いカメラを提げている。そのとき、なんとなく思った。もしかしたら、この人もハルノブ様の聖地巡りをしてるんじゃないかな。なんて。

神戸のホテルに戻ったときは、もうくたくたに疲れきっていた。あれから、あのおばさんがミネラルウォーターを飲ませてくれて、どこかで休む？　と聞いてくれたけど、なんとなくあのおばさんからは早く離れたほうがいいような気がした。ありがとうございますもうだいじょうぶですほんとにもうだいじょうぶなんで、と頭を下げて、駅までの道を走りだしたのだった。

ベッドの上に寝転がったまま、おなかの上にパソコンを載せ、朝の残りのチョコレートバーを囓った。母のFacebook。どこかの会社の社長さんと、にこやかに笑いながら、並んでカメラを見つめている。その笑顔がきれいだな、と素直に思う。さっき、ミネラルウォーターをくれたおばさんよりずっときれいだ。

私が母と暮らしはじめたのは、小学三年生のときだ。そのときまで岡山のおばあちゃんに私を預けて、母は一人、東京で仕事をしていた。父の思い出がたくさんある神戸にはいたくなかったらしい。逃げるように神戸をあとにして、大学時代の友人が起業したオーガニック化粧品の会社に再就職したのだ。母は忙しくて、時々しか会えなかったけれど、私にはおばあちゃんがいれば問題なかった。

岡山での私は毎日、勉強もせず、山や川を泥だらけになってかけまわるような子どもだった。おばあちゃんは、いただきます、を忘れると食事をさせてくれないような厳しい人だったけれど、それでも私はおばあちゃんが大好きだった。

母は一月か二月に一回、たくさんの本やおもちゃを抱えて、私に会いに来た。そんな母も大好きだった。会うたびに、母はきれいになって、いいにおいがした。東京に戻るときには、「すぐに迎えに来るからね」と言って泣いた。

その言葉のとおり、母は小学三年生のときに私を迎えに来た。母はおばあちゃんも東京につれていくつもりだったらしいけれど、おばあちゃんは自分が東京に行ってしまったら、おまえたちの故郷がなくなってしまうから、と東京行きを頑なに拒んだ。

私は母と暮らせるうれしさのほうが大きくて、おばあちゃんと別れるときも泣かなかった。おばあちゃんと離れたことを後悔したのは、東京に来てからだ。母は仕事で帰りが遅いし、知らない町の、誰もいないマンションで長い夜を過ごすのがほんとうに嫌いだった。

転校した公立の小学校も最悪だった。私の言葉のことや、鼻の下に生えている濃い産毛のことで、みんなにからかわれた。岡山では言いたいことを言って、男の子にだって口喧嘩で負けたことはなかったけれど、東京の学校で私が何か言い返すと、また、言葉のことでいじめられる。だから、いつも口をぎゅっと閉じていた。友だちもいないし、することもないので、毎日勉強していたら、どんどん成績が良くなって、それに気づいた母が中学受験を決めたんだった。

私を岡山に預けている間、母は必死に働いた。小さな会社ではあったけれど、会社では営業部長を任され、母自身が雑誌やテレビの通販番組に出ることも多かった。東京に来たばかりのころは、古い小さなマンションに暮らしていたけれど、私が中学に受かると、母はローンを組み、恵比寿の新築マンションの一室を手に入れた。それまで暮らしていたマンションとは大違いの高層マンションだった。

マンションには時々、母の会社の人や、仕事関係の人が来ることがあった。母はやってくる人たちに手作りの料理をふるまった。それも仕事なのだから、と母は私に言い聞かせた。家にやってくる人たちは、地震で夫を亡くし、女手ひとつで娘を育てている母を褒め称えた。同情されることもまた、母の仕事につながるのだろう、と子どもの私は理解した。

母に言われたわけではないが、一人で部屋に閉じこもっているわけにもいかないので、私も母の作った料理を取り分けたり、お酒をついだりする手伝いをした。岡山にいるおじさんやおばさんたちのように、皆が皆、お酒をのむとすぐに大声で歌ったり、大騒ぎをする人ではなかったが、それでもお酒の量が増えるほど、顔を赤くして、それまでかぶっていた上品な人間の殻がずるりと脱げかかってしまう人もなかにはいる。特に男の人には。

「いやぁ、荻ちゃんの、お酒ついでるところ色っぽいなぁ」

と、赤く、涙の滲んだ目で言われることもあった。大人の男の人に慣れていないし、そのうえ、酔った男の人にそんなことを言われたことがなかったから、最初のうちはほんとうに泣きたくなった。自分ではわからない、自分のどこかにある、色っぽい、と言われる何かを、ピンセットでつまみ出して、どこかに捨ててしまいたかった。

Mさんが来るようになったのは、私が中学三年生のときだ。

Mさんはそれまで来ていたお客さんたちとは違い、いつも一人でこのマンションにやってきた。たくさんのお客さんたちが来るときには、鯛の塩蒸しとか、グレービーソースを添えたローストビーフとか、母はパーティ向きの派手な料理をつくった。けれど、Mさんが来るときは、きんぴらごぼうとか、大根おろしを添えた焼き魚とか、だし巻き卵とか、ふだんの夕食と変わらないものを出した。私はそういう料理をMさんのために作る母も、それをうれしそうに食べるMさんを見るのも嫌だった。

Mさんは、それまで家に来ていた人のなかでも、とびきり見栄えのいい人だった。

母より七つ年上で、白くなった髪を後ろに撫でつけ、母より頭ふたつ分くらい背も高い。母の会社と仕事をしている広告会社の人だと聞いていたが、年齢の割にはとても若く見えるし、白いシャツにデニムとか、細身のスーツとか、シンプルでこざっぱりとした服装がよく似合っていた。

もしかしたら……と思い始めたのは、私が高校に入った春に、「Mさんと温泉に行ってくるね」と母が言ったことだ。うすうすそう思ってはいたけれど、母とMさんはつきあっているのだ、とはっきり知らされた。母だってまだまだ若いし、きれいだ。恋愛してもおかしくはない。再婚だって……と思ったけれど、Mさんが私の義理の父親になることだけは、どうしてもうまく想像できなかった。それでも、子どもみたいに反抗するのは恥ずかしいと思っていた。だから、自分の気持ちは母には向けず、「楽しんできてね」と送り出した。

Mさんをとある書店で見かけたのは、高校一年の夏休みが始まる直前のことだ。エスカレーターで降りて、地下にあるその書店に入っていくと、入口近くにある外国の雑誌が置いてあるコーナーで、Mさんが何かの雑誌を熱心に読みふけっていた。

「Mさん……」と近づいていく足が止まった。

雑誌を広げるMさんの左手の薬指に銀色の指輪が光っていた。

「パパぁ」と、そのとき、Mさんの後ろから声をかけたのは、私と年齢のさほど変わらない女の子だった。栗色のストレートヘア。ミニスカートからまっすぐに伸びた足。Mさんの腕に自分の腕をからめ、Mさんが見ていた雑誌を、元の場所に乱暴に戻して、二人で書店の奥に向かい歩いて行った。

そういうことだったのか……という落胆を強く感じれば感じるほど、自分が母とMさんの恋愛が成就してほしいと思っていたことに、そのとき気づいたのだった。

「葵ちゃんは、どんな人が好みなの？」

どういう話の流れでそうなったのか、少しお酒の入ったMさんが、ダイニングテーブル越しに私に問いかけた。グラスを持つ左手には指輪がない。この家にMさんが来るようになったときから、指輪をしているところなど見たことはなかった。この家に来る前にどこかで指輪を外しているんだろう、と思った。外した指輪はどこにあるんだろう。無くさないように小銭入れとかにしまうんだろうか。永遠の愛を誓って交換した指輪が、ばい菌だらけの小銭といっしょにしまわれていることに、私は小さな怒りを覚えた。奥さんが知ったらどういう気持ちになるんだろう、と。

母はもちろんMさんが結婚していることなど承知でつきあっているんだろう。そうだとしたら、Mさんは私の父になる可能性などないわけだし、母の恋人でしかない。そんな人に自分が好きなタイプを聞かれるのはなんだかむかむかと気持ちが悪かった。

「ママに似て、美人だし、蒅ちゃんはもてるんだろうなぁ」

黙ったままでいると、酔いのせいなのか、涙の滲んだどろりとした目で、Mさんが私を見て言った。熱で中途半端に凝固した、焼き魚の目みたいだ。その目を汚い、と思った。返事もせずに私はMさんを見て、ただ黙っていた。黙っている私を、心配そうな顔で見つめる母も嫌いだった。

どういうつもりなのか、ある時期からMさんは家に泊まっていくこともあった。嫌だ、とも母に言えず、母とMさんを私は黙認していた。Mさんが泊まるのは二カ月に一度とか、そんなペースだったけれど、Mさんが来る日は、部屋に鍵をかけて眠った。

ある日の真夜中、私がトイレに行こうとすると、浴室のドアが開き、もわもわの湯気のなかから、腰にタオルを巻いただけのMさんが出てきた。廊下の電気は消えていたし、逆光でよく見えなかったけれど、Mさんが私の顔を見て、とても気持ち悪く笑った。にやっ、と。私は寝ぼけまなこだったし、Mさんが泊まっていることも忘れていたんだけど、Mさんの裸の上半身を見て、吐き気がした。皺、しみ、たるんだ皮膚。洋服を着ているときは若々しいのに、おじいちゃんそのものだった。あんな人と母が……と思うと、泣きたくなった。

母が食事をしなくなり、ひどくやせはじめたのは、それから二カ月後のことだ。会社には毎日行っていたが、夜は毎日お酒のにおいをさせて家に帰り、ジムやネイルサロンやエステに通っていた週末は、朝から夜まで自分の部屋で眠り続けていた。ある朝気づくと、母が玄関でコートを着たまま眠っていたことがある。ハイヒールも片足だけ履いたまま、目の下にマスカラのしみができていた。

「お母さん、男運がないみたい」

母の体を揺すって起こすと、私の顔を見て泣き崩れた。

Mさんが家に来ることはなくなった。けれど、母をこんな目に遭わせているMさんが許せなかった。母がわかってしていた恋愛とはいえ、Mさんには帰る家があるのだ。父を亡くし、私を一人で育ててくれた母には幸せになってほしかった。

母の体重はすっかり落ちて、口の脇には深いほうれい線が目立つようになった。深夜、帰るなり、ソファに倒れ込む母の化粧を落とした。ポイントメイクを落とす青いクレンジング剤をコットンに染みこませて、マスカラの黒や、口紅の赤をやさしくぬぐった。

眠ってしまったのかな、と思うと、涙が目尻からすーっと耳のほうに流れていくこともあった。

母が憔悴していけばいくほど、Mさんのことが許せなくなった。

ある日の真夜中、自分の部屋に入り、鍵をかけ、机の鍵付きの引き出しにしまったハルノブ様の写真立てを出して、ピンク色のアロマキャンドルに火をつけた。

「ハルノブさまハルノブさま。Mさんをどうかひどい目に遭わせてください」

両手を組んでそう祈った。ひどい目というのが具体的にどんなことなのか、私には分からなかった。けれど、それがわかるのは、その夜からそれほど日が経っていない冬の夜のことだった。

「Mさんが、Mさんが……」

家に帰ってきた母はそう言って声をあげて泣いた。関西の出張先に向かう高速道路の玉突き事故。炎上する車のなかでMさんは死んだ。逃げようとしたのだが、ドアが開かなかったのだという。小刻みに震える母の背中をさすりながら、私はぼんやり、ハルノブ様ってやっぱり願いを叶えてくれるんだな、と思っていた。

翌日はホテルをチェックアウトして岡山に向かった。岡山駅からJRに乗って十五分。そこからバスに乗って十分。おばあちゃんの家は、大きな梅園のそばにある。小さな二階建ての木造の家。人の住んでいない家は時間とともにどんどん荒れていく。母から渡された家の鍵で、木のドアを開ける。おばあちゃんのにおいを思いきり吸い込み、心のなかでつぶやく。ただいま。

雨戸を開け、窓を開け、母の言いつけどおり、部屋に風を通した。すっかり黄ばんでしまったカーテンが風にふわりと揺れる。四角い木のテーブルが置かれた居間をゆっくり歩く。素足の裏に畳の毛羽立ちがちくちくと触れる。家の基礎が傷んでいるのか、ところどころ、ふわんと足が沈む場所がある。縁側に座り、駅前で買ってきたペットボトルの水をのんだ。おなかは昨日よりは痛くないが、やっぱり食欲はない。

庭の隅に、私が子どものころ乗っていた対面式の赤いブランコがそのまま置いてある。すっかり錆びて、色も褪せてしまったけれど、おばあちゃんはそれを処分したりはしなかった。

「莢の子どもが乗るかもしれんじゃろ」そう言ってなんだか寂しそうに笑った。なんで、悲しそうな顔をするのかな、とそのときは思ったけれど、今はわかる。おばあちゃんは、曾孫が見られないかもしれない、って思ってたんだよね。

ハルノブ様を好きになった理由のひとつに、おばあちゃん子だった、というのがある。ハルノブ様のことを書いた本でそのことを知った。ハルノブ様も小さい頃の一時期、おばあちゃんに育てられた経験があるのだ。ハルノブ様もお父さんがいなかった。お母さんは少し変わった人で、小さなハルノブ様を連れて、日本のいろんな場所で生活をした。自分とは血のつながらない人たちのなかで。

普通の家族、ってなんなのか私にもわからないけれど、毎日、保育園や小学校に通うとか、一日三度食事をするとか、友だちと遊ぶとか、もし、そういうことが普通の子どもの生活だとするなら、ハルノブ様がそういう生活をできたのは、おばあちゃんと暮らしていた時期だけだったんじゃないかな、と思う。

ハルノブ様とおばあちゃんはいつも同じお布団に寝て、おばあちゃんはハルノブ様の両足を自分の足の間に挟んで寝ていたんだって。おばあちゃんのそういう溺愛も、ハルノブ様があいう事件を起こすきっかけになった、って書いてある本もあるけれど、それがほんとなら、私だって、ひどい殺人事件を起こさないといけない。

おばあちゃんと別れるとき、ハルノブ様はおばあちゃんにおんぶされていて、いつまでも泣いて離れなかったそうだ。「僕はおばあちゃんの甲羅になる」と言って。その話を思い出すと、私も泣きそうになる。

母のことは嫌いではないし、今だってうまくいってないわけじゃない。だけど、私にとって、この家でおばあちゃんと過ごしたあの時間は、何物にも代えがたいものだった。そう思う。

スマホが震えた。母からのメールだ。「おばあちゃんのお墓参り無事に済んだの?」「うん。お花もお水もちゃんとかえたよ」と返事をうつ。嘘。おばあちゃんのお墓参りなんてしない。おばあちゃんのお墓に行くと、おばあちゃんが死んだことを認めるようで怖いのだ。その代わり、私は日が暮れるまでこの古ぼけた家にいて、おばあちゃんのにおいを何度も吸い込む。おばあちゃんの欠片をいっぱい自分の体のなかに入れて、東京に帰るんだ。

「おーい、鞄開けろ」

二学期に入ってすぐ、山本という、ジャージ姿の体育教師が昼休みに突然教室に入ってきて大きな声で言った。私は教室のうしろのほうで、いつものメンバーとお昼ごはんを食べていた。体育教師が入ってくると、みんなは私がさっき渡したばかりの神戸みやげのチョコレートを、そそくさと机のなかやスカートのポケットに隠した。高校三年にもなって荷物検査をする学校なんて、ほんとにばかだと思う。

携帯やお菓子、化粧道具、MP3プレイヤー、学校には持ってきてはいけない、とされているものを、山本は毛の生えた猿のような手でむんず、と摑んでは、片手に持った紙袋に投げ入れていく。山本は鞄の中が見たいだけじゃないの変態。私が小さな声でつぶやくと、皆がくすくすと笑った。山本がこっちを見て「おい、なんか言ったか」と怒鳴るように言ってこちらに近づいてきた。黙っていると、

「おい、鞄、開けろ」と私を睨みながら言う。

ばかか、と思いながら、鞄を広げた。自分でそうしたわけではないのに、どういうわけだか鞄の中には、朝、ポーチに入れたはずの生理用ナプキンが散乱していた。山本は中身を一瞥すると、「もういい」と怒ったように言って、違う生徒の鞄をチェックしはじめた。

ハルノブ様ハルノブ様、と一瞬心の中で唱え始めて、やめた。だって、ほんとに山本死んじゃうもん。後ろから見ても猿みたいだなぁ、と山本の背中を見ながら、私はお弁当の続きを食べ始めた。昨日の夜、プリントアウトしたとある場所の地図を片手に見な

がら。

「なにそれ」

隣に座ったのんちゃんがのぞき込む。のんちゃんはこの学校に入ったときからの数少ない友だちの一人だ。中一、中二と同じクラスだったけど、高校三年になって、また同じクラスになった。のんちゃんは勉強もできるけれど、運動もできて、そして男の子と遊ぶのも大好きな人だ。私がハルノブ様のホームページを作っていることを、世の中でただ一人知っている人でもある。

「また、あれだ。ハルノ」「しっ!」と言いながら、私はのんちゃんの口を塞ぐ。

「また、行くんかい」

のんちゃんがにやにや笑いながら私の顔を見る。

ハルノブ様のホームページを起ち上げてから、聖地巡礼と称して、私がハルノブ様がいる、と噂されている場所を一人で訪ねていることを知っているのものんちゃんだけだ。とはいっても、夏休みの神戸行きはおばあちゃんの墓参り、という名目があったから実現した旅で、それ以外に私が行ったことのあるのは東京近郊しかない。北千住のパチンコ屋とか、八王子にある百円ショップとか、川越のガソリンスタンドとか。どこも、ハルノブ様に会えるかも、という目的がなければ一生行かないような辺鄙な場所だった。母が出張でいないときを狙って、私はその町を訪れた。「ハルノブ様はここにいます」とホームページ経由でメールをくれる人もいたけれど、ほんとうかどうかわからない。ネットでも調べてみて、これは、という場所だけ訪ねることにしていた。

一日張ってみるものの、ハルノブ様らしき人に出会うことはできなかった。今のハルノブ様の顔だってわからないんだから当然なんだけど。資金の問題もあった。学校もバイト禁止だし、母にも大学に入るまではバイト禁止、ってきつく言われていた。毎月もらうお小遣いをためるまでには時間がかかった。

「ねぇ、男子部の子に莢を合コン連れてきてって頼まれてんだけど」「やだ」

即答すると、やれやれ、という顔でのんちゃんが私を見た。

「今度はどこに行こうとしてるわけ?」

「こだまに乗って、それからね……」

地図を指差しながら、細かい説明を始めた私をのんちゃんは手で制した。

「うちのお姉ちゃんさ」そう言いながら、のんちゃんがラップフィルムに包まれたおにぎりを一口囓った。

「私が言うのもなんだけどわりと美人なんだ。私に似て」

一体何を言い出すんだろうと思いながら、のんちゃんの顔を見た。確かにのんちゃんは美人だ。もうおつとめしているお姉さんがいることは聞いていた。

「だけどさ、ものすごいジャニオタで」

うん、と声に出さずに頷きながら、母の作った甘い卵焼きを口に入れた。

「いまだに男の人とつきあったことなくて……たぶんね」

それからのんちゃんはしばらく考えるようなポーズで頰杖をつきながら私を見た。私を見ているふうじゃなく、まるで目の前にある花瓶を見ているような視線で。

「あんまり本気になってこじれると大変だからねそういうの」

「こじれる?」

「つまり……」そう言いながら、真ん中分けにしたストレートの髪の毛をかき分けた。ふわりと、シャンプーの香りがする。

「こっちに戻れなくなるからね。適度にやんなねそういうの」

笑いもせずにそう言うと、私から目を逸らして、おにぎりを囓った。のんちゃんは、男の子をとっかえひっかえする遊び人の癖して、時々、私にこんなまじめなことを言う。

うんうん、と適当に頷いたものの、のんちゃんの言う「こっち」とか「戻れなくなる」の意味を理解したわけではない。私がハルノブ様を追い掛けているのって、みんながアイドルのおっかけしてるのと同じじゃないかな。相手が殺人犯ってだけで。そう思ったけれど、なんとなく、のんちゃんが怒っているような気がして黙っていた。

その次の週末、母が泊まりがけで札幌に出張に出かけた土曜日、私はこだまに乗って西に向かっていた。ハルノブ様が働いているというスーパーマーケットに行くために。ハルノブ様がいると噂されているのは、大抵、観光地でも、何かおもしろいものがある場所でもない。今日、降りたこの駅だって、暇そうな客待ちのタクシーが数台停まっているだけで、スタバもファストフードの店もない。三十分待って、やっとやって来たバスに乗り込んだ。週末だというのに、乗っているのは私を入れて三人。私以外は、おばあさんが二人。

走り出したバスの窓から外を見ても、おもしろそうなものはない。古ぼけたシャッターの閉まった商店街を抜けて、川を越え、高速道路の下をくぐった。お寺、ぼたん園、ゆり園、ゴルフ場に茶畑。もしここにハルノブ様がいるとしても、遊びに行くところはなんにもないだろうなぁ、と思いながら、窓の外の風景を眺めていた。

走り出して二十分、最近できたばかりらしいショッピングモールで降りた。ハルノブ様がいるらしいスーパーマーケットはここからさらに歩いて十分かかるのだけれど、朝早く、何も食べずに家を出ていたから、何か簡単に食べておきたかったし、トイレにも寄りたかった。駅前の寂れた風景とは違って、ショッピングモールの駐車場には、車の列が続いている。フードコートのなかも、親子連れや若い人でにぎわっていた。ドーナツショップでドーナツとホットミルクを買い、空いている席を捜した。小さな子どもが走り回っているので、そのたびにトレイを持ち上げて、ぶつからないように注意した。

端っこに空いている席をひとつ見つけて、そこに向かう。その斜め前で声を張り上げて泣いている女の子がいる。ハンバーガーショップのおまけだろうか、カラフルなプラスチックの人形をトレイに激しくぶつけている。子どもの泣き声は苦手なほうじゃないけれど、その女の子の声はヒステリックで聞いているこっちがいらいらした。目の前にいるお母さんらしきおばさんは、その子をなだめることもなく、笑いかけることもなく、手にしたスマホの画面を指でスワイプしながら、ゆっくりとコーヒーをのんでいる。隣の席の親子連れが迷惑そうな顔でちらちら見ても、ちっとも気にしてない感じだ。なんとかすればいいのになぁ、と思いながら、そのおばさんが座っている席の後ろを通った。わーと声をあげながら駆けてきた男の子をよけるために、体がぐっと席に近づく。

おばさんが手にしているスマホの画面に目がいった。足が止まる。何度も見ている写真だから、遠目でもすぐにわかった。ハルノブ様だ。この人、ハルノブ様の写真を見ている。

鼓動が速くなるのがわかった。その席からゆっくり離れて、おばさんの顔が見える席を選んだ。離れてはいるけれど、顔はよく見える。まるで気にしてない風を装って、ローストココナツがまぶされたチョコレートドーナツを囓り、ホットミルクでのみ込みながら、ちらちらと見た。

泣いている女の子はさっきよりも興奮して声を張り上げている。おばさんの視線は相変わらずスマホの上にある。他人ごとだけど、ひどいな、とちょっと思った。あテーブルの上には、黒い大きなカメラが置かれている。あの女の子を撮るのかな。あいうおばさんでも、ハルノブ様の写真なんか見るのだろうか。もしかして私のホームページとか見てたりして。

目の奥でチカッと何かが瞬く感じがした。あのカメラ、どこかで見たことないだろうか。どこかで。どこかで。ここはほどよく冷房の効いたフードコートだけれど、腕にちりちりと照りつける真夏の太陽光線の強さをなぜだか思い出す。グラスの底に張り付いていたソーダ水の泡が浮かび上がるように。

教会でうずくまった私を助けてくれた、さえないおばさん。ミネラルウォーターを飲ませてくれたあの人。あの人もハルノブ様を……。

そう思った瞬間、おばさんが泣いている女の子の頭を思いきりはたいた。隣に座る男の人が驚いた顔でおばさんと女の子を交互に見つめる。女の子が靴を履いたまま、椅子の上に立って泣きわめき始めた。おばさんはまた、スマホに目をやる。ふと、のんちゃんの言葉を思い出す。

こっちに戻れなくなるからね。

そのとき思った。あのおばさんは、どこから戻れなくなったんだろう。

Ⅲ　あくまをあわれむうた

「おはよ、光《ひかる》」

山の上にある給水塔を見上げながら心のなかで呟いた。

ハンガーにかけたワイシャツの袖を両手で挟み、ぱんぱんと叩いて皺を伸ばす。

先週末から降り続いていた雨が、明け方やっとやんだ。起きてすぐ二回、洗濯機を回したけれど、まだ洗濯物は残っている。もう一回、回したいところだが、パートに行く時間が迫っていた。雨に濡れた芝生が太陽の光を浴びてきらきらと光っている。寒い日はまだ続いているが、一雨ごとに確実に春に近づいている。ヒイラギモクセイの生け垣の向こうを小学一年生の黄色い帽子がひょこひょこ揺れながら移動するのを見ていると、思わず口元がゆるんでいくのがわかる。

「母さん、飯は」

思いきり寝癖のついた髪で、首まわりのゆるんだトレーナーの裾から手を入れ、ぽりぽりと掻きながら智《とも》がリビングから顔を出す。

「もう！　パンくらい自分で焼けるやろ」

サンダルを脱ぎ捨て、洗濯カゴを抱えながら明るい庭からリビングに入ると、軽いめ

まいがした。しばらく目を閉じて俯いていると、

「だいじょうぶなん？」と、智が心配そうな声を出す。

「なんでもない。更年期や」

とは言ったものの、自分でも顔がかーっと赤くなっていくのがわかる。去年の終わりくらいから、更年期障害の症状があらわれはじめた。自分の人生もこうやって少しずつ終わりに近づいていく。だったらもっと子どもをたくさん産んでおけばよかった。不快な症状に襲われるたびに思った。花の命は短くて。あれって生殖可能な時間のことなんだ、と思ったら、急に年をとったような気がした。

智は食パンの袋から一枚をつまみだしてそのまま囓っている。

「もう、なんでいつもそうなん」

尖った声を出しながら、ガス台にフライパンを置き、火をつける。冷蔵庫から、ヨーグルトとあらかじめ剝いてあったグレープフルーツを出す。卵二つをボールに割り、牛乳を注いで、温まったフライパンに一気に流し入れた。夫はもう一時間以上も前に出勤している。オムレツも二つ作って、温めるだけにしておけばいいのだが、バイトで遅くなる智は夕飯もレンジで温めて食べている。なんでも自分でやれ、と口では言うが、せめて、朝食くらいはできたての温かいものを食べさせてやりたかった。

二枚目のパンを囓りながらダイニングテーブルにぼんやり座っている智の前に、オムレツの皿を置くと、

「ありがとう」と智が私の顔を見ないで言う。その素直な声を聞くと、自分は智に甘い

んかなぁ、とも思う。

「母さん、もうちょっとしたら出るから、戸締まりちゃんとしてな」

言いながら、慌ただしくエプロンを外した。

パート先までは自転車で十分も走れば間に合うが、今日は時間ぎりぎりだ。

自転車の前カゴにトートバッグを放り投げ、きぃきぃと嫌な音をさせながらペダルを踏んだ。

脱サラした友人が始めた発芽小麦と天然酵母を使ったパン屋さんで働き始めて、もう二十年近くになる。坂を下り、住宅街の細い道を走り抜ける。店が近づくにつれ、パンの焼けるいい香りがしてくる。最初は店頭販売だけをしていた間口の狭い店だったが、ホームページを作り、冷凍したパンをネットで販売するようになってから、評判を呼び、瞬く間に店は大きくなった。私はその店で、ネット注文の伝票を捌き、商品の梱包や、全国に配達するための準備の全般を担当していた。

「おはよう」

パン屋の二階にある事務所のドアを開け、タイムカードを押す。あと一分で遅刻になるところだった。パートのリーダーである鈴木さん、小向《こむかい》さん、二人の同僚はすでにパソコンの画面を見つめ仕事を始めている。もう一人メンバーがいたのだが、義母の介護で仕事をやめ、今月から新しいパートの女性、三好《みよし》さんが入ってきた。三十代前半だが、パート仲間のなかではいちばん若い。結婚はせず、実家に暮らしているのだと聞いた。愛想もなく口数は少ないが、物覚えはいい。パソコン作業にもすぐに慣れた。

お昼までは、かかってくる電話をとる以外は、皆、黙々と入ってくる注文の処理を続けた。

近くにコンビニがないので、パート仲間はたいてい事務所の隅にあるテーブルで、持参した弁当を食べた。とはいえ、皆で仲良くおしゃべりするわけでもない。新聞や本を読んだり、携帯をいじったり。時には、編み物をしたり、韓国語のテキストを開く人もいた。

一日中、同じ部屋で作業をしているので、この時間だけは好きなように過ごしたい、という気持ちがあるのか、それぞれ自由にやりたいことをやっていた。けれど、今日は珍しく話が弾んだ。きっかけは小向さんの話だった。

最近、四十七歳で子どもを産んだタレントの話から、不妊治療がいかに大変だったか、高齢出産で子どもを産むのがいかに大変なのか、そんな小向さん自身の苦労話に話が流れていった。妊娠や出産や、子育ての話は、ここではごく普通の会話だ。口に出すことに照れも無い。だから余計に口が滑った。

「そうやなぁ、若い人の気持ちもわかるけど、産めるうちに産んどかんとしんどいな。相手がいなくても、子どもだけでも先に。期限が切れてからでは遅いからな」

「……そんなの」

ずっと黙っていた三好さんが私の言葉を聞いて口を開いた。皆が三好さんの顔を見る。

「そんなの……結婚して、子どももいる人の勝ち組発言ですよ。今はみんながみんな、結婚したり子ども産んだりできるわけじゃないです。皆さんみたいに幸せじゃないです」

三好さんが私の顔をじっと見つめている。ほかの二人も私の顔を見た。ぎゅっと濃縮したような沈黙の時間が通りすぎたあと、突然、電話が鳴った。鈴木さんが慌てて立ち上がり電話を取る。

「そ、そうやなぁ。……おせっかいでごめんな。おばちゃんばっかりで無神経なこと言って悪かったなぁ」

そう言いながら口のなかがひどく乾いていることに気づいた。受話器を持ったまま鈴木さんが私に目配せする。小向さんも私の顔を見つめたままだ。気まずい沈黙の時間が流れた。三好さんはなにも知らないのだから。鈴木さんと小向さんの視線がそう言っているように思えて、私は二人の顔を見て、軽く頷いた。

お昼を終え、午後の梱包作業をしていても、三好さんに言われた勝ち組、幸せ、という言葉がどこかにひっかかっていた。私のことを何も知らない人にそう見えるのだったら、それこそが幸せなことじゃないか。そういうことにしておけばいいんだ、という思いと、私のことなどなにも知らない人に何がわかるのか、という気持ちがせめぎ合っていた。

午後五時にパートを終え、自転車で自宅に向かった。山の上の給水塔が見えてくる。家まではやや傾斜の強い坂道が続く。昔は一気に上れたのに、今は息が上がる。電動自転車を買うことを一年前から迷っているが、まだ決断できないでいた。坂の途中で自転車を降り、ガードレールに近づいて町を見下ろした。同じような大きさの同じような家が駅まで続く。どこからか、子どもたちの声が聞こえる。この町のことを知らない人が見たら、なんて平和な町だと思うはずだ。

外側からは何も見えない。なんにもわかるはずなんてないんだ。


茹でたじゃがいもをマッシャーでつぶし、炒めておいた挽肉とたまねぎを混ぜ、形を整える。小麦粉、溶き卵、パン粉。開け放ったリビングの掃き出し窓から、家の前を駆けていく子どもたちの声が聞こえる。油の温度を確かめるために、熱した油にパン粉を落とすと、一回沈んで、すぐに浮き上がってきた。

「お母さん、今日、コロッケなん？　光のはまんまるにしてな」

「わかったわかった。油のそばに来たらあぶないから離れて。火傷するで」

「お母さんのコロッケ、だいすき」

そう言いながら、私の腰に回された細い腕。

長女の光が産まれたのは二十七歳のときだ。初めてのお産にしては時間もかからなかった。抱くと、綿菓子のようにふわふわで、壊れ物を扱うように大事に育てた。夫の仕事は忙しかったが、家に帰れば、おむつ替えもミルクをあげるのも、なんでも手伝ってくれた。

夜泣きのひどいときには、

「なっちゃんが倒れてしまうと大変だから。俺が見ているから寝なさい」

そう言って私を布団に寝かせ、光が寝るまでソファで抱っこしてくれた。

子育てを大変だと思ったことはない。誰に教えてもらったわけでも、育児書を読んだわけでもない。私の母と同じことをしなければいいんだ、と思っていた。子どもをぶたない。馬鹿にしたようなことを言わない。子どもの話を無視しないで聞く。子どもに何かをしてもらったら、ありがとうと言う。心に決めたことはそれだけだ。元々、育てやすい子だったのだろうと思うけれど、光はほんとうに素直で優しい子に育ってくれた。

光は大きな病気もせず育ったが、出産のとき、へその緒が首に巻き付いていて仮死状態で生まれた智は、そのあとも病気がちで大変だった。季節の変わり目になると必ず熱を出した。泣いてぐずる赤んぼうの智を抱いていると、光は必ずこう言った。

「智くん、明日、元気になるといいなぁ」

熱が下がったあとも、ベビーベッドに寝かされた智を番犬のようにじっと見つめ、少しでもむずかると、家事をしている私を呼びに来る。

「お母さん、智くん、泣いとう。早く早く来て、抱っこして」

そう言う光も泣きべそをかいている。

「光、智くん、ミルクもあげたし、おむつも替えたよ。赤ちゃんは泣くのも運動や。少しくらいは泣いててもだいじょうぶなんやで」

「かわいそうや。智くんかわいそうや」

私の言うことも聞かず、智以上に泣いてしまうのが光だった。

体の弱い智の子育てで私が疲れ、光の世話を十分にできないときは、

「今度のお休みは、お父さんと光でデートしよな」

そう言って、夫は光を神戸の町に連れ出してくれた。光の好きな子ども向けのアニメ映画を見て、お子様ランチを食べ、デパートで光の好きなおもちゃを一つだけ買ってあげるという約束で。けれど、家に帰ってくると、光が手にしているのは、智のためのぬいぐるみや、私のための小さな花束だった。

智が成長すると、家族四人、お弁当を持って、いろんなところに行った。六甲山牧場、須磨の海岸、諏訪山公園……そこで夫が撮った数え切れないほどの家族写真。

「なぁ、光の写真だけ多いんやない？　えこひいきはよくないで」

「光はいつか結婚してこの家出ていくんやで。そのとき、僕はこの写真を見て、さめざめ泣くんや。酒のみながらな」

「あきれた。光がお嫁に行くなんてまだまだ先やで。それまでどれだけ写真代がかかるんやろ」

私は毎日思っていた。なんて幸せなんだろう。夫と二人の子どもを私は愛していた。特別な宗教を信じていたわけではない。けれど、神さまのような存在に私は感謝をしていた。まぶしすぎる幸せは、ずっと日陰に隠れたような子ども時代の代償として与えられたものだと思っていた。私の人生はどこも欠けていない。こういう毎日はこれからもずっと続いていくのだと、そう思っていた。あの日がくるまでは。

自分のことならもう十分すぎるほど責めた。

揚げ油のなかに衣をつけたコロッケをそっと入れる。ぱちぱちと泡のように弾ける油のなかに自分の拳をつけてしまいたくなる。

バイトだ、サークルだ、合コンだと、毎晩家を空けていた智が珍しく家にいる。夕飯を食べ終わったあと、ソファにごろりと横になりテレビを見ている。去年起こった東日本大震災の特別番組だった。地震と津波で流されていく家や町。波が引いたあとに残された瓦礫の山。智はじっと見ているが、私は思わず目を逸らしてしまう。剝いた林檎を載せた皿を智に差し出す。

「神戸の地震のこと思い出すわ」そう言うと、

「僕、まるで記憶にないわ」

林檎を口いっぱいに頰張り、テレビを見ながら返事をする。

「そうやな。智、二歳になったばかりやったしなぁ。……覚えてなくて当然かもなぁ」

平成七年のその朝。私はすでに起きていて、キッチンで朝食の準備をしていた。突然聞こえた地響きのような音。こんな朝から道路工事やろか、と思った瞬間に今まで体験したことのないような揺れが襲ってきた。咄嗟にやかんをかけていたガス台の火を消すと、

「なっちゃん！　地震！」

シェービングクリームの泡をつけたまま、夫が洗面所から駆けてきた。倒れはしなかったものの、食器棚の扉が開き、しまってあった食器が床に落ち、次々に割れる。照明が消え、真っ暗ななか、階段を駆け上る夫のあとに続いた。

「光！　智！」

二組敷いた布団の上に丸いかたまりがある。

「だいじょぶか！」

夫がそう言いながら布団をめくると、光が智の上に覆い被さっていた。まだ五歳の光が智の体を守っているのだった。二度目の大きな揺れが来た。光と、寝ぼけ眼の智を抱いた私の体を夫が抱く。家族四人、小さな舟に乗り、暴風雨に耐えているようだった。今まで体験したことのないような揺れが続き、腰が抜けた。このまま死んでしまうかもしれない、とも思った。

けれど、私は小さな光の体を抱きながら、こんなに優しい子を私に授けてくれてありがとう、と神さまのようなものにお礼を言い続けていた。

光に変化が訪れたのは、地震から三カ月経ったころだろうか。また地震が来るかもしれない、と思っていたから、家族四人、私と夫の寝室に枕を並べて寝ていた。枕元には着替えと靴、避難リュックと懐中電灯を置いていた。

あの日以来、大人でも眠れなくなってしまった人が多かったと聞いたが、夫も智も、元々、一度眠ってしまえば、どんなことがあっても朝まで目を覚まさないタイプだ。それは地震が起きたあとも同じだった。私も、地震が起きたばかりの頃はなかなか眠ることはできなかったが、それでもあの日から時間が経つにつれ、朝まで眠れるようになっていた。けれど、その浅い眠りがしばしば中断された。

真夜中になると光が突然泣き出すのだ。まるで、赤ちゃんの頃の夜泣きのようだった。大人にとってもショックな出来事だったんだから、子どもなら当然だろうな、と思いながら、私は泣き出した光と手をつなぎ、夫と智を起こさないように、隣の子ども部屋に連れて行った。泣いている光を毛布でくるんで抱きしめ、ぽろぽろこぼれ落ちる涙を拭った。

「ひーちゃん、地震怖かったな」

頭を撫でながらそう言うと、いやいやをするように首をふる。

「ちあうの」

しゃくりあげながら光が言う。

「何が違うん？」

「お母さんと離れたくないのよぅ」

「お母さんはここにいるよ。だいじょぶよ。みんなおるよ。お父さんも智も」

「ちあうのよぅぅ」

私の胸に顔を押しつけていつまでも泣きやまない。よっぽど怖かったんだ、そう思いながら、いつまでも光の体を抱きしめていた。

今思えば、あの年はほんとうに奇妙な年だった。神戸で地震があったあと、東京ではオウムの事件があった。毒をまいて無差別にたくさんの人が殺された。足元の地面が割れて、何か禍々《まがまが》しいものがあふれ出てくるようなそんな年だった。

ゴールに向かい軽快に走っている途中で、突然、足を挫《くじ》くような。生まれてから戦争も大きな災害も経験していない自分は、いかに幸せな時代に生まれ育ってきたのか、そんなことも思った。

本当に死ぬほど情けなくなる。

「ちあうの」という光の声は今も私の耳にこびりついている。光はそのとき、なにかを感じていたのかもしれない。それをわかってやれなかった自分のふがいなさを思うと、本当に死ぬほど情けなくなる。

パートを終えて帰り支度をしていると、三好さんが私に近づいてきて言った。

「あの……私、昨日、変につっかかるようなこと言ってすみませんでした」

「なんにも。私のほうこそごめんな。もう気にせんといてな」

振り返ると、机の上の片付けをしている鈴木さんと小向さんが私に目配せをした。日はお昼前に短時間、仕事を抜けて、婦人科に薬をもらいに行き、その帰りに駅前のコーヒーショップで慌ただしく昼食を済ませた。私がいないときに鈴木さんと小向さんがなにか言ったのかもしれないな、とふと思った。余計なお世話だとは思わないが、あの出来事を誰にでも知ってほしいわけじゃない。かわいそうな人という視線で見られるのは今でも苦手だ。

「じゃあまた明日」

軽く頭を下げて、仕事場をあとにした。自転車でスーパーに向かう。

この町を出て、新しい場所で暮らすという選択肢もあったはずなのに、私も夫も智も、この町に住み続けることを選んだ。この町には、私たち家族の思い出があまりにも多すぎる。光と智の生まれた病院、幼稚園、小学校、家族みんなで桜を見た公園、光が自転車の練習をしたあの広場。そのすべてが幸せな記憶だ。自分が生まれた東京には、こんなふうに幸せな記憶が刻まれている場所などない。いつからか、光の生まれたこの町を出ていくことは、光を残して出て行くことだ、そう思うようになった。夫と智と話したことはないけれど、おそらくは私と同じ気持ちなんじゃないだろうか。

ぼんやりしたまま、スーパーの缶詰の棚の前に立っていた。みかんの缶詰。光が好きだったもの。熱が出たときにしか食べさせなかった。あんなことになるのなら、おなかいっぱい食べさせてやればよかった。

「片山《かたやま》さん」

振り返ると、教会の道江《みちえ》さんが立っていた。

私をいちばん支えてくれた人だ。私の話をたくさん聞いてくれた。道江さんがいなかったら、私はこの町を離れていたのかもしれないと思う。

あの出来事のあと、眠れない夜が続いて、家を飛び出し、この町を徘徊したことがあった。真夜中、給水塔や、教会や、あの子が光に声をかけた公園を、私は一人で何度となく訪れた。靴も履かず、パジャマのまま、教会の門の前で立っていた私を、道江さんが見つけてくれたのだ。道江さんは私を中に入れ、泣けない私の背中を夜が明けるまでさすってくれた。

それまで教会という場所に足を踏み入れたことはなかった。道江さんは私に毛布をかけ、温かいココアを飲ませてくれた。目の前には十字架に磔《はりつけ》になった人がいた。キリスト、という人だとわかってはいたが、何をした人なのかは頭になかった。道江さんが私にキリストの話やカトリックの教義を話したことは一度もない。けれど、磔になったキリストの姿は私の心に強く焼き付いた。光とキリストの姿が重なって見えた。不遜な考えだ、ということはわかっていても。被害者、という言い方は今でも、どうしようもなく違和感がある。あの少年に殺されたんじゃない。光は誰かのために、何かのために、命を捧げたんじゃないだろうか。

「元気そうやね。今日、夕御飯何にするん？」

「あぁ、今日は大根と手羽先でも煮よかな」

手にしていたみかんの缶詰を棚に戻しながら答える。

「あら、おいしそうやね。最近、顔見せへんから、どうしてるかと思ってたんよ。また、お茶でものみにおいで。な」

そう言って、私の手の甲に触れ、レジのほうに足早に歩いて行った。

道江さんの人なつっこい笑顔を見るとほっとする。私より五歳上の道江さんだが、私よりもずっと若く見える。けれど、私にとっては母のような人だ。

神父のお兄さんと二人で暮らす道江さんは、あまり自分のことを語ろうとしないが、幼い頃に両親を亡くし、親戚の家を転々としながら大きくなったのだといつか言っていた。あの出来事があったあと、教会にもたくさんのマスコミが押しかけた。遠慮なくマイクやカメラを向ける人たちに、「親御さんの気持ちを考えてください」と、ものすごい剣幕で怒鳴りちらしたのだと、ある日、近所の人から聞いた。普段の物静かな道江さんからは想像もできない姿だったと。

何も言わずにただ寄り添ってくれる道江さんのような人もいれば、

「あんまり光ちゃんがいい子やったから、神さまが天国に連れて行ってしまったんやな」

そう言った人もいた。

「神さまにそうしろと言われたから」

あの少年はそう言ったらしい。神さま、という言葉を何度聞いただろう。私は特定の宗教を信じていないし信仰もない。目に見えない存在を意識したこともない。なんで光が殺されたのか。なんで子どもが子どもを殺したのか。その理由を考え始めるとわけがわからなくなる。真っ暗な森で、自分の進む方向もわからず、ただ同じ場所を、ぐるぐると回っているような気持ちになる。

運が悪かっただけか、生まれたときからの光の運命だったのか。

「この家の方位が悪い」

「この土地についている地縛霊が」

「あの少年と光さんには前世からの因縁がある」

「先祖供養をしないからいけない」

時間を問わず、ドアチャイムを鳴らし、電話をかけ、私たちに蠅のようにまとわりつくマスコミの人たちもやっかいだったが、もっとやっかいだったのは、確かめようもない言葉を一方的に放っては私を混乱させた人たちだ。

けれど、いちばん鈍く響いたのは私の母の言葉だ。

「あんたの行いが悪いから。あんたが母親を大事にしないからこんな目に遭うの」

血のつながった母親ですら見当違いの勝手なことばかり言う。因果応報というのなら、もっとひどい目に遭わなくちゃいけない人は世の中に数え切れないほどいるだろう。温かな家庭が欲しかっただけだ。子どもを産んで、自分なりに一生懸命育てた。それにどんな罪があるというんだろう。

あの年の夏、執拗に私たちを追ってくるマスコミから逃れて、ここから遠く離れた海辺の町で過ごした。海の近くの山の中に別荘を持っている夫の上司が、いたいだけいればいい、と言ってくれたのだ。その家のなかで私と智は隠れるように日々を過ごしていた。何かを作って食べさせるということができなくて、夫が送ってくれるレトルト食品や缶詰をおかずにして食べていた。夫がやってきたのはお盆の終わる頃で、海に行ってみようと、私と智を連れ出してくれた。神戸では、家の外を歩いているだけで、唐突にマイクやカメラや録音機器を向けられることがあった。マスコミの人でなくても不躾な視線が投げかけられる。人の多いところからは自然に足が遠のいていた。だから、夫が来るまで私と智は海に行っていなかった。

もう夕暮れが近かった。海岸に点在するカラフルなビーチパラソル。クラゲの出る時期だからか、泳いでいる人は多くはなかった。砂遊びをする子どもたち、赤んぼうの小さな足を波につける若い父親、ビーチパラソルの下でそれをながめる母親。光と同じくらいの女の子からは目を逸らした。海に来られたのがうれしくて突然波打ち際に駆けだした智を夫が追いかけていく。

智を肩車して戻ってきた夫が、
「魚でも買ってかえろか」そう言った。港に魚屋が並ぶ一角があり、どの店にもその日の朝に陸揚げされたばかりの魚が並べられていた。氷の上の魚を指でいじろうとする智をたしなめながら夫のあとを歩いた。

とある店の前で、頭に白いタオルを巻き、黒いビニールのエプロンをつけたおじさんが名前も知らない魚をさばこうとしていた。手にした出刃包丁が器用に素早く動き、まな板からはみ出しそうになっている大きな魚のヒレを削ぐ。包丁をエラの内側に入れて小刻みに動かし、魚を裏に返すと、同じ動きをくり返した。骨を断つような鈍い音がして、魚の体から引き出した包丁の先が赤く濡れている。そこに目が吸い寄せられて動けなくなっていた。エラの下に包丁を入れると、だん、と大きな音がした。落とした頭をまな板の隅に置くと、その下から血が流れる。頭を切り離された切り口の赤黒い身。それを見た瞬間、私は駆けだしていた。背中のほうで、おい、という夫の声が聞こえた。

桟橋の突端、海に顔を出し、腕をついて私は泣き叫んでいた。涙と鼻水とともに、口からは吐物が溢れ、海面にぼたぼたと落ちていく。
「おい。だいじょぶか」

夫が私の背中をさすりながら怒鳴った。
「なあ、なんでここに光がいないんや。……私がおなか痛めて産んだ子、どこに行ったん……。なぁ、私、今まで、なんにもいっこも、悪いことしてへん。……あの子のいう神さまってなんなん。あんな子、あんなばけもの、八つ裂きにしたほうがええやろ。死刑や。そうしたほうが世の中のためや。……子どもやない。悪魔や、あんな子、おらんほうがええやろ。そうやろ」

まだ昼間の太陽の熱が残ったコンクリートの上でごろごろ転がりながら、私はそんなふうなことを叫んでいた。えーん、えーん、という智の泣き声が聞こえる。夫は仰向けになった私の、胸のあたりに顔を埋めて声をあげて泣いていた。背中にコンクリートのごつごつしたかたさを感じる。自分の上に広がる夏の夕暮れの空を見ながら、もし神さまがそこにいるのなら、太い腕を伸ばして、今すぐ私の首を絞めてくれないか、とそう思っていた。

少年の母親と会ったのは、その年の十一月の終わりころだった。

先方の弁護士さんに支えられるようにして立っていたその人は、私よりも年上のはずなのに、中学生の息子がいる母親のようには見えない。少女のような人だった。胸まで伸びた長い髪。喪服のような黒いワンピースを着ていた。少年の母親に会いたいとずっと思っていた。昨日の晩は一睡もできなかった。それは夫も同じようで、明け方まで隣の布団で何度も寝返りを打っていた。会って何を言えばいいのかわからなかったし、何を言われるのかも恐ろしかった。

私と同じように、少年の母親も目が赤く、瞼も腫れている。肌も荒れ、顔は青ざめていた。化粧はしていないが、とてもきれいな人だ。写真週刊誌に掲載された少年の顔と、とてもよく似ていると思った。この人も私たちと同じように、あの出来事のあと、暴風雨のなかにさらされてきたのだろう。憔悴しきった様子で、ソファの上で体を折り曲げ、自分の膝に顔を埋めるようにして、ただ、申し訳ありませんでした、とくり返していた。

私も夫も泣いていた。

「あんたが、ちゃんと、あの子を……」

絞り出すように夫が言った。

「なんで、なんで、こんなことに」

そこから先は言葉にならなかった。

「私が、私が、死んでお詫びを……」

涙に濡れた顔を上げて少年の母が聞こえないくらいの声で言った。

「そんなことをしたって光は戻ってこないんだ！」

夫がそんなふうに声を荒げるのを初めて聞いた。そのあとは誰も口を開かなかった。

私と夫と、少年の母、三人の嗚咽《おえつ》だけが、小さな部屋にいつまでも響いていた。

「……子どもは親の作品みたいなもんや」

帰りのタクシーの中で夫がぽつりと言った。一時間にも満たない少年の母との対面を終え、私はぐったりと疲れていた。泣きすぎて頭が重かった。窓の外に目をやると、近くの小学生だろうか、女の子が二人仲良く手をつないで、横断歩道が青になるのを待っている。

「あの子は失敗作や……あの母親のせいや」

それだけ言って夫は口をつぐんだ。

今まで夫の言うことに反論などしたことはない。いい夫であり、いい父親だ。けれど、その一言がどうにものみこめなかった。まるで自分が責められたような気持ちになった。ほんとうにそうだろうか。ほんとうに子どもは親の作品なんだろうか。まるで少女のようなあの母親一人だけが悪いのだろうか。テレビや新聞や雑誌は、不可解な事件を起こしたあの少年のことを、まるでモンスターのように報道していた。私だってそう思う。あの少年を光と同じ目に遭わせてやりたいと思っている。でも……あの子があんなことをしたのは、ほんとうに母親だけの責任なんだろうか。

少年の母親のことを考えると、なぜだか思い浮かぶのは、自分の母のことだった。子どもは親を選べない。けれど、親だって子どもを選べない。粘土細工のように親がこうしたいと思っても、子どもは親の思うような形にはならない。光も智も、素直ないい子だ。いい子に育てた、という自負もある。けれど、それは、私に、たまたま育てやすい子が割り当てられた、というだけのことなんじゃないだろうか。

もう一度、窓の外を見る。繁華街の店先はもうクリスマスの飾り付けが始まっている。赤い服を着たサンタクロース、クリスマスツリー。光がいなくてもクリスマスはやってくるのだ。そして、ふいに、あの少年は今どうしているんだろう、と思った自分に驚き、そんな自分を恥じ、瞼をぎゅっと閉じた。

子どもの頃、私がなりたかったものは花嫁さんだ。

わら半紙を綴じたような安っぽい塗り絵帳。きいち、と絵のそばに書かれていた。妙に頭の大きい三頭身の女の子、その複雑な着物姿を十二色の色鉛筆で塗った。紙の質が悪かったから、色鉛筆がひっかかり、色がうまくのらなくて、なかなかきれいには仕上げられなかった。けれど、塗り終えたその絵を布団の下に入れて眠っていた。誰に聞いたわけでもなかったけれど、そうすると夢が叶うような気がしたのだ。

「あんた、ばかなの。女の幸せは結婚じゃないわよ」

母は笑いながら、寝ている私の頭を強く叩いた。

卓袱台《ちゃぶだい》で朝食をとる小学生の私の横で、母は酒をあおっていた。ものごころついた頃から、母は夜、酒場で働く人だった。父の顔は一度も見たことがない。高学年になった頃、父ができかけたことがある。頭を短く刈った料理人。言葉は少ないが優しい人だった。怪我の痕なのか、右の側頭部に五センチほどの白い線があり、そこには毛が生えていなかった。結婚して二人で小料理屋をやるのだ、と母は私に語った。女の幸せは結婚じゃないと語った母の顔は今まで見たことがないくらい幸せそうに見えた。けれど、その顔は長くは続かなかった。父になりかけた人は、同じ職場で働く若いお運びさんを妊娠させ、その人と結婚したからだ。

「あんたさえいなけりゃ」

明け方帰ってきた母は酒臭い息を吐きながら、布団のなかでうとうとしている私に呪詛の言葉を吐き続けた。そんなことを言われてもあまりショックには感じなかった。母にそう思われていることは、もっと小さな頃から感じていたからだ。

しばらく泣き暮らした母は、また、一人きりで娘を育てる険しい顔の母になった。

東京の東、西日の差し込む六畳一間のアパートが、生まれたときからの私の住まいだった。玄関脇にあるトイレはくみ取り式で、蓋をしていても強くにおった。銭湯には一週間に二回しか行かせてもらえなかったから、いつも自分のにおいを気にしていた。小学校の頃は、母が簡単な料理を作ってくれたが、中学に入ったころには、母からもらうわずかなお金をやりくりし、野菜やくずみたいな肉を炒めて食べた。おなかいっぱいに食べられるのは学校の給食だったけれど、中学生になると、何度もおかわりをすることに恥ずかしさが芽生えた。

休みの日、母は一日中寝ていた。夕方に起き出すと、ブラウン管のテレビの前で、だらしなく足を投げ出して、酒をのみ、煙草を吸い続けた。そのそばで受験勉強をする私を母はあざ笑った。

「女が勉強なんてしてなんになるの」

店から持ち出してきたらしい、私の家には似合わないガラスの灰皿が飛んできた。咄嗟によけたものの、灰皿は私の右の額を直撃した。血と細かな灰とたくさんの吸い殻が数学のドリルの上に落ちた。そのときの傷はいまでも残っている。

都立高校に入ってアルバイトを始めて最初に買ったものはブラジャーだった。二枚買って毎日洗濯をし、交互に身につけた。五月の母の日には、安いエプロンとカーネーションを三本買った。

「お母さん、はい」

母は困ったような顔をしてその貧相なプレゼントを見つめたまま黙っていた。翌日、ゴミ箱に、茎の折れたカーネーションと、包装紙に包まれたままのプレゼントが捨ててあった。そう思いたくはなかったが、母には愛情を受け取る受容器のようなものが欠けているのかもしれない、と思った。

高校を出て入社した冷凍食品メーカーで夫と出会った。四歳年上の夫は営業マンで、私と同じように父親がいなかった。お昼には母親が作ったお弁当をいつも私にくれた。

「いいんですか？」

「外回りで食べられないもの。捨てるのももったいないし」

そう言って恥ずかしそうに笑った。弁当箱を包んでいる赤いギンガムチェックの布は結び目がかたくて、いつも開くのに苦労した。海老フライにおひたしに卵焼き、白いごはんにはのりたま。女子高生が持たされるようなお弁当を、男の人が会社で食べるのは恥ずかしいだろうな、と思いながら有り難くいただいた。

その頃、母は店で出会った十歳年上の税理士とつきあい始めていた。

「あんたも自由にやんなさい」

そう言って、ある日突然、六畳一間のアパートを出て行った。母に捨てられたような気がしたのは一週間だけで、母がいなくなった代わりに夫が時々、アパートにやってくるようになった。

古い卓袱台と茶箪笥、映りの悪いテレビだけがある部屋に初めてやってきた夫は、「女の子の部屋じゃないみたいだね」となぜだか恥ずかしそうに笑った。そう言われた私も死にたくなるくらい恥ずかしくなった。部屋をきれいに飾る、という暮らしをしたことがなかった。週末、繁華街に出て、映画を見たあとは、夫と、二人分のマグカップや茶碗や箸置きを時間をかけて選び、人並みの生活道具を少しずつ揃えていった。

二人ともすぐにでも結婚する気でいたが、反対したのは夫の母だった。

父親がいないとはいえ、夫の母は東京の西のはずれ、小さな山も含めただだっ広い敷地に建てた和風旅館のような家で、悠々自適の生活を送っていた。

「どうせ財産目当てでしょうが。野良犬みたいな嫁はいらないわ」

夫は時間をかけて結婚の許しを得ようとしたが、夫の母が首を縦に振ることはなかった。最初に会ったときから、私の顔を見ることもなかった。夫の母の気持ちも私には理解できた。

「違う人を捜したほうがいいと思うよ」

「馬鹿なこと言うな」

「……いつか、私の母が迷惑をかけるかもしれないし」

「俺はなっちゃんと結婚したいんだよ。まだ起こってないこと心配しても仕方がないだろ。これから二人で幸せになるんだよ。俺の奥さんになって、子どもを産んで、今まで大変だった分、なっちゃんは幸せにならないとだめだ」

そう言って布団のなかで私の手を握った。

そうか。私の人生はやっぱり大変だったのか。自分の人生が幸せかどうかなんて考えたこともなかった。母という人の下に生まれたこと。生まれたときから父がいないこと。貧しさ。母にぶたれたり物を投げつけられたりしても、痛みも悲しみも感じなくなっていた。誰かと比較して不幸だと感じることもなかった。でも、幸せになりたいと思ってもいいんだと、自分の人生の舵は自分でとってもいいのだと、夫に出会って初めてわかったのだった。その夜、私の部屋で夫に初めて抱かれたあと、長い間、声をあげて泣いた。

きっかけになったのは夫の母が軽度の心筋梗塞で倒れたことだった。私は会社が終わると、毎日病院に通い、世話をし、汚れ物を持ち帰っては、洗濯をし、翌日届けた。夫の母の好きな羊羹を小さく切って口に入れ、見舞いの品のメロンをジュースにして飲ませた。打算がないと言えば嘘になる。けれど、小さな声でも、尖った声でも、私のしたことに対して、ありがとう、と返してくれることが嬉しかった。

「いつか私が死んだらあの子は一人になってしまうから……」

しぶしぶ、といった感じではあったが、半ば押し切るような形で私と夫は結婚の許可を得たのだった。

「あんた、いいの見つけたじゃない。あたしはくたばりぞこないのじじぃをやっと見つけたっていうのに」

同居していた税理士と、私が知らない間に籍を入れていた母は結婚を報告しにいった私と夫の前でそう言った。起こってもいないことを心配するな、と夫に言われていたものの、私の母が何か迷惑をかけるんじゃないか、という不安は常にあった。

結婚直前に決まった夫の神戸への転勤は、私と夫の心を軽くした。一人親の重さを感じて育ってきた二人だ。東京から遠く離れた見知らぬ土地で、たった二人だけで暮らすことに不安よりも大きな希望を感じたのだ。

結婚前に退職した。世間体を気にする夫の母の力を借りて、結婚式だけは派手にあげたが、新婚生活に必要なものは全部、二人で用意した。私の母が私の結婚のために何かをしてくれることはなかったが、夫や夫の母に金をくれ、と言い出さないだけで満足だった。

こつこつと貯金をし、家を買った。決して大きな家ではないが、六畳一間の家で育った自分にとってはまさにお城のようなものだった。小さな庭に芝生を植え、花壇に花を咲かせた。自分が生まれて育った東京の家のことはなるべく早く忘れたかった。こちらの言葉もすぐに覚えた。数年後には、誰も私が東京出身だとは思わなくなった。

人生に起こるたいていのことは、時間が経てば強い感情さえもやすりをかけたようになめらかになっていく。こんなものはのみこめないと思っていても、いつかおなかのなかにおさまってしまう。けれど、私の人生に起こった出来事は、あまりに大きく、重すぎた。

しばらくの間、生活は停滞した。家のなかは荒れ果て、ありとあらゆる場所に埃と垢がたまっていた。何を食べ、どうやって生活していたのかまるで記憶のない時期もある。自殺を考え、実行しようとしたこともある。けれど、夫と智にもう一度、誰かが突然いなくなる経験をさせるわけにはいかなかった。私は、それでも生きなくてはならなかった。いつまでも食欲は復活しなかったが、米を研ぎ、炊き、口に入れた。味のしない炊きたてのごはんを噛みしめながら、涙が止まらなかった。

私が悲しみにしずんでいるときは、夫が支えてくれた。夫が私の前で激しく取り乱すことはなかったが、ある時期までは、浴室から毎晩すすり泣きが聞こえた。お葬式の日、柩に取りすがりいちばん大きな声で泣き叫んだのは智だった。けれど、泣いたのはその日だけで、そのあとは一切涙を流さなかった。家で、ふいに智の姿が見えないなと思っていると、子ども部屋で光の使っていた布団にくるまり、いつまでもじっとしていることがあった。

「お姉ちゃんのにおいが薄くなっちゃう」

そう言って、掛け布団に顔を埋めていた。

そんな智を見て夫がいった。

「家のなかではどんなに泣いてもいいんやで。お父さんもお母さんも悲しいから、……泣くよ。だって、とっても悲しいことがあったんやから。智もそうしてええんよ。智が大声を出して泣いてても、お父さんもお母さんも、ちっとも変なことだと思わん」

そう言われた途端、智はぐぅぅぅと獣のような声をあげて、小さな拳で布団を殴り、大声で泣きはじめた。そんな智の背中を夫はいつまでも擦り続けていた。

家のなかでは常に誰かが泣いたり怒ったりしていた。食事やテレビを見ている最中に家族の誰かが突然泣き出しても、誰もそれをとがめなかった。どんなふうにこの嵐のような感情が落ち着いていくのかわからなかった。だからせめて、今、抱えている感情だけは、それぞれの内側に留めることなく表に出そうと思った。

それでも家の外に一歩出れば、さまざまな視線が私に投げかけられる。それをストレスに感じたこともあったが、この町にいる限り、あの出来事を知っている誰かに常に見られている、というその視線が私を立たせ、律し、歩き出させたことも事実だ。

「あんなことがあったのに元気になってほんまよかった」

そんなことを言われても黙っていた。

年が変わり、季節は春を迎えた。庭の隅には光と二人、それぞれが好きな花を植えた花壇があった。長い間、世話をしなかったその場所はすっかり荒れ果てていた。いつの間にか繁茂してしまった雑草だけでも抜いておこうと思った。風の強い日で、薄いブラウス一枚だったが寒くはなかった。

隣家の庭から塀を越えて、枝を伸ばしている木々の葉が風で揺れた。そのとき、何かが手の甲に触れた。目に入ったのは、私の人さし指くらいの太さがあるような毛虫だった。蛍光色に近いような黄緑色、縦に黒いラインが二本入っている。世の中で一番苦手なものだ。思わずひっ、と声が出た。何度か手を振り、毛虫を地面に落とした。テラコッタのタイルの上に投げ出された毛虫の体節が不気味に蠢《うごめ》いている。それを見た瞬間、頭に血が上った。サンダルで毛虫を思いきり踏みつけていた。何度も、何度も。おぞましい色の体液がタイルに飛び散る。感触が伝わるわけなどないが、小さな生き物の厚みと温かさが足の裏から這い上がってくるような気がした。

積み重なった鬱屈を、毛虫を潰すことで、はらしているのだと思った。

おぞましいのはどっちだろうか。この生き物か、それとも私か。私が今したことは、あの少年がしたことと変わらないのじゃないだろうか。それを考え始めると、頭がきりきりと痛み始める。子どもを失ったことはつらい。けれど、それ以上に、答えのない問いの重さで、自分の両足が地面にめりこんでいくようだった。そして、その重さに耐えていけるかどうかの自信がなかった。

一年経っても光は七歳のままだった。智は五歳になった。そして、あの少年は十五歳になった。殺された子どもは年をとらない。けれど、殺した子どもは年をとる。

夫も私も髪の毛に白いものが増えた。夫は血圧が高く、医師から少し体重を減らすように言われている。私は更年期障害でめまい、動悸、ホットフラッシュといった症状に日々悩まされている。生理はまだかろうじてあるが、若いときのような規則的なものではない。間欠泉のようにいつあるかわからない突発的なイベントになった。あんなに小さかった智は私が見上げるくらい背が伸びて大学生になった。私も、夫も、智も、声をあげていきなり泣き出すようなことはなくなった。

光は生きていたら二十二歳になる。あの少年は二十九歳。少年ではない。青年だ。

光の洋服、下着、文房具、おもちゃ、ランドセル。残されたそのひとつひとつに何度も触れた。生まれたときからの光の写真やビデオは、数えきれないほど見た。光の七年間の思い出を反芻して生きていた。

けれど、そうするたび、死んでしまった光の思い出はもう増えもせず、更新されもしないことを思い知らされ、私はまた打ちのめされるのだった。

「片山さんの好きなモンブラン、三宮で買うてきたで」

「わーうれしい」

道江さんがやってきたのは、この前スーパーでばったり会ってから一週間も経っていない日曜の午後のことだった。道江さんにソファをすすめ、紅茶を用意しようと立ち上がり、ふと壁のカレンダーを見た。そうか、今日は光の月命日か、と思った。月命日には、いつもより高い花を買い、光の好きだった苺のショートケーキを仏壇に供えていた。なんで、今月に限ってうっかり忘れてしまったのか。

道江さんが持ってきた白い紙のケーキの箱を開けると、モンブランが五個入っている。

「一個は光ちゃんにな」

「ありがとうございます」

ケーキ皿に載せ、仏壇の前に置いた。線香に火をつけ、鈴《りん》を鳴らす。道江さんも私に続いて線香に火をつけた。クリスチャンでも仏壇に手をあわすのか、と思い、以前、道江さんに聞いたことがある。

「いろんな宗教があってもな、神さまはいっしょやと思うで。いろんな人がいろんな人にわかるように神さまのことを説明してるんやないかな。だから、こんなにたくさん宗教があるんと違う？」

そのとき、道江さんに言われて思い浮かべたのは、あの少年の神さまのことだった。私がぼんやり思う神さまと、少年の神さまは同じものなんだろうか。

「智君も元気そうやね」

「もう、毎日毎日、サークルだなんだってぜんぜん家におらん。のんきなもんや」

「あんなちっちゃかった子がもう大学生やなんて信じられん」

紅茶を飲みながら話しているのはたわいもないことだが、道江さんがこうして私に会いにきてくれることが素直にうれしかった。

「……なぁ道江さん」

「なに？」

「最近、光の夢見る？」

道江さんはティーカップに口をつけ、紅茶を一口飲んだ。呼吸を整えるように。

「……そう言えば、最近は見ぃひんなぁ」言いながら、道江さんの目が少し泳ぐ。

「そうなんや。道江さんの夢のなかでも、光が何してるか知りたかったのになぁ」

光がいなくなってから、私は一度も光の夢を見ていない。夫や智や、道江さんは光の夢をよく見るらしい。そんな話を聞くと、なぜ光は私の夢に出てきてくれないのか、それが不思議でもあり不満でもあった。

「便りがないのが元気な証拠や」

黙ってしまった私に道江さんが冗談交じりで言った。

「最近なぁ……」

そう言ってまた、道江さんは紅茶を飲んだ。

「……いや、やめとこか」

空になってしまった道江さんのティーカップに紅茶を注いだ。

「なになに。なんでも言うて」

道江さんがまた紅茶をのみ、食べ終わったモンブランの下に敷いてあったアルミホイルを二つに折った。しばらく言い淀んでいたが、決心したように私の顔を見た。

「教会に最近なぁ、また人が来るんよ」

「誰が？　マスコミの人？」

「違う……」

「じゃあ誰？」

深く息を吸って長く吐き、決心したように道江さんが私の顔を見た。

「……Aの、あの子のファンや」

「ファンて……何……」

自分でも気づかないうちにフォークを握りしめていた。

「ほんとに普通のな、たいていは女の人や。若い人も、ちょっと年いった人もな……うちの前で写真撮って、それから、給水塔に……そういうのが流行ってるんやって」

「流行ってるて……」

「あの子をな……ヒーローとか、アイドルみたいに崇《あが》める人らがおるんよ」

「ヒーロー……アイドルって……」

顔が熱い。けれど、これは更年期障害の症状じゃない。

「一度、教会の前でばしゃばしゃ写真撮っとう子がおってな。問い詰めてん。あんた、なんでそんなことしとうのって……インターネットでな、そういうのが、あの子を、少年Aを崇めるとか、そういうのがあるんよ」

「なんで……」

「そういうのが、最近、急に増えたんよ……。片山さんの家もインターネットに載ってる。ここにもそういう子が来ないとも限らん。教会で見つけたら私が注意はできるけどな」

あの少年が医療少年院を出、保護観察を経て、日本のどこかで暮らしていることはもちろん知っている。その都度、私たちはマスコミから執拗にコメントを求められ、断固としてそれを拒否してきた。あの少年への複雑で絡まった思いを言葉にする自信などなかったからだ。外野の意見に惑わされず、自分の足取りで、私に起こった出来事を消化したい。そう思って生きてきた。新聞や雑誌に興味本位で書き立てられる記事は、極力目に入れないように生きてきた。ましてや、インターネットであの出来事について検索することもない。当事者以外の人たちは口をつぐんでいてくれないか。それが私の本音だ。なんでまた、被害者の私たちがさらし者にされるのか。やっと、やっと落ち着いて、日々の生活を送れるようになってきたのだ。それなのに今になって。なんで。

「……こんな話して悪かったな。でもな、急にそんな人がここに来たら片山さんまた……」

「ううん。ありがと。心の準備しておくわ。智にも夫にも伝えておく」

ごめんな、と何度もあやまる道江さんを見送ったあと、テーブルの上の食器を片付けもせず、どさりとソファに座った。

日の傾き始めた庭には朝干した洗濯物が風に揺れている。もうすっかり乾いているはずだが、取り込む気力はなかった。生け垣の向こうを時折、人が通り過ぎて行く。だが、庭をのぞくこともなく通り過ぎる。今までそんな人がこの家に来たことがあったんだろうか。道江さんが放った、ファン、とか、ヒーロー、とか、アイドル、という言葉が、頭のなかで響いている。

テレビの前のローテーブルには、智のノートパソコンが置かれていた。見たくはない、そう思っているはずなのに、指は起動スイッチを押していた。事件の名前、光の名前、少年の、犯人の名前。思いつくまま検索した。事件の概要を記した文字だらけの資料的なサイトが順繰りにあらわれ、次に目に飛び込んできたのはハルノブ様、という文字だった。二度と目にしたくない名前だった。ピンクや赤をたくさん使ったファンシーなデザイン。道江さんが、アイドル、といった意味がわかった。目を閉じても忘れられない、あの少年の顔写真。笑顔ではあるが鮮やかでないその写真が妙に生々しく目に映った。「ハルノブ様の聖地巡礼」というページにあるのは、確かにこの町の写真だ。教会。そしてあの給水塔。自分の家の写真がなかったことに安心するが、道江さんの言うとおり、見知らぬ誰かが、この近所をうろつき、勝手に写真を撮っていることにぞっとした。

「ハルノブ様のう・わ・さ」というページには、今、彼がいるかも知れない場所を訪ねた文章が綴られていた。殺人を犯した人に会いたい、という気持ちがまったく理解できなかったが、目はそこに挙げられた地名を追ってしまう。日本のどこかにいる、というのはわかっているが、具体的な地名を挙げられると、あの少年がどこかで生きている、という現実感が目の前に迫ってくる。

日は暮れ、暗くなったリビングにパソコンのモニターだけが明るく輝いている。目の奥が痛む。右手で目頭を揉み、パソコンを閉じた。

夕食の準備などする気にはなれなくて、家の外に出た。ふらふらと足は給水塔に向かう。もう暗いせいか、誰ともすれ違わない。坂道の両脇にある家のどこかから、ふいにカレーのにおいがした。光が亡くなって一年後に建てられた慰霊碑の前を通り過ぎ、鍵のかかった鉄門の前に出た。鉄門の脇には、大人でも楽に通り抜けられるほどの大きな隙間が出来ていた。私が前に来たときは、子ども一人通れるくらいだったのに、いつのまにか、その隙間が広がっている。やはり、見知らぬ誰かがここに来ているんだろうか。その先は、街灯のない真っ暗な道が続く。ここ何日か、雨が続いたせいか、道はぬかるみ、足が前に滑った。じー、じー、と、何かの虫が鳴く音が聞こえる。

暗闇のなかを進み、給水塔に取り付けられた螺旋階段の真下に出る。光が殺された場所だ。そこで足を止め、光、と一度、心のなかで呼びかける。幽霊も、死後の世界も信じてるわけじゃない。けれど、なぜだか、光がまだそこにいるような気がした。螺旋階段を見上げ、一段目に足を下ろした。上るのは初めてだった。鉄が錆び、足を踏み出すたびに、耳障りな音がする。上まで上ってしまおうか、と思ったけれど、足がすくんでそれ以上は無理だった。手すりを両手でぎゅっ、と握った。

風が下から強く吹いて寒いほどだ。私が住む町が見える。家の灯りや街灯、どこかへ急ぐ車のライト。その上には、細い三日月が淡い光りを放っていた。

なぁ、光。お母さん変やろか。あの子、この国のどこかで暮らしてるんやって。光を殺したあの子、今頃、何しとうやろな。夕食食べてるんやろか。テレビ見て笑ってるんかな。お母さんな、あの子が生きて、そうしてることが、死ぬほど憎らしい。殺したいほど憎いんやで。光ができなかったこと、あの子がしてるんかと思うと、光がされたのと同じこと、あの子にもしてやりたい。ビニール紐で首絞めて、糸ノコギリで切ってやりたいんよ。あの子の体、教会のとこに置いて、指さして笑ってやりたいわ。

でもな、その前に、その前に一度、お母さん、あの子に会ってみたい。なんであんなことしたのか聞いてみたい。話してみたい。

あの子に直接言いたいんよ。私、あんたを死ぬほど憎んでるんやで。それと同時にな、あんたと話してみたくてたまらないんよ。

なぁ、光、こんなこと考えてるお母さんはおかしいやろか。

光がいなくなって、悲しすぎて、頭がおかしくなってしもたんかなぁ。

Ⅳ 霧と炎

もう何度もくり返し、いろんな人にした話だから、君も僕のことを少しは知っているんじゃないかと思う。けれど、誰かが言葉であらわした僕には、結局のところ、誰かがあらかじめ僕に対して抱えている思惑が多く入り込む。僕が発した言葉は、切り取られ、編集され、誰かが見たい「僕」というカタチになるから。

誰かの視線がなければ、僕という存在の輪郭は成り立たないし、僕という存在そのものも、この世から無くなってしまう。世の中を生きる人すべてが、あなたの思っている私は、私の考えている私ではない、という違和感を抱えて生きているものだと、あの出来事から十五年が経って、僕も少しはわかっている。けれど、僕は僕の言葉で、「僕」というもののカタチをあらわしてみたいと思う。どこまでできるかわからないけれど、ルーが言ったみたいに、それもまた、僕の表現のひとつであるなら、やってみる価値はあるだろう。

じゃあまず、僕の子どもの頃の話から。

四歳まで、僕は祖母とともに暮らしていた。

深い山のなかにある田んぼや畑に囲まれた小さな集落。そこに住むほとんどの大人が、農業に従事していた。子どもの数よりも、年寄りの数のほうが多かった。僕は幼稚園や保育園にも通わず、その村で祖母の手によって大きくなった。祖母の家にはテレビも、おもちゃもなく、ぼろぼろの古い絵本だけが僕の遊び道具だった。

朝起きると、僕は青い長靴をはいて鶏小屋に向かった。野良猫や狐が入ってきてしまうからと、鶏小屋の戸の開け閉めは祖母にきつくしつけられていた。鶏が逃げないように少しだけ戸を開け、体を横に滑らせるようにして中に入る。鶏のえさやりは祖母の仕事だった。夜が明けないうちから、ぬかやくず米、野菜を混ぜた鶏のえさを、祖母は毎日作っていた。僕が鶏小屋に入る頃には、鶏たちは満腹で、茶色く膨らんだ体を前後に揺らして、食後の散歩を楽しんでいるのだった。

鶏は怖くはないけれど、頭の上でひらひらと揺れている赤いトサカは何度見ても気味が悪い。壁に作られた棚の上から、まるで僕を威嚇するように飛び降りてくる鶏もいる。慣れない頃は、長靴をつついたり、突進してくる鶏もいたが、鶏たちのほうも、毎朝やってくる僕にすこしずつ慣れていった。

小屋の壁沿いに作られた鶏たちの寝床に、僕の手はやっと届くくらいだった。まだ温かさの残るそれを、僕はそっと手にとる。生まれたての卵。温めれば鶏になる卵だ。それをふたつ手のひらに載せ、僕は鶏たちに頭を下げる。この仕事を祖母に言い渡されてから、そうするように言われていた。命をいただくのだから。それが祖母の口ぐせだった。入ったときと同じように、鶏が逃げないように、そっと戸を閉める。

鶏小屋から祖母の家までは、ゆるやかな傾斜の道が続く。雨が降った翌日などは、土の道がひどくぬかるんだ。気をつけないと、足を滑らせ、転んで、せっかく手にした産みたての卵を、ぐしゃりと割ってしまう。細心の注意を払って、僕はその道を長靴で踏みしめるように歩く。

家に帰ると、台所の土間で祖母が鍋をかき回している。開け放した勝手口から日の光が差し込むので、台所の入口に立っている僕からは、祖母の姿は黒い影になって見える。もうもうと立ち上る白い湯気。まるで、絵本に出てくる魔法使いのおばあさんが、おまじないを唱えながら、秘薬を作る鍋をかきまわしているみたいだと思った。

祖母の家は貧しかったが、年金と少しの蓄えで、毎日、白いごはんと、具だくさんのお味噌汁が食べられるくらいの生活は維持できていた。

丸い卓袱台に正座をして座り、手を合わせる。いただきます、を忘れると、叱られた。

深い小皿に卵を割る。

「晴信《はるのぶ》は、上手やねぇ」

祖母は毎朝、同じことを言った。

こんもりと盛り上がった黄身を箸でくずし、醬油を垂らして、よくかき混ぜる。ご飯の真ん中を少しくぼませて、そこに卵を少しずつ流し込む。最初の頃は加減がわからず、茶碗の外にあふれさせて、祖母にきつく叱られた。

とろりとした濃い黄身に包まれた白米はどんなものより美味しいと思っていた。子どもの僕でも殻は簡単に割れてしまうこと、白く、かたい殻のなかに、こんなに美味しいものが詰まっていること、それが鶏の体から出てくること、僕が食べずに鶏が温めればひよこになること。そんな不思議を頭のどこかでぼんやり感じながら、僕は毎日、たまごかけごはんを食べていた。

初めから祖母とずっと二人きりだったから、ほかの家の子どもたちを見ても寂しいと思うことはなかった。祖母が自分にとっていちばん身近な大人であり、彼女から十分に愛されていると感じていたからだ。

畑や鶏の世話をする祖母のあとをついてまわり、もう少し大きくなってからは、幼稚園に入るまえの同じくらいの年頃の子どもたちと山のなかを駆け回っていた。木に登り、穴に隠れ、石を飛び越えて、川を渡った。子どものための遊具やおもちゃなどなくても、何時間でも遊んでいられた。のどが渇けば小川の水をのみ、おなかがすけば、野苺や桑の実を食べた。

山の中には時々、鳥や野兎の死体が転がっていた。蠅や蛆《うじ》がたかった死体を僕は見た。目を開いたまま、口から血を流し、時には遊び道具だった。動物の死体を凝視し、いじりまわすことを、咎める大人はそこにはいなかった。死ねば体の熱は消え、かたくなること。狐か何かにやられたのか、鋭い歯で切り裂かれた野鳩の体のなかには、赤い血や、白やピンク色の肉、灰色や暗緑色の内臓があること。それを子どもたちは山のなかで学んだ。死体を最後まで見ているのはいつも僕だった。誰かが呼びに来るまで、僕はそれを見つめ続け、小枝で、時には指で直接、触れた。

夜は祖母と二人で風呂に入り、同じ布団で寝た。冷えるから、といって、祖母は僕の小さな足を太腿の間に挟んで寝た。僕は僕で、寝間着の合わせからのぞく祖母の乳房を触りながら寝た。茶色く、水分が抜けたそれを触っていると安心した。先端の干し葡萄のような乳首をいじりながら寝たこともある。皺の寄った乾いた祖母の体。けれど、温かかった。今から思えば、祖母の枯れた体は僕の精神安定剤のようなものだった。

毎日が同じ一日だった。昨日と同じ今日が来て、明日も同じ日がやってくる。それを疑ったことはなかった。朝早く起き、日が沈めば眠る。一日三度食事をとる。それが自分にとっては揺るぎない安心感をもたらしていた。

「かわいそうやねぇ」

ある日、山のなかで採ったアケビを手にして帰る途中の道で、すれちがったおばあさんが僕の顔を見てそう言った。この村の人ではなかった。背中に紫色の風呂敷に包んだ大きな四角い荷物を背負っている。おばあちゃんよりももっとおばあちゃんや、と思った。腰は曲がり、垂れ下がった皺のなかに目が隠れそうだ。どこを見ているのかわからない。祖母の家には、時々、薬や雑貨を売りに来るおばあさんやおじいさんがやってきた。そのたぐいの人だろうか、とふと思った。けれど、目の前にいるおばあさんの発した言葉が、自分に向けられたものではないと思って、僕は後ろを振り返った。

夕陽に照らされた道があるだけで、誰もいない。もう一度振り返った。

「あんた……、なんでそれを選んだん。しんどいやろ……」

それだけ言うと、肩からずり下がった荷物を背負い直し、僕を再び見ることもなく、日が暮れかかった山の道を歩いて行った。

そのときの僕には、おばあさんの言葉の意味がわからなかった。選んだことを責められたのは、自分が手にしているアケビのことだと思った。おばあさんの姿は瞬く間に山のなかに消えていく。それを一人でずっと見ていた。けれど、次の春がやってくる前に、僕にとって最初のしんどい出来事が待っていた。

どこかで会ったことのある人かな、と初めて見たとき思った。

腰まで伸びた長い髪。白い顔にくっきりとした大きな目。柴犬みたいな色のコートを着たお姉さんだった。家には入らず、縁側のそばに立って、部屋のなかにいる僕をにこにこと見つめている。僕を手招きして赤い紙袋を差し出す。どうしていいかわからなくて困っていると、部屋の奥からやってきた祖母がその紙袋を手で払った。あまりの勢いに赤い紙袋の取っ手が千切れて中のものが落ちた。がちゃん、と音がした。金色のリボンが結ばれている四角い箱だった。その人は、泣き笑いのような困った顔をして、また来るね、と僕に言うと、庭を横切り、道を下っていった。祖母は玄関からサンダルを履いて飛び出し、その四角い箱を庭に強くたたきつけた。何が入っているかわからないが、また、がちゃん、と大きな音がした。

僕が何か悪いことをしたとき、祖母は僕をきつく叱ったけれど、僕以外の誰かに、あんなに怖い顔をしたことはない。物にやつあたりをするような人でもなかった。今まで見たことのない祖母の様子が恐ろしかった。自分をじっと見つめている僕の視線に気づいて、祖母がはっ、とした顔をした。乱れ、顔にかかった銀髪を耳のうしろにかけ、黒いピンで留め直した。

「悪い女や」

祖母はそう言い、僕に背中を向けた。縁側から僕は祖母の背中に飛び乗った。祖母は僕をおんぶしながら、狭い庭の中を歩いた。時々、早歩きをしたり、手で僕のおしりを搔いたりする。子どもの頃からの僕と祖母の遊びだった。

「さぁ、ばあちゃんは亀や。晴信連れてどこ行こかな。ここかな、あそこかな」

立ち止まっては僕の体を揺らす。そのたびに僕は声をあげて笑った。いつもの祖母だった。けれど、二本の腕で祖母の細い体につかまりながら、僕はさっき祖母が地面にたたきつけた、四角い箱を目で追っていた。

翌朝、祖母が、その四角い箱を村のゴミ捨て場に持って行くのを、僕はこっそり見ていた。祖母が畑に行ったすきに、僕は長靴を履いてゴミ捨て場に駆けて行った。まわりに誰もいないことを確認して、蓋付きのゴミ箱から拾い上げ、僕はそれを抱えて山に走った。

山の奥には、昔作られた防空壕の穴がいくつか空いたままになっていた。まむしが出るから行ってはいけない、と大人たちにきつく言われていたけれど、子どもたちはそんな忠告を無視して遊んでいた。真っ暗な穴のなかを進んでいくと、ビールの缶や吸い殻、水分を吸って膨らんだマンガ本が散乱していた。夜になると、村の悪い中学生たちが集まるのだと祖母から聞いたことがある。積み上げられた石の上に蠟燭が一本立っていた。

そばに転がっているライターを手に取った。この前、子どもたちみんなで順番に触り、いじったことがあった。何度か試してすぐに火がついた。穴の中がぼんやりと明るくなる。ゆらゆらゆれる炎が少し怖い気がした。僕は手にしていた四角い箱の紙を剝いだ。そこには、絵本で見た外国のお城のようなものの写真があった。はやる気持ちを抑えて、箱を開ける。プラスチックのバケツのようなものが出てきた。蓋を開けると、原色の赤や青や黄色が目に映った。四角い積み木の上にたくさんの突起がついている。

村の子ども同士、誰かの家に上がって遊ぶ、ということがなかった。誰かは持っていたのかもしれないけれど、そんなものを見たのも触るのも初めてだった。けれど、いじっているうちに遊び方はすぐにわかった。

くっつけて何かのカタチにする。最初はただ、まっすぐに長くつなげてみただけだった。けれど、次第にくっつけ方を変えれば、さまざまなカタチになることに気がついた。長いものに短いものをくっつけたら飛行機のように思えた。それを手に持って僕は飛ばす。水がじくじくと染み出た土の壁に飛行機の影がゆらゆらと映った。

じじ、という音を立てて、一本の蠟燭が溶けきるまで僕はそこで遊んでいた。火が消えたときにやっと我に返り、おばあちゃんに叱られる、と思った。自分のまわりに散らばっている積み木のようなものをかき集め、慌ててバケツに入れ、僕はそれを穴のさらに奥、くぼんだ場所に隠し、走って家に戻った。

家に帰ると、祖母が昼食の準備をしていた。僕の顔を見て祖母は、

「なんや泥だらけやない。早《はよ》う、顔、洗っておいで」と怒るように言った。卓袱台で向

かい合って食事をしているとき、祖母に秘密を持ったことへの罪悪感が急に浮かび上がってきた。祖母は昨日のお姉さんを悪い女、と言った。悪い女が持ってきたものを庭にたたきつけた。僕はその忌々《いまいま》しいおもちゃで夢中になって遊んでいたのだ。怖くなって、もう二度と遊ぶもんか、と沢庵をかじりながら思った。

けれど、その決心は瞬く間に壊れた。翌日も、その翌日も、村の子どもたちの群れから外れ、僕は一人、暗い穴の中でそれをいじりまくっていた。

祖母が悪い女、と呼んだお姉さんは、そのあとも何度かやってきた。祖母は決して家のなかに入れなかったから、何時間も庭に突っ立っていた。縁側のガラス戸からそうっと覗くと、お姉さんは僕の顔をみて、にっこりと笑った。僕が気になっていたのは、お姉さんではない。家に来るたびに手に提げている真新しい紙袋だった。祖母はもう地面に叩きつけはしなかったが、僕の気づかぬうちにどこかに隠してしまったようだった。あお姉さんが来た翌日にゴミ捨て場に行っても、紙袋を見つけることはできなかった。あの色とりどりな積木もどきより、もっといいものが入っているのかもしれない、と思うと、気が気ではなかった。

もうすぐお正月、という寒い日に、お姉さんはスーツを着た男の人を連れてきた。男の人は、お姉さんよりも少し年上に見えた。スーツの胸にぴかぴかした金色のバッジが光っている。祖母は初めて、お姉さんを家に入れた。僕は隣の仏間に閉じ込められた。古い家だったから、襖はきちんと閉まらない。僕はその隙間から、隣の様子をのぞき見た。お姉さんがその日、持ってきた紙袋は、今まででいちばん大きかった。何が入っているんだろう、と思ったら、その紙袋から目が離せなくなった。

祖母の向かいにお姉さんと男の人が座っている。お姉さんはしゃべらず、俯いていた。ほとんど男の人が話し、祖母は眉間に皺を寄せ、お姉さんと同じように俯いている。話している内容はわからなかったが、男の人は、晴信君、と僕の名前を何度も口にした。自分のことをなぜ、見知らぬ男の人が話しているのかわからなかった。祖母に向かって、娘さん、とも言った。娘さん、とは誰のことなのか。何の話なんだろう、と思いながら、襖の前で座っていたが、大人たちの話はなかなか終わらない。急に眠気がやってきた。気づいたときには、畳の上で丸まり、僕は眠ってしまっていた。

「晴信」

目を覚ますと、僕の体を抱えてお姉さんが泣いていた。今まで嗅いだことのないにおいがした。なぜだか腕に鳥肌がたった。

「いっしょに暮らせるから」

その言葉に急におそろしさを感じた。お姉さんの腕のなかから逃れて、卓袱台の前で座ったままの祖母の背中にしがみついた。それなのに、祖母は僕をおんぶしようとしない。祖母の首に腕をぎゅっと巻き付けた。お姉さんが近づいて言った。

「おもちゃ、たくさん買ってあげるよ」

そう言って畳の上にあった紙袋を手で持ち上げて見せた。心は動いた。おもちゃに、お姉さんが用意した罠に、僕はいとも簡単に心を惹かれたのだ。お姉さんと紙袋を交互に見た。祖母の首に巻いていた腕の力が少し抜けた。その瞬間、お姉さんが僕を祖母から奪うように抱き上げた。赤ちゃんのように僕を腕のなかに抱きしめる。頬に顔をすりつける。油みたいなにおいがしてむかむかした。

「晴信といっしょに暮らせるように、お母さん、今までがんばったんやで」

お姉さんが口にした、お母さん、という言葉の意味がわからなかった。僕のお母さんであるはずがない。この人は悪い女だ。

「よかったですね。これで親子水入らず暮らせますね」

男の人がにこにこと笑いながら言った。この人も、僕がお父さんだよ、と言ったら、どうしよう、と不安になったが、そうではないみたいだった。

母の腕のなかから下を見ると、祖母はまだ俯いたままだ。銀髪をまとめた頭頂部が少し薄くなっているのが見えた。着物の合わせの部分から、祖母の胸のあたりが見えた。僕は、祖母の茶色く、乾いた、乳首を触りたくてたまらなかった。

お姉さんと男の人が帰った夜、四月になったら、僕はここではない町で母と暮らすのだと、布団のなかで聞かされた。

「おばあちゃんとはもう暮らせないん?」

僕が聞いても祖母は何も言わず、僕の小さな足を太腿の間に挟んだ。僕は祖母の乳房に触れ、乳首をつまんだ。真冬の強い風ががたがたと雨戸を揺らしている。

「……おもちゃ、欲しいやろ」

そう言われて心が痛んだ。母が持ってきた紙袋に、僕が心を奪われていることを祖母は知っていた。僕は恥ずかしくなった。たとえ一瞬でも、祖母との生活とおもちゃを秤にかけたのだから。祖母になんと言っていいかわからず、僕は黙っていた。

翌朝、目が覚めると、卓袱台の上に、昨日、母が持ってきた紙袋の中身が置いてあった。箱の上に消防車の写真が見えた。祖母は、もうそれを捨てなかった。僕はそれを両腕で持ち上げ、畳の上に投げつけた。いつか祖母がそうしたように。

おもちゃの箱は、春になって、母が迎えに来るまで、部屋の隅に置かれていたが、僕はそれに一度も触れなかった。

母が迎えに来る前の晩のことだ。

夕食を食べ、風呂に入ったあと、祖母は寝巻姿の僕をおんぶしたまま、いつまでも庭を歩いていた。長い冬が終わって、庭も山も、何かが芽吹く気配に満ちていた。鶏たちも静かに眠っている。黒い空にはそこだけ穴が空いたように、白い満月が弱い光を放っていた。祖母は何も言わず、ただ、ぐるぐると歩き回る。母と明日から始まる生活など、想像もつかなかった。物心ついたときから、この村で、この家で暮らしてきた。ここ以外の場所がどんな世界なのかも知らなかった。

「ばあちゃん亀も今日が最後やな」

祖母がつぶやくように言った。自分から母と暮らしたいと望んだわけではない。僕はただ、物のように、祖母の手から母の手に渡されるだけなのだから。

「僕、おばあちゃんの甲羅になる」

背中にしがみつくように言った。腕のあたっている祖母の喉元がかすかに震えているような気がした。

「ばあちゃんは晴信をどこにも連れていけん。もっと広いところにいかんと」

「いややいやや」

僕は泣きながら、祖母の背中で首をふり、足をじたばたと動かした。

祖母は何も言わない。

「おばあちゃんとずっとくっついてるんや」

泣いている僕の体を揺らしながら、

「明日はこっこさんがおいしい卵産んでくれるやろか」

そう言って、月が照らす庭をただ、ぐるぐると歩き回るのだった。

翌朝、僕は鶏小屋にそっと入り、産みたての卵を二個手に取った。鶏たちとも今日でお別れだ。鶏たちは何も知らず、茶色い体を前後に動かしている。僕は鶏たちに向かって一度、頭を下げた。

坂道を上がり庭を横切って、勝手口から家に入った。祖母は味噌汁を作り、それをお椀に注いで盆に載せ、卓袱台に運んだ。僕の小皿と、祖母の小皿に卵を一個ずつ置く。

僕もいつものように卵を割ると、

「晴信はほんまに上手やねぇ」祖母は言った。

たまごかけごはんの朝食を食べ終え、歯を磨いていると、庭のほうで車が止まる音がした。

このままどこかに逃げ出してしまおうか。このまま走って、山のなかへ、あの穴のなかへ隠れて。そんな想像が頭を駆け巡った。そう思いながら、コップの水を含んで口をゆすぐ。でも、逃げ出して、祖母に会えなくなるのも嫌なのだった。胸のあたりが強張っていく。また、昨日の夜のように泣き出したくなる。洗面台の脇に置かれた祖母の手鏡に自分の顔を映してみた。目は赤いが涙はまだ出ていない。自分の顔は誰かに似ているような気がした。廊下からばたばたと足音が聞こえてくる。祖母の足音ではない。祖母はそんなふうに歩かない。

「晴信、お母さん迎えに来たで」

紺のワンピースを着て、綺麗に化粧をした母が満面の笑みを浮かべ、そこに立っていた。その笑顔は誰かに似ている。自分の顔がこの人に似ているんだ。お母さん、と呼べないし、実感もないけれど、自分はこの人と親子なんだと、そのとき初めてそう思った。

狭い園庭のなかを子どもたちが奇声を発しながら駆け回っていた。

自分だって、同じ年代の子どもなのだけれど、彼らと自分が同じ生き物だとは思えなかった。赤いブランコのそばに生えている椿の木の下にしゃがんで、土の上に指を滑らせる。村の子どもたちの遊びはもっと自分勝手だった。大人が見たら驚くような危険なこともたくさんした。家からこっそり持ち出した小刀で木の皮を剝いだり、落ちていたライターで枯れ草に火をつけたこともあった。必要最低限の会話しかせず、一日中泥だらけになって黙々とただ遊び続けていた。けれど、ここには、刃物も火も、動物の死体もない。

ピンクのエプロンをつけた先生がみんなを園庭の真ん中に集める。お遊戯だ。憂鬱な気持ちになる。甘ったるい歌に合わせて手足を動かす、あの遊び。何が楽しいんだろう、と思った。

「晴信君もこっちだよーーー」

先生が僕を呼ぶ。村にはあんなふうに声色を変えて子どもに話しかける大人はいなかった。のろのろと歩き、子どもたちの列の後ろにつく。一人の先生が台の上に乗って、音楽に合わせて、奇妙な踊りを始めた。スピーカーから流れてくる音の割れた音楽を聞いていると、胸のあたりがむかむかとしてくる。ほかの子どもたちは音楽に合わせて、両手を挙げたり、お尻をふったりしているが、僕は恥ずかしくて、俯いたまま、突っ立っていた。ふいに後ろから両腕をつかまれた。さっき僕を呼んだ先生が、僕の腕をつかんで、台の上の先生と同じ動きをさせようとする。

「ほら、晴信君、真似して真似してー」

先生の顔が近づく。母と同じにおいがする。操り人形のように体を勝手に動かされながら、僕は今すぐここからいなくなりたい、と思っている。ここは、住んでいる大人も、子どもも、まわりの風景も、祖母と暮らしていた村とは何もかもが違った。

母と村を出たあの日、バスの中で眠ってしまった僕が目覚め、最初に目にしたのは海だった。自分と祖母が暮らしているのは島だ、ということは知っていたが、海に来たことなどなかった。こんなにたくさんの水を見たことがなかった。水平線の向こうまで続く、その広さに圧倒されていた。

海に渡された橋の上を自分と母を乗せたバスは走っていた。たった今、海の上にいる、と思うと、おしりがむずむずとしてくる。窓から下を見ると、春の日差しに照らされた青緑色の海に白い波と泡が集まり、巨大な渦を巻いていた。それもまた、初めて目にする光景だった。見ているうちに、くるくると海水に巻かれ、深い海の底に引きずり込まれるような思いがした。怖くなり、隣の席に座っている母の腕をつついた。母は、小さく口を開けて眠っている。

渦巻く海が、祖母と自分とを遠く引き離す不吉なものに思えた。こんな怖い海を越えてしまったら、もう一人では祖母のところへ帰れない。自分の手足が少しずつ冷たくなっていくのを僕は感じていた。昨日と同じ今日はもう来ないのだ、と僕は悟った。

母が僕を連れて行った家は、暗い廊下に蜂の巣みたいにたくさんの戸が並んでいた。いちばんはしっこの戸を開けると、僕が今までかいだことのないにおいがした。ごはんを食べる部屋と、寝る部屋、玄関から続く狭い台所とトイレ、そして風呂場。祖母の家とは何もかもが違う。すきま風が入る祖母の家のガラス窓とは違って、窓を閉めてしまうと、空気が流れない空間は息苦しかった。裸足で走り回る庭も、自分の身を隠せるような山もない。ここには、畳の部屋すらなかった。壁を隠すように家具が置かれ、部屋の中はきちんとしすぎるほど整理されていた。その風景もまた、僕を強張らせた。

初めて僕が部屋にやってきた日、母は夕飯を作った。茶色いソースのかかったひき肉のかたまり、ブロッコリーという野菜の緑、ばらばらのとうもろこしの黄色。その色がとても禍々しいものに見えた。母がくれたおもちゃの色と同じだ。祖母の家にも庭にも山にもなかった人工的な色。

小さく切ったひき肉のかたまりを口に入れると、薬の味がした。なかなか飲み込むことができなかった。僕の様子を見て、

「ハンバーグ、あんまり好きやないんやねぇ。お母さんの得意料理なんやけど。たまごかけごはんなら食べられるやろか」

そう言って母は立ち上がり、冷蔵庫から白い卵をひとつ取り出して、小皿に入れ、僕の前に置いた。ひんやりとした卵が僕を落ち着かなくさせる。僕が卵の殻を割ると、

「あら、晴信、上手やねぇ」

と祖母と同じことを言った。祖母の家でしていたのと同じように、醬油をかけ、混ぜて、ごはんにかける。一口食べたそれを、僕はべぇぇと吐き出してしまった。祖母の家で食べていたものとまるで違う味がしたからだ。悲しくなって僕は大きな声で泣き出した。母は眉毛を下げて、初めて会ったときのように泣き笑いのような困った顔で僕を見ている。

「ばあちゃんちの卵と違うもんねぇ。……ごめんねぇ晴信」

そう言って、なぜだか子どもの僕に何度もあやまるのだった。

祖母の家と同じように母といっしょに風呂に入った。母の家の脱衣場は、祖母の家のように暗くない。やもりや蜘蛛が入ってくることもない。そして、とても狭い。風呂場もまた、瓶や石けんが、きちんと整理されて置かれていた。母は祖母のように乱暴に僕の頭を洗ったり、いきなり洗面器でお湯をかけたりしなかった。

「シャンプー目に入ったらごめんねぇ」

そう言いながら、弱すぎるシャワーで僕の頭を丁寧に丁寧に洗った。

体を洗われながら母の裸を盗み見た。祖母のように茶色く、枯れてはいない。たくさんの水分を体のなかに湛えているように思えた。丸く、大きすぎる乳房、薄茶色の乳頭、まるで牛みたいだ、と思った。そして、その体に触れたい、とは思わなかった。

僕に寝巻を着せると、母は僕の手を引いて、整理だんすの前に連れて行った。たんすの上には墨で黒々とした文字が書かれたお札のようなものが置かれている。その両脇には、細長い花瓶に挿された緑の葉っぱと、コップに入った水。そんなものを見たことはなかった。

「いい子になれるように、のんのんしような」

母が僕の両手をとって合わせる。僕と同じように両手を合わせた母は、ぶつぶつと口のなかで呪文のようなものを唱えたあと、頭を下げた。

「神さまが、晴信をいい子にしてくれるからなぁ」

そう言ってまた、困ったような笑顔を向けた。僕は悪い子だろうか。自分が悪い子か、いい子かなんて、考えたこともなかった。母の作った食事を食べなかったことがいけなかったのだろうか。いたずらをしたら、祖母はきつく僕を叱ったが、僕自身を叱ったわけではない。僕がしたことを叱った。けれど、悪い子、と祖母に言われたことはない。

母は洋室の真ん中に布団をふたつ並べ、まっすぐに敷いた。まるで線引きで測ったみたいに。祖母の家と同じように母と寝るものだとばかり思っていた。母がさっさと自分の布団に入ったので、僕も、僕のために敷かれた布団に横になった。天井から下がった

電灯の紐を引っ張ると、

「おやすみ」と母が小さな声で言った。

冷たい布団のなかで体を丸めた。祖母の温かい体がそばにないことが心細かった。けれど、やっと部屋が暗くなって、僕は安心した。カーテンを引いた窓には、街灯の灯りが映っているし、どこからか車の走る音も聞こえてくる。けれど、暗くなっただけで、僕はいつもの場所に帰ってきた気になった。そうだ。母の家は、どこもかしこも明るすぎるんだ。


「ほんとうにもうしわけありません」

母が僕の頭をぐいっと押した。園庭の白い砂で汚れた運動靴が目に入った。

「あぁ、お母さん、あんまり気にせんといてください。晴信くんも、新しい生活で慣れんことがいろいろあるやろうから。友だちと過ごすのも初めてのことでしょう。少しずつ慣れていこな」

先生は腰を屈めて僕の顔をのぞきこんだ。先生の手が頭に触れた。その生温かさに背中の産毛がざわっと逆立った。

家までの帰り道、母は痛いほど僕の手をにぎっていた。祖母のように母は怒らなかった。見上げると、いつものように困った顔をして前を見ていた。

「晴信くん、変や。おかしな絵ばかり描いとう」

そう言って僕が手にしていた色鉛筆を取りあげ、僕が描いてた○や△や□だらけの絵に大きなバツをつけた友だちを僕は突き飛ばした。自分では軽く押したつもりだったが、その子は床に尻餅をつき、大きな声で泣き始めた。教室の隅にいた先生が駆け寄ってきて、

「晴信くん、暴力はあかんやろ」

そう言って、僕だけを叱った。

暴力、という言葉がどうにも飲み込めなかった。軽く押しただけだ。村では子ども同士のとっくみあいの喧嘩など、日常茶飯事だった。拳で殴り合い、鼻血を出してもまだ、地面を転げ回っていた。あの光景を見たら、この人は目を丸くするだろう。

「神さまのところに行かんといけんねぇ」

母は泣きそうな声でそう言って、また僕の手をぎゅっと握った。

次の日曜日、電車に乗って僕はとある集会に連れて行かれた。母は僕を迎えに来たときと同じ紺のワンピースを着て、僕にも紺の半ズボンと白いシャツを着せた。そんな服を今まで着たことがなかった。松の木が植えられた広い敷地、錦鯉が泳ぐ池の向こうに、古い二階建ての屋敷が建っていた。玄関で脱いだ靴を揃えるように母に言われ、赤い絨毯の敷かれた長い廊下を進むと、広い座敷にたくさんの人が正座をしていた。

皆、肩から紫色の襷《たすき》をかけ、母が毎朝、毎晩、あのお札の前で口にする呪文のようなものを繰り返し唱えていた。僕と母はたくさんの人たちの一番後ろに座った。座敷の入口近くに立っていた黒いスーツの男の人が右腕を上げた。それが合図なのか、皆がいっせいに頭を下げた。僕の隣に座っている母も。

頭を下げた人たちの向こうに小さなおじいさんが見えた。大黒様や、と僕は思った。祖母の家に飾られていた木彫りの大黒様にその人は似ていた。でっぷりとした丸いおなか、垂れ下がるくらいに大きな耳たぶ。にこにこと笑いながら、頭を下げる人たちに向かって手を上げた。金色の座布団の上に座り、紫色の袈裟に身を包んでいる。スーツの男の人がそのおじいさんにマイクを渡し、話が始まった。

おじいさんが何を話しているのかはわからなかったが、幸せ、神さま、という言葉が何度も耳に飛び込んできた。話を聞きながら、ハンカチで目をおさえる人や、いきなり泣き始める人もいた。退屈でたまらなくなった僕は、頭のなかでゆっくり数を数えていた。母に教えてもらって百までは数えられるようになっていた。僕はゆっくり百まで数え、そこから一つずつ、慎重に数を増やした。一九八、一九九、そこから先が難しかった。二〇〇、二〇一、二〇二……二〇九、その瞬間に皆が立ち上がった。あともう少しだったのに、と思ったところで、また、皆がさっきと同じようにおじいさんに向かって頭を下げた。

ほとんどの人は入口から出て行ったが、おじいさんの前に並ぶ人たちもいた。僕と母もその人たちの後ろに並んだ。前のほうを見ると、おじいさんの前に座った人たちが、何かを一生懸命話している。おじいさんは話を聞き終えると、二言、三言何かを言って、その人たちの頭を撫でた。そうされて、さっきと同じように泣き出す人もいた。母と僕の順番がやってきた。母は頭を深く下げ、僕の頭も下げさせた。

「この子が悪い子で困っています……」

悪い子。僕はやっぱり悪い子なんやろか。また、ぐるぐると頭が動き出す。ほう、ほう、とおじいさんが答え、ぶあつい手のひらで僕の頭を撫でた。頭のてっぺんから、おじいさんの手のひらの熱が、じっとりと伝わってくるようで気味が悪かった。身をよじらせる僕の肩を、母が強く押さえつける。

「毎朝、毎晩、ちゃんとお祈りせんといかんよ」

おじいさんはそう言って目を見開いた。瞼で隠れていた目が顔を出した。左目が白く濁っている。そんな目をいつかどこかで見たような気がした。僕を長い間見つめている。何か話すのだろうか、と思ったけれど、おじいさんは僕を見ているだけで何も話さない。この人が神さまなのか、と思った。神さまがこんなふうに座布団の上に座っているだろうか、とも思った。

おじいさんは、僕の頭に手のひらを押しつけ、母はまたさっきと同じように、僕の頭を下げさせた。母はおじいさんの隣に立っていたスーツ姿の男の人に白い封筒を渡し、部屋を出た。

帰りの電車は、行楽帰りの家族連れで混んでいた。母はやっとひとつ空いた席に座り、膝の上に僕を載せた。ふわふわとした太腿の上で僕のおしりが揺れる。母は僕の背中から、腕を回し、僕の体を自分の体につなぎ止めるように抱いていた。それほど母と密着したのは初めてだった。前の席には、自分と同じくらいの女の子、そして、母親と父親。三人はそこがまるで自分たちの寝室であるかのように深く眠っている。電車が駅に止まるたび、父親が目を覚まし、窓の外を見て、駅名を確かめたが、そこが自分の降りる駅でないとわかると、また目を閉じ、眠りの続きを始めた。僕のおなかの上で組まれた母の手が熱い。少し緩めてほしくて、僕は強い力で組み合わさった母の指を離そうとする。母が気づいて僕に顔を近づけた。

「晴信はこれからきっとええ子になるねぇ」

今、振り返れば、母はこのときから、僕が僕のままでいることを漠然と怖れていたのかもしれない、とそう思うことがある。

母のことを悪い女だ、と言った祖母の真意はわからない。

僕をひきとった母は、女手ひとつで僕を育てようと日々、奮闘していた。食事を抜かれたことも、暴力をふるわれたこともない。部屋のどこもかしこも綺麗に掃除されていたし、僕に毎日、清潔な下着と洋服を用意してくれた。僕と母の暮らしが経済的に豊かだった、とは言えないけれど、それで僕が困った思いをしたこともない。

けれど、ただひとつ、あげるとするなら、母はとても流されやすい人だった。何か大きなものに巻かれたがる人だった。声の大きな人が、右に曲がれ、と言えば、すぐに言う通りにする人だ。自分より声が大きく、強い意見を持つ人をいつも探していた。母はそれを宗教に求めようとした。この人だろう、と決めると、その誰かの一言を真に受け、自分の意志を持たなかった。まるで、中身の入っていない容器のような人、それが僕の母だった。

保育園を卒園しても、小学校に入っても、僕は集団生活になじめなかった。誰かと同じことをする、ということがとても苦手だった。好きなことは、算数と、絵を描くことで、それ以外にはあまり興味を持てなかった。それでも、保育園の頃はまだ良かった。

最悪なのは小学校だ。狭い教室にうるさい子どもたちと閉じ込められて、何時間も黒板のほうを向いていなくちゃならない。その意味がわからなかった。先生が黒板に書く文字や数字を見つめていると、頭がぐらぐらと揺れる。白い数字や文字が勝手に動きはじめるのだ。おなかのあたりがもやもやとして、頭がちりちりと痛みはじめる。まわりの子どもを見回すと、皆、ノートを広げ、鉛筆を手にして、黒板と先生を見つめている。

僕が今、目の前で見ていることを誰も体験していないんじゃないかと思うと、急に息が苦しくなった。閉じられた窓、閉じられたドア、密閉された空間にいることが耐えられなくなった。僕は席を立ち、ドアを開けて、教室を飛び出した。先生の叫ぶ声も聞かず、リノリウムの廊下をぶかぶかの上履きで猛スピードで走り出していた。

教室からの逃亡を何度もくり返した僕の行動は、当然、担任の先生から母に報告されることとなった。母のとった解決策は、保育園のときと同じ、あの大黒様に似ている神さまのところに行くことだった。神さまは、「今、住んでいる部屋の方位が悪い」と言って、母に転居を勧めた。母にとっては神さまの言うことがすべてで、その言葉を疑うことはなかった。

住み慣れた部屋を出て、僕と母は隣の県に引っ越した。小学校も変わった。今になって思えば、環境が変わることが僕にとって大きなストレスだったのだから、僕の問題行動が治まるわけがない。相変わらず、授業に耐えられなくなると、教室を脱走していたし、友だちとの小さな喧嘩も絶えなかった。梅雨のある日、僕の着ていたピンク色のTシャツを、女の子みたいだ、とからかった男の子を傘の先で突いて大問題になった。狙ってやったわけではない。けれど、もう少しで、僕の傘は彼の眼球を突くところだった。母は学校に呼ばれ、僕が怪我をさせた男の子の両親に、涙声であやまり続けていた。父親と母親に挟まれた男の子は目の下に白い大きなガーゼを貼っていた。たかがかすり傷じゃないか、大げさすぎる、と僕は思った。

訴える、とわめく男の子の両親の前で、母は地面に着くほど何度も頭を下げた。母の手は、やっぱり僕の頭を押しつけて、僕にも頭を下げさせた。けれど、やっぱり、母は僕を叱らないのだった。僕が悪い子である理由。僕が悪いことをする理由。その原因と答えを、母は、誰かが教えてくれるのだと思いこんでいた。けれど、その出来事のあと、母は僕を大黒様に似ている神さまのところに連れていかなかった。あの神さまでは僕をいい子にしてくれない、とそう思ったのだと思う。

一学期が終わる頃、母は長いこと勤めていた会社をリストラされた。会社での母の立場は、契約社員のようなものだったから、小さな子どもを抱えた母の首を切ることにも会社側は躊躇がなかった。新しい母の仕事はなかなか決まらなかった。失業保険も下りず、蓄えがたくさんあったわけでもない母と僕の生活は瞬く間に悪化した。

母は昼も夜もパートを続け、僕は一人の時間を、ブロックやジグソーパズル、算数ドリル、そして、母に買ってもらった色鉛筆で絵を描いて過ごしていた。母は奮闘していた。けれど、学歴も職歴もなく、頼れる身内もおらず、小さな子どもを抱えた母の人生は、簡単に上昇気流には乗ることはできなかった。例えば、何か手に職をつけて安定した収入を得る、そういう考えを母は持たなかった。何かを信仰すれば、自分の人生は必ずいい方向に変わるはず。それが母の人生訓だった。

小学生になって初めての夏休みが半分ほど終わった頃、新しい神さまを母はまた見つけた。僕と母はそれまで住んでいた町から、遠く離れた火山のある場所に引っ越した。ビルや家がひしめきあうようなそれまで住んでいた町ではなく、山の中にある小さな村だった。廃校になった校舎に何人かの人たちが住んでいた。中学生から赤んぼうまで、僕と同じくらいの子どももいた。

今度の神さまは日本人ではなく、銀色の長い髪をまとめた外国の人だった。彫りの深い顔で、眼窩に濃い影が映っている。目の色はラムネの瓶に入っているビー玉みたいだった。そこにいる皆は、「お父さま」と彼を呼んだ。お父さまは、その場所にはいなかった。けれど、その校舎の教室のどこにも、額縁に入ったお父さまの写真が飾られていた。毎朝、毎晩、ここに住む皆に与えられる数珠を首にかけ、額縁に入ったお父さまの写真に向かって、何語かわからない祈りの言葉を唱えた。僕は大黒様に似た神さまのところに連れて行かれたときから、祈りの言葉を覚えたことはない。いつも、むにゃむにゃと口を動かしていたが、声は出していなかった。覚える気すらなかった。

大人たちは畑で作った野菜や、鶏が産む卵、毛糸や布で作った洋服や工芸品などを町に売りに行き、生計を立てていた。たいしたお金になるわけではないが、基本的に自給自足の生活をしていたので、貧しいながらも、飢えることはなかった。子どもたちにも、豚小屋や鶏小屋の世話、畑の水やりなど、年齢に応じて、役割が与えられていた。嫌がる子どももいたが、僕にとっては、どの仕事もたわいもないことだった。大変だったのは母のほうだっただろう。白い顔は、炎天下の畑仕事で瞬く間に日に焼け、黒くなっていった。

子どもたちは午前中に自分の仕事を終えれば、夕方まで自由に過ごしてよかった。

小学生以上の子どもは町の学校に通うことになっていたが、「お父さま」を信仰する集団の子どもたちは、町の子どもたちからひどいいじめを受けていた。僕がここに来たのは夏休み中だったけれど、転校の手続きをして、二学期が始まっても、学校には行ったり行かなかったりしていた。行かない日のほうが多かった。ほかの子どもたちがそうだったからだ。勉強は年齢に応じて、大人たちが教えてくれた。小学校の先生の授業より、よっぽど丁寧に教えてくれた。どの場所で勉強してもよかった。僕は階段の踊り場に座り、その日に割り当てられたプリントを瞬く間にすませ、大人に丸付けをしてもらった。

長い時間、同じ場所にじっと座っていられない僕にとっては好都合だった。一年生の勉強はあっという間に終わり、僕は二年生用のプリントを自分のペースで進めていた。そんな僕を見て、母も満足そうだった。僕が学校で集団生活をうまく送れないことを母は気に病んでいたはずだが、ここに来て瞬く間に学校が、すべてではない、と意見を変えた。ここに住むほかの大人たちに簡単に同調したのだ。自分に負荷のかかる根本的な原因など、なかったことにしてしまう。それが母のやり方だった。

絵を描く、楽器を演奏する、踊る、物語を書く、工作をする。ここの大人たちは、勉強以外の「創作活動」という時間を子どもたちのスケジュールに組み込んでいた。それが「お父さま」の考えでもあるらしかった。

テレビ、マンガ、ゲーム機、プラスチックのおもちゃはここにはなかったが、「創造室」と呼ばれる教室には、大人が使うような工具、画材、楽器、機織り機などが置かれ、どれも子どもが自由に使っていいことになっていた。僕が夢中になったのは、絵だ。すごろくの絵をいつも描いていた。保育園や学童クラブで、僕がいちばん好きだった遊びだ。それを友だちとではなく、一人でするのが好きだった。ここには市販のゲームだけでなく、トランプやボードゲームもなかったから、僕はそれを自分で作った。

四角をたくさん描いてつなげる。人の一生を模した、学童クラブで目にしたことのある人生ゲームを真似したのだ。赤ちゃんからスタートし、学校に通い、会社に行く、結婚をして、子どもを産む、そして、年老いて死ぬ。最後のマスで天国と地獄に別れる。天国に行けば天使になるが、地獄に行けば、体を裂かれ口から血を流して死ぬ。人間の死体を描いた。山で見た死んだ動物を思い出しながら。僕にとっては難しいことではなかった。見たことのない天使の絵を描くよりも。

子どもたちが絵を描いたり、工作をするときには、必ず、先生と呼ばれる大人が、日替わりで二人、そばについていた。けれど、善し悪しは判断しない。過剰に誉めたり、大人の意見で直させたりすることもなかった。子どもが困っているときだけ手助けする。それが創造室のルールだった。

いつものように、人間の死体を描いているときに、僕の座っていた机に先生が近づいてきた。その日は、まるで高校生みたいな顔つきの若い女の人が、先生役を担当していた。歩きながら順番に子どもたちの作ったものを眺め、困っている子にアドバイスをしたりしていた。僕のそばで立ち止まり、顔をしかめた。僕が顔を上げると、女の人は腕組みをして僕の描いた絵をじっと見つめている。

「そんな絵、描いたら」

そこまで言って急に口を閉じた。気配を感じて振り返ると、みんなにルーと呼ばれている男の人が立っていた。子どもたちの「創作活動」を担当するいちばんえらい先生なのだと言われていた。母と同じくらいの年齢にも思えるし、高校生くらいに見えることもあった。男か、女か、よくわからないこともあった。長い髪をひとつに結び、ちょっとつり上がった細い目が怖く感じることもあった。お祈りのときだけつければいい、と言われていた数珠をいつも首にかけていた。ルーが女の人の肩に手を置き、首を横に振った。女の人は口を閉ざしたまま後ろに下がった。

「君が描きたい絵をどんどん描くんだよ。好きなだけ」

そう言って僕の頭の上に手を置いた。ルーの手は温かくもないし湿ってもいなかった。僕はルーに触られることを不快に感じなかった。ルーの言葉に僕はうなずき、死体の腹から飛び出している内臓を紫色に塗った。

そこでは、子どもたちは子どもたちの部屋で眠り、大人たちは大人たちの部屋で眠った。父親や母親と寝ていいのは、赤んぼうと三歳以下の子どもだけだった。

中学生以上の子どもは、男女別に違う部屋に寝ていたが、それ以下の子どもは、畳を敷いた教室で雑魚寝をしていた。ここに来たばかりの子どもがしくしくと泣き出すこともあった。あまりに泣きやまないと、年長の女の子がその子のそばに行き、抱っこしたり、あやしたりした。山の中にある校舎といっても、真夏の数日は、夜になっても気温が下がらない日もあった。エアコンや扇風機はない。窓は開け放たれていたが、教室の四隅に吊されたナイロン製の青い蚊帳《かや》は、風を通さず、蒸し蒸しとした不快感と息苦しさが、真夜中になっても僕を悩ませた。ふいに、窓の外から、豚の鳴き声が聞こえた。豚も、こんなに暑い夜は眠れないんだろう、と思いながら、僕はごろりと寝返りを打った。

「ったくこんなとこに連れてきやがって」

隣の布団から舌打ちが聞こえる。

隣に寝ているのは、僕よりも少し遅く、この校舎にやってきたSという男の子だった。僕よりも年は上の小学六年生、でっぷりと肥り、丸く盛り上がった頰の肉に細い目が埋もれていた。鶏や豚の世話をしようとすると、ひどくおびえて近づかないので、皆にからかわれていた。

「はらが減ってねむれねぇ」

独り言のようにも聞こえるが、Sは僕が起きていることには気づいているような気がした。再び、窓の外から豚の鳴き声が聞こえた。途切れ途切れに聞こえた叫びが、次第にリズミカルになっていく。思わず耳をすませた。豚の声じゃない。人間だ。人間の女の声だ。豚はあんなふうに甘く、かすれたような、呼吸困難みたいな声は出さない。

「大人ばっかりいい思いしてんじゃんか」

エロじじぃ、エロばばぁ、と言いながら、Sは布団の上に起き上がり、枕を拳で叩き始めた。

「ちんこでもいじらねぇと眠れねぇ」

教室のどこかでくすくす笑いが聞こえたが、Sのうるせえ！という声に掻き消された。蚊帳の暗闇のなか、自分の股間で手をすばやく動かすSのシルエットが見えた。Sの言っていることも、Sがしていることも、そのときの僕にはまるでわからなかった。絶え間なく聞こえてくる女の人の声と、Sがふっ、ふっ、と吐き出す息のリズム。その重なりを聞いているうちに、僕の瞼は自然に閉じていった。

どういう理由なのかはわからなかったが、親子であっても、大人と子どもが、二人きりで過ごすことが、その集団では禁じられていた。食事だけは皆でいっしょにとるが、それ以外の時間は、大人と子どもは別々の時間を過ごしていた。食堂で遠くのテーブルから、母が目配せのようなものをすることはあったが、僕はどう返していいかわからず黙って目を伏せていた。母の髪は伸び、僕と二人で暮らしていたときとはずいぶんと違う雰囲気を身にまとっていた。母の両隣には、母と同じくらいの年齢の男と、大学生くらいの若い男が座っている。彼らは、母にパンをとってやったり、コップに牛乳をついだり、甲斐甲斐しく世話を焼いていた。彼らが何か言うと、母が声を出して笑う。それは僕が見慣れていた困ったような笑顔ではなかった。時には、隣の男の腕に手を置き、ゆっくり撫でながら、男の話を聞いていることもあった。母がそんなふうに、男に向かって笑顔を見せたり、男の体に触れているところを初めて見た。

子どもだけの日常では、その集団のなかで年齢による上下関係ができる。血はつながっていないのに、大家族のきょうだいのようになっていた。僕はここでも、そういう人間関係に慣れず、一人で過ごすことが多かった。まわりの子どもたちも、輪のなかには入らない子、として放っておいてくれた。ただ、一人の例外を除いては。

Sは僕をちび、と呼び、まるで家来のように扱うようになった。Sは動物が苦手だった。本来なら、Sがしなければならない豚の世話を押しつけられることもあった。Sは動物が苦手だった。鶏はまだしも、豚に近づくことができなかった。えさやり、豚小屋の掃除、長いホースで水をかけてたわしで豚の体を洗う作業も、Sは僕にやらせ、自分は豚小屋の入口で鼻を摘んだまま立っていた。僕やほかの子どもたちが、マスクとゴム手袋を外し、小屋から出ようとすると、Sがひゅーーーーっと口笛を吹いた。にやにやしながら、小屋の奥を指差す。

「おい、ちび、見てみろよ」

小屋の一番奥、木の枠で囲われた中に、一匹の豚が、もう一匹の豚の背中にのしかかっていた。下にいる豚は濁った鳴き声をあげている。

「交尾やろ」

僕がそう言うと、Sは驚いた顔をして僕を見た。

「なに、ちび、知ってんの？　ちびのくせして」

村で野犬や山羊が交尾しているのは何度も目にしていた。だから、Sがなんでそんなに興奮したような声を出すのかがわからなかった。

「人間とやることは同じだな。気持ちいいんだろな」

そう言ってSは地面に唾を吐いた。

「え、そうなん?」

見上げて言うと、Sが僕の顔を見て吹きだした。

「おまえ、知らなかったの? 動物も人間と同じだって。ああやって、俺たち生まれてきたんだから。親父とおふくろが気持ちいい思いしてさぁ。今度、おまえに見せてやるから」

にやにや笑いながらそう言って僕の頭をこづいた。咄嗟に思ったのは母のことだった。母も誰かと交尾をして、僕がこの世に生まれた。不思議と、父親、つまり、母親の交尾の相手のことは考えなかった。ただ、母もあんなふうに誰かの下にいたことがあるのだ、とそう思ったら、何か、小さな虫の群れ、村でよく見た赤蚯蚓《みみず》の塊のようなものが、自分のなかで蠢いているような気分になった。

二匹の豚は、どこを見ているのかわからないどろりとした目のまま、体の一部をくっつけあって、僕らが見ているのもおかまいなしで、しばらくの間、同じ姿勢を保っていた。

今度見せてやるから、という言葉どおり、Sは豚小屋で交尾を見たときから日を置かず、僕にその現場を見せてくれた。真夜中、Sに起こされた僕は、蚊帳をそっと抜けだし、校舎の三階にある大人たちの教室が並ぶ廊下に立っていた。Sとともに教室をそっと覗くと、子どもたちの教室と同じように、大きな蚊帳が張られ、ごろりと体を横たえた大人たちが見えた。ここじゃない、というふうに、Sは頭を振ると、その隣の教室の前に歩いて行き、中をのぞき込む。Sが手招きで僕を呼ぶ。僕も近づいて、Sと同じように教室の中を覗いた。蚊帳のなか、いくつかの場所で蠟燭の灯りが揺れている。目をこらすと、蜂蜜色の灯りに照らされているのは裸の男と女たちだった。

「ほら、見ろよ。人間の交尾だ。セックスしてる」

僕の耳元でSが言った。Sの汗臭い体臭が鼻をかすめた。

豚の交尾のように、男が女の背中にのしかかっている者もいれば、向き合った姿勢で繋がっている者もいた。のしかかった男が腰を動かすたび、女が声をあげる。馬に乗っているみたいに男の上で腰を振る女もいた。どの女も苦しそうな声をあげ、体をくねらせていた。

隣にいるSの呼吸が荒くなる。Sが半ズボンとパンツをおろし、上を向いている性器を握りしめた。毎日のようにSが布団のなかでやっていることだ。興味本位で僕も布団のなかで自分の性器をいじってみたことがあるが、ほんの少し、かたくなっただけだった。なぜSが毎日欠かさず、それをやるのかがわからなかった。Sは性器を擦ることに夢中だ。Sの体はいつもの体臭ではない違うにおいを発している。

もういい。そう思って、教室を離れようとしたが、教室のいちばん入口近くにいる女から目が離せなくなった。暗闇に目が慣れて、フォーカスが少しずつ合っていく。見覚えのある乳房。丸く、まるで牛のように大きい。その乳房が男が腰を振るたびに揺れていた。顔は髪の毛に隠れて見えなかったが、教室にいる誰よりも大きな声をあげていた。黒くたくましい男の体の一部が母の体を貫いている。けれど、痛みなどないのだろう。だって、母はあんなに喜んだような声をあげている。豚だ。豚と同じじゃないか。そう思った。ある意味、豚よりもひどい。

酸っぱいものが口元にこみあげてきた。僕は裸足で暗い廊下を走り、二段飛ばしで階段を駆け下りた。校舎の外に出て、水飲み場まで駆けた。口のなかのものがあふれそうだった。水飲み場に着いた途端、僕はコンクリートの洗い場に吐物をまき散らした。吐いても吐いても、体のなかから何かが溢れ出てくる。苦しくて、目の端に涙がにじんだ。痙攣のような胃の動きが治まると、僕は水道の水で口をゆすぎ、吐物を排水口に向けて、手のひらで流した。

息を深く吐いて、その場にしゃがみこむ。背中に触れたコンクリートの冷たさが心地良かった。校庭を照らす月は満月に近い。その月はいつか祖母と見た月のカタチに似ていた。

首にロープを巻かれ、杭につながれた豚はこれから起こることがわかっているのか、諦めたような様子で鳴くこともない。雲ひとつない秋晴れの日曜日、そのイベントは行われた。一、二カ月に一度、ここに暮らす大人や子どものために、一匹の豚が殺された。

豚が殺されたあとには、新鮮な肉を使った料理がふるまわれるのが習慣だったから、露骨に舌なめずりをする大人もいた。

豚がいる青いビニールシートのまわりを、大人や子どもが取り囲んでいた。昔からここに暮らす人たちにとっては見慣れたイベントだったが、僕はそれを見るのが初めてだった。村で見たこともなかった。振り返ると、Ｓが校庭の隅にしゃがんで俯いている。

ビニールの白く長いエプロンをつけた男が重そうなハンマーを抱え、豚に近づいた。柄の部分を持ち、振り上げては下ろす動作を何度かくり返し、足の位置を決める。まるでバッターボックスに立つ野球選手みたいだ、と僕は思った。タイミングをつかんだのか、男はハンマーを思いきり振り上げた。ハンマーは青空に弧を描き、迷うことなく豚の脳天を直撃した。豚が鳴く暇もなかった。僕は瞬きもしないで、それを見ていた。

肉を震わせながら、気絶した豚がビニールシートに倒れる。すぐさま、別の男が近づき、長いナイフで首のあたりを突き刺し、小刻みに動かした。血があふれ出し、ビニールシートの青を赤に染めていく。ビニールシートの四隅を女たちが持ち上げ、流れた血はポリバケツに溜められた。豚はまだ、体をぴくぴくと動かしている。

僕は、死んで行く豚に少しずつ近づいた。もっと間近で見たかった。近づけば近づくほど、生臭いにおいが強くなった。僕はそのにおいをもっと吸い込みたかった。血のにおいは僕をなぜだか懐かしい気持ちにさせた。

絶命した豚は、解体しやすいように、左右の後ろ足に穴が空けられ、ロープで吊されていた。ナイフを持ったさっきの男が、腹の部分をＴ字に切り裂くと、灰色がかった紫色の腸が溢れ出てきた。口の中が渇いた。僕はしきりにくちびるを舌で舐めた。発熱したように額のあたりが熱かった。豚が殺され、解体されていく様子を見て、僕の体は変化を起こしていた。下腹がむずむずして止まらない。一番大きな変化はパンツのなかで起こっていた。いつか見たSの性器のように、僕の性器もかたく、尖り、天を向いていた。今すぐにSを真似して、手のひらでにぎり、強く擦りたかった。僕はそっとポケットに手をつっこむ。年上の子のお下がりのズボンはだぶだぶで、僕がこっそり性器をいじっていることなど、誰も目に留めていなかった。そこにいる誰もがただ、口をぽかんと開けて、解体されていく豚を見ていたからだ。

内臓が取り出された豚の体にできた赤い空洞を見た途端、耳鳴りがした。きーーーんと音がして、左耳だけが聞こえなくなる。先端をほんの少し擦るだけでよかった。腰から脳天まで痺れるような快感が、僕の小さな体を貫いていた。僕が初めてこの世に放った精液のにおいすら、血のにおいに紛れて、誰も気づかなかった。

＊

ルーはガラス瓶にエーテルを染みこませた脱脂綿を放り込み、蓋をして上からぎゅっと押さえた。

薄桃色の小さな手をガラスに押し当て、立ち上がったり、瓶の底をぐるぐると動き回っていた白いマウスは、次第に動きが緩慢になっていく。血管が透けて見える薄い耳や、気味の悪い長い尻尾、驚くほど長い指。その体をじっと見つめながら、そのマウスをルーはどこから手に入れてきたんだろう、と、僕はぼんやり思っていた。

やがて、マウスは動きを止めた。真っ赤なルビーのような目は、もうすっかり白くなっていた。マウスが動かなくなっても、ルーはまだガラス瓶の蓋を外さない。教室の窓から差し込む秋の日差しが、マウスの入ったガラス瓶を、まるでスポットライトのように照らしていた。瓶の縁が照り返す光がまぶしくて、僕は思わず目を閉じる。

ルーは蓋を開け、ぴったりとしたビニールの手袋をつけた指で、マウスをそっと取り出す。それを手のひらに載せ、ゆっくりと歩きはじめた。元は工作室だった教室の窓際には、絵の具で汚れたパレットなどを洗うための洗い場がついていた。ルーの後ろを、僕を先頭に、三人の子供たちがついていく。先週、ルーがマウスの解剖をする、と言ったときに、見たい、と自ら手をあげた子どもたちだった。全員が男の子で、僕がいちばん年上だった。動物が苦手なSはもちろん、ここにはいない。

ルーはマウスの体全体に流水をかけた。

「こうすると硬直がほぐれて解剖しやすくなる」

まるで独り言のようにルーが言う。水に濡れたマウスの白い毛が小さな体に張り付く。クリーム色の薄いビニールの手袋はルーの細い指によく似合っている。その手のなかで、マウスの体は全体的に縮んだように見えた。

解剖用のマットに載せた濡れたマウスの体を、ルーはガーゼのようなもので丁寧に拭った。

「じゃあ、始めます」

そう言うと、ルーは解剖用のハサミを手に取り、迷うことなく、開かれた足の間に切れ目を入れ、まっすぐに顎のあたりまで切り開いていった。子どもたちはマウスが置かれた机を囲み、ルーの手の動きを凝視していた。メスで皮膚を剝ぎ、針で留める。仰向けに万歳をしたようなマウスの体の中から、さまざまなカタチと色をした内臓があらわれた。僕は目を見開いてのぞきこむ。

「ここが横隔膜」

ルーがメスで指した場所を左右に横に切り開くと、さらにその下に隠れていた内臓が見えた。心臓、肝臓、胃腸、肺。ルーはそのひとつひとつを説明し、僕はそのひとつひとつを記憶する。ルーは胃腸全体を切り取り、水を入れた丸いガラスの皿に移した。からまったようになっている腸を、そっと指で引っ張って伸ばす。水が薄く血の色で濁る。ソラマメのカタチをした腎臓、白く、三角形の副腎。ルーの説明には淀みがない。最後にマウスの頭皮を器用に剝ぎ、頭蓋骨の真ん中にメスで割れ目を入れた。ピンセットで頭蓋骨を割っていくと、白っぽい脳があらわれた。ルーはそれをまた、ガラスの皿に入れた。

「まったく皺がない。人間とは違う」

ルーが言うように、マウスの脳はつるんとしている。

「人間の脳にはもっとたくさんの皺が寄っている。その皺があるところは大脳皮質……この皺が多いほど頭がいいと言われているけれど、それは、まぁ、なんとも言えない。

イルカは人間よりも皺が多いけれど、頭がいいとは言えない。……頭のよさをどんなふうに定義するかにもよるけれど……」

いったん話をはじめると、ルーの話は止まらないことが多かった。僕も、それ以外の子どもたちも、ルーの話のすべてを理解できていたわけではない。けれど、ルーはおかまいなしだった。年齢に応じてわかりやすく話をするということや、大人と子どもで話の内容を変えるということもなかった。ルーがここに来る前に何をしていたのか、僕は知らない。けれど、もしかしたら医者か、学校の、例えば大学とかの先生、だったんじゃないか。そんな気がなんとなくしていた。

ピンで留められたマウスを僕たちはじっと観察していた。その時間は、理科の授業でもあり、図画の授業でもあった。ルーの話と同じように、ここでは、何の授業か、とはっきりと区切りがつけられない勉強をよくしていた。一人の子どもは、ルーが配ったマウスの体の解剖図のプリントに臓器の名前を、漢字でひとつひとつ書きこんでいた。僕はスケッチブックを広げ、目の前にあるマウスの死体を描きはじめた。描きながら、見れば見るほど不思議だ、と思った。この前殺された豚を見たときにも思ったことだ。体の表面は皮膚に覆われ、濡れてもいない。それなのに、その中はこんなにつやつやと濡れたものが隙間なく収められている。しかも、刃物で切り裂けば、簡単に、なかのものがあらわれる。皮膚一枚だけで守られている。その無防備さや、弱さを抱えながら、生きていることが不思議でならなかった。

色鉛筆を動かしながらも、僕はトイレに行きたくてたまらなくなっている。さっき、ルーがハサミでマウスのおなかを一気に切り裂いたときからそうだ。かすかに尖りはじめた性器の居心地が悪かった。左右の太腿を擦り合わせる。

「トイレ」

僕は隣に座っている子に言い、小走りで教室を走り出た。洗い場でさっきからずっと手を洗っているルーは、僕のことなど気にもとめない。長い廊下を走り、階段のわきにあるトイレの個室に入る。ズボンを下げるのももどかしく、僕はそれを握り、擦る。さっきのマウスのさまざまな内臓は、もうすっかり僕の頭のなかにあった。切り裂いて、あらわれる、つやつやとつまった内臓。豚でもマウスでも、なかは、同じようなものだった。多分、人間も。

「マウスは繁殖力が強い。成体になるまでのスピードも速いし、小型で扱いやすい。遺伝的にもさまざまなタイプがそろっている。動物実験のスターなんだ。その実験のために、毎日、毎日、新しい実験用のマウスが生まれ、人間のために死んでいく」

手を洗いながら、さっきルーの言った言葉が僕の頭のなかで響いている。

ここに来て二年の月日が経っていた。僕は小学三年生になっていた。

母は相変わらず、幾人かの男の人に囲まれ、ここでの生活を楽しんでいるように見えた。ここにいれば、まわりを見て誰かをうらやむ必要もない。最低限の生活ではあっても、親子二人でも飢える心配はない。そうした日々は母の心に安定を与えたかのように見えた。母が「お父さま」のことを心から信じていたのかどうかは、今でもわからない。

けれど、町で暮らしていたときのように、不満足な自分の生活を劇的に変えてくれる「神さま」をふらふらと求めることはなくなった。

近くにある小学校にまじめに通う子どももいたが、僕はほとんど行かなかった。教室の椅子に縛りつけられたまま、退屈な授業を聞くことには耐えられなかったし、薬みたいな味がする給食を無理に食べさせられるのもいやだった。

自分に割り当てられた動物の世話や、寝起きする部屋の掃除をする以外は、僕はルーと多くの時間を過ごした。ルーに勉強を習い、自分が描いた絵の感想を聞いた。集団には、リーダー的な立場の大人が数人いたが、ルーもその一人だった。そうした大人は、個別に部屋を割り当てられていた。校舎の一階、校長室や保健室、といった部屋がその場所だった。子どもたちは自分たちが寝起きする以外の場所に入ることは禁止されていたが、ルーは一日の終わり、例えば、夕食が始まる前や、終わったあとの短い時間、子どもたちが求めれば部屋に招き入れた。

床には僕たちが寝起きする部屋と同じように畳が敷き詰められ、すべての壁に天井まである本棚が並べられていた。そして、窓際にある古めかしい文机と、ぺたんこになった座布団。文机の上には額に入った、お父さまの写真。それがルーの部屋にあるすべてだった。

ルーの部屋にやってくる子どもは、彼の本棚にある本を読みたがった。ここには、テレビもゲームもない。子ども同士で走り回る集団の遊びになじめないおとなしい性格の子どもは、ルーの部屋で本を読んだ。カラフルな絵本はなかったが、世界文学全集、日本文学全集といった本はあった。子どもたちは背が茶色く変色した大型の本を広げ、皆、黙って目を動かしていた。

僕自身は本を読みたいわけじゃなく、正直に言えば、ルーのそばにいたかった。本を読む子どもたちのそばで、ルーも黙って本に目を落としていることが多かった。僕はルーのそばに座り、読みたくもない本を広げて、ルーと同じ部屋で、同じ時間を過ごしていることがうれしかった。ここにある本はどれを読んでもいい、とルーは言った。

お父さまの本もあった。お父さまの言葉を日本語に訳した本だった。開いて文字を追ってみるけれど、何が書いてあるのかはまったくわからなかった。それでも、要所、要所に差し込まれたお父さまの写真には視線が吸い寄せられた。眼窩から放たれる強い光。そんな目を見たことがなかった。自分が生まれた村にも、母と短い間暮らした町にも、そしてここにも。いい人なのか、悪い人なのかもわからない。けれど、なぜだか目が離せなかった。

突然、ページに黒い影が落ちた。視線を上げると、いつの間にか、ルーが自分のすぐ近くにいた。表情は読み取れない。いつもと同じだった。ルーは口を大きく開けて笑うこともないし、学校の先生のように眉間に皺を寄せて怒ったりもしない。けれど、なぜだか自分が拒絶されているとは思えなかった。

「興味があるの？」

表情のない声でルーは言った。僕は黙っていた。ルーに嘘はつきたくなかった。視線を合わせたまま、ルーと僕はしばらくの間、押し黙ったままだった。ふいに浮かんできた言葉があった。ここに来てから、ずっと思っていたことだった。今ならルーはそれに答えてくれそうな気がした。

「……どうして」

俯いて口を開いた僕の言葉にルーが耳をすませているような気がした。

「お父さま、って呼ぶの？　あの人の、こと」

僕はルーの文机の上にある、お父さまの写真に目をやり、次にまた、ルーを見た。

「この国には父がいないからだよ」

そう言ったルーの顔をほつれた髪が覆った。窓からはうるさいほどの秋の虫の鳴き声が聞こえてきた。ルーは長い髪の毛を結んでいるゴムをはずし、髪をほどいた。ルーの黒い髪の毛は胸のあたりまであった。そうやって見ると、ルーが男なのか、女なのかがわからなくなる。ルーは再び、首の後ろに手をまわし、慣れた手つきで長い髪をゴムでまとめた。

「母は僕たちのすべてを吸いつくす。すっかり包み込んでだめにしてしまう。子と一心同体になって、時には死を選ぶことも躊躇しない」

ルーが言葉にする「母」と、自分の母親が僕のなかでは一直線に結びつかなかった。ルーの言う母には顔も体のカタチもない。なんだか、やわらかくて、ぐにゃぐにゃしていて、手のひらに載せたら、指の間からだらんとたれてしまうゼリー状のもののような気がした。

「この国のすべての病は、母から起こる。母を意識的に自分から切り離さないといけない。けれど、家族、という檻のなかではそれは難しい。母は家庭の権力者であるから。母はその場所でファシズムを強行する。僕らはその場所から逃げ出さないといけない。間違った接合を解いて、その関係に自覚的であるべきだ、と、お父さまは言う。接合されたままなら、その人は一生閉じて、分離して、孤立したままだ」

ルーの言っていることは正直よくわからなかったし、僕の質問の答えでもないような気がした。けれど、この日だけでなく、母というものを語るとき、ルーがいつも以上に饒舌になっているのを僕は感じていた。

「あの人がみんなのお父さまなの？」

ぼんやりと投げかけた僕の問いに、ルーの口の端がかすかに動いたように見えた。笑うのか、と思ったけれど、口の端はすぐにまた、元の位置に戻った。

「そうではない。便宜上そう呼んでいるだけで。父でもないし、神でもない」

お父さまは神さまでない。僕の母は神さまを求めてここに来たのではなかったか。

黙りこくった僕の頭のてっぺんにルーが手を置いた。ほかの大人とは違う冷たい手のひら。そのかすかな重みを感じながら、僕は、ルーが僕の父親であればいいのに、という思いが、どこからか生まれてくるのを感じていた。

母は確かに僕の母だった。好きではなかったけれど、鏡に映る自分の顔はどうしたって母に似ている。自分はこの人から生まれたのだろう、という実感がまったくないわけではなかった。けれど、ここに来て、毎日、お父さま、という言葉を聞くたびに、思い浮かべるのは自分の父のことだった。その人はこの世界のどこかにいるはずだ。集団のなかで大人の男の人を見るたびに思った。あんな人が僕の父親だったらいいのに。でも、こんな人だったら絶対にいやだ。

もし、ルーが僕の父親だったら。僕がルーの子どもだったら。日々の合間、そんな空想が頭をしばしばかすめた。

集団では、子どもたちも、毎朝、毎晩、お父さまに向かって、祈りの言葉を唱えるように言われてはいたものの、強制されたことはない。けれど、接する大人たちの言葉の端々に、お父さまの教えや言葉を耳にすることが多かったから、ここで暮らす子どもたちにも、お父さまの存在は多かれ少なかれ染みこんでいた。

また、それ以上に、お父さまを信奉する大人たちの暮らしぶりが子どもたちに影響を与えていた。小さな子どもであればあるほど、ここでの生活に疑問を抱くことはなかった。大人たちは皆、子どもを可愛がった。子どもに対して、理不尽なことを言ったり、暴力をふるったりすることもなかった。山のなかでの質素な暮らしは穏やかに過ぎていった。母と暮らした町での暮らしより、祖母との暮らしに近い、ここでの日々に僕は違和感を持つことなく溶け込んでいった。

ただひとつ慣れなかったのは、大人たちの男女関係だった。

僕の母だけでなく、大人たちは、子どもたちの目を気にせず、ほかの男や女と触れあった。腕を組み、髪を撫で、抱き合う大人の姿がいつもそばにあった。怒鳴り合ったり、喧嘩をしているわけではないのだから、怖さを感じることはなかったが、まだ子どもの僕でも、母や大人たちのそんな姿を見るたび、見てはいけないようなものを見てしまった気分になった。今までそんな大人たちを見たことがなかった。僕のように親子でここに来ている子どもたちは、自分の父や母が見知らぬ誰かと抱き合っているのを見て目を伏せ、口を閉じた。子どものいない夫婦やカップルでここに来た大人も多かったが、パートナーを一人に限定せず、とっかえひっかえ、相手を替えていた。昼だけでなく夜も。僕がSに連れられて見た深夜の教室。裸の大人たちが交わるあの夜の光景は、お父さまの教えを実践したものである、と理解したのは、僕がもっと成長したあとのことだ。それが後になって、この集団が世間に糾弾された原因でもあるのだけれど、当時の僕にはその事実がわかっていなかった。

乱暴に言えば、性に対してもオープンであれ、果敢にその体験に飛び込め、という教えは、お父さまの教えの中心でもあった。大人たちはそれを行動で示すことはあれ、おおっぴらに口にすることはなかったし、僕がその事実に気がつくのが遅れたのは、ルーのそばにいたせいかもしれない、と今になって思う。

ルーはいつも一人だった。ルーのそばに特定の誰かがいた記憶はない。僕が子どもたちの集団から、一歩引いているのと同じように、ルーは大人たちの集団から二歩も三歩も引いていた。それはルーの、この集団での立場のせいだったのかもしれないし、ルーがまとっている近寄りがたい雰囲気のせいなのかもしれなかった。

普段から感情をあらわにしたことのないルーだったが、ルーが一度だけ、手を上げたことがある。きっかけはSだった。Sは中学二年生になっていた。

集団では中学生になれば、男女別の教室に眠ることになっていた。奔放な大人たちを見て、性的に早熟になる子どももいれば、反対に、頑なに心を閉ざしてしまう子どももいた。十五歳になると、集団のリーダー的な立場にある女性から、性教育を受ける時間があるのだ、という噂も聞いた。Sの性への興味はひと一倍強かった。小学生の頃から女の子たちの着替えをのぞいたり、同じ部屋に寝ている女の子の体に触れて、大人たちから注意を受けていた。

ある出来事が起こったのは、もう年の瀬が近い、ひどく冷え込む夕方のことだった。時折、空から雪が舞い降りてきた。子どもたちは一人ひとりに与えられた役割を終え、夕食が始まるまでの時間を自由に過ごしていた。風邪気味だった僕は外で遊ぶ気にはなれず、ルーの部屋でほかの子どもたちといっしょに本を広げていた。ルーは文机に向かって何か書き物をしていた。雪が本格的に降り出す前の、しん、とした空気に部屋の中も満たされていた。部屋の外から動物の鳴き声のような音が聞こえたような気がした。時々、世話をしている豚や鶏が逃げ出すことがあった。その声だとみんな思った。けれど、その声は次第に大きくなっていく。悲鳴のようにも聞こえる。ルーも、子どもたちも顔を上げた。皆で耳をすませて、音の発生場所を探した。廊下のあたりから聞こえてくるような気がした。ルーが静かに立ち上がり、部屋の戸を開けた。子どもたちもそれに続いた。ルーが廊下を歩き出す。その音は、廊下の隅にあるトイレから聞こえてくるようだった。三つ並んだトイレのいちばん奥からその音が聞こえてきた。音ではなく、女の子の泣き声だった。鍵のかかったトイレをルーはノックした。だが、女の子の声が聞こえるだけだ。

「開けなさい」

ルーが尖った声で言った。それでも中にいる誰かはドアを開けようとしない。ルーがドアに何度か体当たりすると、鍵を引く音がした。女の子が中から転がり出てきた。赤いジャージを着た僕と同じ学年の女の子だった。ズボンが不自然に下ろされて、そこから見える白いおなかにひっかいたような痕が見えた。口のまわりには赤い指の痕がくっきりついている。ルーは、いっしょについてきた高学年の女の子に、子どもたちの面倒を見ている女の人の名前を言い、その人のところに連れて行くように言った。ルーはトイレの中にいる誰かを引きずり出した。Sだった。Sもまた、擦り切れたデニムのパンツを下ろし、吹き出物でいっぱいのおしりを露出させていた。

Sは慌ててデニムを上げ、だらしなくタイルの床の上に立った。ルーはSの体を押し、トイレの壁に押しつけた。Sはにきびだらけの顔を伏せ、うなだれたような表情で床を見ていた。突然、ルーがSの頬を張った。高い音が響いた。一度ではなく、続けて、三度叩いた。ルーはそれほど力をこめているようには見えなかったが、Sの鼻から血が噴き出した。ルーは、叩くことに慣れているような気がした。ルーがそのとき、僕の目の前で見せた暴力は、最小限の力で最大の効果をあげていた。ルーはまたSの頬を張った。その勢いでSが床に倒れた。

ルーは息すら乱れていない。そのまま踵《きびす》を返し、トイレを出て行った。ばたばたと廊下を走る音が聞こえて、ほかの大人たちがトイレに駆け込んできた。僕はトイレを出て、廊下を歩いていくルーの背中を見ていた。生まれた村でも子ども同士の喧嘩はあったが、大人が子どもを一方的に叩くのを目にしたのは初めてだった。その暴力をふるった人間が、暴力とはいちばん無縁に見えるルーだったことに、僕は混乱していた。ルーのそんな姿を初めて見た。僕は生まれてから父親というものの顔を見たことはないし、父という存在が何かもわからない。けれど、誰かが罪を犯したとき、あんなふうに罰してくれる人が父というものなのではないかと、そんなことを考えていた。

その日の夜から、Sは子どもたちが寝起きする教室からいなくなった。ここにいる誰かが、違う場所にある施設に、ある日突然、移動させられることはしばしばあった。同じメンバーでなれ合ってしまわないために、定期的にシャッフルするのだ、と、大人の誰かが話しているのを聞いたこともある。Sもまた、そのようにして、彼をここに連れてきた両親とともに、半ば、強制的に連れて行かれたのだと思っていた。

けれど、翌朝、いつものように豚小屋の清掃をしているときに、僕はそこにSを見つけた。木の柵で仕切られた一角、豚小屋のいちばん奥にSはいた。丸々と太った子豚が体を丸めているのかと思った。近づいてよく見ると、裸の子どもだった。体は泥だらけで、あちこちに赤や紫の大小の痣《あざ》があった。う、というかすかなうめき声が口から漏れていた。僕は近づいていって顔を見た。Sだとわかった瞬間、このことを誰かに見られてはいけない、と僕は瞬時に思った。なぜ、そう思ったのか、今でもよくわからない。

幸い、そのとき、豚小屋の中の清掃をしているのは僕だけで、ほかの子どもたちは豚小屋の外にいた。僕は駆け出し、校庭を斜めに走った。校舎のなかに飛び込み、廊下を走った。ほとんどの大人たちは、子どもたちと同じように、自らに与えられた仕事をこなすために、田畑や、工芸室で作業をしていた。廊下にいたリーダー格の男性の服の袖を掴み、無理矢理、外に連れ出した。僕は言葉で説明できなかった。ただ、うわごとのように、大変、大変、とくり返していた。

僕に連れられ豚小屋に横たわるSを見た男性は、しばらくの間、言葉を失っていたが、はっ、とした顔で、僕に「ここからすぐに出るように」と言った。言われるまま僕は外に出た。

豚小屋のまわりにいる子どもたちに、「部屋に戻るように。そこから出てはいけない」と、男性は野良犬を追い払うように豚小屋から離れさせた。僕たちが歩き出したことを確認すると、豚小屋に鍵をかけ、さっきの僕と同じように、校庭を斜めに走り、誰かを呼びに行ったようだった。ほかの子どもたちは怪訝な顔をしながらも、一日の役割から解放されたことを喜んで、教室のなかでそれぞれが好きなことを始めたが、僕は一人、教室の窓から校庭の端にある豚小屋の様子を見ていた。

しばらくすると、僕が呼びに行った大人が青い毛布をかけられたSを背負い、こちらに歩いてくるのが見えた。Sは男性の背中にぐったりともたれかかり、体にまるで力が入っていないように見えた。Sが校舎に入ったあとも、長い間、校庭を見ていたが、救急車が来る気配も、Sを乗せて、車が校舎から出て行った様子もない。

夕食を終えたあと、教室を出ようとした僕に、さっきの男性が手招きをした。

「さっき見たことは決して誰にも言ってはいけないよ。言ってしまうと、お父さまが罰を与える。君にも」

男性はしゃがんで、僕を見上げるようにしてそう言った。僕は男性の顔をじっと見た。この人の目もお父さまの目とはまったく違う、と思った。

「Sはお父さまに罰を与えられたの？」

男性はしばらくの間黙ったまま、僕の顔を見つめた。

「……だって、悪いことをしたんだからね」

そう言いながら、僕の指を力をこめて握った。さぁ、行って、というように、男性はくいっ、と顎を上げ、教室の外のほうに目をやった。

暗く、寒い廊下を歩く僕の背中を男性がいつまでも見ているのを僕は感じていた。

ここから外に出た気配がないのだから、Sはこの校舎のどこかにいるはずだ、と思った。けれど、ここにいる大人も、そして子どもも、Sのことを口にしなかった。大人も子どもも、ある日突然ここから姿を消す、ということは珍しいことではなかったから、みんなもそう考えているのかもしれなかった。皆の居住スペースがある二階より上のどこかではなく、一階のどこかにいるはずだ、と僕は思った。しかし、その日から、子どもたちが出入りできるのは、食堂になっている教室と、学習をする教室、体育館だけになった。リーダー格の部屋には鍵がかけられ、もちろん、ルーの部屋にも入れなくなった。それは、多分、Sの出来事に関係しているのだろう、という気がした。Sの両親も、いつの間にか目にしなくなった。

リーダー格の大人たちは普段と変わらない様子を装っていたが、夜になっても、校舎の一階の灯りが消えない日が多くなった。ルーもあまり姿を見せなくなった。廊下や食堂で見かけることはあっても、どこかの部屋へ足早に向かっていく。以前から気軽に話しかける、という人ではなかったが、以前にも増して、人を寄せ付けない雰囲気が濃くなったような気がした。

Sが本当にここからいなくなったと実感したのは、その翌週のことだった。施設の廊下には、扉のない木製の棚が並び、子どもたちの衣服や勉強道具が入れられていた。僕の隣がSの棚だったが、僕が目を覚ましたときには、Sが使っていたそれらの物も、そして、S自身もいつのまにか姿を消していた。とりたてて好きでもなかったSだが、Sの不在は、僕の心のどこかに小さな穴を開けたような気がした。Sはこの場所だけでなく、この世界から消えてしまったのかもしれない、と思うこともあった。寂しさ、というものでもない、不可思議な感情だった。そしてまた、この集団生活には僕がまだ知らない秘密のようなものがあることを強く実感したのだった。

それ、を見つけたのは、校舎の裏手にある山の中だった。

Sの出来事があってから、勉強も、自分の仕事も終えてしまうと、何もすることのない時間が増えた。友だちとの騒がしい遊びに混じりたくなかった僕は校舎を抜け出し、山の中で過ごすことが多くなった。幼い頃、祖母と暮らしていた場所に似ていた。落ち葉を踏みしめながら暗い林のなかを僕は一人で歩き、落ちている枝を拾っては振り回した。馴染みのある木や草の香りを嗅ぎ、じっとりと濡れた地面に立っていると、一人でもさびしさを感じなかった。

時には、誰もまわりにいないことを確かめては、ズボンを下ろし、あれ、をした。ある日、茂みのそばに、白く動くものが視界に入った。どこからやってきたのか、誰かが捨てたのか、生まれたばかりの目も十分に開いていない三匹の子猫だった。二匹は、母猫を探しているのか、桃色の口を開けて、鳴き続けているが、残りの一匹は、二匹に比べると、体も小さく、動きも鈍かった。時折、体の動きをまったく止めて、眠りこむように、体を丸めてしまう。僕はその一匹を手のひらに載せた。僕の手のひらの温かさに安心するのか、鼻をひくひくとさせて、首を上げようとするが、しばらく経つと、また、動かなくなる。僕は、もう片方の手のひらで、子猫を挟むようにした。小さくても生きているもののほのかな熱が伝わってきた。もっと、その熱を感じたくて、手のひらに力をこめた。子猫の口から、息のような、声のような、不思議な音が漏れた。

それが合図、と言ってもよかった。僕は片方の手で、ズボンを下ろした。もう片方の手の上にある子猫を拳で握りしめた。やわらかな肉の感触、血管の脈打つ動きを感じていた。きゅう、という音を出している口から小さな舌が伸びていた。足元の草の上に、僕の性器から放たれたものがまばらに散っていた。ズボンを上げ、手のひらを開くと、もうすっかり子猫は動かなくなっていた。僕は子猫を裏返し、白い毛の生えたおなかを見た。やわらかい毛が渦を巻いていた。ここをまっすぐ、銀色のメスで開いていく。その想像で僕の頭のなかはもういっぱいだった。新しい遊びを見つけた気分だった。少しずつ冷たくなっていく子猫を、僕はまだ鳴き声をあげている二匹の子猫のそばに置いた。動いているものと、動いていないものがそこにあった。その区切りを作ったのは僕だ。

けれど、それが悪いことだなんて、僕はまったく思っていなかった。

校舎に戻り、食堂に向かおうとすると、廊下の向こうから母が手招きをしていた。ここに来てから、母とろくに話もしていなかった。母のまわりにはいつも男がいたし、母もそれほど僕のことを気に留めていないように感じていた。僕にとってもそのほうがよかった。母は僕を廊下のすみに連れていくと、僕の耳のそばに口を近づけてこう言った。その息の温かさを不快に感じた。

「あんなぁ、うちら、近いうちに、ここから移動させられるかもしらん」

そう言う母の声は不安げだった。僕はどこにでも行くつもりでいた。ただひとつ心残りなのは、ルーと離れることだったが、最近はルーに近づくこともできないのだ。だったら、どこに行っても同じだ、と僕は思った。だから、あれを早くやってしまおう。僕はそう思った。母は自分の言葉に反応のない僕をしばらく見つめていたが、一人の男に声をかけられると、つかんでいた僕の腕を放して、男の腕に自分の腕をからめた。ここから離れたくないのは母のほうなのだろう、と僕は思った。

夕食を終えると、僕はこっそりとルーがマウスを解剖した教室に忍びこんだ。

電気をつけずにゆっくりと歩いた。教室には、木工をするためのさまざまな道具があった。どれも古びてはいるが、大人たちがこまめに手入れをするおかげで、十分に使えるものだった。暗闇のなかで机の引き出しを探った。本当はルーがマウスの解剖に使ったようなメスやピンセットが欲しかったのだが、どこにしまわれているのか、それを見つけだすことはできなかった。壁にかかっている鋸《のこぎり》を手にしたが、これでは大きすぎるような気がした。仕方なく、僕はカッターを手にとり、それをポケットに入れて教室を出た。

その日の夜、僕は教室から持ち出したカッターを布団のなかでいじっていた。布団から手を出して、カッターの刃を出してみた。その刃の先で、自分の手の甲をつついてみた。つつくだけではそうでもないが、少し力を入れながら横に引くと、強い痛みが走る。僕はルーが解剖したマウスと、山のなかにいる子猫のことを考えていた。生死の境のようなものを、自分が作ることに、僕は不思議な力を感じていた。解剖される側と解剖する側なら、僕はいつだって解剖する側にいたかった。

翌日、ズボンのポケットにカッターを忍ばせて、僕は昨日と同じ場所に行った。どこかに移動してしまっていたらどうしよう、という心配は必要なかった。元気な鳴き声をあげていた二匹の子猫もぐったりとしていた。草むらのなかでひっくりかえっている昨日の子猫をつまみ、手のひらに載せた。その体は、もうすっかり冷たく、かたくなっていた。しばらく考えたあと、僕はポケットからカッターを取り出し、刃を出した。

もう夕方に近かった。山の向こうに少しずつ沈んでいく夕陽がまぶしくて、僕は木の陰に隠れた。子猫を草の上に置き、長く出した刃を、ルーがあのときやったように、首のあたりに差し込んでみた。皮膚に当たったものの、刃がぐにゃりと曲がった。僕はカッターの刃を短くして、もう一度、皮膚に当ててみた。思ったよりも力が必要なことに驚いた。刃は子猫の体に沈んではいかない。僕はカッターを拳で握りしめるようにして、子猫の喉元に突き刺した。刃の根本から血が滲んでくる。けれど、それ以上、刃を動かすことはできなかった。突き刺す、という方法はやめにして、おなかに刃で直線を引いた。少しずつ力を強めながら、それを何度かくり返した。細い線を何度かなぞると赤い線になり、ところどころに、玉のような血が浮かび上がる。もう少し、というところで、僕はより力をこめて、おなかを裂いた。血に濡れた内臓が露出する。同じものが収められている、と僕は思った。豚とマウスと同じものが。僕はそこにそっと指を差し入れた。黒みがかった血液が指にまとわりつく。その感触が僕の頭を痺れさせる。今、内側にあるものが外側にあった。裏にあるものが表にあった。軽いめまいを感じながら、今、世界が反転していると思った。そして、僕のなかにあったものも、外に向かって放たれようとしていた。今までに感じたことのない気持ちのよさが、僕の全身を貫いていった。口がかすかに開き、小鼻はひくひくと動いた。こんな快感があるものか、と、その存在を疑い、否定しつつも、その快楽の海のなかで、子どもの僕は全身をくねらせていた。

三匹の猫をすべて解剖してしまいたい、という欲求を僕は自分のなかに押しとどめた。おなかの開かれた子猫の死体を僕は水分の抜けきった枯れ葉で隠した。残りの二匹は、もう息も絶え絶えだ。それでもまだ、消えかかったマッチの炎のような命が子猫たちの内側でちろちろと燃えているような気がした。明日まで子猫たちの命があることを願って、僕は枯れ葉に指についた血液をなすりつけ、その場所をあとにした。

校舎の入口のそばにある洗い場で、泥や血を洗い流していると、おなかがぐうう、と音を立てた。もうすぐ夕食の時間だ。僕は手についた水分をふるって落とし、濡れた手をズボンでぬぐいながら、校舎のなかへと入っていった。誰かが僕のことを見ているとも知らずに。

　翌日も同じことをした。まだ、生きている子猫を殺した。生きているといっても、ほとんど死んでいるようなものだった。ごりごりとした尻尾を切り落とそうとしたが、最後までは無理だった。僕はそれをあきらめ、おなかではなく、背骨に沿って、体を開いた。そして、その翌日も。最後の一匹だ、と思うと、名残惜しい気持ちにもなった。切れ味の悪くなったカッターの刃を、へそのあたりに突き刺そうとしたときだった。誰かが僕の肩を叩いた。冷たい手のひらの感触。振り向く前からそこに誰がいるのか僕にはわかっていた。肩に置かれた手は、その次に頭のてっぺんに置かれた。力が抜け、僕の手からカッターが落ちた。立ち上がり、僕はゆっくりと振り向く。ルーが今まで見たことのないような表情で立っていた。微笑んでいるとは決して言えないが、怒っている顔でもない。

　校舎のほうから子どもたちの騒ぐ声が風にのって聞こえてきた。僕は片足を少しだけ後ろに引いた。この場から今すぐにでも逃げ出そうと思ったが、体が動かなかった。ルーとしばらくの間、見つめあっていた。あのときのSのように強い力でルーに頰を張られると思ったが、目の前にいるルーも僕と同じように動かない。

　ルーは僕の手の上の子猫と、足元で死んでいる二匹の子猫を交互に見た。体を開かれた子猫たちの体は、流れた血が黒くかたまり、小さな虫がたかっていた。

「……ぶ、ぶたんのか？　罰を与えられるんやろ僕？　Sみたいに殺されるんやろ」

　ルーが一瞬表情を崩したのを僕は見逃さなかった。そんなルーの顔を見たことは今まで一度もなかった。その表情に僕への敵意がまったくないことを僕は感じていた。

「あほか……Sは死んでへんで。今、町の病院におる。お父さんとお母さんといっしょにな。あいつ豚にいたずらしようとしてん。あほや。それで怒った豚に蹴られたり、踏まれたりしてな」

ルーが僕と同じ言葉をしゃべっていた。ルーがそんなふうに話すのを初めて聞いた。ルーは一瞬、しまった、という顔をして、ゆるませた表情を、きりりと締め上げ、いつもの顔に戻した。僕はさっきのルーの顔を見ていたかった。僕と同じ言葉を話すルーの声を聞いていたかったが、ルーはそれをまた自分の奥深くに隠してしまったようだ。Sは死んでいないのか、という安堵の気持ちがどっと押し寄せてきたが、同時に、猫を殺そうとした現場を見られた恥ずかしさとうしろめたさがわきあがってくる。ルーは僕に近づき、長い腕で僕を抱いた。僕の頰にルーのあばら骨が当たった。ルーの体は薄く、僕がおそるおそる腕をまわしても、余裕で余ってしまう。

「君は猫を殺すことで、君のなかにある何かを殺したんだ。君のなかにある小さな獣を。それは君だけの表現でもあった。君はそれをすることで、自分自身を解き放った。君のような人間には、ほんとうは、お父さまやここでの暮らしなど必要ない。君はいつか必ず、自分だけの神さまを見つけるだろう」

ルーが何を言っているのかよくわからなかったが、怒られていないことだけはわかった。自分のしたことをルーは受け止めてくれたのかもしれないと思った。

「けれど……」

ルーが細い腕で僕の体を離して言った。

「もう二度とこんなことをしてはいけない」

夕陽のオレンジ色がルーの顔を照らしていた。ルーから見れば、太陽に背を向けている僕の顔は暗く見えたはずだ。顔だけでない。自分の気持ちが急降下で落ち込んでいくのを感じていた。ルーの放った言葉で、僕とルーとの間に一本の太い線が引かれたように思った。その線が僕とルーをはっきりと分けた。僕とルーが違う場所に立っていることを示してしまった。

僕はルーに罰を与えてほしかった。強い力で頬を張ってほしかった。

そうすれば、あのとき、僕はこちらの世界に戻ることができたんじゃないかと、あの出来事があったあと、コンクリートの小部屋に閉じ込められているとき、くり返しそう思った。

ルーが手を差し伸べた。僕はその手をとった。ルーの冷たい手のひらをそっと握りながら、さっきルーが口にした、自分だけの神さま、という言葉を嚙みしめていた。

母の予想どおり、それから一カ月後、僕と母はその場所を離れることになった。

早朝、別の場所に移動するように告げられる。少ない荷物を短時間でまとめ、集団の車に乗せられ、別の場所に移動する。行き先は告げられず、共に暮らした誰かにお別れの言葉を言う時間も余裕もなかった。もしかしたら、ルーがどこかで僕の車が出て行くのを見ていてくれるんじゃないかと思ったけれど、車の中から振り返っても、誰もいない朝の校庭が見えるだけだった。車の中で母はずっと泣いていた。

僕と母は、その後、ふたつの施設で暮らした。

どこの暮らしにもそれほど大きな違いがあるわけでなかった。町から離れた人のいない場所、使われていない校舎が僕らの住み処だった。大きく変わったのは集団を取り巻く環境だった。集団の中では新聞もテレビも目にすることができなかったから、くわしいことはわからなかったが、僕と母が暮らしているような宗教的な集団が世間を騒がせている、ということが、大人たちの会話から耳に入ってきた。僕はどの場所で暮らしても、小学校には数えるほどしか通わなかったが、まじめに通学していた子どもたちも次第に小学校から足が遠のいていった。ひどいいじめを受けるようになったからだ。あの集団とは違うのだ、とまじめに説明した子どももいたが、帰り道、待ち伏せされてひどい暴力を受け、頭から血を流して帰ってきたこともあった。相手が大人であっても子どもであっても、言葉で交流することなどかなわなかった。

時には、僕らが暮らす古い校舎に忍びこんだ村人たちによって、窓ガラスが割られたり、畑が荒らされるという事件も起こり始めた。

僕が小学六年生になった春のことだ。目覚めると、校庭の真ん中に軽トラックが停まり、その前でベージュのジャンパーを着た一人の男が拡声器を使って怒鳴っていた。トラックのまわりでは、老人や子どもを抱いた母親が校舎を睨み、この村から出て行けと叫んでいる。集団のリーダー格の男が彼らに近づき、彼らの話を聞こうとしたが、村人は近づいた男のそばに拡声器を近づけ叫び続けた。耳を塞ぎしゃがみこんだ男の背中を、ゴム長靴を履いた村人が力いっぱい蹴った。男は無抵抗のままだった。どんなにひどい言葉や暴力を受けても、集団の大人たちは抵抗しなかった。

自分たちの前に姿をあらわすな。一刻も早くここから出て行け。それが村人たちの主張だった。外の人間から敵意を剝き出しにされるだけでなく、この頃から、この集団で暮らす人間の家族たちが彼らを連れ戻しにくる、という出来事も多くなった。泣き叫びながら、車に押し込められるように出て行く者もいた。残った者が出て行く者を引きとめる、ということはしなかった。家族が連れ戻しに来ない人間も、一人、二人、と自らこの場所を出て行く者が多くなった。目覚めると、隣に寝ている子どもが忽然と姿を消していることもあった。食事の時間は、空いた席が目立ちはじめた。

校庭にビラがまかれていることもあった。子どもたちが拾う前にそのほとんどは大人たちが回収し、子どもの目に触れることはなかったが、風にでも飛ばされたのか、その何枚かが豚小屋や鶏小屋の近くに落ちていることもあった。セックス教団。リンチ集団。大人も子どもも何人おまえたちは殺した。ところどころ朱色の線が引かれたビラにはそんな言葉が太い墨字で書かれていた。これは僕がいるこの集団のことではないだろう、と思った。けれど、僕の目には、何人殺した、という言葉がひっかかった。ふいに頭に浮かんだのは、豚小屋で裸で蹲《うずくま》っていたSのことだった。Sはルーが言ったようにほんとうに病院に入院したのだろうか？　ルーが僕に嘘をついた？　そんなはずはないと思いながらも、小さな疑念は僕のなかで根を張りはじめていた。

「どうしたらええんやろな……」

母は僕の姿を見かけると、近づき、手を握ってそうつぶやいた。施設が変わるたび、母のそばに男の人を見かけることは少なくなった。それが母の不安をいっそう強くしているようにも思えた。世間と手を切って、神さまを探して、この場所で暮らしていた母だが、母が探していたのは、自分を求めてくれる男の人だ、と思った。

その年の冬には、日々の食事を作っていた給食室で火事が起きた。

給食室の半分を燃やすような大きな火事だった。やってきた消防車によって、火は瞬く間に消し止められたが、その事件がいっそう、村人たちの敵意を強めることにもなった。それがここに住む誰かの火の不始末によるものなのか、村人の誰かが忍びこんで火をつけたのか、真相は最後まで明らかにならなかった。大人たちが不安な表情を見せることはほとんどなかったが、僕が感じたことのない不穏な空気がこの場所を満たそうとしていた。そして僕の心のなかにも。

「晴信、一度帰ろか」

母がそう言ったのは年が明けた二月のことだった。どこに、と言おうとした僕より先に母が再び口を開いた。

「おばあちゃんがな、入院したんやて。村の役場の人からな連絡あってん。晴信とお母さんが最初にいた場所に手紙来てな」

そう言って母は手のひらを開き、小さく畳んだ封筒を見せた。茶封筒の裏には僕が生まれた村の役場の名前があった。どうやってその手紙が母に届いたのかはわからなかったが、母に直接その手紙を渡したのは、いちばん最初の場所で母を取り囲んでいた男の人の誰かのような気がした。

「早う……帰ったほうがええかもな……」

もちろん祖母に会いたい気持ちはあった。けれど、母は、祖母の入院を表向きの理由にして、ここから逃げ出すつもりなのだとわかった。

「おばあちゃん元気やったら、また帰って来られるからな……」

そのとき強く心に決めたことがあった。ここを出ても、もう母とともに神さま探しはしない。自分の外に神さまなどあるものか。僕は僕の神さまを自分だけの力で見つけるつもりだった。


その町、僕がいつか住んでいた町が近づいてきた。

僕はこの町で何が起こったのかを知らなかった。母は大人たちから何かを聞いていたのかもしれない。けれど、目の前の光景は母が想像していたものよりも、もっとひどかったはずだ。傾くビルや電柱。千切れてぶら下がった電線。ぐしゃりと上から踏みつぶされたような家。一階が地面に埋もれてしまったマンション。散らばったガラス。何かが激しく燃えたようなにおい。ほこり。救急車、パトカー。オレンジやモスグリーンの制服を着た男の人たちが、スコップで何かを掘り出そうとしている。歩いている人たちの多くは、マスクで顔を隠し、どこかに足早に急いで通り過ぎる。マスクをしていない人たちの顔には、疲労が色濃く滲み出ていた。

僕が住んでいたころの面影は今、この町にはまったくなかった。つぶれ、壊れ、燃えて、形をとどめていなかった。思い出したのはルーが解剖したマウスや、僕が殺した生まれたばかりの子猫だ。町がひっくり返って、町の裏が表に飛び出していると思った。誰がそうしたのか。僕が知ることのない大きな力。神さまのような誰かの手が、この光景を作り出したんじゃないだろうか。

「マスクをせんといけんね……」

母はそう言って僕の口を手のひらで覆った。

祖母が入院している病院は、祖母が暮らしていた村ではなく、僕と母があの集団と生活を共にする前に暮らした町に近い場所にあった。病院に入るとベッドのようなものに寝かせられた人がガラガラとどこかに運ばれていく。病院は人だらけだった。包帯を巻いた人、松葉杖をついた人。病室に入りきらない人たちが、待合室のソファでうなだれたように、じっと何かを待っていた。

母に手を引かれ入った病室には、祖母以外にも何人かがいるようだったが、まるで人のいる気配がしない。母は入口にある名札を確かめて、クリーム色のカーテンをゆっくりと引いた。ベッドの上の祖母は眠っているのか、胸のあたりが規則正しく上下していた。腕には点滴の針が刺さっている。僕が最後に見たときよりも祖母は縮んだように見え、顔にはたくさんの皺が刻まれていた。僕が近づくと、祖母はうっすらと目を開けた。

「晴信……」

聞こえないくらいの声だった。点滴の針が刺さっていないほうの手がゆっくりと持ち上がる。僕がその手を取ると、祖母が握り返す。

「……生きとったか……」

その声で僕の目の前がぐらぐらしはじめた。祖母の家を出たときから、大きな渦の巻く海を越えたときから、祖母にはもう会えないと思っていた。懐かしい声、手のぬくもり。そんなものはあの村に置いてきたつもりだった。その祖母が今、目の前にいて自分の名前を呼んでいる。

「大きな地震あったやろ。ばあちゃんち、壊れてしもてな。……でも、あんたにどうしても渡しておきたいもんがあったんよ。ばあちゃんそれだけは持って逃げたんやで」

そう言いながら、ベッドの脇にあるグレイの引き出しを指差す。祖母に言われるまま、一番上の引き出しを開け、青い表紙の銀行の預金通帳を祖母に差し出した。

「これを晴信に渡さんと、ばあちゃん死んでも死にきれへん……」

僕の手に祖母は通帳を持たせた。

「もうこれで安心や……」それだけ言うと目を閉じ、また眠り始めた。

「ばあちゃん……」

祖母の体にとりすがる僕を母が引き離す。

「あんまり話すと疲れてしまうからな……また来《こ》よ。晴信、それ、大事なもん落とすといかんから、ほら、ここに……」

母は手にしていた手提げの口を開ける。その暗い穴に祖母が渡してくれた通帳を落とすように入れた。

母は病院の近くにアパートを借り、僕と母の新しい生活が始まった。

僕が母といちばん最初に暮らしたようなコンクリートでできた小さな部屋だ。母は近くのスーパーマーケットで働くようになった。母が仕事に行っている間、僕は毎日、祖母の病院を訪ねた。祖母の体は見るたびに縮み、水分が抜けていく気がした。僕がいる間も目を開けず、ずっと眠っているようなことも多くなった。白い掛け布団の下にある祖母の体を思った。老いた祖母の体を切り裂いたら、あのマウスや子猫のようなつやつやとしたものがあらわれるのだろうか、と。そんなことを考えてしまう自分を責めた。祖母の背中におんぶされて、離れるのがいやだと泣いた自分はもうどこにもいないのだと思った。

祖母が亡くなったのは三月。火葬場で焼かれた祖母の骨を母と二人で拾った。皺だらけの皮膚も、そのなかにあったのかもしれないつやつやの内臓もすべて焼かれた。白い骨だけが残った。骨壺のなかに長い箸で落とすと、乾いた音がした。

ここから遠く離れた町の地下鉄で毒がまかれたと知ったのは、祖母の初七日を過ぎたあたりだと思う。子どもの頃から見慣れていないせいなのか、頭が痛くなるので、テレビを長い時間見ることはできなかったが、それでも母が仕事に出かける前につける朝のニュースで僕はその事件を知った。その教団は僕や母が属していた集団とは違う。けれど、僕と母がいた集団を一方的に非難したあの村の人たちのように誤解しても仕方がないだろう、という気がした。似ているところが多すぎる。母は画面を見て見ぬふりをして味噌汁をすすっていた。路上に手をついたり、座り込んで、ぐったりとした様子のたくさんの人たちを見て思った。犯人は欲しかったんだ。きっと。マウスが欲しくかったんだ。

春が来て、僕は中学校に通うことになった。

三年我慢して、母の元を去るつもりでいた。

静かな暮らしなどどこにもないことを、再び、僕は身を以て知った。子どもたちの奇声が響くコンクリートの建物。体を締め付ける制服。退屈な授業。学校には行ったり行かなかったりした。けれど、続けて休むと、担任教師がアパートにやってくる。それが煩わしくて、学校にはなるべく行くようにはしていたが、それでも、どうにもたまらなくなると、授業を抜け出した。その町には、坂道を上った小高い山の上に給水塔があった。給水塔までの道は、木が鬱蒼と生い茂り、誰もいない。給水塔の裏に座り、一人ぽっちでいるときだけ、僕は深く呼吸ができた。僕は何度も自分の記憶を掘り起こし、マウスや子猫の内臓を思い浮かべながら、あれをした。

中学校に入って生活がより煩わしくなった原因には、女子の存在があった。いつも誰かが僕を見ていた。その目には見覚えがあった。あの集団にいたときの、男たちを見る母の目だ。下駄箱に、何度も封筒が入れられていた。中を開けると、色とりどりのペンで、僕のことが好きだと書いてある。意味がわからなかった。誰かが好き、という気持ちが僕にはわからなかった。一度は封を開けたが、その次からは中の手紙も読まずにコンビニのゴミ箱に捨てた。そのときの僕を、クラスの一人の女子が見ていた。翌日から女子全員に、その翌日からはクラス全員に無視されるようになった。

学校に置いてある物がなくなりはじめた。上履き、教科書、体操着。それでも僕は靴下のまま廊下を歩き、制服のまま体育の授業を受けた。無視されることに僕は慣れていた。けれど、反応がない、ということが彼らを余計に苛立たせた。次の段階には暴力が始まった。足をひっかけて転ばされる。廊下を歩いていると、いきなり背中に跳び蹴りをくらう。それでも僕は無抵抗で耐えた。やり返す、ということを知らなかった。自分から頬を張ったり殴ったりして、誰かの体に手が触れることがいやだったのだ。体育館の裏で数人の男子に囲まれて、長い時間、暴力を受けたこともある。中学に通っていた間、隙をみて、それは何度もくり返された。

僕の口のなかからは血が噴き出し、目のまわりは紫色に腫れ、視界が半分塞がれた。執拗なおなかへのパンチを受けながら、彼らのマウスになるのだけはいやだと思った。殴られている隙に、ポケットのなかから、カッターを取り出した。自分ではなく、おまえらをマウスにするのだ。そう思いながら、長く刃を出したカッターを振り回した。白く光る刃が、一人の男子生徒の腕に当たった。切れてはいない、ただのかすり傷だ。彼らが静かになったのは一瞬だった。カッターはすぐに取りあげられ、僕の喉元につきつけられた。ひやりとした刃の感触。それが引かれようとした瞬間、遠くのほうから教師の声が聞こえた。ぱらぱらと男子生徒が散って行く。地面に血を吐きながら、自分のなかから自分の声ではない誰かの声がわき起こってくるのを感じていた。

自分がマウスにされないためには、自分が誰かをマウスにしなければいけない、と。

「晴信……」

その声ではっと顔を上げた。慌ただしく仕事に行くための準備をしている母が、僕の母は昼と夜でパートを掛け持ちしていた。その頃、母は昼と夜でパートを掛け持ちしていた。目の前には母が用意した夕食の皿が並んでいる。

「あんた、何ぶつぶつ言うてるん……」

自分の口から声が出ていることに気づいていなかった。

「なぁ……それ、お祈りの言葉やろ……もう、そんなん、忘れたほうがええわ」

そう言いながら、母は唇に直接ぐるりと口紅を塗りつけた。母はもうすっかり神さまのことなど忘れてしまったかのような口調で言い、じゃあ、行ってくるで、と慌ただしく部屋を出て行った。僕が口にしていたのは、お父さまへの祈りじゃない。僕の神さまへの祈りだ。

夜が明ける前、誰もいない学校の兎小屋に忍びこみ、僕は瞬時に兎を絞め殺した。きゅう、という音を出して、すぐに兎はぐったりとした。僕は兎の死体の入った鞄とともに、給水塔に急ぐ。教会の前を通りすぎると、新聞配達のバイクとすれ違った。街灯の少ない坂道を上り、さらに進む。藪をかき分け、給水塔の下へと急ぐ。

子猫の解剖からもう何年も経っていたのに、指が覚えていた。薄暗闇に次第に目が慣れて、兎のなかもはっきりと見える。ぬるりとした感触と生温かい温度が指の先から全身に広がる。血で濡れた指で僕は自分を擦る。これは僕の神さまのための儀式だ。母に連れ回されないための、顔も知らぬ誰かがまいた毒で殺されないための、圧倒的な揺れで押しつぶされないための、理不尽な暴力を受けないための、僕だけの儀式だ。赤と僕が放った白が混じり合う。僕がマウスにならないために、僕は誰かを僕だけの神さまに捧げないといけない。

　夕暮れの公園でその子を見たのは、二度目だった。

「お兄ちゃん一人で何してるん？　一人でブランコ乗って楽しいん？」

　大きな目で僕を見つめ、昔からの知り合いのように話しかけてくる。僕は戸惑い、口ごもった。手には布の手提げを提げていた。ひかるという名前が刺繡されている。

「光もブランコいちばんすきぃ」

　そう言って、隣のブランコに乗り、小さな足で地面を蹴った。

「光のうちなぁ、今日、コロッケなんや。光、お母さんのコロッケ大好きぃ」

　前後に揺れながら、無邪気に投げてよこす言葉にとまどったが、それに反して自分の口から言葉がするりと出た。

「光ちゃん……兎とか好き？」

　ブランコが急に停まった。のどの奥まで熱く、舌はからまりそうだった。

「光、兎さんも好きぃ」

「お兄ちゃんち、庭で兎飼うてるん。今度、見に来ぃへん？　かわいいでぇ」

「行く！　光、お兄ちゃんの兎見たい！」

　そう言いながら、僕が乗っているブランコの鎖を摑み、揺すった。

「そか。じゃあ、明日の夕方、ここでお兄ちゃん待ってるからな」

　うん、わかった。明日、絶対やで。そう言いながら、光は僕に指切りをせがみ、針千本の－ます、と大きな声で言ったあと、公園のなかを走り抜けて行った。

短く切り揃えた髪の毛から、ほっそりとした白い首が見えた。それを見ながら、ブランコの鎖を握る自分の指に力が入っていくのを感じていた。公園に夕焼け小焼けのメロディーが流れ出す。

光ちゃん。また、明日。ここで会おな。

V　ボーイミーツガール

吹き抜けの天井から降り注ぐ春の光の熱を、首筋のあたりにかすかに感じていた。暖房が強めに入っているせいか、わきの下に汗をかき始める。目の前には、どこまでも続いていくように思えるショッピングモールのクリーム色の床。その両脇には、春物の洋服を積み上げた店が並ぶ。店先に立つ、ぼんやりとした顔の若い女性店員が、口を手で覆うこともなく大きなあくびをした。それを見ているうちに、ふいに眠気がわき起こり、私もつられてあくびをする。

ベビーカーに子どもを乗せた若い母親。小学校に入る前の子どもたち。歩き始めたばかりの赤んぼうの手をひく、祖母らしき女性。暗い色の服を着て、することもなくベンチに座る老人たち。目につくところには、屈強な体を持つ男性は見当たらない。この場所には女と子どもと老人しかいない。万一、暴漢が来たら、誰が助けてくれるんだろう。

未玲《みれい》はフリースのジャケットを脱がそうとした私の手を振り切って駆けて行く。小さくなっていく背中を見ながら、あんなに元気ならば、今日は幼稚園に行けたんじゃないだろうか、と思ってしまう。

「お姉ちゃん、悪いんだけどさぁ、未玲の咳が止まらなくて、小児科連れて行ってくれないかなぁ……」

今朝、台所で朝食を作っていると、妹の明日香《あすか》から電話があった。

妹の夫の誠司《せいじ》さんは、先に作ってテーブルに並べておいたハムエッグの皿に箸を伸ばしている。顔はつけっぱなしのテレビのほうを向いたまま、箸の先から白米がランチョンマットの上に落ちる。

わがままな未玲を連れて、やたらに時間のかかる小児科など行きたくはないが、自分以外に、未玲を病院に連れて行ってやれる大人はいない。母は、誠司さんや未玲がいるときは、リビングには顔を出さず、朝の一騒動が終わると自分の部屋から出てくる。今日も同じだ。襖の向こうで、誠司さんが出て行くのを待っている。

「うん、わかった……」

ガスの火を調節しながらそう答えると、返事もしないで電話は切れた。

桜が散る頃、明日香は、切迫流産で一週間入院した。その間の未玲の面倒をみたのも私だった。誠司さんと未玲に食事をさせ、洗濯、掃除をし、明日香の面会に行った。退院したあとも、できるだけ自宅安静の必要がある、ということで、明日香は寝たり起きたりの生活を続けていた。未玲が幼稚園から帰ったあとは、夕食の時間まで、私と母が住む一階でビデオを見せたり、おやつを食べさせたりして過ごした。夕方になれば、未玲を車に乗せて、スーパーに買い物に行き、夕飯を作り、食べさせる。誠司さんが早く帰ってくれば、そのまま未玲を引き渡すが、誠司さんの帰りは遅く、週の半分以上は、眠そうに目をこする未玲を私が風呂に入れた。午後八時までに未玲を明日香の家に戻し、未玲の家族の洗濯物があれば、それを抱えて、下に下りる。

自分と母、二人分の洗濯と掃除など、たいした手間ではないが、そこに明日香の家族の分が加わり、それが毎日続けば、家事に慣れていない自分には重労働になった。

案の定、週明け、午前中の小児科は母親と子どもでごった返していた。

この町のどこにこんなに子どもがいるのだろうと、未玲を連れて小児科に来るたびに思う。おなかの大きな母親に席をゆずり、待合室の隅で二時間近く立ち続けた。長時間じっとしていることのできない未玲だが、やはり具合が悪いのか、人工レザーの椅子の隅に座って絵本を読んでいる。けれど、熱もなく、咳をする様子はない。順番が来て呼ばれてもすぐには立とうとしないので、未玲の腕を引っ張って、診察室に連れて行った。疲れ果てた顔の医師も、肺はきれいだね、念のため薬だけ出しておこうか、そう言って、一分にも満たない診察を終えた。

母は地区の婦人会の集まりに出ると言っていた。未玲と二人、家で昼食をとるのもきづまりだった。明日香は何か適当に食べるだろう。妹の昼食をすぐに心配してしまう自分も嫌だった。昼食はこのショッピングモールでさっと済ませてしまおう。そう思ってやってきたが、未玲はフードコートを通り過ぎ、キッズコーナーを目指して駆けて行く。未玲の姿を見失わないようにしながら、私もキッズコーナーに近づき、そのまわりにあるプラスチックのベンチに腰をかけた。ここでも、母親たちは目の前で遊ぶ子どもたちをぼんやりと見ているか、手元のスマホに視線を落としている。

この町に戻って来たばかりの頃、明日香から聞いた話を思い出していた。男性用の個室トイレに四歳の子どもが連れ込まれた事件だ。血だらけになった、というその女の子のことを考えていた。その話が本当か嘘かはわからないが、そんな話を聞けば、未玲から目を離すのが怖くなる。未玲という姪への愛情ではなく、もし、ここから未玲がいなくなるようなことがあれば、明日香や誠司さんにどれだけ私が責められるか、容易に想像がつくからだ。

私もほかの母親と同じように、最近手にいれたばかりのスマホに目をやる。写真のファイル。そこには、私がパソコンから手に入れた少年Aの写真があった。何度も画面をスワイプして写真を見る。不鮮明な画像だが、顔立ちの良さはそれでもわかる。もう何度見たかわからないその写真を私は凝視する。恋人の写真を確かめるように、私は何度もその写真を見る。少年のままのAの写真を。

「おなかすいた」

ふと顔を上げると、未玲が私のそばに立っていた。その顔は驚くほど私に似ている。つまり、誰が見ても美しくはない顔だ。私と未玲はここにいる誰が見ても、親子にしか見えないだろう。そんなことを思いながら、未玲の手をとって歩きだす。

フードコートの手前に本屋があった。ベストセラーと雑誌と漫画、絵本と参考書しかない小さな本屋だ。文芸誌も、自分が買いたい作家の本もここにはない。この町に来てから、欲しい本はすべてネットで買っていた。一体、この町の人は何を読んで暮らしているのか、と思うけれど、私の母だって、妹だって、小説なんか読まない。誰が文学賞をとったかなんて誰も気にしない。東京で、私が執着していた世界の存在など、この町の人は一生知ることもなく死んでいくのだ。

表紙をこちらに向けて並べられた写真週刊誌に、見覚えのある名前が見えた。あの作家だ。

私が最終選考に残った賞でデビューしたあの作家の名前。未玲と手を繋いだまま、その一冊を手に取る。電撃入籍、という文字が見えた。雑誌を手にしたまま、レジに進み、小銭を出した。未玲は普段と違って、今日はおとなしく私についてくる。やはり、具合が悪いのか、と思いながら、雑誌をトートバッグに突っ込み、フードコートに進んだ。

「何が食べたい？」そう聞くと、未玲は口に入れていた人さし指をそのまま出して、ドーナツショップを指差す。具合が悪いのに昼食にドーナツか、と思いながらも、私がうどんでもとって、未玲に分ければいいか、と思い直す。未玲が選んだドーナツとミルク、私が頼んだうどんとコーヒーののったトレイを手に、空いているテーブルを探す。

ここも、母親と子どもしかいない。できあいの、おいしくもない、インスタントのファストフードを、母親と子どもたちが食べている。子どもがいない自分に、そんなことを言う権利はないと思うが、もっと栄養のあるものを食べさせなくていいのか、という思いもかすかに浮かぶ。母親たちは、皆、自分より若く、身綺麗にしている。けれど、どの顔もあまり幸せそうに見えない。そう思うのは、結婚もせず、子どものいない私の偏見なのだろうか。

「こっちも少し食べたほうがいいよ」

小さな椀に麺と汁を取り分け、未玲の前に置いた。ドーナツをぺろりと食べてしまった未玲は、小さな手で箸を取り、うどんを口に運ぶ。私も残りを口にするが、うどんなど、ちっとも食べたくなかったことに気づく。

このショッピングモールも、フードコートも、どこもかしこも、やたらに明るくて清潔なのに、どうしたって腰が落ち着かない感じがするのはなぜなんだろう。自分一人がこの空間で異分子のような存在に思えてくるのは、私自身の思い上がりだろうか。私は、ここにいるべき人間じゃない。まだ、捨てきれないプライドが、灰皿のなかで燻《くすぶ》る煙草の吸い殻のように、私のどこかを焦がし続けている。

未玲もうどんを二口、三口は食べたが、すぐに箸を置いてしまった。

「もう、おうちに帰ろうか」

そう言うと、首を横に振る。

「まだ遊ぶの」

箸を放り出すように置き、椅子を降りて、駆けだして行く。

「ちょっと待って！」言いながら、トレイを手にする。慌てて立ち上がり、トレイを片付けようとすると、抱っこひもで赤んぼうを抱いた母親とぶつかりそうになる。

「ごめんなさい」叫ぶようにそう言いながら、未玲のあとを追う。

さっきまでいたキッズコーナーで、未玲はプラスチックのブロックを手にしている。けれど、いつもの元気はなく、すぐに横になって、ブロックを手にしたまま、天井を見上げている。具合が悪いんじゃないだろうか。そう思い、未玲に近づいて額に手をやると、じんわりと熱い。

「未玲、もう帰ろう。お熱があるよ」

そう言って手をとると、いやいや、と顔を振る。

「明日も幼稚園行けなくなっちゃうでしょ」

いーやーだー、という未玲の大きな声が響く。この町に来てから、実家に戻ってから、何度となく経験してきた未玲の癇癪《かんしゃく》だが、今だってちっとも慣れていない。機嫌を損ねた子どもをどうやって扱っていいのか、私にはわからない。帰るのよ。唇の縁までわき上がってきた言葉を呑み込み、未玲の暴れる体を抱きかかえる。小さい体なのに力は強い。まわりの母親たちの視線を痛いほど感じる。違うんです。この子は私の娘じゃないんです。私は東京で小説家を目指していて、大きな賞の最終選考にだって、残ったことがあるんです。今は、体の弱い母親と暮らしていて、妹は切迫流産で、だから、上の子の……。そんなことを説明したって、私のことなど、ここにいる誰もが興味がないだろう。聞き分けのない子どもと、育児に不慣れな年取った母親にしか見えないはずだ。

靴を履いたままの未玲の足が、私の腿を強く蹴る。抱えたまま、未玲の頭をはたきたくなるが、代わりに強く体を抱きしめた。私の腕から逃げないように。奇声と呼んでもいい泣き声をあげ続ける未玲を抱え、フロアをつっきり、ショッピングモールの外に出る。春風とは思えない冷たい空気がニットの隙間から侵入し、私の肌に触れる。駐車場を歩いているときも、未玲は泣くのをやめない。

車のドアを開け、後部座席のチャイルドシートに未玲を座らせる。くねる体を縛り付けるようにベルトで締め上げていると、手の甲に温かいものが触れた。未玲のズボンの股間が濡れている。チャイルドシートに触れている部分に濃い染みができていく。かっ、となって、ドアを力まかせに閉め、運転席に座る。狭い車内はむっとする尿のにおいで満ちている。バッグから、除菌シートを取り出し、濡れた手を拭う。振り返って目をやると、チャイルドシートの染みはさっきよりも大きくなっている。乱暴に除菌シートをパックから抜き取り、腕を伸ばしてその部分を拭うが、染みもにおいもどうにもできない。

車を発進させる。未玲の泣き声がさらに大きくなる。カーラジオをつける。未玲のヒステリックな声が聞きたくなくて、ボリュームを上げる。自分が学生時代に流行っていた歌。曲名はわからないのに、サビのメロディーだけはわかる。

「だっさ」

古臭いメロディーだからそう感じたのに、はっきりと口に出してつぶやくと、それがまるで今の自分のことのように思えてくる。

「あぁ、もう……」

二世帯住宅の上に住んでいる明日香のところに、未玲を連れて行くと、だるそうな声でそう言った。未玲はおもらししたことを叱られると思っているのか、俯いたまま家の中に入ろうとしない。明日香の、ジャージの上下、寝癖のついた茶色い髪の毛。具合が悪いのはわかるが、だらしなさを絵に描いたような妹の姿を見るのは、あまりいい気持ちがしない。洋服の上からでも、おなかははっきりとその大きさを主張している。

廊下の奥から、テレビの大きな音が聞こえてくる。小児科でもらった薬を渡し、未玲の背中をそっと押すと、靴を乱暴に脱ぎ、明日香の横を通り抜け、廊下を駆けて行った。ばたん、と玄関のドアは閉じられる。

ありがとう、という言葉を期待していたわけではないが、それでも、ふいに冷たい何かをスプレーで吹きかけられたような気がした。玄関先に立ったまま、家の前を見下ろした。子どもの頃、目の前に見えた小さな山はいつの間にか無くなっていた。畑の間にぽつりぽつりと家があるだけの風景だったのに、道路を挟んだ向こう側、いつの間にか、区切られた土地に、同じような小さな家が隙間なく建っている。大抵は、若夫婦と、就学前の子どもたちが暮らし、家の前には、軽自動車が並ぶ。まだ、夕方には早い時間だというのに、どこからも子どもの声は聞こえてこない。しん、と静まりかえった風景を見ながら、さっきのショッピングモールで見た老人たちのように、新建材で作られた部屋のなかで、顔も知らぬ誰かが、じっと息を殺して、ただ時間が過ぎるのを待っているような気がした。

ただいま、と言いながら、廊下を進むと、かすかにテレビの音がした。

湯呑みを手にした母がソファに座り、見るともなしにテレビの画面に目をやっている。キッチンに入ると、朝、シンクにそのままにしておいた皿やグラスは綺麗に洗われ、洗いかごの中に入っていた。

「お母さん、ありがとね、洗いもの」そう声をかけると、

「病院、混んでて大変だったでしょう」と、私を見上げ、母が小さな声で言う。

この家にいた頃には、こんな風にお互いを労《いたわ》りあう言葉などかけたことはなかった。母の視線は私よりも、妹のほうに多く注がれていたし、そのことに不満はなかった。だから、家を出て、東京の大学に行くことも迷わなかった。私が東京で何をしているのか、母はあまり興味がないようだったし、結婚をしろ、とも言われなかった。いつも、一定の距離を置いて、母という人に向かい合っているような気がした。けれど、この家に戻ってきてからというもの、私と母との間には今まで感じたことのないような心のつながりが生まれつつある。

上から、どん、という音が聞こえた。未玲がどこからか飛び下りた音のような気がした。母が眉間に皺を寄せて、天井を見上げ、ため息ともつかないような声を出す。

「まったく……」

私と母が心のつながりのようなものを持つようになったのは、明日香たちの存在があるからだ。二世帯住宅を建て、娘夫婦と暮らすことは、母の希望でもあったはずなのに、母はちっとも幸せそうに見えない。

自分と妹夫婦の世話を焼く私に、母は毎月、多すぎるほどの小遣いを与えた。住居費も食費もかからない、新しい洋服や化粧品にだって興味はない。欲しいものと言えば、ネットで買う本くらいで、自分の欲しい本を手当たり次第に買っても、母からの小遣いは余った。

「今日子《きょうこ》はそんなに本好きだったっけねぇ」

宅配便で毎日のように本を受け取る私に、誇らしげに、そして、初めてそのことに気がついたように声をかけた。

足踏みのような、どん、どん、という音が聞こえて、母はテレビを消す。その母にこの家に戻って来てから、ずっと、聞きたいことがあった。自分の部屋に歩いていく母の背中を見ながら、私はぐっと呑み込む。

「お母さん、未玲って、普通の子なの？」という言葉を。

夕飯のためのお米を計量カップで量る。明日香も、誠司さんもまだ何も言ってはこないが、ご飯は多めに炊いておいたほうがいいだろう。明日香から、母が食費をもらっているとは思えない。その無神経さを考えていたら、むかむかと腹が立って、お米をとぐ手に自然に力がこもった。炊飯器をセットし、私も自分の部屋にこもった。

小さな窓ひとつしかないこの部屋が、今は私の執筆部屋でもあり、寝室でもあった。私が東京で暮らしていたアパートよりも明らかに狭い。

部屋の隅に畳んだ布団に体を預けて、さっき本屋で買った写真週刊誌を広げる。あの作家が、人気俳優と入籍したという記事だった。あの作家の受賞作は、瞬く間に映画化された。その主演俳優だった。粒子の粗いモノクロの写真が並べられている。キャップを目深にかぶり、サングラスをかけ、コンビニのビニール袋を手に提げている二人の姿は余りに滑稽だ。結局、この女は作家になりたかったわけじゃない。有名になる手段は、小説でなくてもよかったのだ。受賞作は評判を呼び、次に書いた本は、名のある賞の候補になった。馬鹿か。そうつぶやきながら、そのページをちぎり、くしゃくしゃに丸め、ゴミ箱に放り投げた。

部屋の隅には、Aに関する本が積まれていた。目につく本は何でも手にいれた。Aに関するネットの情報もプリントアウトしてファイリングされている。パソコンの電源をつけると、モニターにはAの顔が映る。Aの人生は年表にしていた。資料、画像、そして、彼のいた場所を辿るのが私の生きがいになっていた。

夏には、Aが事件を起こした町にも行くつもりだった。少しではあるが東京で蓄えた貯金もある。母がくれる小遣いを貯めていけば、国内旅行くらいはすぐに行けるだろう。ネットでAが生まれた町や事件を起こした町を訪れる「聖地巡り」という言葉を目にしたときは、なんていうことを言うんだろう、という分別が、私にもまだあった。けれど、次の瞬間には、私もまた、そこを訪れたいという強い衝動がわき起こった。

Aに近づきたい。Aのことを知りたい。私は誰かを激しく好きになったことなどないけれど、もしかしたら、これは恋、という感情なのかもしれなかった。十四歳で七歳の子どもを殺した彼に、私はまんまと恋をしているのだった。

その少女を見たのは、Aが殺した光《ひかる》という子どもの体の一部を置いた教会の門の前だった。

痩せて、スタイルのいい、顔立ちの整った今どきの子だ。教会に近づいたり、遠のいたりして、スマホやデジカメでしきりに写真を撮っていた。もしやこの子も……と思った瞬間、少女は体をぐらりと揺らし、門の鉄柵をにぎってしゃがみこんだ。

「だいじょうぶ？」

自分が手にしていた日傘の陰に入れながらそう聞くと、無遠慮な視線でゆっくりと私の上から下までを舐めるように見つめた。見知らぬ女同士がかち合うときに交わされる値踏みの視線。それがこちらにわかるように見つめるのは、まだ彼女が子どものせいだ。

「これ良かったら……」

そう言ってバッグの中に入っていたミネラルウォーターのペットボトルを手渡した。

「どこかで休む？」と聞くと、明らかにおびえの浮かんだ目で私を見る。

「ありがとうございますもうだいじょうぶですほんとにもうだいじょうぶなんで」

早口でそう言い、少女は坂道を駆け下りて行った。メイド服を思わせるようなワンピース、肩胛骨まで伸びたまっすぐな黒い髪が揺れる。気持ちの悪いおばさんだと思われたのだろうか。人が親切にしてやったのに。

若い女は自分が年を取ることなど、自分の人生には起こらない、と、心のどこかで思っている。特に、自分の美しさに無自覚な子どもほど。バンビのように駆けていく少女の背中を見ながら、あんたもあっという間に誰からも見向きもされないおばさんになるんだよ、と呪詛の言葉を心のなかで投げかけた。

あの子の言葉はこのあたりの言葉じゃなかった。東京の子だ。身なりの洗練され具合からしても、きっとそうだ。聖地巡りに来たのだろう。けれど、あんなに若くて美しい少女がAに興味を持つことが私には理解できない。傍目には十分幸せそうに見えるじゃないか。あの子には輝く未来があるじゃないか。聖地巡りなどしなくても、男に好かれるはずなのに、どうして。自分の価値を正確に判断できないのも若い女だからか。なんだって、Aのような凶悪な殺人犯に興味を持つのか。Aを理解できるのは、輝くような人生に弾かれた人間だけ。私のような女だけだ。

教会は何の変哲もない普通の造りだった。陰惨な事件の名残りなどみじんも感じさせない。それでも、私もあの少女と同じように、新品のカメラで教会や門の像を収めた。

次に向かったのは、Aが少女を殺した給水塔だ。この町のどこからでも、その塔は見えた。しん、と静まりかえった真夏の坂道を歩いていくと、少し息が切れた。後頭部や髪の毛のなかを汗がつたっていく。年齢を重ねるごとに、私の汗腺は、蛇口を開いたように、汗を排出するようになった。若い頃は、さっきのあの少女のように、こんな真夏の日でも汗ひとつかかなかった。メイクをしても、汗で瞬く間に崩れていく。どこから見ても普通のおばさんだ。

坂道から続く階段を上がりきったところには、慰霊碑のようなものが建っていた。人形やおもちゃ、花束やジュース、捧げられたそのどれもが雨にさらされ、泥で汚れていた。その場所の手入れが行き届いていない。時間の経過とともに、あの事件が、この町に住む人たちの記憶のなかから薄れていっているのかもしれない、と思った。

しばらく進み、鉄の門の脇をくぐり、中に入る。藪蚊が私にまとわりつく。そこから給水塔まではあっという間だった。ネットの写真で見るよりも、やはり、かなり古びている。一瞬迷ったが、錆の吹き出た螺旋階段を上り始める。安いサンダルの底が立てる乾いた足音とともに、登れる場所まで行ってみる。いちばん高いところは相当な高さだ。この町のすべてが見渡せた。Aは少女と手をつないで、この景色を見せた。殺したいだけなら、ここから少女を突き落としたってよかったはず。首の骨を折って瞬時に少女は死んだだろう。

けれど、Aは人間の「中身」が見たかったのだ、と言っている。兎などの小動物を殺すことと、Aの性衝動が強く結びついていたことは、Aについて書かれたどの本にも書いてある。それを読めば読むほど、それだけだろうか、という思いも募る。Aのいう「中身」とはなんだろう。それは私が小説を書きたい、ということと近くはないだろうか。人には見られたくない感情、欲望、妄想。世間の人たちから、ひたすら隠しておきたいそんな「中身」。Aもそれを見たかったし、少女を殺すことで人に見せたい、と思ったんじゃないだろうか。

真夏の空に細筆で刷《は》いたような白い雲がなびく。ずっと続く住宅地。そこで暮らす人間のなかにも、表面の薄皮をぺろりと剝けば、顔を背けたくなるような感情が渦巻いている。そこを見ずに一生を過ごす人もいるだろう。でも、そこを見ずにはいられない、という人間が確かにこの世にはいるのだ。私とAのように。

藪蚊に刺され、ぼこぼこに腫れあがった皮膚をひっかきながら、この町で最後に訪れたのは、Aが殺した少女の家だった。やはり被害者宅には遠慮があるのか、聖地巡りにもこの家の写真は掲載されていないが、住所はネットで調べればすぐにわかった。同じような家が並ぶ一角。御影石の表札に彫られた姓を確認する。あまりに普通すぎる二階建ての家だ。教会や給水塔ほど、訪れたい気持ちがあったわけじゃない。ただ、見ておきたかったのだ。

低い門扉を斜めから覗くと、芝生の生えた庭に置かれた物干しに、色の褪せたバスタオルや、男物らしい大きめのワイシャツが干されていた。一階のリビング、大きな掃き出し窓にはレースのカーテンが引かれ、部屋のなかの様子はわからない。玄関アプローチの右脇には、名前のわからないカラフルな花がきれいに植えられている。こまめに手入れをしているのだろう、という気がした。

七歳の子どもを残虐な方法で殺された母親の気持ち、というものを想像してみようとするが、Aに感じているシンパシーほど、私には母親の気持ちがわからない。結婚するって、子どもを持って、そして、その子どもを殺される、って、いったいどんな気持ちなんだろう。ふいに、小説教室の講師の男、私が初めて寝た男の言葉を思い出す。自分が体験したことのない人生まで体験できるのが小説家なんだ。何人分もの人生を生きられるんだ。一人称で物を書くのなら、本当にその人が書いたように、読み手に実感させなければ意味がないよ。

突然、掃き出し窓ががらりと開き、中年女性が姿を見せた。サンダルを履こうとしている彼女の視界に入らないように、私は門扉の陰に体を隠す。

「冷たいものばっかりとっていると、秋になって体調を崩すからなぁ」

女性は部屋の中にいる誰かに笑いながら声をかけている。息子だろうか。白い半袖シャツにデニム、襟足あたりで短く切り揃えた髪。実際の年齢よりもはるかに若く見えた。

「おなかこわすで、もうそれくらいにしときぃ」

そう言い終えて、庭の方を向いた笑顔にどきりとした。彼女の笑顔だけを見て、子どもを殺された体験がある人だと、誰が言い当てられるだろう。どうしてあんなふうに笑っていられるのだろう。あんな体験をして忘れられるわけがない。それくらいのことは私だって想像ができる。彼女の中身は、まるで真空パックされたように、こちらに漏れてこない。その中身の正体すら、あるのかどうかもわからないが、あの笑顔の向こうに、今にも決壊しそうなダムに蓄えられた水のような感情があるのかもしれない。そんなものを抱えながら、笑って生きている人間が私は怖かった。けれど、なぜだか、ネットに漂うAの画像と同じように、あの女性の笑顔もまた、小説を書きたいという私の思いに、赤暗い火を灯したのだった。

九月のはじめ、まだ、夏のひどい暑さが続く日の最中に、明日香は二人目の子どもを産んだ。空が白々と光を帯びてきた明け方近く、産気づいた明日香を、車で病院に運んだのも私だ。額に脂汗を浮かべ、後部座席で獣のようなうなり声をあげる妹の姿を見るのは恐ろしかった。誠司さんは、前の夜から、職場の同僚たちと酒を飲み、ひどく酔っ払って帰ってきたらしい。

「あいつ、なんにも役に立たないよ。あたしを妊娠させただけ、っつ。なんで、女ばっかりこんなっ」

痛みの合間に明日香は吐き捨てるように言った。自分だって気持ちのいい思いをしたんじゃない。そう思ったが、もがき苦しんでいる明日香を見ていると、女のほうが損をしているような気もした。

病院に着き、明日香はすぐさまストレッチャーに載せられ運ばれていった。分娩室から大きな泣き声が聞こえてきたのは、それからすぐのことだった。看護師に呼ばれて、分娩室に入ると、さっきまでの鬼のような形相は消え去り、今は目の端に涙を浮かべて、真っ赤な顔をした猿のような子どもをしっかりと抱きしめ、慈母のような顔で微笑んでいた。

病院から帰って来たあとも、赤んぼうの世話はできる限り手伝うつもりでいた。未玲の世話よりも、物も言わずふにゃふにゃと泣いている赤んぼうのほうが楽そうに見えたからだ。けれど、未玲よりも生まれたばかりの赤んぼうの世話をしたいのは、明日香も同じだった。

未玲は、それまで以上に、母と私が住む一階で過ごすようになった。口幼稚園から帰って来ると、延々とテレビの前に座り、アニメのDVDを見続ける。口をぽかんとあけて画面を凝視する未玲の姿は、見ていて気持ちのいいものではない。音量の大きさも気になる。これくらいの年齢の子どもは、皆、こんなものだろうか、と思うが、DVDさえ見せておけば、未玲は癇癪を起こさない。けれど、好きなお菓子がないとか、手持ちのDVDを全部見終わってしまった、とか、そういう小さなことがきっかけで、未玲はいつまでも大きな声で泣き続ける。その尋常でない様子に、母は自分の部屋に入ってしまう。孫がかわいくないのだろうか、とも思うけれど、私だって、未玲を可愛く思えないのだから、母を責めることはできない。

今日もおやつ用に、オレンジジュースとクッキーを用意していると、紙パックのオレンジジュースを自分でマグカップに注ごうとする。

「こぼさないように、そっとね」

そう言っているそばから、未玲が勢いよく紙パックを傾けたせいで、オレンジジュースはカップから溢れ、テーブルに広がった。慌ててティッシュペーパーでテーブルの上を拭くが、オレンジ色の液体はテーブルから床にこぼれ落ちていく。怒鳴りつけたい気持ちを胸の内側になんとか収めながら、流しから濡れ雑巾を持ってきて、テーブルと床を拭いた。

未玲にとって、妹が生まれ、自分の母がその手間にかまけていることも、ストレスになるのだろう。頭ではわかる。けれど、自分のなかにもやもやとしたものが溜まるほど、自分の手だけで、子育てをしようとしない明日香に対して、はっきりと輪郭を持った怒りが生まれてしまう。

未玲は、這いつくばって床を拭いている私のそばに立ったまま離れない。

「だめでしょ、こんなに汚して」

そう言った私の背中に未玲が突然、馬乗りになってきた。おうまさーん、おうまさーん、とはしゃいだ声で言いながら、小さな手で私の背中を叩く。私の中で何かがキレたのはその瞬間だった。未玲を背中に乗せたまま、私は急に立ち上がった。私の体のどこにもつかまる隙がなかった未玲が、背中からずり落ち、フローリングの床に後頭部をぶつける鈍い音がした。

一瞬、間があって、尾を引くような未玲の泣き声が響きわたる。なんだって未玲の泣き声は生の神経に触れる気がするのか。まだ、拭き取れていないオレンジジュースの溜まりのなかで、もがくように未玲は泣き続けている。気がついたときには、手にしていた雑巾を未玲に力いっぱい投げつけていた。上の階からは、まだ名前もつけられていない赤んぼうの、か細い泣き声が聞こえてくる。

　この家に帰ってきて、今日ほど、東京の、薄汚れたアパートの一室をなつかしく思ったことはなかった。


「結婚して戻ってきたの？」

ショッピングモールの中にあるドラッグストアで声をかけられたものの、その男の顔にはまるで覚えがなかった。

「実家に？　子どももいるんだ？」

男は視線を落とし、私が手にしていた紙オムツに目をやった。

「あぁ、違うの。これは妹ので……」

そう答えると、私の言葉を遮るように返事をする。

「水野《みずの》、ぜんぜん変わってねぇな……すぐわかったわ」

　男はグレイの作業着のようなものを着ていた。胸に刺繡された読みにくい社名には、ガス、管理、という文字が見える。短く切った髪の毛には、ちらちらと白いものが見え、がっしりとした体は、制服の上からでもわかる。肩幅の広さと肩の盛り上がりは、生まれつきのものでなく、後天的に鍛えて作られたもののような気がした。右の頰に小さくできるえくぼで、記憶の底からかすかに浮かび上がってくるものがある。

「川端《かわばた》……くん？」

「今、気がついたの？　ナンパでもされてると思った？」

そう言って困ったように笑い、髪の毛に手をやった。

誘われるまま、フードコートでコーヒーを飲んだ。高校のときの同級生だった。考えてみれば、中学も同じだったのだが、どうにもこうにも記憶が薄い。言葉を交わしたことだって、数えるほどしかなかったはずだ。けれど、同級生として、過去の時間を懐かしむように話をしているわざとらしさで、おなかのあたりが妙にむず痒い。

確か、葬儀屋の息子だった。バスケットボール部で、部長を務めていたんじゃなかったか。高校三年生のときは同じクラスだった。二学期が始まってすぐ、お父さんが癌で亡くなって、授業中に突然泣き出したことがあった。大学には進まず、そのまま就職したはず……話しているうちに断片的な記憶がわき上がってくるが、それは川端君も同じだろう。思い出しながら、無意識に左手の指輪の有無を確認していた。

「なんで帰ってきたの？」

川端君は一言では答えられないようなことをずばりと聞いた。

「母がね、ちょっと体調が悪くて……」

ふぅん、そっか、大変だな、俺たちももうそんな年だもんな。川端君の口にする俺たち、というくくりに奇妙な甘さを感じていた。

川端君は白いカップの中にスティックシュガーの中身をすべて入れて、スプーンで十分にかき回さずに、まだ熱いはずのコーヒーをぐいっ、と飲んだ。胸ポケットの中からビニールでできた安い名刺入れを取りだし、そこから引き抜いた一枚にボールペンで携帯番号を書いて私に渡した。

「うまい居酒屋があるからさ。今度のみにいこう。懐かしい話もしたいしさ」

そう言ってまた、残りのコーヒーをごくっ、と飲んだ。滑らかに話してはいるが、ひどく緊張しているのだろう、という気がした。

そのときから、こうなることなどわかっていた。男が欲しい、という私の気配を、川端君が感じ取ったのだと。

一週間後、川端君の言っていたうまい居酒屋で私たちは会った。

「高校のときの同級生たちと会ってくるね」

川端君に会う前日の夜、久しぶりの二人だけの晩ご飯のテーブルでそう言うと、母はおびえた顔で、

「明日はもう……お風呂入ったらすぐに電気消して寝ちゃうわ。ドアに鍵かけて」

と小さな声で言った。

その一週間前頃から、真夜中、未玲が私と母の住む一階に下りてきて、玄関ドアのチャイムを鳴らす出来事が続いていた。私がドアを開けるまで、未玲はチャイムを押し続ける。眠い目をこすりながら、ドアを開けると、パジャマ姿の未玲が無表情で立っている。

「赤ちゃんが泣くから寝られないよぅ」

それだけ言うと、玄関を上がり、リビングのほうに駆けて行く。

明日香たちは一体どういうつもりなんだ、と思うが、新生児の子育てがどれほどつらいかなんて、私には想像もつかない。いつも目の下に黒いくまをつくり、眠たそうな顔をしている明日香を助けてやりたい、という気持ちはあるのだ。でも。

黙ったまま、未玲をソファに寝かせ、押し入れから出した布団をかけた。そうすればすぐに寝息を立て始める。寝顔を見れば、この子にも行き場がないのか、と思うが、昼間、癇癪を起こすたび、手をあげることへのためらいはなくなっていく。体調の悪い母だって、チャイムの音で目を覚ましているはずだ。真夜中の未玲の来訪を母は怖れているのだ。母に申し訳ないとは思うが私も息抜きがしたかった。未玲への罪悪感を何かで薄めてしまいたかった。

会ってすぐホテルに行っても良かったが、私と川端君は、建前上、お互いに接点を広げるために、話をぐずぐずと続けていた。川端君は勢いよくビールのジョッキを呷《あお》り、メニューからいくつか選んだつまみをほおばりながら、店の中を見回していた。小さな町だ。誰かに見られているかもしれない、という恐れがあるんだろう。

「東京に長いことといたよな。何してたの」

「何って、大学出て、仕事して、ただそれだけだよ。それで、いつのまにか年とって」

小説を書いていた、などと言うと、面倒なことになりそうなので黙っていた。

私は目を伏せて話していたが、カウンターで私の左に座る川端君の視線が、私の胸のあたりを盗み見していることには気づいていた。

「こっちのみんなと会ったりする？」

うまい居酒屋と川端君が言ったわりには、冷凍食品をチンしただけにしか思えないカニコロッケを口にしながら聞いた。

「みんな子持ちのじじぃとばばぁだからな。東京行ったやつはほとんど帰ってこないし。こっちにずっといるやつだって、時間も金も余裕もない顔してるよ」

そう言う川端君の横顔を見た。仕事で外に出ることが多いのか、肌は浅黒く日焼けしている。黒いシャツにデニムというこざっぱりとした服装の川端君は、グレイの作業服を着ているときより、幾分、若く見える。けれど、髪の毛には白いものが混じっているし、笑えば目尻に皺が寄る。私が川端君を思い出すきっかけになった右頬のえくぼも、今にもほうれい線の溝に隠れてしまいそうだった。

「水野は、結婚とか、しようと思ったことないの？」

たかが同級生というだけで、図々しい、失礼な質問だと思ったが、この町のなかだけで年齢を重ねていたのだから仕方がない、とも思った。川端君は、ただの、田舎の、おじさんなんだから。

「ないよ」

「一度くらいは考えたことあるだろ？」

「ぜんぜんまったくない」

「嘘だろ？」

「嘘じゃない」だって、私は、小説家になりたかったんだから。

ふん、と言いながら、もずく酢の入った小鉢に口をつけ、ずるずると音を立ててすする。東京の男はそんなことはしない。やっぱり、この町にずっといれば、皆、ただの田舎のおじさんになってしまうんだ。

「川端君は、どうなのよ」

小鉢を置いて、川端君は何かを言いかけ、口を閉じた。

「どうなの？」

つい問い詰める口調になった。

「俺はバツイチだよ。子どもいたけど、あっちにとられた」

自分と同じように、若さと自分を持て余し、結婚などせずに、ずっと一人でいたものとばかり思い込んでいたので、自分が体験したことのない結婚生活を体験していた川端君が急に遠く感じられた。もう二人とも四十に近いのだ、それくらいの体験があったっておかしくない。けれど、どこかで、ずっと一人の時間を過ごしていたみじめさを共有できるのではないかと思っていたのだ。この川端君と。二人の間に横たわる沈黙が急に重さを増してきたような気がして、私は思わず聞いてしまう。

「川端君はさぁ、夢とかなかったの？　若いとき」

「へ、夢？」

そんなもの今まで見たことも聞いたこともないものだ、というような顔をして、川端君が私の顔をのぞき込む。

「将来、なりたかったものとか……」

「親父が残した借金返すだけで、あっという間に十年経ったもの。親戚のおばさんにすすめられて見合いして、結婚して、これで少し楽になれると思ったら……」

そこまで言って、手をあげ、また、ビールを注文した。これで三杯目。けれど、酒に強いのか、酔っている様子はない。

「……まぁ、あえて夢って言うなら、俺は家族が欲しかったんだよ。親父早くになくしてるからさ。だけど、長くは続かなかったな……今となったら、子どもにも会えないし」

川端君の声が湿り気を帯びてきたような気がして、私は視線を逸らした。

「水野はあったわけ？　そういうの」

そう言いながら、川端君はさりげなく、テーブルの上に置いた私の手に触れる。川端君の手のひらの汗を、手の甲に感じた。それまでは聞こえなかった居酒屋のざわめきが、突然、自分の鼓膜を震わせ始めたような、そんな気がした。

「あるわけないじゃん。東京で、一人で、食べてくだけでせいいっぱいだったよ」

投げやりに言いながらも、なぜだか、急に泣きたい気持ちになっていた。

川端君がタクシーを停めたのは、駅の北口近くにあるラブホテルの前で、部屋に入る前から、自分の高ぶりが尋常でないことに気がついていた。一年以上していない。それまでは、継続的にしていたのに、実家に戻って以来、それすら考えられない日々が続いていた。自分を慰めることすらしなかった。実家での生活の激しい流れにただ流されていた。

音を立てて乳頭を吸う川端君の髪の毛を撫で回す。自分よりも、遥かに年齢が上の男としかしたことがなかったから、川端君の筋肉の張りや、皮膚の艶やかさは新鮮だった。川端君がひどく飢えていることは、その性急さからもわかったが、自分だって同じようなものだった。

「おまえ……なんか、すっげ、エロいなぁ……」

腰を使う私を見上げ、川端君が興奮した声で言った。川端君の前に自分のすべてをさらしても、なぜだか、自分の醜さが気にならなかった。川端君だって、私と恋人としてつきあう気持ちがあるわけじゃないだろう。東京のあの男と同じだ。川端君と寝ても、私のどこかが変わるわけでも、浸食されるわけでもない。声をかけ、私を求めてくれたことが単純にうれしかった。お互いの肉欲をぶつけ合うような時間のなかで、私のどこかが軽くなっていくのを感じていた。目を閉じ、窓のない小部屋で私は声をあげ続けた。

「時々、しようよ。こうやって」

川端君の腕のなかで、するりとそんな言葉が出た。東京の男のような存在がいれば、実家での生活にも耐えられるような気がした。

「するだけ?」香りの強い煙草をくわえながら、川端君が天井を見上げて言う。

「するだけ」

「おまえ、東京でずいぶん……、高校のときはさぁ、あんな」

「あんな、なに?」そう聞くと、唇をすぼめて、煙を吐き、私の言葉に答えようとしない。

「どうしようもなくブスで、地味な女だったのに、でしょ？」

今は違う、と言った川端君の唇を塞ぎ、再び、体にのしかかってきた川端君に応えながら、頭の中でまったく違うことを考えていた。

この町に長く住み続けている川端君から、この町にいるかもしれないAの情報を聞き出せるんじゃないか、ということを。

アルバイトでも、パートでもいいから、実家に戻って、仕事はしようと思っていたが、母と、明日香たちの世話をするだけで、時間は過ぎて行く。求人チラシのようなものを眺めてみたことはあるけれど、自分にできる仕事があるようには思えなかったし、時給の安さにもため息が出た。母からもらう小遣いより、パートで稼ぐ一カ月の給与のほうがはるかに安い。私が昼間、仕事に出たら、この家はどうなってしまうんだろう、という不安もあった。

未玲の次に生まれた子どもは、未海《みみ》と名付けられた。

生まれて一カ月が経ったが、明日香は上の家からほとんど出ることなく、手伝ってもらいたいことがあれば、メールで私にあれこれ指図した。子どもを抱いて私と母の住む一階に来ることもない。そもそも、母は未海を十分に抱いたことなどないのではないか。私だけが、明日香たちと交わり、母はそれを遠巻きに見ているだけだった。なぜ、そんな関係になってしまったんだろう、と、実家に帰って来てから、それだけが不思議だった。

体調も悪いのか、母は寝たり起きたりをくり返している。けれど、病院で診察を受けるわけでも、薬を飲んでいる様子もない。時折、近所にある知り合いの整体院に通っては、腰や肩を揉んでもらっているようだった。未玲や誠司さんが夕食を食べにこないときは、母と二人、向かい合って食事をした。母も私とのそういう時間を望んでいる節があった。

「なんにも教えていなかったのに、今日子は上手に作るわね」

母が私の作った煮物を食べながら言う。未玲たちがいないときは、食事時にテレビすらつけないので、とても静かだ。けれど、そういうときこそ、上からの物音が聞こえてしまう。また、あの音だ。どん、と何かが床にぶつかる大きな音。それが何度も。くりかえし。

母は天井を見上げ、かすかに眉間に皺を寄せながら、味噌汁の椀に口をつける。

「お母さん……」

ん、という顔をして私を見る。

「あれって、何の音なの？　未玲が遊んでるの？」

母は目を逸らし、小鉢に入った漬け物を箸でつまみ、音を立てて咀嚼する。湯呑みにお茶を注ぎ、一口飲む。何かを言い淀んでいるような気がした。

「未玲が騒ぐときもあるけど、今のは多分、誠司さん」

「誠司さん？」

「気に入らないことがあると、ああやって」

「どういうこと……」

　母は箸を止め、また、湯呑みに口をつける。

「最初からそうなのよ。明日香と結婚したときから。気に入らないことがあると、ゴミ箱蹴飛ばしたり、物投げたり」

　母は目を伏せて話を続ける。その顔がとても年老いて見える。

「……気が短くて……、仕事先の人と衝突して何度も職場も変えたし、パチンコとか、金遣いも荒くて、それに未玲にも」

「未玲にも？」

　母は手にした湯呑みをじっと見つめている。

「あの子、ほら、すぐに癇癪起こしたり、大声出したり、手がつけられなくなるでしょう。明日香もずいぶん心配して専門の病院に連れて行ったりして」

　また、一度、どん、という音がする。体の大きい誠司さんが何かを投げた音だと思うと、途端にその音が空恐ろしく聞こえてくる。

「でもね、どこかに障害があるとか、そういうのじゃないのよ。今日子が来る前、私もずいぶん面倒は見たんだけど、私にはまるで懐かなくてね。私だけじゃないのよ。明日香にも誠司さんにも……だから、今日子が来てくれて、みんな助かってるのよ。未玲もずいぶん、今日子には懐いているみたいだし……」

　そう言われて思い出したのは、床にこぼれたオレンジジュースのなかで、体をくねらせながら、泣きわめく未玲の姿だった。

「今日子が来る前、ひどい癇癪を起こしたことがあって、誠司さんもそんなつもりはなかったんだろうけど、泣いてる未玲を突き飛ばしたことがあって……たいした怪我ではなかったんだけれど、それでますます懐かなくなって。明日香は明日香で二人目を妊娠してしまったしね。私一人で未玲の面倒なんてみれないもの。だから、今日子に」

東京から呼び戻して押しつけた、というわけか。

母が言うように、未玲は私に懐いているわけじゃない。面倒を見る大人がいないから、私といるだけだ。あの子はたぶん誰にも懐かない。ぬるい味噌汁を口にしながら、かすかに母との間で築きつつあったものが、一気に冷えていくような気がした。

「二世帯住宅なんか、建てるんじゃなかった……」

そんなこと知ったことか、と口にする代わりに、ごちそうさま、と母の顔を見ずに大きな声で言った。

母の真意を知ってから、私は頻繁に川端君に会うようになった。

体だけでも良かった。東京にいたときと同じだ。一回セックスをして思い出したのだ。月に二度か、三度、自分に給油するように、川端君と定期的に交わった。食事も会話もほとんどなく、会った途端、川端君の車に乗り、駅の近くのラブホテルや、国道沿いのモーテルでセックスし、終わったあとは、家の近くまで送ってもらった。川端君にしてみても、風俗などで遊ぶより、お金もかからず、リスクも少ない。セフレ以上の何かを、私に求めてくることもなかった。利害関係がぴたりと合致した二人だった。

「……ねぇ、この町にさ、あの子がいるってほんと？」

川端君の腕のなかでずっと聞きたかったことを聞いたのは、十一月の終わり、ひどく冷たい風が吹く日の夜だった。

「あの子って？」

「A、少年A、十四歳で七歳の女の子を殺した」

突然、何を言い出すのか、という顔で、川端君が私の顔を見る。

「昔、そういう事件があったでしょ、その子がこの町にいるって噂があるんだって。私の妹の子ども、ほら、二人とも女の子だから、すっごい怖がっててさ……」

天井を向いて、しばらく考えていた川端君が、あぁ、と力の抜けたような声を出す。

「昔だけど、そんな噂は確かにあったなぁ……うちのが」

と言いかけ、慌てて離婚した奥さんが、と言い直す。

「いや、子どもが通ってた幼稚園のお母さんたちの間でそういう噂が出たってのは聞いたことあるなぁ……、でも、くだらない噂だぜ」

話を聞きながら、川端君のご機嫌をとるように、わきの下を舌先で舐めた。くすぐったそうな声を上げ、体をくねらせるが、それでも川端君は話を続ける。

「うちの子どもが幼稚園に行ってたころだけど、園のそばの公園で、猫とか子犬の死体が捨てられてたことが何度かあってさ。まぁ、変質者だろうけど。その出来事と、その噂が混じってさ、やっぱり水野の妹さんじゃないけど、女の子のいる母親は、噂とはいえ、怖がってはいたなぁ」そう言いながら、天井を見つめる視線が動く。

「川端君の奥さん、元奥さんも?」

「いじわる言うなぁ」

体を翻し、しばらくの間、私の乳房の間に顔を埋めていたが、ふと何かを思い出したように顔を上げる。

「その公園の近くに、あ、近くでもないか、山に向かっていく道があるんだよ。この前行ったモーテルのそばの」

川端君が国道の名前を告げる。山間《やまあい》を抜け、隣の県につながる道だ。その道沿いに大きなフィールドアスレチックがあり、子どもの頃は遠足などでよく出かけた。そんな機会でもなければ行かないような寂しい場所だ。

「あの道沿いのガソリンスタンドだか、コンビニだかにいるって噂が、そのときはあったんだよ……その幼稚園の母親の一人がネットに書いてあった、って、大騒ぎしてさぁ。まぁ、しばらくすると、そんな噂、誰もしなくなったけどな。もう一個、でかい事件があったから」

「あそこのショッピングモールの、トイレの? 女の子がいたずらされたとかいう……」

「そうそう。あのときも大騒ぎでさ。でも、あっちは犯人がつかまってんだよ確か。近くに住む引きこもりの男でさ、そっちで大騒ぎだったから、少年、A? そんな噂も自然に消えて。でも、こんなちっさな町でさぁ、怖いよなぁ……」

そう言いながら、川端君は私の乳首を強く吸いはじめる。上の空で、わざとらしく感じているような声を上げながら、私は明日にでも、その場所に行けないか、と頭のなかで、一日のスケジュールを算段しようとしていた。

明日香の軽自動車に乗って山の中の道を走っていた。

まるで、恋人に会うような気持ちで。昨日の夜も遅くまでネットの情報をあさっていた。確かにこの県と、この町に、Aがいるという情報は数多くヒットする。けれど、そんなに簡単に見つかるようなことをするだろうか、という気持ちもある。

噂の域を出ないだろう、と思いながら、もしかして、という気持ちに拍車がかかる。Aの今の顔など私は知らない。でも、その顔を見れば、すぐにAだと気づくだろう、という確信があった。

まずは道沿いのコンビニの駐車場に車を停める。私が乗ってきた車のほかには、白い軽トラックだけが停まっていた。お昼前だと言うのに、場所柄なのか、店内は人影もまばらだ。レジに立っているのは私と同じくらいの年齢の顔色の悪い女性で、それ以外の店員はいない。時間を稼ぐために洗面所を借りる。しばらくの間、トイレに座る。トイレから出て洗面所の鏡に自分の顔を映し、剝げかけた口紅を塗り直す。丹念に化粧をしてきたはずなのに、もう、目の下のくまが浮き出ていてがっかりする。手を洗い、もう一度、店内に出たが、さっきと同じ女の店員が退屈そうな顔をして立っているだけだ。仕方なく、ガムをひとつ買い、店の外に出た。車に乗り、ハンドルを握ると、手のひらにひどく汗をかいていることに気づいた。

それから、時間さえあれば、車を走らせ、国道沿いにぽつり、ぽつり、とあらわれるコンビニやガソリンスタンドを訪れた。母はしばしば家を空ける私を何か言いたそうな目で見た。私がいなくなれば、また、元のように、明日香たちの面倒を母が引き受ける日々が戻って来る。そうならないように、私の頻繁な外出をとがめなかった。携帯忘れないでね。家を出る私にただそれだけを言った。時には、妹の軽自動車を乗り回す私に、もう一台、車があったほうがいいかしらねぇ、と、妙な猫なで声でつぶやいたりもした。コンビニやガソリンスタンドだけではない、何度かフィールドアスレチックの広すぎる園内を歩き回った。そこで働く若い男たちの顔を凝視した。気持ちの悪い女だ、と思われているのはわかっていた。けれど、私はそうすることをやめることができなかった。目の端にふわりと揺れる白いレースのスカートが映ったのは、年の瀬も近い、ある土曜日の午後のことだった。

Aを探しにきたわけではない。知り合いの陶芸家の展示会があるから行きたい、という母の希望だった。山沿いの道から一本細い道を入ったところに、その工房はあった。

「一度、体験で来たことがあるんだけど、じっくり習ってみたいのよねぇ陶芸」

後部座席に座る母は珍しく弾んだ声で言った。母にそんな趣味があることすら今までちっとも知らなかった。煉瓦の煙突が屋根から伸びる、まるで絵本に出てきそうな山小屋風の建物の中に入ると、薪ストーブが赤々と燃えていた。ギャラリーとカフェが併設されているらしく、コーヒーの香りが漂ってくる。和食器を眺めてはみたものの、その良さが私にはまったくわからない。知り合いだろうか、カフェのオーナーらしき中年女性と話し始めた母から離れ、店の外に出た。

店の裏には工房らしき建物があり、両手を粘土で汚した、エプロン姿の若い女性が一人、開け放ったドアから出てきた。軽く会釈をし、視線を上げたそのとき、白いスカートが目に映った。長いストレートヘア、紺のピーコート、白いレースのスカートに黒い編み上げ靴を履いた少女が、山の奥に続く、緩やかな坂道を登っていく。見上げると、その先に窯《かま》があるのか、細い黒い煙が立ち上っているのが見えた。少女は、さっきの女性と同じように、両腕を粘土で汚した男性の後をついていく。何を話しているのかは聞こえないが、少女だけが話しかけ、男性のほうは返事をしようともしない。その背中は、少女の存在を丸ごと無視しているようにも見えた。

少女は立ち止まり、山の奥へと上っていく男性の背中をしばらく見つめたあと、振り返って、今来た坂道を下りてくる。このあたりに住んでいる少女のようには見えなかった。顔にかかった長い髪の毛を耳にかける。俯いた顔が見えた。見覚えがある。あの少女だった。真夏に教会の前で会った美しいあの子。胸が早鐘のように鳴り始める。だとするなら、さっきのあの男性は。

少女はまるで私がそこにいないかのように、目の前を通り過ぎる。遠くから、母が私を呼ぶ声が聞こえてきた。

その日から私は幾度となく、その陶芸工房に足を運んだ。後ろ姿しか見えなかったあのときの男性を、もう一度見たかった。ギャラリーで陶器を眺めることもなく、カフェでコーヒーを飲み、長い時間を過ごした。一度、オーナーの女性に頼んで、工房や山奥にある窯を見せてもらったこともある。けれど、そこには、この前見た若い女性や、陶芸教室の生徒らしき数人の女性がろくろを回しているばかりで、Ａの姿はなかった。

最初は愛想良く対応してくれたオーナーの女性も、どことなく私を警戒しているのを感じていた。帰り際、工房を覗こうとする私を、咎めはしないが、カフェの窓から、オーナーが笑いもせずにじっと見ている。あと数日で大晦日だ。展示もない時期に、こんな山奥にやってくる客など、私以外にほとんどいないのだろう。

「年末、年始は、ここのギャラリーもカフェも閉めてしまうので」

誰もいないカフェで、オーナーはまるでひとりごとのように言った。

あそこにＡがいるかもしれない、という思いは、あそこにＡがいるのだ、という思いにねじれていく。後ろ姿を見ただけだが、Ａらしき男性と、あの少女はお似合いの二人だった。もし、万が一、私とＡが出会う前に、少女とＡが心を通わせてしまったら。それを考えると、嫉妬心で体を無理矢理ねじ切られる思いがした。

「ほらほら、お鍋吹いてるわよ」

母の言葉にはっとして、あわててガスの火を消す。年越しそばのために温めていためんつゆがぐつぐつと煮たっている。テレビから除夜の鐘が聞こえてきた。私が東京にいる間、お正月はどうやって過ごしていたのだろうと思うが、明日香たちも母もその話をしようとしない。年末の休みに入っているはずの誠司さんの姿は、ここ二、三日見ていなかった。今日の昼間は、明日香に頼まれた買い物を届けに行ったが、ありがと、と一言われただけで、お正月の話も出なかった。それならそれで、と、母と二人分の年越しそばとお雑煮、簡単なおせち料理だけを用意していた。

スマホに電話がかかってきたのは、母が自分の部屋に戻り、私もそろそろ寝ようかと布団を敷いていたときだった。

「お姉ちゃん、未玲がさぁ」

妹がろれつの回らない口調で話す。後ろでは、未玲の激しい泣き声が聞こえる。

「ちょっと火傷しちゃって」

なぜ妹が笑いながら話しているのか意味がわからなかった。

「救急病院、連れて行ってくれないかなぁ。あたしも誠司もすげえ酔ってるから」

慌てて二階に上がり、玄関ドアを開けると、手の甲を赤く腫らしたパジャマ姿の未玲が、ひきつけを起こすような勢いで泣きわめいている。

「ポットいじっててさぁ。一応冷やしたんだけど。泣きやまなくて」

酒臭い息を吐く明日香の言葉を遮るように、未玲を連れて外に出た。チャイルドシートに未玲の体を縛り付け、夜の町を走る。

大晦日の救急病院がこんなに混んでいるなんて、東京にいた頃には知りもしなかった。高熱を出した赤んぼう、煙草を誤飲した男の子、母親に抱かれたままぐったりとした乳児が、辛抱強く、診察を待っていた。未玲はいつまでたっても泣きやまない。ヒステリックなその泣き声は、ただでさえ具合の悪い子どもたちや、疲れ果てた顔で診察を待つ親たちを不快にさせているんじゃないかと思うと、無性に腹が立った。

火傷の程度はそれほどひどくはないが、抗生剤入りの軟膏を塗り、明日も念のため、診察を受けるように言われた。明日は絶対に未玲の面倒はみない、と心に決めて、自分の財布から、診察代を払った。

車のなかでも未玲は泣き続けている。どうしてこれだけ長時間泣いていられるのか、やっぱり未玲はどこか発達に問題がある子なんじゃないかと、ふと思う。急に車の後ろから爆音が聞こえてきた。バイクの集団が煽るようにつけてくる。クラクションをしきりにならし、わざとらしく蛇行しながら、私が運転する車の後ろを走る。おびえた未玲の泣き声が大きくなる。やっとわかった。火傷などたいした理由じゃないのだ。明日香は泣きやまない未玲を押しつけて、ゆっくり酒がのみたかっただけだ。愛せない子どもの世話を私に押しつけているだけだ。赤信号で車を停める。バイクのクラクションも未玲の泣き声もやまない。

「お願い。静かにして！」そう叫びながら振り返り、腕を伸ばしてチャイルドシートに座る未玲の太腿を叩いた。一度叩けば、手は止まらなかった。叩かれて未玲が泣きやむはずはない。

「ブス！」そう叫んだ未玲の頬を張った。

未玲が叫ぶ。信号は青に変わる。バイクの群れを引き離すようにスピードを上げる。車は自宅から遠く離れ、走り慣れた山間の道を進む。

あの工房に続く細い道を曲がった。バイクの群れはいつの間にか、どこかに消えた。車の外に出ると、ほんの前が見えないほど闇が濃い。吐き出す息が白かった。泣き続ける未玲を乱暴に車から降ろし、灯りの消えたギャラリーと工房のドアを乱暴に叩くが、反応はない。かすかに何かが燃えるにおいがした。山の中の道を上がり、未玲の腕をつかんで、半ば引きずるように窯のある場所まで進んだ。その道は、夏に訪れたあの給水塔までの坂道にとてもよく似ていた。

ぱちぱちと火が爆《は》ぜる音が聞こえる。半円状になった窯の前に、その人の横顔が見えた。驚いて私の顔を見る。赤黒い炎に照らされたその男の顔は美しかった。

この人だ、とそのとき確信した。

私たちは、やっと出会えた。その男に捧げる供物を持って、私は導かれるように、ここにやって来たのだ。

Ⅵ　アバウト・ア・ガール

東京は何の被害もなかったくせに騒ぎだけは一人前やったな。二年も経てばあんな騒ぎも忘れるか。極度に忘れっぽいもの。それがこの町の人の気性やったな。

神戸に地震があったときは知らんぷりやったやん。電気も止まって寒い思いして布団にくるまって。お風呂にだって、しばらくの間入れんかった。だけど、あんとき、同じ国のどっかで、あったかいお風呂につかって、布団にくるまってぬくぬく寝てる人がおるかと思ったら、なんや、無性に腹立ってたわ。

呪詛のような言葉があっという間に心にあふれた。最近はいつもそうだ。心のなかのつぶやきですら、もうすっかり西の言葉になっていることに苦笑しながら、ぼやいてばかりの自分の余裕のなさに情けない気持ちになってくる。

東京にやって来たのは、あの地震が起こって以来、初めてだった。

新幹線の改札を出て、ＪＲに乗り換えるために地下通路を歩く。まわりの人が歩くペースにすっかりついていけなくなっている自分がいる。表情のない顔、黒やグレイの喪服みたいな服、ほこりくさいにおい。右肩にかけていたバッグに、後ろから歩いてきたサラリーマンがぶつかった。その瞬間、肩からバッグがずり落ちる。男は振り返りもせず歩いていってしまう。なんやの、もうっ。つぶやきは心のなかにとどまらず、今度は、はっきりと大きな声になった。

ＪＲに乗って三駅目で降りる。駅舎は自分がこの町にいたときとは、ずいぶん変わって、すっかりきれいになっている。建物でもなんでも新しくなるのはいいことだ。古い建物を見たら、すぐに古い記憶を思い出す。古い記憶、子どもの頃の記憶のほとんどは、嫌な思い出ばかりだから。

駅前に立つラブホテルのわきをすり抜けるように歩き、線香で煙るだだっ広い墓場の中を歩いた。駅からまっすぐに続く商店街を歩かなかったのは、知っている人に会いたくなかったからだ。同級生の何人かは、家業を継ぎ、まだ、ここに住んでいるはずだ。

あの出来事があったあと、二度、この町に来た。隠れるように商店街を歩いていた私をめざとく見つけ質問攻めにしたのは、果物屋の佐藤君だった。

「ひどいことするよな。あんなの死刑になればいいんだ」

エプロンをつけたまま、佐藤君はそう言った。そう言われて立ちつくす私を見つけて、甘味屋から出てきた篠原さんが叫ぶように言った。

「犯人の母親に会ったの？　なんか言ってやったの！　ねえ」

二人とも、小学校と中学校の同級生だ。

あの町でも、外を歩いていると、いきなりぶしつけな言葉をかけられることはまれにあった。けれど、そのほとんどはマスコミ関係者だ。自分を知っている人、同時期に子育てをした人たちはそうではなかった。光《ひかる》と智《とも》の同級生の保護者たちは、あの出来事が、自分が住んでいるすぐそばで起こったことに、大きな衝撃を受けていた。何が、彼をそうさせたのか、ということをまるで自分の責任のように考える人も多かった。だからこそ、同級生だというだけで、ぐさりと、剣をねじ込んでくるような話に、私は驚き、彼らを無視して、そこから遠ざかることしかできなかった。

距離が離れてしまえば、なんだって他人ごとになる。自分の母のことだってそうだ。あの出来事が起こったあとは、自分の気持ちと、家族のことで精一杯で、母のことなど考えたことはなかった。再婚した男とうまくいっているものだと思っていた。籍を入れたことだって事前に知らされてはいなかったが、離婚も、私に知らされぬまま行われていた。

「助けてください」とだけ書かれたハガキが神戸の家に来たのは、智が来年に大学受験を控えた秋のことで、なんのことかわからず、私は母の家に電話をかけたが、お客様の都合でこの電話は現在使われておりません、というメッセージが流れるばかりだった。表に書かれた住所も、母が再婚して住んでいた町でなく、私が生まれ、育った町になっている。

とにかく一度東京に行ってみたら、と夫にすすめられ、住所を頼りに母を訪ねた。やっとのことで見つけ出したそのアパートは、私と母が住んでいたような、いつ崩壊してもおかしくない染みだらけのコンクリートでできた古い建物だった。二階の角部屋、木でできたドアを叩いたが反応はない。ドアノブを回すと簡単にドアは開いた。

部屋のなかの様子は、まるで自分の子ども時代にタイムスリップしたかのようだった。流しの下に並ぶ空の酒瓶、饐《す》えたにおい、奥の部屋に見える丸い卓袱台。カバーがついていないむきだしの布団が丸く膨らんでいる。

「お母さん……」

そう言いながら、布団を揺らす自分も子どもの頃のままだった。酒くさい息で振り返る母だけが、何十年分かの年齢を重ねたような気がした。男と別れ、貯金もなく、当然、仕事もない母は、金の無心のために、私にハガキを出したのだった。

あの事件のあとだって、やさしい言葉ひとつかけてくれなかった母だ。やさしくされたいと思うことなど、もうとうの昔にあきらめていたけれど、それでも、自分を生んだ母が、人生ゲームの振り出しのコマに戻ってしまったことに、私はひどく腹をたてていた。母に同情したわけじゃない。なんで、そんな姿を私に見せるのか、と。

「お母さんの行いが悪いから。お母さんが私を大事にしないからこんな目に遭うんじゃない」

いつか言われた言葉を、そのまま母に返した。けれど、母は聞こえないふりだ。昔と同じ。都合の悪い言葉が、母の鼓膜を震わせることは絶対にないのだ。

「だって、あんた、娘、殺されて、お金いっぱい入ったんでしょ」

酒に酔って赤くにじんだ目で母は私に言った。母のほうが私よりも数倍、悪人だった。病院に連れて行ったものの母の体にはどこにも悪いところはない。もし悪いところがあれば、それを理由に、どこかの施設に入ってくれないだろうか、と、ぼんやり考えていた自分の甘さを知った。健康で、お金だけがない老人を助けてくれるほど、この国は甘くない。とりあえず毎月、いくらかのお金を送ることにして私は神戸に舞い戻った。

かかわらなくていいのなら、かかわりあいになどなりたくなかった。けれど、震える字で「助けて」とだけ書いてあるハガキに私は逆らうことができなかった。助けて、という言葉は私にとって呪いの言葉だった。母を拒絶すれば、私や私の家族にもっともっと悪いことが起こるような気がした。あの出来事以上の悪いことが。

そのハガキが来れば、日にちを置かずに新幹線に乗り、東京に向かった。パートを休み、家族のために食事を作り置き、母のために朝作ったおかずの入ったタッパーをバッグに入れて。赤錆の浮き出た階段を上り、部屋のドアを開ける。

冷蔵庫の中を整理すると、私がこの前持ってきたタッパーがそのままになっている。蓋をあけると、どろどろに溶けているか、緑青色のほわほわとした黴《かび》が付着している。わずかな年金はもちろん、私がお金を渡せば、母は食べるものも食べず、酒を飲んでしまう。嫌なら来なければいい、そう思うけれど、どうしても私にはそれができなかった。腐った食べ物の入ったタッパーを私は何も考えずに、ゴミ袋に捨てた。

布団から顔を出したままの老婆が、ぎょろりとした目で私を見つめている。なぜ、この人が長い生を生きて、光が短い生を終わらせなければならなかったのか、あれから、長い時間が経った今でも、私はその意味がわからないままでいる。

神戸に戻っても、重苦しい日常が続いていた。

夫の異常に気づいたのは、智が大学の二年目を終える、少し前のことだった。

夜中に、布団のなかで何度も体の向きを変える夫の姿に気づいてはいたが、眠れないのは仕事の忙しさのせいだろう、と思っていた。確かにその頃、課長になった夫の仕事は多忙を極めていた。地方都市への出張が続き、深夜に帰宅しても、ダイニングテーブルの上でパソコンを広げ、明け方近くまで仕事をしていた。

朝食に手をつけることもなく、毎日、慌ただしく家を出て行く。おなかのあたりがずいぶんすっきりしたなぁ、と感じてはいたが、以前から、体重を少し減らすように医師から言われていたので、自主的にダイエットをしているのかと思っていた。

おはよう。おかえり。無理せんと早く寝てな。あの頃、夫とかわしていた会話はそんなものだった。けれど、それについて不満を抱くことなく、私も日々の煩雑《はんざつ》さのなかに埋もれるように、生活を続けていた。

智が大学の三年生になり、桜の蕾が膨らみはじめた頃、自宅からはるかに遠い隣県の駅から電話がかかってきた。パート先で仕事を終えようとしていたときだった。夫が、線路に飛びこもうとした。突然ぐらりと前に傾いた夫の体を、しかと抱きとめてくれたのは、近くの大学のラグビー部の男子学生たちだったらしい。駅員さんから連絡をもらい、わけもわからず、電車を乗り継いで、その駅に向かった。駅長室で夫は駅員さん二人に体を抱えられ、声を殺して涙を流していた。

「体のほうはどこも……ただ、随分、動揺してはるみたいで……」

すまなそうにそう言う駅員さんたちに何度も頭を下げ、駅をあとにした。

「ごめん……死のうと、思た」

帰りの電車のなか、俯いたままの夫に、そう告げられた。線路に飛びこもうとした夫を電車で連れて帰るというのもおかしな話だが、タクシーを使えば、とんでもない金額になるくらいの距離だった。車窓の外は、もう真っ暗だ。見慣れない町の、見知らぬ名前のネオンが過ぎて行く。腿の上に置かれた拳をさすることしか、私にはできなかった。

あの出来事のあと、眠れなかったり、死にたい気持ちが二週間以上続いたら、すぐに専門の病院に行くこと。そう教えてくれたのは弁護士さんだった。

「被害者の精神状態は、加害者ほど、大事にされないんですよ。この国ではね」

そう言って、自宅に近い病院のリストを渡してくれたのだった。そのリストが必要になるのは、自分だ、と、私はすっかり思いこんでいた。

翌日、すぐに県立病院の精神科を受診して、うつ、だとわかった。夫は強い人だ、と、なんの疑いもなく思いこんでいた自分を私は責めた。あの出来事のあと、私を、そして智を支えてくれたのは夫だ。けれど、夫のことを支えたか、と言われると、まったく自信がなくなる。泣きたいだけ泣いて、わめいて、気持ちをぶちまける私を夫は支えてくれた。けれど、彼の気持ちは……。

感情のはけ口はどこにあったのだろう。同じ親として、子どもが殺される、という出来事は共有できても、男親が、娘を殺される、という気持ちは、私には共有できないのだ。

「娘さんのこと、ご主人は十分に悲しんでいらっしゃらないのかもしれませんね」

医師に言われたその言葉はこたえた。

服薬が始まったが、夫にあう薬を見つけるまでに時間がかかった。あう薬が見つかっても、しばらくの間は薬をのみ、ただ眠るという生活が続いた。夫は寝室で昏々と眠り続けた。人手不足でやめられず、その間もパートは続けていたが、お昼休みは必ず、家に帰るようにしていた。午前中は、智の大学の授業がなければ、極力、家にいてもらうようにした。夕方、仕事を終え、大急ぎでスーパーで買い物を済ませると、自転車で猛スピードで自宅に戻る。

寝室に夫がいなかったら……。家に帰って、手も洗わずに、まず、私がするのは、二階の寝室の、ベッドの膨らみを確認することだった。

教会の道江《みちえ》さんにも、時々家に来て、夫の様子を見てもらえないだろうか、と頼んだ。

「こういうとき、教会の人間が力にならんとと思うけど、まるで無力や、ということをつきつけられるな。……ご主人は部屋で寝とうから安心し」

慌ててパートから帰って来た私に、まぁ、お茶でものんで休み、と言いながら、道江さんが熱いお茶を淹れてくれた。ありがとう、と言いながら、湯呑みに口をつけた。家でいつものんでいるお茶なのに、ちょうどいい温度で、香ばしく、私が淹れるよりも、格段においしい。誰かに、こんなふうに丁寧にお茶を淹れてもらったのは、とても久しぶりのような気がした。

「ご主人の話も、うちにはもっとたくさん聞ける余地はあったはずや。あんなこと体験して、仕事も休まず頑張って、家族支えて……。一人の人間にできることとやない。もっと考えてあげないかんかった……。万一、命を落とすようなことあったら、それはうちの責任でもあるで……」

道江さんの言葉に涙がにじんだ。

「いや、道江さんのせいやない。うちがあかんかったんや。自分の気持ちばっかり優先させて」

「あんた、何言うてるん。ひとつの家族で支えられることちゃうで。自分を責めたらあかんて……。あんなこと体験したんや、ここまで来たらもうだいじょうぶ、なんてこと、ないんや……たぶん。行きつ戻りつしながら……な」

道江さんの言葉のとおりだった。

あの事件のあと、泣くのを我慢していた智に「家のなかではどんなに泣いてもいいんやで」と言ってくれたのは夫だった。

食事をしながら、テレビを見ながら、光を思い出して、私や智は声をあげて泣いた。夫も涙を流すことはあったが、私や智の気持ちをいちばんに考える人だった。いつの間にか、少しずつ、私も智も感情が激しく揺らぐことは少なくなり、智が中学校に入る頃には、まるであんなことはなかったかのように、テレビを見てバカ笑いをすることだってあった。けれど、その道程のどこかで、私は夫を置き去りにしたんじゃないだろうか。

「また来るからな。困ったことあったら何でも遠慮せんと」

そう言いながら、玄関ドアを開ける道江さんを見送った。

階段を見上げる。夫が寝ている寝室はとても静かだ。外からは見えない夫の心の揺れが寝ている間に休まるなら、自分はそれを見守るしかないだろう。そう思いながら、夕飯の支度をするために、キッチンに向かい、スーパーで買ってきたものを冷蔵庫にしまった。

行きつ戻りつしながら……な。さっきの、道江さんの言葉がいつまでも耳に残る。

行きつ戻りつしてるのは、どことどこの間なんだろう。安定と不安定、それとも、幸福と不幸の間だろうか。

もし、あの出来事がなかったら、私は年齢を重ねても、こんなふうに夫の心に寄り添おうと思っただろうか。小さな不満を溜めて、鬱屈だらけの毎日を重ねていたんじゃないだろうか。

光があの子に殺されたのは、ほんとうに不幸なことだったんだろうか。

ふいに頭に浮かんできた思いを、何ばかなこと言ってるんだ、と、もう一人の自分が打ち消す。けれど、東京の母と夫、神戸と東京を振り子のように行き来しながら、光が突然、この世界からいなくなってしまった意味を、私はまだ考えているのだった。考えても答えが出ない問いを抱え続けるのは、なんて酷なことだろう、と思いながら、それでも、ただ、考え続けていた。

「なに、電気もつけんと」

パートから帰り、ソファの上に寝転がったままの自分に智がそう言った。

智がつけた照明がまぶしくて、目を閉じると、まぶたのわきから涙がこぼれた。悲しいわけじゃない。年齢のせいだ。突然、明るいところに出るとふいに涙がわく。五十歳を過ぎた頃から、体調はいまひとつ。体の疲れはいつまでたってもとれない。更年期のせいもあるだろう。母と夫の心配を常にしているストレスも。パートも、新人さんがなかなか定着せず、私を含めた古株のパート三人で日々、増え続ける仕事を片付けていた。

「もう、今日はピザかなんかとったらええやん。そんなに律儀に夕食作らんでも。親父もたくさんは食べられんのやろ」

智の言う通りだった。意地になって、毎日、夕食を作ってきたが、夫はほんとうに少ししか食べない。智は今日、珍しく帰りが早いが、普段はバイトやデートで忙しく、ほとんど夕食を家でとらない。

「母さん、少し息抜きせんとあかんで。倒れるで。パートのおばさんたちと旅行でも行ってきたらええやん」

「いややわ、仕事でもいっしょやのに。旅行するなら一人で行きたいわ」

階段を下りてくる足音がして、ダイニングのドアが開いた。グレイのスエット姿、髭を伸ばしたままの夫がのっそりと部屋に入ってくる。薬を飲んで眠るだけの日々を送っている夫は、会社を休職してから、だいぶ体重も戻った。けれど、顔はむくみ、髭はめったに剃らない。

一日中、部屋に閉じこもって眠り続けていた日々を経て、少しずつ下に降りてくるようになった。薬のせいなのか、眼の力は鈍い。仕事をしていたときの精悍《せいかん》さはまるでないが、それでもこうして家族と顔を合わせてくれるようになったことがうれしかった。

「なぁ、親父。母さん、たまには、息抜きの旅行してきたってええよな。おかんが倒れてしもたら、この家、元も子もないもんなぁ」

「あぁ、行ってこい……」

かすれた声で夫が言う。

「ほら、親父もええって。親父の面倒はおれが見るから。行く日が決まったら、早う言うてな。バイトのシフト決めな、店長に叱られるからな」

「ほんまにええんやろか……」

「おかん、何言うとう。一人になりたいこともあるやろ。休まな。……おれ、もう、家族が突然、減ったりすんの、いややからな」

智の言葉に、私と夫が思わず目を合わせた。

ある日突然、二人姉弟の姉が亡くなり、ある日突然、父は線路に飛びこもうとした。ふいに家族の死を意識しなければならない智の人生の重さを、考えたことはなかった。夫と同じだ。自分以外の悲しみに目が届かない。自分のことで精一杯で。

お姉ちゃんのにおいが薄くなってしまう。光の布団に顔を埋めて、そう言って泣いた智はたったの四歳だった。あの出来事のあと、智は無邪気に生きていくことを永遠に奪われた子どもでもあったはずだ。

それでも、意識しているかいないかわからないが、智は、まるで接着剤のように、私と夫と、この家族をつなぎとめようとしていた。智の明るさが、今にも崩れてしまいそうなこの家の微妙なバランスを保ってきたんじゃないだろうか。

その日の夕食は、久しぶりに家族揃って食べたような気がした。

けれど、ふとした瞬間に、私の横に座っている夫が自分の斜め前の椅子を見てしまう。智の隣の席。ダイニングテーブルに置かれた四つの椅子。一人欠けている、その場所。夫はそこを見て、目を逸らし、私と智の話に適当な相づちを打っては、また、目をやる。見たくはないのに、視線は自然にそこに行ってしまう、というふうに。

夫の前に敷かれたオレンジ色の布製のランチョンマットに、まるでにわか雨が降るように、丸い水滴の染みができた。夫の嗚咽《おえつ》が長く響く。智も私も思わず箸を止めた。

「……泣いたほうがええで。我慢せんと、親父もおふくろも」

そう言う智の目も赤い。それを悟られるのが恥ずかしいのか、目の前の皿の唐揚げを一口囓ると、白米を口いっぱいに放り込んだ。

「せやな。まだ、泣きたりんな。何年経っても、何十年経っても悲しいもんは悲しいもんな。時間が解決してくれるなんて、あれ、嘘やな。そんな簡単に忘れられるもんやない。光がいなくなってさびしい気持ちは変わらん」

そう言いながら私も泣いた。家族三人が泣きながら、食卓を囲んでいた。

あの出来事の直後のような、そういう日々がしばらく続いた。

気持ちの浮き沈みに流されそうになりながら、光だけでなく、あの子が私と私の家族から奪っていったものの大きさを、またつきつけられたような気がした。

「富士山見ながら、温泉でも入りにいこかな」

「どこでも好きなとこ行って。……あ、でも、携帯の電源、いつも入れといてな。迷子は困るで」

旅行のための電車のチケットや旅館の手配をしてくれるという智の申し出を断った。

「そんなん自分でしないと耄碌《もうろく》してしまうからな」

旅行に行ってもいい、と言われたときから、私の頭のなかにあったのは、あの子がいるかもしれないと噂される場所だった。そういう場所はネットで探せばいくらでも出てきた。なんで、その場所に行くの。富士山を見ながら温泉に入りたいから。智に聞かれたら、そう答えようと考えていた。そうしないと嘘が下手な私はすぐに挙動不審になる。

神とか、アイドルとか、あの子を崇めるサイトに行けば、いくらでも、そういう場所は見つけられた。さまざまな噂が飛び交っていたが、どのサイトを見ても、大きく取りあげられているのが、私が行こうとしている町だった。ここから、のぞみに乗って名古屋まで行き、そこからはこだまに乗り換えて二駅、さらに東海道本線に乗り換えて……。ネットで調べてみても、めぼしい観光地、というわけでもない。もちろん、富士山を見ながら、温泉に入れるような町ではない。

そこに行ってなにがしたいのか、という目的は見つけられないでいた。けれど、そこにいるかもしれないあの子の気配が、その町に、もしあるのだとしたら、光につながる何かをつかまえられるかもしれない。そんなぼんやりとした思いを抱えながら、古ぼけた旅行鞄に荷物を詰めていた。自分の心のうちが、かすかに、浮き立っているとには、見て見ぬふりをしながら。

こんな町は今、どれくらい日本にあるんだろう、と思いながら、人気のないロータリーをしばらくの間、眺めていた。目の前には、裸の子どもたちが横笛を吹いたり、跳躍している姿を模《かたど》ったブロンズ像。ところどころ、白く色が抜けたようになっているのは、酸性雨の影響なのだろうか。最近は、酸性雨なんて言葉をあまり聞かなくなっていることに気づく。

七月の終わり、小学校や中学校はとっくに夏休みに入っているはずだろうけど、子どもの気配どころか、人の気配が感じられない。コーヒーでも飲もうか、と、店を探したけれど、それらしい店も見当たらない。仕方がないとあきらめて、そのまま、今日の宿であるビジネスホテルに向かった。

駅の裏側には、飲み屋やキャバクラ、ラブホテルなどが並ぶ、まるでミニチュアの歓楽街といった趣の一角があり、その一角が終わるあたりに、ビジネスホテルがあった。自動ドアではない、茶色いガラスの扉を開けると誰もいない。カウンターの上にある銀色のベルを押してみても、反応はない。音が小さいのかと、思いきり叩きつけるように鳴らすと、のれんのようなものが下がったカウンターの奥から、眼鏡をかけた年老いた小柄な男が出てきた。

「あの……今日、予約をした」

名前を告げると、返事をすることなく、後ろの棚を探り、鍵を渡す。今どき、よくあるカードキーではなく、部屋番号の記されたプラスチックの棒に銀色の鍵が下げられたタイプだ。この鍵でだいじょうぶなんやろか、そう思っている私の顔を男はじっと見た。

「マスコミの、人？」

老眼鏡なのだろうか、レンズのせいで男の目は異様に拡大されて見えた。けれど、その視線から感情を読み取るのは難しい。えんじ色のポロシャツは何度も洗濯し、日にさらされたせいなのか、襟元の色が抜け落ちている。

「……違います。こっちの親戚に不幸があって……」

この町に来る前から、私は嘘をつくのがうまくなっている。

いつまでも私の顔を見ている男の視線を振り切るように、エレベーターに乗るために、カウンター前を離れた。動き出す前に、ガクン、と一度大きく揺れ、小刻みに振動しながら、エレベーターは上昇する。扉が開き、所々擦り切れたカーペットの廊下を歩くが、やはり、人の気配はない。ドアを開け、壁際にシングルベッドがぎりぎり置かれた部屋に入る。ベッドの横にはドレッサー兼デスクのようなものがあり、その上にはテレビ、足元には正方形の冷蔵庫が置かれている。

窓が開けられるタイプで良かった。レバーを下げ、窓を開けると、ビルの隙間から、何も植えられていない田んぼが見え隠れする。深呼吸をして、机の下にある小さな冷蔵庫を開ける。空っぽで何も入っていない。手をかざしてみたが、冷気すら感じられない。プラグはコンセントにつながれていない。冷蔵庫の扉に、滲んだマジックの文字で、「電源は自分で入れてください」という紙が貼られていた。

ふっ、と息を吐いて、ベッドの上に体を投げ出す。やたらにほこりくさいベッドカバーの上にうつぶせになる。ここに寝たら、アレルギーの智は一発でヒューヒュー言うやろな。そんなことを考えながら、私はここで何をしているんだろう、と思う。

お湯の温度が急に下がるシャワーで汗を流し、着替えてから、ベッドの下に放り出したままの鞄を開けた。

ファイルには、あの子のことを書いたサイトからプリントアウトした紙が挟まっている。あの子の、子どもの頃のこと。子どもの頃の写真。本当か嘘かわからない情報も混じっているのだろうが、どんな情報でも目にしていたかった。もう何度も見て、覚えてしまったあの子の人生を、まるで、七年分しかない光の思い出と同じように反芻する。

けれど、あの子にはこの続きがあるのだ。

ファイルの最後には、写真週刊誌に掲載された十四歳のあの子の顔写真。

当時、すぐには見られなかった。怖かった。見たら、自分がどんなふうになってしまうのかが。家のポストにその写真が投げ込まれたこともあった。そうされるたびに、私の目につかないところで処分したのは夫だった。

ネットで検索をしているときに、ふいにその写真が目の前にあらわれた。浮き上がってきたのは強い憎しみではなく、こんなにも幼い子どもだったか、という思いだ。口元が緊張して、大きな目は鋭い視線を放っている。顔だけ見れば、この子が好きだ、という子があらわれるのも仕方がないだろうという気がした。

ぱたり、とファイルを閉じ、部屋を出た。

まず向かおうと思ったのはショッピングモールだった。

駅前のバス停で、ぽつり、ぽつり、と数字が並べられているだけの時刻表を見ると、午後は、一時間に一本しかバスがないが、次のバスが来るのは十分後だ。ベンチに座ってしばらく待っていると、ロータリーに続く商店街の道をバスが走って来るのが見えた。

バスから四、五人の人が降りてくる。ほとんどはお年寄りだが、その人たちに混じって、髪の毛の長い女の子が一人降りてくる。夏なのに黒いワンピース。それは喪服ではなく、ファッションなのだとはわかるが、やはり、黒ずくめの彼女の姿は、この場所では浮き上がって見える。顎の尖った小さい顔、メイクは最小限だが、あまりに洗練された雰囲気が、この町の人ではないような気がした。彼女のまわりにいる人も、なんとなく彼女の存在を意識して、ちらちらと視線を向けているのがわかる。まわりのそんな反応も、彼女には伝わっていないようだ。

その子から目が離せなくなったのは、あまりに顔色が悪いからだ。顔が白い。どこか具合でも悪いのだろうか、と思いながら私はバスに乗り込む。座席に座ったあとも、なんとなく気になって窓から女の子の姿を目で追ってしまう。その足取りはふらふらしているようにも見える。

そう思っている間に、私以外に二人のお年寄りを乗せて、バスが停留所を出発する。バスは、ロータリーをぐるりとまわり、車すらあまり走ってはいない道を、走り出した。

昔はここも活気があったのだろうな、と思わせるような商店街を抜ける。歯が抜けたようにシャッターを下ろした店が目立ち、開いている店のほうが少ないくらいだ。道の脇、原色の安っぽいビニールでできた吹き流しのような飾りが風に揺れているのが、わびしさをいっそうつのらせる。

商店街を抜け、高速道路の下をくぐる。古いお寺、ぼたん園、ゆり園といった看板も見えるが、人が集まっていそうな気配はない。もし、自分が若く、この町に住んでいたとしたら、ずいぶん退屈な思いをするんじゃないか、と思ったが、そう思うのは、あまりにも傲慢か、と思い直した。ここにはここのよいところがあるはずなのだから。けれど、こんな凡庸な地方都市に、あの子が紛れこんでいるかもしれない、ということが怖くなる。

二十分ほど走った道の先に、ショッピングモールの白い建物が見えてきた。まわりに何もないからこそ、その建物の巨大さと新しさが異様に感じる。駐車場の脇をすり抜けるようにタクシーは走るが、駐車スペースはほとんど埋まっている。そうか、この町の人たちはここに来るのか。

実際に、あの子がいると噂されているのはここではなく、ここからほど近いスーパーマーケットらしいのだが、ネットではそこではなく、このモールで働いている、という根強い噂もあった。閉店間際まで、ひとつひとつの店をできるだけ見て回ろうと思った。あの子が、ここにいる、という証拠はどこにもないのに。自分は誰が見ても、五十過ぎの冴えないおばさんだ。何時間ここにいようと、買い物に来た人たちに自然に紛れ込んでしまうだろう。

中央には吹き抜けがあり、そのまわりをやや傾斜した通路が囲んでいる。吹き抜けの天井から自然光が差し込む。クリーム色の床が続く、吹き抜けのこの空間にいると、どこかしら現実感のようなものが歪んでいく。

ここにいる誰一人、自分のことを知らない。一人になりたいこともあるやろ。智がどんなつもりでその言葉を口にしたのか、その真意はわからないが、確かに、ここに、たった一人でいることに、私はとてつもない自由を感じていた。

あの出来事があったあとも、あの町に住み続けることは、私や夫の意志ではあったのだけれど、それでも、いつも、誰かの視線を感じていた。誰かが私を見て、はっ、とした顔をして目を伏せる。その一連の行動に、いちいち傷ついていたりもした。夫も智も口にはしなかったが、家の外に出れば、それぞれがそんな体験をしてきたはずだ。負けるもんか、と思っていた自分は若く、力に満ちていた。けれど、時間を経て今は思う。私も、夫も、智も、そうやって気を張っていないと、今にもつぶれそうだったのだ。

目の前をカラフルなプリントワンピースを着た女の子が駆けて行く。折れそうな細い腕、細い足。小学校に入ったくらいだろうか。足を止めて後ろを振り返り、「お母さーん、早くぅ」と、口を尖らせる。憎たらしいような、愛らしいような、そんな顔が、あまりにまぶしく目に映る。

ショッピングモールのめぼしい店を一軒、一軒、眺めた。

成長したあの子の顔を知らないのに。ここであの子を見つけるのは、だだっ広い砂浜から、赤い色のついた一粒の砂を探すようなものだと思った。智よりは年上だが、三十くらいの青年、というのがよくわからない。若い男の子がいればその顔を凝視した。気持ちの悪いおばさんだな、と思われているだろう。けれど、こんなふうに人の多いところで働くものだろうか。働くとしたら、もっと、ひと目につかないところじゃないだろうか。表に出る店員ではなく、裏方として。

何時間歩いたのだろう。今日はもう帰ろう。足が重いし、体もぐったりと疲れている。もうすっかり夕方になっていた。

バスから降りると、さっきバスに乗る前に見た黒い服の女の子の姿が目に入った。そう思い、私はまた、バスに乗り、駅に向かった。

私がバスに乗るときからずっとここにいたのだろうか。女の子は停留所前のベンチに座り、おなかに手をあてて体を折り曲げている。苦しいのか、細い肩がかすかに上下に揺れる。

「おなかいたいん?」

近づいて思わず話しかけてしまった自分の顔を、女の子は驚いた表情で見たが、それでも、こくり、と力なく頷いた。

「薬、なんか持ってるの?」

女の子が首を横に振る。揺れた髪の毛から、ふわりといい香りがした。

「ちょっと、ここで待っとってな」

そう言いながら駅前の商店街に向かった。それほど遠くない場所にドラッグストアがあったはず。しゃがみながら商品の陳列をしている店員さんに、鎮痛剤の場所を聞いた。箱をひとつ手に取り、念のために、腹痛と下痢止めの薬、ペットボトルのミネラルウォーターも抱えて、レジに出した。

ベンチに戻り、三つの薬を見せると、女の子はそろそろと手を出して、鎮痛剤の箱を手に取った。パッケージを開け、慣れた様子で白い錠剤を舌にのせ、ミネラルウォーターで飲み込んだ。口の端に細くこぼれた水を、ワンピースのポケットから出した白いハンカチでぬぐう。

「あの……お金、払います」

「なに言うてんの。そんなこと気にせんでええて」

早口で言うと女の子がくすりと笑った。二十歳くらいの女の子なのだから、家の人に連絡する、というのも大げさだろうが、それでも、体調はかなり悪そうだ。

「あの……関西の、ご出身の、方ですか？」

私をまっすぐに見つめる女の子の言葉に胸を射貫かれたような気がした。

「あ、あぁ、生まれは東京なんやけど、もうずっと神戸で……」

神戸、という言葉に女の子が反応して、視線が動く。この町に来る前から、誰にも、自分の身の上は明かさずにいようと思ったのに、つい、口がすべった。

「おなか、よくなるとええな」わざとらしく話題を逸らした。

「もうすぐ薬が効いてくると思います。もう、だいじょうぶです……」

「おうちの方とかに連絡せんとええやろか」

「………」

しばらくの間、女の子は何も言わず、ベンチの下を見つめていた。女の子の視線の先を、私も見つめた。誰かが落としたのか、どろりと溶けたクリーム色のアイスに、蟻がたくさんたかっている。

「だいじょうぶです。あの、私、ここの人ではないので……」

あぁ、やっぱり東京の子やったんや。そう思ったけれど黙っていた。

「あ、あの、ほんとうにもうだいじょうぶです……。ありがとうございました」

「ほんまか……。じゃあ、気をつけてな」

まだ顔色は悪いが、若い子にあまりしつこくしても、と思い、その場をゆっくりと離れた。ホテルに向かって歩き出すと、腕を摑まれた。

「あの、これ……」

いつ落としたのか、女の子が私のハンカチを手にしていた。

「あ、あぁ、ありがとな」そう言いながら、頭を下げると、

「こちらこそ、ありがとうございました」

と、女の子も頭を下げる。おなかが痛いのにわざわざ……。律儀な子やなぁ、と思いながら歩きだした。白くて透き通るような肌とか、折れそうに細い指とか、張りのある丸い頰とか。短い間しかいっしょにいなかったのに、驚くほど、女の子のことを覚えていた。光も生きていたら、あんなふうなのだろうか。

ホテルのカウンターで部屋の鍵を受け取ると、来たときと同じ年老いた小柄な男性が、私の顔をじっと見ている。なんやろ、気持ちの悪い人やな、と思うと、口を開いた。

「娘さん？　よく似ているから」

後ろを振り返ると、さっき、バス停で会った女の子が、私の顔を見て驚いたように立

っている。けれど、この町に泊まろうと思ったら、このホテルしかないのだから仕方がないことだ。

女の子の顔色はまだあまりよくない。体調が悪いのなら、病院に連れて行ったほうがいいんじゃないだろうか。そう思いながらふいに言葉が出た。

「なぁ、よかったらおばちゃんの部屋で温かいものでも飲まん？」

女の子は少し迷ったような顔をしていたが、こくん、と言葉に出さずに頷いた。

「少し、ここで横になり」

ベッドに寝かせ、布団をかけようとすると、女の子は手にしていたバッグの中から、一枚の名刺のような小さな紙を取りだした。

「莢《さや》ちゃんか、かわいい名前やな……」

紙片には、名前と、携帯番号、二つのメールアドレスが書かれていた。

「なぁ……これ大事な個人情報やないの。ええの？　こんなん、私に渡して」

「だって、おばさん、ぜんぜん悪い人には見えないもん」

そう言われて、年甲斐もなく、くすぐったい気持ちになった。まるで、クラスの人気者に、ほめられたような気分だった。

エアコンを切って窓を開けると、かすかに風が入ってくるが、このあたりは夜になると急に気温が下がるのか、その風でも十分なように感じた。

「おばさん、私ね、……あ、おばさんじゃなくて、なんか、ほかの呼び方がいいな。ちょっと失礼だし。だんなさんは、普段、なんて呼ぶんですか」

恥ずかしくてしばらくの間、黙っていたが、決心して口に出した。

「……なっちゃん……」

「うわ、それ、かわいいやないですか」

耳慣れているから聞き流してしまいそうになったが、莢の言葉とアクセントが私と同じようになっていることに驚いた。

「莢ちゃんて、生まれはどこなん？　言葉が……」

「生まれたのは、神戸で。小学三年までおばあちゃんのいる岡山で」

「そやったんか」

「でも、言葉はぜんぜん忘れちゃった。なっちゃんみたいに、関西弁しゃべる人と話していると、つられてしゃべることもあるんだけど。……アクセントとか微妙に違うから、関西出身の友だちとかは気持ち悪いって」

莢の話を聞きながら、ふいに気づいたことがあった。莢くらいの年齢で、神戸生まれだとしたら、あの地震を体験したんじゃないだろうか。けれど、もし、家族の誰かが亡くなっていたりでもしたら……。あの地震のとき、どうしてたん？　あの町に住んでいると、そういう言葉にはデリケートにならざるを得ない。

「莢ちゃん、大学生なん？」

「うん……」

あどけなく言葉を返す顔を見るが、とても大学生には見えない。

「うちとこの息子もな、大学生なんよ。なんも勉強せんと遊んでばかりで困るわ」

「あたしも同じだもん。勉強嫌い」そう言って笑った。

あんまり質問攻めにしても悪いか。そう思いながらも、葵に問いかける言葉は止まらなかった。

「こっちにお友だちでもおるん？」

葵の手が止まる。ベッドに横になったまま、私の肩のあたりをぼんやりと見ている。踏み込んだことを聞き過ぎた、と思ったときには遅かった。

「友だち、とかじゃなくて……」

そう言う葵の大きな目が潤んでいるように見えて、あわてて目をそらした。

「あぁ、余計なこと聞き過ぎてるな。ごめんな、図々しくて」

ううん、と言葉に出さずに葵が首を振る。

「友だちじゃなくて、好きな人がいて、……だけど、その人はぜんぜんあたしのことも知らないし。あたしにとっては、アイドルみたいな存在の人なの。その人がここにいるかもしれないって噂があって。バカみたいでしょ。ストーカーみたいだもんねこういうの。リアルに彼氏がいる友だちとかにもすっごいバカにされて、あたし……」

どう返したらいいのだろう、と思いながら、私は黙って葵の話を聞いていた。

泣いているわけではないのに、葵は手の甲で目のあたりを押さえた。手を離すと、目の下にまつげが一本ついている。手を伸ばしてまつげをつまんだ。ありがとう、というアクセントは、もうすっかり、私と同じになっている。

「葵ちゃん、恋してるんやな……」

恋、という言葉を口にしたのは何年ぶりだろう。言ったそばから恥ずかしくなるが、茨は、

「うん……」

と否定もしない。そのまっすぐさにこっちのほうが余計に恥ずかしかった。

「茨ちゃん、何飲む？　紅茶もコーヒーもココアもあるで」

スティック状の粉末飲料が入った、ビニールの密閉袋を見せると、

「……じゃあ、ココア」

と、ほころんだ笑顔になった。

ホテルの部屋にはお湯を沸かすポットはあるが、マグカップのようなものは見当たらない。仕方なく湯呑みを使った。茨は起き上がり、ベッドの端に腰掛け、私は窓際にある椅子に座った。薬が効いてきたのか茨の顔色はさっきよりも良くなっているような気がする。茨は湯呑みを両手で持ち、猫舌なのか、ちょっとずつ、すするようにココアをのんでいる。

「地震の年に生まれたの、あたし……、神戸で」

湯呑みを持ったまま、茨がぽつりと言った。

「そやったんか……」

その先の言葉を待ったが、茨は口を閉ざしたままだ。何か言いたげであるけれど、さっきみたいに、ずけずけと質問するのはもうやめようと心に決めた。テレビのリモコンを押し、チャンネルを変えた。深刻そうなニュースでなく、くだらないバラエティ番組

がよかった。若い芸人たちが手を叩いて、大げさに笑っている。今日一日の移動と、慣れないことをした疲れのせいなのか、カラフルな画面に目が少しチカチカした。

「お父さん、パン屋さんだったけど、地震で」

「そう……」

「だから、お母さん、今もパン、食べないのぜんぜん」

「せやったんや……」

「うん……お父さん、パンを焼く窯といっしょに死んじゃったの。火事でね」

「大変やったなぁ、荧ちゃんもお母さんも」

そう言いながらあの地震が起こったときの光景を思い出していた。いつまでも片付かない瓦礫、ひしゃげたビル、焼け落ちてしまった家。何かが燃え、焦げるようなにおいがいつもしていた。

「ちあうのようぅ」

そのとき、ふいに耳をかすめたのは光の声だった。そう言って私の胸に顔を押しつけて、いつまでも泣きやまなかった。突然、鼻の奥がつんとして、視界がぐらぐら揺れる。

「あ、なっちゃん、だいじょうぶ?」

指先で涙をぬぐった私を、荧がめざとく見つけた。

「もしかして、なっちゃんも、地震で誰か亡くした、とか」

「ううん、違う違う。荧ちゃんの話。お父さんがかわいそうでなぁ。こんなかわいい娘さんが成長するとこ、見たかったんとちゃうやろか」

鼻をすする私を葵が困った笑顔で見ている。

「なんか照れる……そういうこと言われるの」

そう言いながら、葵はベッドサイドのテーブルに湯呑みを置こうとした。葵が腕を伸ばした途端、テーブルに置きっぱなしだったファイルが床に落ちた。ん、という顔で、葵が体をかがめ、ファイルを手に取る。あ、と思った瞬間には、開いたページに葵が目をやっていた。

「なっちゃん、なんで、これ……」

葵が驚いた顔で私を見る。

「なんで、ハルノブ様の……」

その名前が葵の口から聞こえたときに、心臓がきゅっと締め上げられた気がした。まるで光が、その名前を呼んだように聞こえたからだ。けれど、なぜ葵が、その名前を知っているのか。

「……おばちゃんなぁ、その事件のルポ書いてる作家さんの手伝いしとるんよ。昔からの知り合いでなぁ。その人に頼まれてこの町に来たの。その子がいるって噂されてる場所をまわって、写真撮ったり、どんなとこか簡単にまとめてな、そういうアルバイト」

この町に来ようと思ったときから、嘘に嘘を重ねている。智に、夫に、ホテルの従業員に、今日、会ったばかりの葵に。そのたびに、ちくりと胸が痛む。こんな主婦をアシスタントに使う作家などいるはずないのに。

「取材、ってこと？　それでここに……」

ん、と葵の目を見ずに頷いた。

「取材なんてだいそれたもんやないの。誰にでもできる下調べや。息子もおっきくなったしな、主婦の暇つぶしよ」

「なっちゃん、このコピーね……」

葵がファイルのあるページを開いて指さした。指先にきれいにネイルが塗られている。指さしたまま、そのページを見つめている。開いたままの窓から若い男の怒鳴り声が聞こえてきた。

「これ、私が書いたの。私が作ったサイトなの」

星やハートが多用されたサイトだ。とてもあの事件を扱ったサイトとは思えないカラフルなデザイン。そう、アイドルのファンサイトのような。私がいちばん憤りを感じたのもこのサイトだったのだ。それを、目の前の葵が……。

「……そやったんかぁ。いちばん読みでがあったって、その作家さんも言っとったなぁ」

じゃあ、さっきの、恋してる、という相手は。

「ねぇ、なっちゃん……私といっしょに行こうよ。私が案内してあげるから」

その言葉を聞いたとき、葵といっしょに旅ができるのか、と喜んでいる自分がいた。自分の子どもを殺したその犯人が、いるかもしれないその場所へ、その犯人に恋をしていると堂々と話す女の子と行動を共にする。けれど、目の前の葵と、もう一度、会うことができるなら。今日、会ったばかりの他人に、そう思ってしまった自分が、なんで葵のしていることを笑えるだろう。

「なんや、朝から、にやにやして、めっちゃ気持ち悪い」

朝食のテーブルで、目の前に座る智があきれた声を出した。

「なんか、顔もつやつやしとるやん、おかん……」

そう言いながら、バタートーストを囓る。

「温泉でナンパされたんか。不倫やったらどうしよ」

あーこわいこわい、とわざとらしい声を出す。そんな智に携帯の画面を向けた。

「何これ。めちゃかわいい子やん。タイプやわぁ」

じっくりと写真を見ようとする智の手から、携帯を奪った。

「旅行先で友だちできたん。メールも来るで」

「若い女の子が、おばちゃんがなんか困ってるって、面倒みてくれたんやろ。これ以上、迷惑かけたらあかんで」

パート先に持っていくトートバッグのなかに、大事そうに携帯をしまう私を見て、智が言った。

「まぁ、でも楽しい旅行で良かったな。また、行けばええやん。親父もなんも問題なかったんやから。上手に息抜きしてや。あかん、遅刻や」

そう言いながら、智はバタバタと家を出て行った。

先週、あの町に行ったあとも、荻からは何度もメールが来ていた。内容のほとんどは、ハルノブ様の話だ。

「ほんとにあの町にいるらしいんだよね。早く行きたいんだけど、お金がないから今は、必死にバイト中」

どこでそんな情報を仕入れてくるのか、荻があの子がどこにいるのかを真剣に追いかけていることはわかった。けれど、本音を言えば、あの子が今どこにいるのか、知りたいような、知りたくないような複雑な気持ちだった。

「荻ちゃんのサイトの情報、ほんま助かるわ。もうあんまり世間では話題になることもないからなぁ」

荻へのメールには、私はあくまで仕事で、あの子に興味がある、ということを、忘れずに書き添えるようにしていた。時折、荻のふだんの生活について書かれていることもあった。あの子の情報より、それを読むことのほうが楽しかった。

荻の母親は仕事で忙しく、海外に行くことも多いらしい。メールには大学の友だちの話や、彼氏の話はめったに出てこない。夜は、母親のいないマンションで一人で食事をすることも多いようだった。

「荻ちゃん、一人でも、毎日ちゃんとごはん食べなあかんで」

「なっちゃん、お母さんみたい」

そう書かれたメールの画面を何度も見た。

荻と文章のやりとりをしていると、まるで、光がどこか遠くの大学に行って、慣れない一人暮らしをしているような気持ちになることが何度もあった。

「あったかくしてな。今日はこっちも冷えるで」

「うん。ありがとう。なっちゃんも風邪ひかないでね。おやすみなさーい☆」

ええ子や。心からそう思った。そんないい子がなんで、あの子に夢中なのかがわからなかった。もっと友だちを作ったり、彼氏を作ったりして、毎日を楽しめばいいのに。何度もそう考えて、大きなお世話や、と思い直す。私があの日、ホテルであの子のファイルをしまい忘れていなかったら、茜があのファイルを手に取らなかったら、私たちの人生はこんなふうに交わることなどなかったのだから。

「なっちゃん、あの町に行ってみない？ ハルノブ様はもっと山奥にある工房みたいなところにいるらしいの。私、実はもう偵察済み。今度はなっちゃんといっしょに行きたいな」

茜からそんなメールが来たのは、日一日と秋が深まっていく十一月の半ば頃だった。茜のメールによれば、この前行ったショッピングモールのもっと先、隣県につながる国道のそば、地元の人でなければ行かないような陶芸の工房に、あの子がいるかもしれない、という噂があるのだと言う。また、茜と旅行ができるのか、とうれしい気持ちになったが、パートの仕事はこれから年末に向けて忙しくなっていく。茜からメールをもらったときから、どうやってそれを切り出そうか、ということばかり考えていた。

「あんなぁ、東京の母がまた、ちょっと具合が悪くてなぁ。月末の金曜日、休んでもええやろか。週末にさっと様子見てくるで」

「金曜一日だけやろ。気にせんと休み。あんたも大変やなぁ」

パートのリーダーである鈴木さんが、パソコンのキーボードに手を置いたまま、こちらを見て言った。

同じ嘘を、夫と智にもついた。胸が痛まなかったわけではない。娘を、姉を殺した相手に恋している女の子と再び旅をしようとしているのだ。けれど、なぜ、その子と？と聞かれたら、しどろもどろにならずにしゃべれる自信がなかった。相手は葵という二十歳くらいの女の子だが、自分がやっていることはまるで浮気工作と同じだ。苦く、重い、後ろめたさを胸に抱えつつ、それでも葵に会えるうれしさが少しずつふくらんでいく。

葵に渡したいものがたくさんあった。この町のケーキ屋で売っている、おいしいクッキー、三宮で見つけた猫のブローチやレターセット、それにおなかが冷えないように腹巻き。町に出て、若い女の子が好きそうなものを見つけると、これは葵ちゃんにどうやろ、と思ってしまう自分がいた。自分の若いときを振り返ったって、年齢が上のおばさんにあれこれとおせっかいを焼かれるのは、好きじゃなかったはずだ。それなのに、私は葵をかまいたくて仕方ないのだった。

夏に来たときと比べても、よりいっそう、駅前の侘びしさがつのったような気がした。

「もう、なっちゃんと同じ部屋でいいよね。ツインの。そのほうが安く上がるし」

先週来たメールにそう書いてあった。この町で泊まるところと言えば、駅裏のあのホテルしかない。午後一時にロビーで待っている葵にすぐにでも会いたくて足早になる。

ガラスの重い扉を開けると、ロビーのソファにちょこんと荚が腰掛けていた。入口に背を向け、耳にイヤホンを差しているので、私が入ってきたことに気がつかない。

そっと近づき、顔をのぞきこむと、

「うわぁ、なっちゃん来たの、ぜんぜん気づかなかった」

と、笑顔を返す。

「なんや荚ちゃん、痩せたのと違う。ごはん、ちゃんと食べてるん？」

「もう、なっちゃん、会ったばっかりなのに、ほんとお母さんみたいなこと言うなぁ」

この前と同じように、フロントには誰もいなかった。銀色のベルを鳴らすと、この前の小柄な男性ではなく、スーツを着た若い女性が出てきた。差し出された紙に名前と住所を書き込んでいると、

「親子で旅行ですか？　いいですね」と、女性が荚に話しかける。

「はい」と笑いながら、荚は私の腕に、細い腕をからめる。本当の親子の旅行だったら、どんなにいいだろう。

けれど、私と荚は、あの子がいるかもしれない場所に行こうとしている。

「ギャラリーもあってね、そこでコーヒーものめるの。だから、私となっちゃんが行っても怪しまれないと思うんだよね」

荚は日が暮れないうちに、一刻も早く行きたい、と言って、駅前から出るバスの時刻まで事前にチェックしていた。私と荚は、いちばんうしろの座席に並んで座った。私たち以外の乗客は、おばあさんが一人、幼稚園くらいの子どもを連れた若い母親だけだっ

た。何の合図もなく、シュッと音を立ててドアが閉まり、バスは走り出す。

この前と同じ風景を通り過ぎ、ショッピングモールに近づいていく。おばあさんと、子ども連れの若い母親は、ショッピングモール前で降りた。バスには誰も乗ってこない。車内には、私と葵の二人しかいない。

隣に座る葵は、ただ前を向いている。緊張しているのか、口数は少ない。腕時計を見ると、午後二時過ぎだ。

「葵ちゃん、お昼食べたんか？」そう聞くと、こくん、と子どものように頷く。

「なっちゃん……」

「なに」

「あたしのやってること、馬鹿みたい？」

「……」言葉を返せず黙っていた。

「自分でもわかってるんだ。だけどね、あたし……」

バスはゆるやかに傾斜のついた道を上がっていく。車がぎりぎりすれ違うことができるくらいの細い道だ。両脇には木々が迫り、駅前とはがらりと風景を変える。

「いつかはこんなことやめないと、ってわかってるんだよ。でもね」

泣いてはいないが、項垂《うなだ》れる葵の背中をゆっくりとさすった。

殺人を犯した人をおっかけるなんてやめたほうがいい、という言葉が口元までせり上がってくる。けれど、私と葵をつなぐのはあの子の存在だ。葵があの子を追いかけるのをやめれば、メールをやり取りしたり、こんなふうに二人でどこかに出かけることもなくなってしまう。でも、あの子が殺したのが、私の娘だと葵が知ったら……。

「あ、次で降りないと。もうすぐ」

葵が慌ててブザーを押した。

バスを降りると、駅前とはまるで温度が違う。思わずコートの襟をかき合わせた。

バス停からは、さらに山の奥に向かって道が続く。日暮れには早い時間だが、太陽はもうすっかり山の陰に隠れて、どこか不穏な薄暗さがあたりに漂っている。道の先に見える山小屋風の建物の煙突から、細い煙がまっすぐ空に伸びていた。

黙ったまま、私と葵はその建物に向かった。今日、葵に会ってから葵のことばかり気にかかっていたが、歩き出した途端、自分がひどく緊張していることに気づいた。この前、ショッピングモールに来たときとはぜんぜん違う。

もし、本当に、噂どおり、この道の先にあの子がいるとしたら、私はどうすればいいのだろう。私はどんな顔であの子に会うんだろう。そう考えながら、口のなかがからからに乾いていることに気づく。前を歩く葵の背中を見る。その背中に、ランドセルを背負った光の姿が重なる。そのとき、ふいに頭に浮かんだのは、神戸の地震で亡くなったという葵の父のことだった。瓦礫に埋もれ、焼け死んだその人は、成長した葵の背中を、こんなふうに見たかっただろう、と。

「葵ちゃん……」

前を歩く小さな背中に声をかけた。

「やっぱり行かんほうがええ」

え、という顔で、葵が足を止める。

「もう、こんなことしたらあかん。あの子にかかわるのはもうやめや」

「ここまで、来て……なんで」

「おばちゃん、嘘ついてたん。葵ちゃんが、こんなおばちゃんと仲良くしてくれたからな。なかなかほんとのこと言われへんかった。ほんまにごめんな」

ぎゃあぎゃあと鳴く鳥の群れが、さっきよりももっと暗くなった空を横切っていく。

告白するには勇気が必要だった。指がかすかに震えている。

光と話をしたかった。光と旅をして、食事の心配をして、かわいいものを買ってあげる。そんなことがしたかった。けれど、それを、目の前の葵に求めることは間違っている。そんな楽しみすらあの子は奪っていった。

「葵ちゃんが好きなあの子な。おばちゃんの娘を殺した子や」

行きつ戻りつやで。

道江さんがいつか言った言葉だ。

私はいったい、どことどこの間を行ったり来たりしているんだろう。

それが私にはまだわからなかった。

Ⅶ　磁石の裏側

「今日はまだ続けるの？」

耳のそばで急に声が聞こえたので、驚いて振り返ると、オーナーの岡崎《おかざき》さんがすぐそばに立っていた。

茶色のタートルネックに細いデニム、それに黒猫の姿が編み込まれたニットのベスト。そのベストはいつか、ギャラリーで扱ったことのある作家のものだ。その服装は岡崎さんによく似合っていた。白髪交じりの短髪は、どこか少年のようで、人をからかうような、いたずらっぽい口調はまるで幼児を思わせる。

年齢も、性別も曖昧な岡崎さんの陶芸工房で働くようになって、もう三年が経とうとしていた。岡崎さんはここのオーナーで、ギャラリーの企画、運営や、併設されているカフェの仕事を一人で担っていた。日曜日は訪れる人も多く、ふだんより岡崎さんの顔は疲れているように見える。

「あぁ、もう少しだけ。……いいですか？」

生まれた場所の言葉など、とうに忘れていたはずなのに、ふいに話しかけられると、イントネーションが変わってしまう。自分のなかが、いきなりあらわになるようで、そのことが時々、ひどく恥ずかしい。

「展示会も近いもんね。こっちはぜんぜんかまわないけれど、ほんとうに熱中すると我を忘れるねぇ倫太郎《りんたろう》くんは……だけど、休憩だけはちゃんととってよ。これ、おやつに、ね……」

そう言いながら、岡崎さんは僕にドーナツショップの紙袋を差し出した。

濡れた土で汚れた手をエプロンで雑に拭き、紙袋が汚れないように指先でつまんで、棚の上に置いた。

「あ、すみません……」

「お客さんにいただいたのだけれど、私は食べないから……」

岡崎さんは二年前に乳がんで左の乳房のほとんどを切除し、退院後から、ゆるい玄米菜食に食事を変えていた。肉や魚などの動物性蛋白質は、食べたいときだけ少量口にしているようだが、油や砂糖は極力とらない。工房やギャラリーで働く、数人のスタッフのための昼食を岡崎さんは手作りしているが、あまりにあっさりしすぎるメニューに、若いスタッフから文句が出ることもあった。そうは言ってもこのまわりには飲食店などない。岡崎さんはそんな声が聞こえても聞こえぬふりをし、皆、ぶつぶつと言いながらも岡崎さんが作ったごはんを食べ続けた。

「じゃあ、帰るときは、戸締まりよろしくね」

岡崎さんは何かを確かめるように工房のなかをぐるりと一周し、僕の顔を見ずに片手を上げ、ばいばい、と子どものように言いながら戸を閉めた。

開けたままの窓からのぞくと、すっかり暗くなった山の中の道を、ごついワーキングブーツで駆け下りて行く。岡崎さんの後ろ姿が暗闇のなかに紛れて見えなくなるまで目で追い、さっきもらったばかりのドーナツの袋を開けた。土で濡れた指はもうすっかり乾きはじめている。その指でチョコレートドーナツをつまみ、口に入れ、三口でのみこんだ。

ふだんは自分だってドーナツなど口にすることはないが、疲れているせいなのか、甘さがじわじわと体にしみこんでいくようだ。

岡崎さんが声をかけてくれて、助かった、と思った。

一瞬でもあの記憶から離れることができたからだ。水をまぜて土を練っていたら、その感触で思い出しそうになったのだ。あの子の、なか、の感触を。

記憶の切れ端が少しでも顔を出すと、あとは数珠つなぎに僕のなかから引きずり出されていくような気がした。

僕が十代の長い時間を過ごしたあの場所で、たくさんの大人たちと会話をした。

誰もが僕の話に真剣に耳を傾け、僕が口を閉じているときだって、僕の口が開くのを辛抱強く待ってくれた。こういう言い方は変かもしれないけれど、僕はあの場所にいたとき、とても幸福だったのかもしれない、とそう思うことがある。

大人たちに言われたすべてのことを、すんなり飲み込めたわけじゃない。

けれど、そのときはわからなくても、今になって、大人たちの放った言葉が、僕の底のほうから、ひょっこりと浮き上がってくることがある。一人でいるとき、なにかに夢中になっているときは、特にそうなりやすかった。

さっきふいに耳をかすめたのは、「父的な存在」として僕の面倒を見てくれた教官に言われた言葉だった。

「これは君の役に立つかどうかわからないけど……」

僕があの場所をもうすぐ出ようという日、彼は話をはじめた。

「君のなかの性的衝動は消えたわけじゃない。君もよく理解しているとおり、君の性的嗜癖は普通の人と少し違う。いや……少し、ではない。かなり違う。君の性ファンタジーは、あくまで性暴力なんだ。相互で対等な性行為ではない。ここから出たとき、君の性的嗜癖は過剰に刺激されるだろう。君がここにいる間、世の中は猛スピードで変化を遂げた。君はそこから死ぬまで、一定の距離を置かなければならない」

そこまで言うと、彼は立ち上がり、窓に近づいて、クリーム色のカーテンを引いた。いつものあの部屋。僕がいろんな大人と話をしたあの場所。グレイの質素なテーブルと椅子。彼は再び、僕の前に座った。

ひゅーっと聞こえるか聞こえないくらいの呼吸の音が彼から聞こえる。彼が何かとても大事なことを言おうとしている気がして、僕も集中して耳を傾けた。

「つまり、普通の人がお酒を一杯飲んだからって、何の問題もないけれど、アルコール嗜癖者が一杯飲めば、それは絶対に一杯では止まらない。以前の飲酒行動に再びはまっていくことがほとんどだ。ここにいる間は、君の頭のなかを、たくさんの大人たちがのぞこうとした。君がしたことの原因を探ろうと必死だったからだ。けれど、君がこれから外の世界に出て行けば、君の頭のなかを誰かが知ることはできないし、君が体験している感情やストレスに、誰かが気づくということもない。つまり、君の性的嗜癖を刺激するような記憶やイメージが、君の頭のなかから消え去らないようであれば、このままではまずい、と、君自身が気づかなければならない。そのとき君が立ち止まって振り返るために警告サインを教えてあげる」

僕に差し出したのは、どこにでもあるような輪ゴムだった。教官はその輪ゴムを僕の左手首にはめた。

「そのイメージが君の頭のなかから消え去らないときは、このゴムをこうするんだ」

そう言って輪ゴムをつまみ、手首から遠くまで伸ばして、急に放した。痛くはないが、そうされるとは思っていなかったので驚いた。その顔を見た教官の表情が、ほんの少しだけ崩れたように見えた。

「そんな簡単なこと、って思っているだろうけれど……」

教官の言葉を聞きながら、僕は左手首にはめられた輪ゴムをいつまでも見つめていた。

あの教官の顔すら今は覚えていないけれど、その言葉を聞いた殺風景な部屋、窓にかけられたクリーム色のカーテンだけは忘れることができない。

その日から、僕の左手首から輪ゴムが消えたことはない。

それ以外にも、あの場所で教えられたことはさまざまある。パソコン、つまり、ネットの世界には極力触れないこと。手記を書かせようと大金をちらつかせてくる出版社の人間に近づかないこと。朝と夜の生活を逆転させず、規則正しい生活をおくること。手を動かし、体を鍛え、何かを作り続けること……。人生に必要なことはみんな、あの場所で教わった。僕はそれを律儀に守り、今日もここで生活をしている。

紙袋から出した白い粉砂糖のかかったドーナツを口にくわえながら、僕は輪ゴムを弾く。糸ノコギリが沈んでいくやわらかな体の感触。あの子の、なか、の温かさ。

消えて。消えて。どうか僕のなかから消えてください。

少しむせながらドーナツを飲みこむ。今日は、もう少し、土を練っておきたい。このまま自分の部屋に帰るのは、なんだか気持ちの収まりがつかない夜だった。

僕は粉砂糖のついた指を舌の先で舐め、そのまま左手の親指と人さし指の間を嚙んだ。強く。強く。口を離すと、歯形の上にうっすらと血が浮かんだ。


平日の夜、僕は工房での仕事を終えると、さきさんの家に向かう。

工房からマウンテンバイクに乗って国道沿いに二十分。山裾の森の奥に、さきさんは一人で住んでいる。僕がマウンテンバイクにチェーンをかけていると、庭の向こうから、少し腰の曲がったさきさんがにこにこと笑いながら近づいてくる。

「峰山さんが産みたての卵くれたわ。倫太郎が、たまごごはんが好きだと私が言ったからねぇ。この前、あんたが峰山さんちの風呂場の戸を直してくれたでしょう。今日はこれでごはん食べなさい」

「今日はこれだけなの？　おかずはないの？　ほかに？」

「なーんにもないわぁ。あとはほうれん草のおひたしだけ。買い物に行かないといけないねぇ」

そう言って笑いながら、さきさんは車の鍵を掲げ、僕の手を見る。軽くため息をつきながら差しだした手のひらに、音をたてて鍵が落ちる。

「仕方がないなぁ……」

困ったような顔をする僕を、さきさんはまた、にこにこと見つめている。

庭先に置いたままになっているさきさんの息子さんの軽自動車に乗って、僕とさきさんはショッピングモールに向かう。平日の夜とはいえ、夕飯の買い物をする人が多いのか、駐車場はほぼ満杯だった。僕は運転もできるし、週に一度はこうして、さきさんの買い物につきあってショッピングモールにも行く。人の多いところに行ってはいけない、という制限があるわけではないが、それでも人ごみは苦手だし、緊張してしまう。さきさんはそんな僕にかまわず、さっさと車を降り、建物のなかに入って行こうとする。

さきさんはスーパーのなかでも僕の前を歩き、時折後ろを振り返っては、僕が押すカートに食料品を投げ込むように入れる。

「倫太郎、食べたいものがあったら入れなさいよ。なんでも」

僕が夕飯を食べに行くとしても、いくらなんでも多すぎるだろうといつも思う。さきさんが前を見ている隙に、陳列棚に商品を戻すこともある。そんなとき、すれ違う人と、ほんの一瞬、目が合うたび、どきり、とする。視線が僕の顔に長い時間とどまればとどまるほど。その人が僕のことを、僕のしたことを知っているんじゃないかと思うからだ。けれど、僕の顔はあの頃とはまったく違う。それでも、と思うのだ。

「さーて、コーヒーでものむかね」

さきさんがこのショッピングモールに来たがるのはコーヒーショップ。さきさんは、この人魚みたいな女の人が描かれた緑色のマークのコーヒーが大好きなのだ。僕はコーヒーをのむと眠れなくなる。お酒も煙草もだめだ。幼い頃、母と過ごしたあの集団でも、あの場所でも、嗜好品をほとんどとることがなかったから。さきさんが本日のおすすめコーヒーを楽しんでいる間、僕はあたたかいミルクをのむ。

「倫太郎は牛乳のんで、また背が伸びてしまうねぇ」

さきさんが目を細めて僕を見る。ソファに向かい合って座る僕とさきさんを誰かが見れば、おばあさんと孫にしか見えないはずだ。けれど、当然のことだけれど、僕とさきさんには血のつながりはない。さきさんは保護司で、僕は対象者だ。ほんとうの祖母は、もうとっくの昔に死んだ。僕が、そのあとにしたことも知らないまま。

「さ、帰ろうかね」

さきさんが僕の手をつかんで立ち上がる。さきさんは僕のしたことをすべて知っている。それなのに、僕に触れ、僕の手を握る。そして、帰ろう、と僕に言う。

僕の記憶は途切れ途切れで、まるで端布をつなげたパッチワークのようなのだ。

忘れるわけがないだろう、と何度も言われたけれど、僕の記憶のなかには、ライターの炎であぶられた写真のように、黒く、焦げてしまっている部分がある。

例えば、あの出来事があったあとから警察につかまるまで、僕の頭はまるで水の入った金魚鉢のなかにいるようにぼんやりとしていた。はっ、と気づいたとき、まず目に入ったのは、手錠をかけられた自分の手だった。次に感じたのは自分の腰に巻かれたひもの感触、途切れることのないカメラのフラッシュ。言葉にならない誰かの叫び声。意味のない音としてしか聞こえないが、僕を蔑む言葉だということはよくわかっていた。

僕があの子を殺してつかまった日は、日本でいちばん存在の薄い僕が、日本でいちばん有名な十四歳になった日だった。

あの出来事を起こす前、学校で、僕はほぼ毎日暴力を受け続けていた。

制服のシャツが破れ血がにじんでいても、人相が変わるほど顔が腫れていても、教師も、そして、母も、その事実に見て見ぬふりをした。見えていたかどうかも定かではない。彼らにとっては、僕は目の端で飛ぶ小さな虫のような存在だったのかもしれない。

夕方、あの子と公園で落ち合い、あの子とともに給水塔のある山に行き、日が暮れてから首を絞め、体の一部を切断して、教会の門の前に置いた。あの子の体は給水塔までの道の途中、山のなかに置いたままにした。体に、乾いた落ち葉をたくさんかぶせて。

そうしたのは、僕の、宗教のための儀式だった。あれを実行する少し前から、僕の耳には神さまの声が聞こえていた。学校で暴力を受けているときに、その声はよく聞こえた。言葉にならない言葉。音でしかなかったが、耳をすませて聞きとれば、それは教団のお祈りの言葉のようでもあった。それでも僕は有頂天だった。いつかルーが話してくれた自分だけの神さまをやっと見つけたのだと思った。

僕の神さまは供物を必要としていた。神さまに認めてもらうために僕は供物を差し出した。僕は神さまに承認されたかった。自分が此処にいていいと認めてもらいたかった。僕を産んだ母ですら、僕の存在を邪魔に思いはじめていることはわかっていた。母にはまた、男の人の存在が見え隠れしていたし、夕食も用意しないまま、僕をアパートに一人置いておくことも多くなっていた。

もう何度目になるのだろう。母の足は地上から浮きはじめていた。そして、僕もうんざりしはじめていた。誰かが、母の足の裏に磁石をつけて、地表につなぎとめておいてくれないだろうかと思っていた。そうはいっても、僕はもはや幼児ではないし、母を責めるほど、母に何かを期待していたわけではない。

中学を卒業したら、家を出て、母から離れるつもりではいた。

けれど、一定の距離を取りたがっているのは、僕よりも母なのだ、と気づいたとき、僕のなかに生まれてきたのは、母への憎しみの感情だった。そんな強い気持ちを母に対して抱いたのは初めてだった。思えば、母の存在がいつも僕を浸食してきたのだ。

僕はいつまでも、ばあちゃんとあの家で暮らしていたかったし、ルーのそばにいたかった。母の勝手な都合で僕は連れ回され、二人きりになったと思ったら、僕を無視し始めた。母のなかに僕の存在はないし、そもそも……、そもそも、母が僕をこの世に産みだしたことが間違いなのだ。

けれど、大人たちに取り囲まれて、母を困らせるためにそれをしたのか、と聞かれると、僕は素直に頷くことができなかった。なぜ、あれをしたのか、と問われれば、僕は誰かの体を開いてそのなかを見たかったのだ、と答えるし、実際にそう答えてきた。学校で受ける恒常的な暴力や、母に対する気持ちは、あくまでもきっかけでしかなかった。

「お兄ちゃんの兎さん、どこにおるのぉ？」

「兎さん、この上におるかもな」

あの日、そう言いながら、いやな音を立てる階段を上った。あの子も僕のうしろから、何も言わずに付いてきた。給水塔に張り付くような螺旋階段は、上るたび車酔いのように気分が悪くなる。吐き気を我慢できる、ぎりぎりのところまで上った。高い所が得意ではない僕の足は小刻みに震えていた。

けれど、その場所で見た町の風景はいまだに忘れることはできない。家の灯り、街灯、信号、テールランプ、そして、夜空に瞬く星、星、星。小さな灯りの集合体が、夜のなかで浮かび上がっていた。きれいだけれど、その灯りのどこにも僕の居場所はなかった。そんな高い場所から自分の住む町を見下ろしたことがなかった。僕はいつも地表にいて、地面を這いずるように暮らしてきたのだと思った。

「きれいやな……」

僕は思わずつぶやいていた。

「ほんまに、きれいやぁ」

僕の一段下にいる女の子も、小さな声でそう言った。自分に話しかける相手がいることに、僕はひどく満足していた。今、僕は一人じゃない、とも思った。

「お兄ちゃんの兎さんな、ここにはおらん。多分、下や」

そう言って、僕とあの子はまた、階段を下りはじめた。

「お兄ちゃんの兎さん、どこぉ?」

地上につき、あたりをきょろきょろと見回すあの子の背中に近づき、ビニール紐で首を絞めたのだった。

あの子の体の一部を切り落とし、赤いくちびるを開いて右手の指を入れ、まだ温かみのある舌に触れた。切り落とされた部分に僕は口をつけ、その血をすすった。衣服を裂き、ぽこんとふくらんだ白い腹を縦に割き、あふれるように零《こぼ》れだした、内臓の隙間に指を入れ、その感触を味わった。マウスや子猫にしたことを、その子にもしたのだ。まるでマネキンのようなその子の白い体から、赤い血がとまることなく流れ出していた。そして、すでに、僕のパンツの中はどろどろだった。それは、あの子の体の一部を切り落とした瞬間に起こり、そのあとも継続的に起こった。そのたびに僕は前かがみになって、それが去っていくのを待った。指で触れる必要も、擦る必要もなかった。歯が鳴り、口のなかの粘膜は乾ききっていた。体の震えを止めようとしても無理だった。

その前ではひれ伏すしかないような圧倒的な快楽が十四歳の僕を包んでいた。

教会の門の前にあの子の体の一部を置き、そばに、僕が描いた絵と、祈りの言葉を書いた紙を置いた。つかまったあと、それは僕が大人たちに問い詰められる原因になったわけだけれど、大きな、強い意味があったわけではない。僕はあのとき十四歳だった。承認欲求と自己顕示欲の強さは、ごく普通の中学生並みだったのだ。

すべてをやり終えて、アパートに戻った。

空はまだ暗かったが、もうすぐ夜明けが近いのだろう、と感じた。空気のにおいが変わったからだ。僕が殺人を犯したその日は、梅雨あけしたばかりの七月にしては珍しく涼しい、気持ちのいい夜だった。まだ街灯のついた道を僕だけが歩いていた。まるでこの町には誰もいないかのように、生きている人の気配がまったくしなかった。

靴の裏が当たるとカンカンと音のする外階段を上がり、部屋のドアを開けると、昨日、僕が学校からここに帰ったままの状態になっていた。もちろん母はいない。布団が敷かれた形跡も、台所で何かを作ったような気配もない。僕は血まみれになってしまった制服のシャツと、汚れた下着を抱え、風呂場に向かった。血と精液で汚れた部分にすっかり薄っぺらくなった石けんを擦りつけ、指先でつまんで洗った。そんなことをしても、汚れがとれるとは思わなかった。けれど、シャツと下着をそのまま捨ててしまおうとも思わなかった。

結局は、そのシャツに残ったあの子の血液反応が僕を犯人だと決めつける決定的な証拠になったわけだけれど、僕は最初から自分のしたことを隠し通すつもりも、逃げるつもりもなかった。

すべてを終わらせたら、僕は死ぬ気でいたからだ。

警察につかまる前に自殺しようと思った。

あの子にしたことと同じようなことを自分にもする気でいた。僕は、自分で自分の性器を切り落とそうとした。僕の元凶。僕の、ではない。世の中の、世界の元凶だ。切れた部分から大量に血を流して死ぬつもりだった。

濡れた体のまま、流しに行き、洗いかごに挿したままの包丁を手にして、風呂場に戻った。包皮の先端をつまみ、ぐいと伸ばした。その根元に刃を当てた。横に動かしてみたものの、包丁を研いでないせいなのか、一向に切れる気配はない。力まかせに動かしても、切れている気配などないのに、それでも痛みでぼたぼたと涙が落ちた。切り取ることなど無理だと思った。ならばなぜ、罪のない女の子にあんなことをしてしまったのか、という思いを抱えるようになったのは、それからずっとずっと後のことだ。

島での祖母との暮らし、母に連れて行かれたさまざまな宗教施設、小学生時代のほとんどを過ごした集団での生活、そこを出てからの街での暮らし、あの地震で僕が見たもの、中学校での過酷ないじめ、最初にマウスの解剖を見たこと、山の中で子猫にカッターナイフの刃を立てた日のこと。僕はあの場所で十四年間の人生について、徹底的に質問を受けた。穏やかに大人たちは質問を続けたが、その顔には濃いとまどいがあった。僕という人間に対する怖れに似た感情もあったと思う。

僕の見た目はごく普通の十四歳だ。体もきゃしゃで背も高くなかった。とても人殺しには見えない。こんな子どもがなぜ。

僕に接する大人たちの顔には全員そう書いてあった。

この国で絶対にあってはならないこと。僕がしたことはそういうことだ。

精神科医による面接、問診、心理テスト、知能検査、脳波検査がくり返されたが、意識も清明で精神病でもなかった。年齢相応の知的判断能力があり、心神耗弱の状態でもなかった。その結果が出てから、大人たちはさらに混乱していった。けれど、僕という人間をあらわす言葉のひとつを彼らは見つけた。

「未分化な性衝動と攻撃性の結合」

普通の男の子は成長するにつれ、身近にいる女の子を想像しながらマスターベーションをするのに、僕は動物を殺すところを見たり、実際にすることで快楽を感じていた。ほかにも僕と同じような人がいるのだとばかり思いこんでいた。僕だけ、その方法が違うだなんて。それならば、僕のような人間のことはさっさとあきらめて殺してほしい。僕はそれだけを考えていた。

「……このまま死んでしまいたいです」

家庭裁判所で行われた最後の審判が終わったあとに、そう答えた僕の顔を見て、裁判官がひどく悲しい顔をしたことを覚えている。その顔を見た僕ですら、裁判官という立場にある人が、そんなにストレートに感情を出していいものかと、かすかに動揺したくらいだった。

十四歳の僕を国は殺すことができない。

大人たちが、いや、国が選んだ方法は、僕の育て直しだった。

とある一人の医師はこう言ったそうだ。

「神さまの恵みがあれば良くなる可能性はあるかもしれない。もし発育が遅れていたとしても、まだ追いつく可能性はある。とはいえ、最終的に彼がどうなるのかはまったく分からない」

まるで僕は新種のウイルスみたいだった。けれど、ニュータイプならまだましだ。どちらかといえば、僕はルーが細い指で解剖していた、あのマウスみたいじゃないか。自分自身がマウスになりたくないと、あれほど思っていたのに。

あのときの僕は、国に解剖され、骨の配置を変えられ、皮膚の色を変えられてしまう、そんな恐怖にかられていた。しかし、この医師が言った神さまとはいったい誰のことなのだろう。僕の神さまでないことだけは、わかっていたけれど。

さきさんが手に提げていたスーパーのビニール袋を持とうとすると、目を細めて僕を見上げた。

「倫太郎はやさしい子だねぇ」

ショッピングモールのコーヒーショップでゆっくりしすぎたせいで、空はもうすっかり暗くなっていた。吐き出す息が白い。さきさんは老人らしからぬスピードで僕の前を歩き、ガラガラと玄関の引き戸を開け、照明をつけた。

休むことなく台所に立ち、僕にするべきことをあれこれ指図する。

「ほうれん草のほら、ここのところ、泥が残ってたらだめ。もっとちゃんと洗って」

台所に立ったときのさきさんは厳しい。それでも僕は、さきさんにそうされることがうれしかった。ごはんは炊いてあったし、味噌汁も作ってあったから、魚を焼いて、簡単な煮物を作るだけで良かった。菜箸で、鍋のなかのじゃがいもをつまみ、口に運ぶと、

「行儀が悪い」と、皺だらけのさきさんの手が、僕の腕をたたいた。

できた料理を、一年中出しっ放しのこたつの上に運び、夕食を食べる。テレビのニュースを見ながら食事をとるさきさんの表情はくるくると変わる。怒ったり、笑ったり。僕はテレビよりも、さきさんの顔を見ている時間のほうが長かった。さきさんは子どもや動物の出てくるドラマやドキュメンタリーも好んで見た。時には、鼻をぐずぐず言わせることもあった。けれど、涙をこぼすことだけは、必死で我慢しているようだった。それは僕が、目の前にいるからだ。どういうわけだか、僕の前では、さきさんは涙をこぼさないと決めているようなのだった。

さきさんは僕がしたことを知っている。僕のような人間が目の前にいて怖くないの？ ふいにそう聞きたくなることもある。僕の心がもやもやしている間に、さっきまで涙ぐんでいたさきさんは、もう、子猫が飛び跳ねるキャットフードのコマーシャルを見て、にこにことしている。その顔を見ていると、追い詰めるようなことを言って、さきさんを困らせることはやめにしようと、そう思うのだった。

「倫太郎、おかわりして、たまごごはん食べなさいよ」

テレビを見ているはずなのに、さきさんは僕が何をどれくらい食べたかをいつも把握しているのが不思議だった。

食事のあとにうとうとして横になってしまったさきさんに毛布をかけ、僕は流しで食器を洗った。足元が冷えてくるその寒さは、自分が生まれた家を思い出させる。

それほど広くもない二階建ての古い家に、さきさんは一人で住んでいる。隣町に市役所に勤める息子さん夫婦がいて、同居を望んでいるらしいのだが、

「ここから引っ越したら、倫太郎に会えないだろう」

そう言って、さきさんは頑として首を縦に振ろうとはしなかった。

つけっぱなしのテレビを消そうとするとニュースが流れた。

ここから遠く離れた町で起きた幼女の連続殺人事件。十五歳の男が犯人としてつかまった。僕はテレビを消し、左手首に巻いた輪ゴムをつまんではなした。念のために、親指と人さし指の間も強く嚙む。何度も何度も。

僕は振り返り、さきさんの顔を見る。ばあちゃん。声に出したことはないが、僕は心のなかで、さきさんのことをそう呼んでいる。


家庭裁判所での審判を終え、医療少年院にうつされてから、僕は名前を変えた。

テレビや新聞で僕のことが取りあげられるたびに、「あんなやつは殺してしまえ」「生きている価値などないケダモノ」などと、医療少年院の電話は鳴り続けたからだ。

僕だってそう思う。名前など本当のところ、どうでもよかった。AでもBでもCでも。1でも2でも3でもよかった。

けれど、国は、僕を生かすために、僕に新しい名前を与えた。命名の儀式だ。医療少年院で行われたことは、僕の育て直しだったのだから、その方法は間違ってはいない。正直なことを言えば、僕は名前を変えることで、今までの自分をずるりと脱ぎ捨てたような気持ちにもなっていた。なぜなら、母と同じ姓を名乗らなくてもすむことは、実際のところ、僕にとって大きな救いでもあったからだ。

あの場所にいるとき、母は何度か僕に面会にやって来た。泣き腫らした顔をハンカチで覆っているから、いつも、その表情がわからず、僕はいらいらとした。

「晴信《はるのぶ》」

母が僕の名前を呼んだ。けれど、僕はもう晴信でない。だから、返事をしないで黙っていた。

「……みなさんの言うことをきちんと聞いて、いい子になって、帰ってこないといけんよ。お母さん待ってるからね」

僕のみぞおちのあたりでマグマのような熱いかたまりがわき出るのを感じた。言葉にできず、駄々をこねる幼児のように手足をばたつかせる僕を、職員が慌てて取り押さえた。来るな。来るな。もう会いに来るな。おまえなんか母さんじゃない。荒い呼吸のなかで、そう叫ぶのがやっとだった。

僕の言葉が聞こえたのか、母の泣きわめく声が聞こえた。僕を産んだ人などこの世にはいない。父の顔など見たこともない。僕は一人で、たった一人でこの世にいて、誰からもその存在を認められることのない悪魔だ。悪魔がいい子になどなるものか。泣きわめきながら、僕はルーの言葉を思い出していた。

「母は僕たちのすべてを吸いつくす。すっかり包み込んでだめにしてしまう」

確かにそうだ。もしかしたら、悪魔はこの僕ではなく、母という存在なのではないかと、もうすぐ十五歳になろうとしていた僕は頭のどこかで考えていた。

母の面会からしばらく経って、僕には「父的な人」と、「母的な人」があてがわれた。父の役割を果たしたのは三十代前半の子どもが一人いる教官で、母の役割を果たしたのは、僕の本当の母親の年齢に近い精神科医だった。僕は生まれてこのかた父という存在といっしょに暮らしたことはない。父とは？　と聞かれてもぼんやりとしたイメージしか湧いてこない。だからなのかもしれないが、教官に接することに、ストレスを感じることはなかった。

問題は母だ。どういうわけか、母的な役割を担った精神科医は、僕のほんとうの母と背格好がとてもよく似ていた。その人はずけずけと僕に何かを言った。そうすることが、まるで母の役割だと言うかのように。その人に何かを言われるたびに、僕は激しく反抗し、声を荒げた。時には、過呼吸のようになって、目の前が真っ暗になったこともある。その人が近づくだけで、僕の肌には蕁麻疹があらわれるようになった。

今になって思えば、本当の母も、母親という看板の前に、女、という看板が常にあった人だったから、母とはいえ、どこか、性的なイメージを感じさせる女性が苦手だったのだと思う。

二人目の、母的な役割を担ったM医師は、最初の女性より、ずっと年齢のいった精神科医だった。母というより、祖母に近い存在の人だった。穏やかで、口調を荒げることもない。僕が何か話を始めようとしたときは、必ず体を僕のほうに向け、目をまっすぐに見て、僕の言葉を待ってくれた。放たれた僕の言葉に、いい、とも悪い、とも言わない。ただじっと、僕の言葉をのみこんでくれた。

僕自身が、どんなにひどい存在でも、僕は誰かに肯定されたかったのだ。

父的な人と、母的な人に見守られ、国の手による僕の育て直しは続けられた。僕という人間を、国は、殺さず、生かし続けるために、僕の組成を変え、改造し、違う一人の人間にしようとしていた。赤んぼうの時期まで遡り、本来、受けるはずだった愛情を注いで、僕を育て直す。そうすれば、再犯など起こす心配はないと。国が、金と時間と人材を、僕のような人間に注ぎ込んだ一大プロジェクトだった。それほどまでに、僕はこの国に存在してはいけなかった人間だったということなんだろう。

けれど、父と、母がいて、まともな家に生まれ、普通の育ち方をしていれば、僕はそんなことをしなかったのだろうか？　果たしてそうだろうか？　あの場所を遠く離れて、時間が経った今でも、そのことを考え始めると、僕の頭はぼんやりとしてくる。

あの場所で一年が経った頃には、僕は同じ医療少年院で暮らすほかの院生たちとも交流ができるようになっていた。誰がどんな理由でここに入ってきたのか、それを誰かがほかの院生に聞くことは規則では禁じられていたが、その話題は周期的に院生たちの間で口にされた。

「おまえはなんでここにいるんだ？」

多目的室と呼ばれる場所で、誰かにそう聞かれても僕はほとんど黙っていた。

そもそも院生たちの会話に混じることはなかった。彼らは僕を無視し、そこにいないもののように扱った。学校と同じだった。そして、そんな扱いをされることに僕が不満を抱くこともなかった。口を閉じている間、僕の頭のなかにはM医師がいた。かわした言葉を反芻し、M医師の姿を頭のなかで再生した。くり返し、くり返し。

僕以外の院生たちの間では、教官や精神科医など、あの場所で院生たちの面倒を見ている大人たちのことは頻繁に話題に上がった。誰が美人とか、誰のおっぱいが大きいとか、どの教官の口が臭いとか、あいつはホモに違いない、とか、そういうたわいもないくだらない話題だ。

「最後にやったのいつですか、って聞いてみろよ」

「俺たちおかずにして自分でいじってんだろ毎晩毎晩」

「物欲しげに見やがってよぅ」

「Mのクソババァ」

最後まで聞かないうちに僕は立ち上がり、その言葉のほうに突進していた。一人の院生の腹のあたりに頭突きをくらわせ、倒れた隙に股間をおもいきり上履きで踏みつけた。僕を止めようとした院生を殴り、腕に嚙みつこうとした。最初に倒れた院生が声をからして叫ぶ。

「おまえ、子どもとババァにしか興味がねぇのか。このド変態めが」

僕は再び倒れた院生の体に馬乗りになり、左右の拳で交互に殴りかかろうとした。おい、やめろ、なにしてんだ。院生なのか、教官なのか、声を荒げた数人が、僕のほうに近づいてくる。僕の下にいる院生が叫んだ。

「おい、やめろ。こいつ怒らせるとやばいぞ。こいつ、神戸の」

その声でまるでストップモーションのように、その部屋にいたすべての人間の動きが止まった。

「少年Aだぞ」

耳元で、わんわん銀蝿が飛ぶような院生たちの声がして、気がついたときには、僕は両腕を教官に抱えられ、反省房と呼ばれる部屋のなかにいた。

次に院生たちの前に姿をあらわしたときには、僕が起こしたあの出来事はほとんどの院生に知れ渡っていた。

「なぁ、人間の腹、裂いたときってどんな気持ち？」

多目的室で一人の院生が僕に話しかけてきた。体をかたくした僕の顔をそいつがじっと見た。

「おまえ、やりたいことやってうらやましいよ。おれなんかせいぜい、ババァの教師にバタフライナイフ突き刺しただけでさぁ、こんなとこ」

Wというその院生は、僕が黙っていることなどおかまいなしに話しかけてくる。どうやら僕と同い年らしく、僕と同じ頃に事件を起こしたらしかった。無視していてもべらべらと話し続ける。僕よりもずっと背が高く、痩せていて、早口で、まるで壊れたラジオが目の前にいるようだった。話したいことだけ話すと、すっと立ち上がりどこかに行ってしまう。

僕が返事をしないとか、言葉を一言も発しないとか、そんなことはどうでもいいことのようだった。

「おまえ、十四歳なら罪に問われないってわかっててやったの？」

ある日、耳元で不意討ちのようにそう聞かれ、思わず、

「違う！」と叫んでしまった。突然立ち上がった僕をほかの院生たちが、おびえたような目で見た。まぁそう興奮すんなって、そう言いながら、Wは僕の腕をひっぱり、椅子に座らせようとした。

「おれ、知らなくてさぁ……死刑になるとばっかり。馬鹿だったから」

「僕も、僕もそうだよ……」

そう答えるとWが僕の顔を見て目を丸くし、噴き出しそうな顔をして、僕を指差した。

「おまえも案外、馬鹿なんだな」

そう言いながら、机の上で、まるでピアノを早弾きするように指を動かした。女みたいに細く白く、長い指だった。

「おまえ、ニルヴァーナとか好き？」

いつもより、いっそう早口でWがその言葉を口にしたのでその単語を聞き取れず、
何？　と言いながら、右耳をWのほうに向けた。

「ニル、ヴァー、ナ。ニ、ル、ヴァー、ナ」

Wは音節を区切り、口をゆっくりと開けて、その単語をくり返した。とはいえ、その単語を覚えてみても、それがどんな意味なのか、そのときの僕にはまったくわからなかった。

「バンドの名前だよ。おれが好きな。ここ出たら聴いてみなよ。おれはさぁ、あのブタ女を刺したときも、あいつらの曲を聴いてたんだよね」

音楽のことにはまったくくわしくないから、Wが何を言ってもその言葉は耳を通り過ぎてしまうような気がした。けれど、そのときの会話のことは、あの場所を出たあとも忘れず覚えていた。初めて聞くニルヴァーナ、という不思議な音が僕の耳に残った。

僕は十六歳になっていた。

父的な役割と、母的な役割に加えて、僕の育て直しにもう一人メンバーが加わった。選ばれたのは、日本に長く住むカナダ人神父だった。ジェイムズという名前のその長身の男を見たとき、まるでルーじゃないか、と僕は思った。外国人なのに、目が細く、つり上がっている。髪の毛こそ短いが、ひどく瘦せているところもそっくりだ。

今まで考えたこともなかったけれど、僕がいるこの場所は、母と暮らしたあの集団と相似形だった。けれど、ここでは誰も、お父さまの話をしないし、大人たちが自由に体を交わすことも、育てた豚を殺して食べることもない。祝祭の日々は決して訪れず、僕という人間を生まれ変わらせるために、ただ日々は単調に過ぎていく。

「君はいろんな神さまを見て、疲れているでしょう？　だから、宗教のことも、神さまのことも僕は話さない」

僕に初めて会った日、ジェイムズは、どうしたらそうなるのか、口の端に唾でできた泡を溜めながらそう言った。言葉に詰まる、ということはなかったが、やはり、彼の言葉には独特のアクセントがあった。

「まず、君がしたことを全部僕に聞かせて」

ジェイムズと会った日、僕はあの子を殺した一部始終を話した。途中、声はかすれ、額から汗がこぼれた。僕の目から絶対に視線を外さない、ジェイムズの青いビー玉のような目に、自分の何かが吸い取られていくようで怖かった。

その日から、週に一度、僕はジェイムズと会い、話をした。父的な教官や母的なM医師が、まるで赤んぼうのように僕を扱うのと違って、ジェイムズの言葉はもっとストレートで辛辣だった。

「あの子の家族のことを考えてみたことはあるの？」

「子どもを亡くした母親の気持ち、というのが君は想像できる？」

「言葉で表面的に反省したって、僕は絶対に許さないよ」

ジェイムズの言葉はいわば、被害者側の代弁でもあった。ジェイムズと話すたび居心地が悪かった。ぐいぐいと部屋の隅に追い詰められていくような気がしていた。

ある日、ジェイムズが言った。

「君はここを出たあと、死んでしまおうなんて思ってるんでしょう？」

心を見透かされて鼓動が速くなった。

「弱虫の君に、自殺なんて絶対にできるわけがない。断言してもいい」

ジェイムズはスラックスのポケットから、アイロンのかかった白いハンカチを出し、額の汗を拭いた。

「君は絶対に死なない。君がずっと今のままなら、ここを出て、ある期間生活ができたとしても、最終的に君が行く場所は二つしかない。精神病院と、あとは刑務所だ。すばらしい人生だね……」

そう言って、にらむように僕を見た。

教官や、精神科医など、ここにいるジェイムズ以外の大人は、なぜ僕があんなことをしたのか？　という一点で、僕と接しようとしていた。僕があんな犯罪を犯すような人間である、という大前提があった。自分たちと僕は異なる人間なのだ、という明確なラインが常に見え隠れしていた。

けれど、ジェイムズは自分と僕が同じ人間である、と信じて疑わなかった。原因を探るのではなく、起こしてしまった出来事についてどう思うのか、どう償っていくのか、というのが、ジェイムズが僕にくり返し聞きたかったことだ。

「君には良心の呵責はないのか？」

「……わかりません」

「悪いことをしたと思っていない？」

「……………」

「どんなに絶望しても君は死ねないよ。生まれ変わらせるために、君にはどれだけお金と手間がかかっているか知っているの。ここを出て、君が死んだり、君がもう一度、犯罪を犯すようなことがあれば、この一大プロジェクトは失敗に終わったことになる。生きる、ということは多くの人間にとって希望であるけれど、君が自分の犯した罪の重さに気づかない限り、君にとっては生きることが、永遠に絶望することなんだ」

時にはジェイムズから放たれた言葉が槍のように僕を貫くこともあった。それでも、ジェイムズに会って一年が経っても、僕の心はかたい殻に包まれたままで大きな変化が訪れることはなかった。

「心が痛まないのか？」

そう聞かれても、僕の頭はまるで急に水中にもぐったようにもやもやとしてしまうのだった。そもそも心とはなんなんだろう？　僕の体のどこにあるものなのだろう？　そのことについて考えはじめると、一生出られない迷路のなかにいる気持ちになった。

あの場所で僕はさまざまなものを育てた。

朝顔、ゴーヤといった植物から始まり、金魚、亀、兎と、植物から動物へ、温度の低いものから高いものへと、その対象は変化していった。それも僕という人間の育て直し教育の一環で始められたプログラムであったのだけれど、僕は母とともにいた集団で、豚の世話をしていたから、手慣れたものだった。

共に作業をしたのは、母的な存在であるM医師だった。

院の裏庭の区切られた一角に、畳一畳ほどの畑と、そのすぐそばにまわりを小石で囲んだ丸い池があった。僕のためにあてがわれたその場所で、僕は土を耕し、植物に水をやり、小屋のなかの小動物たちが過ごしやすいような環境を整えた。

暑い夏の午後、つばの広い麦わら帽子をかぶって、M医師と僕は作業を続けた。

僕よりもM医師のほうが、屋外のこうした作業に慣れていない気がした。土や小動物に触れるのもどこか腰が引けている。白衣ではなく、紺色のTシャツを着ているが、そこから伸びる腕は白く、表面にちりめんのような皺がたくさん寄っていた。

ふと、池のほうを見ると、池の真ん中にある石の上で、二匹の亀が甲羅干しをしていた。

「気持ちよさそうね」

僕の後ろで、同じ方向を見ていたM医師が声を上げた。M医師のほうを振り返ると真夏の太陽の光が僕の目を射た。そのとき、どこでどう記憶がつながったのかわからない。

「ばあちゃんは晴信をどこにも連れていけん。もっと広いところにいかんと」

腕を回していた祖母の皺だらけの首や、夜空で弱い光を放っていた白い満月。震えるような祖母の声。突然僕のなかからわきあがった記憶が、僕の視覚や聴覚を刺激しはじめた。

「僕、おばあちゃんの甲羅になる」

そう叫んだ自分の幼い声が聞こえたような気がした。

その声に誰かの声が重なった。同じような子どもの声だ。

「光、兎さんも好きぃ」

幼い女の子の声。

ポンプで水をくみ上げるように、荒い呼吸を何度かくり返すと、腹の底から、あふれるように声が出た。気がついたときには、僕は土の上で、ひっくり返った亀のように、手足を動かして、泣き叫んでいた。背中に、太陽に焼かれた土の温かさを感じていた。

M医師の心配そうな顔が近づき、僕の顔に影ができる。僕はM医師に腕を伸ばした。

首にしがみつくように、腕を回した。顔が近づき、M医師がつけていたイヤリングが歯に当たった。吐くように泣きわめく僕を、M医師が両腕で抱きしめていた。

もっと広いところにいかんと。あの夜、祖母はそう言ったのに、なぜ僕はこんなところに来てしまったんだろう。そう思うと、蛇口をひねったように涙が止まらなかった。

さっき聞こえなかった重なる声がだんだんとはっきりしてくる。遠くから、数人の教官たちが走ってくる靴音でかき消されそうになる。その声に僕は耳をすます。

「お兄ちゃん一人で何してるん？」

そう言ってあの子は近づいてきた。僕が一人であの公園にいたのを見つけてくれたのは、あの子だけだった。なのに、僕はその子を殺してしまった。

ダムが決壊したように、その日から僕は泣き続けた。

僕は混乱していた。罪の重さがわかったとは決していえない。最初に気づいたのは、祖母がかけてくれた僕への愛情だった。そして、祖母が僕を愛していたように、誰かに愛され、育てられた人間を僕はひどい方法で殺したということに気づいた。自分がしたことの輪郭をたどればたどるほど、やはり、僕は生きていてはいけない人間なのだと再認識した。常に眠りは浅く、食欲は失せた。真夜中に突然わめき出す僕を、天井にある監視カメラが記録していた。

教官にも、M医師にも、そして、ジェイムズにもくり返し訴えた。僕を殺してくれ、と。僕の存在などあってはならない。すぐさま死刑にするべきだ、と。

「誰も僕が生きることなど望んではいないでしょう」

涙を流しながらそう叫ぶと、

「死ぬことで罪を償おうとするのは間違っている。ここを出て、誰かが何かを言っても、あなたに礫《つぶて》をぶつける人がいても、僕はあなたが生きることを望んでいる。あなたが罪を償って、犯した罪の重さに負けず、神が与えたあなたの生をまっとうすることを」

思わず口にしてしまった神、という言葉にジェイムズは微笑んだ。

「もちろんあなたの神ではありません」

そう言って笑った。透き通った青い目で。

名前を変えたように僕は違う人間になったのだろうか。僕が変わっていくことを、教官や、M医師や、ジェイムズは心の底から喜んでくれた。

でも、僕はほんとうに、いい子になったのだろうか。大人たちやこの国が喜ぶような。

僕が池のそばで泣きわめいたこと、そして、僕のゆるやかな変化は、あの場所にいる皆に伝わっていった。僕を取り巻くどこかピリピリとした雰囲気も、次第に和らいでいった。

「演技だろ?」

「あいつらうまく騙したんだろ?」

多目的室や風呂場で、僕の顔を見ると、Wはすれ違いざまに言った。

僕とWは十七歳になっていた。Wと僕のように、二年以上あの場所に収容されている者はいなかった。くわしくは知らないが、僕ほどでないにしろ、Wのやったことも、世間や大人たちを不安に陥れるタイプの犯罪だったのだろう。僕という人間や態度が、軟化していくのとは裏腹に、Wは以前よりも荒くれ、教官たちにしばしば食いついては反省房に連れて行かれた。

Wにそう言われても僕は以前のように返事をすることはなかった。それがまた、Wを苛立たせていることもわかっていた。

「おまえが変われるわけねえだろ！　おまえは一生そのままなんだ！」

廊下ですれ違いざま、Wはそう叫び、僕に殴りかかってきたこともある。

「子どもの生け贄を捧げて、おまえは一度涅槃《ねはん》に行ったんだ。そんな体験したやつが、ここを出て、娑婆で、普通の人間みたいに飯くって、何食わぬ顔で生きていけると思うかよ」

左右の腕を駆けつけた教官たちにねじり上げられながらWは叫んだ。ずるずると教官たちに体を引きずられながら、Wの姿が小さくなっていく。Wの言う涅槃とは、どこのことなのだろう？　あの給水塔のてっぺんから見た、町の風景のことだろうか。

僕はそのあと、十八歳になるまでそこにいて、二年間、東北の少年院に送られ、再び、同じ医療少年院に戻された。教官も、M医師もまだそこにいて、僕の帰りを喜んでくれた。

僕がこの場所を出て、社会に戻るまでに、あるひとつのことを確認しなければならなかった。僕が小動物や子どもを殺さずに、性的に興奮できるか、ということだ。

「未分化な性衝動と攻撃性の結合」は、必ずほどかれていなければならない。それが僕を育て直そうとした人たちの希望でもあったはずだ。誰も僕の頭のなかをのぞくことはできないけれど、僕は、確かにまだ、子猫や、あの子を殺したときの光景をくり返し再生することがあった。僕が好む性的なイメージ、性的衝動は確かにまだ僕のなかにあったが、ここに来たときほどの勢いは消えていた。そして、そうしたイメージを思い浮かべたところで、僕の性器に具体的な変化はなかった。

あの出来事のあとから、僕の性器はただ尿を排出するだけの器官になっていた。そのことについて治療が行われることはなかった。僕の想像でしかないが、射精が再び行われることで、僕の攻撃性が再燃することを怖れたのかもしれないと思う。

こうした性器の変化が、神さまによるものなのだとしたら、僕にとって最適な罰だったと思わざるを得ない。僕があそこを出るときにジェイムズは言った。

「ここを出て、君は恋をするかもしれないね。結婚をするかもしれない。そのとき、十四歳のときにしたことを後悔するだろう。そのときにまた、痛みが、体がちぎれるようなひどい痛みが、君を何度も襲うだろう。けれど、それは波のようなものだ。抵抗しないで、波にまかれて、その波が静まるのを待つんだ。ただ、それだけでいい」

そう言って、僕の体を抱きしめた。日本人にはない独特の体臭がした。

「ここに来たときより、随分と大きくなった……」

M医師は僕を見上げながらつぶやいた。ここに連れて来られたときの、真っ白で、ひょろひょろの僕はもういない。胸が厚くなり、背はとっくにM医師を越えた。反対にM医師の身長はずいぶんと縮んでしまったような気がした。髪ももうほとんど白い。やはり、この人は、母的な人、というよりも祖母だ。そうした人を配置したのもまた、僕の育て直しに不可欠なことだったのかもしれない。M医師のかさかさとした手が僕の手を取った。

「あなたにもしあわせに生きる権利はあるのよ」

M医師の目の縁が赤い。この人をふしあわせにするようなことはできないと、僕はそのとき初めて思ったのだった。

仮退院、保護観察処分を受けているときにも、僕には特別な処置がとられた。医学や、心理学、教育学、社会学などについて専門的知識を持つ保護観察官、そして、その地域のことについてくわしい保護司たちによって、僕はケアされ続けた。反対に、僕をこの世に産みだした母は、僕との同居を頑なに拒んだ。その事実を聞かされても、僕の心はもう波立つことはなかった。

ガス台の前に立ち、鉄瓶で、さきさんが飲むための漢方薬を煮出していた。

炎を調節し、とろ火にする。甘いような、それでいて鼻の粘膜を刺激するような独特な香りが台所に広がる。振り返ると、さきさんは右腕を枕にして、軽いいびきをかいている。ガスの火をもう一度確かめてから、僕はさきさんが寝ている居間の襖を開ける。照明はつけない。足の裏にひんやりとした畳の感触を感じながら、僕は奥へと進む。

「気がついたときでいいんだから。思い出したときに、お線香の一本もね。あの子のために」

初めてこの家に来たとき、さきさんはそう言った。部屋の隅に黒い大きな仏壇があり、たくさんの位牌が並べられていた。ずいぶんと古いものも含まれているようで、表面に書かれている金色の文字が、もうすっかり消えてしまっているものもあった。

「ここでお祈りしてもいいの？」

「ここから天国に通じているのよ。ほら、あれよ、どこでもドアみたいなものよ」

「どこ、でも？……って、なんのこと」

「倫太郎は知らないか。……いいからこうして」

そう言いながら、さきさんは慣れた手つきで溶けかかった白い蠟燭に火をつけ、そこに線香をかざした。鈴《りん》を鳴らし、手を合わせる。僕も見よう見まねで、同じことをした。

けれど、何度ここで線香をあげても、何をお祈りしていいのかわからなかった。

僕が十四歳のときに殺した七歳の少女に何と言ったらいいのか、考えても考えても答えは出なかった。それでも、僕は手を合わせた。

目を閉じたまま、あの子の名前を心のなかでつぶやく。光《ひかる》ちゃん。

ひどいことをしてごめんね。僕だけ生きていてごめんね。

僕は絶対にしあわせにはならないから安心してね。

土を練って、器を作って、死ぬまで、静かにただ、生きていたい。たった一人で。

ふいに、この前からちらちらと頭をよぎる一人の女の子の姿が浮かんだ。

この前、いきなり工房にやってきて、僕に話しかけた一人の女の子だ。

「毎日、ここで働いているんですか？」

「いつからここにいるんですか？」

そんなことを僕にまとわりつきながらいきなり聞いた。何と答えていいかわからず、僕はただ黙っていた。ほかにも聞きたいことはあるみたいだったが、いつの間にか消えていた。色が白くて、まっすぐな長い髪で、ふわふわしたスカートをはいていた。あのときみたいだ、と僕は思った。

僕に声をかけてくれた光ちゃんみたいに、あの子も僕に声をかけてくれた。

僕がどうしようもなく、ひとりぼっち、ということに、どうしてあの子は気づいたんだろう。

Ⅷ　ただいま。

カーテンも閉めていない黒い窓に、ベッドに寝っ転がった自分が映っている。

夕方にバイトから帰って来て、スマホを握りしめたまま、うつらうつらとしてしまったようだ。スマホは何度か、手のなかで、ちりり、ちりり、と鳴って、メールやLINEのメッセージが来たことを知らせていたけれど、寝ぼけ眼で送信者を確認するたび、その、どれもが、今すぐ読みたいものじゃないことに落胆し、私はまた目を閉じて浅い眠りのなかに滑り落ちていった。

空腹に耐えかねて体を起こす。再びスマホが鳴る。

母からのメールだ。けれど、それを読もうという気にはならなかった。母が今いる場所。いつまでそこにいるか。大学には休まず通うこと。自分がいない間に、勝手に家を空けないこと。外泊や、旅行は禁止。母のメールは、テンプレートで作ったように、いつも同じだったから、読まなくても予想はついた。

母は先週末から台北にいる。恋人であるMさんが亡くなってからというもの、それまで以上に仕事に没頭していた。私が大学に入ってから、もう、子育ての荷はほとんど降ろしたと思ったのか、私をマンションに残し、一カ月に二十日近く、ソウルや香港、上海や台北といったアジアの各都市で過ごしていた。Mさんが亡くなった直後の、憔悴しきったような母の姿はもうどこにもなかった。ハルノブ様の聖地めぐりを趣味にしていた自分には、母の不在は好都合だった。母に隠し通せる、と気が大きくなっていた。だけどある日、部屋に入ってきた母が、机の上に出したままにしていた新幹線のチケットに目をとめた。母は私を問い詰めた。

「私がいない間に、何をしているの？　誰と？　何のために？」

そう聞かれて、黙るしかなかった。

「どうして私に何も言わずに出かけるの？」

母と目を合わすことができず、机の端っこをただ見つめていた。

「……莢《さや》を大学に行かせるために、お母さん、こんなに一生懸命働いているのに」

母の言うとおりだ。ボーイフレンドと泊まりがけの旅行に出かけているわけではないのだ、と何度説明しても、母は納得しなかった。もしかしたら、ボーイフレンドとの旅行のほうがまだ、母も納得するかもしれなかった。娘が、殺人犯の追っかけをしていると聞いて、喜ぶ親はいないだろう。何をどう説明したらよいかわからないまま、私は母の前で口を閉ざし続けた。しばらくの間、外泊も、旅行も禁止。出張中は、夜に必ず、居場所をメールすること。それが母と、私との間の約束になった。

照明を点けないまま、机に置かれたパソコンを開く。ハルノブ様のサイトも、もうずいぶん更新していない。それでも、神戸、少年A、十四歳、といった検索ワードで、たどりつく人がいる。このサイトを作ったときには、実際のところ、ハルノブ様のやったことなんて、たいして興味はなかった。十四歳で七歳の女の子を殺した、かっこいい殺人犯。ネットから拾った顔写真が、自分好みの顔だった。ハルノブ様に興味を持ったのも、そんなきっかけだった。聖地巡礼として、ハルノブ様がいるかもしれない町を訪れたのも、追っかけと同じだ。一生口をきくことのないステージの上のアイドル。ドラマや映画のなかで見ることしかできない違う世界の人。

ハルノブ様は私のなかでそんな存在だった。あの日までは。

なっちゃんから放たれたあの言葉が、強い力で私を射貫いたその瞬間、ハルノブ様という人は、私のなかで実体を持ち、一人の人として奥行きを持ち始めたのだ。なぜなら、ハルノブ様に娘を殺された母親がなっちゃんだったからだ。

パソコンから離れ、部屋の照明はつけないまま窓に近づいた。

机の横に乱雑に積まれた本が、倒れ、床を塞いだ。そのどれもが、ハルノブ様が起こした事件について書かれた本だった。書店や、ネットで手に入るものは、もう、ほとんど読みつくしたはずだ。窓ガラスに額をつけた。その冷たさが心地良くて目を瞑った。

あの町から帰ってきた私は、事件をもう一度、復習した。

私も行ったことのある、神戸のあの町で、ハルノブ様がやったことのすべて。興味本位でサイトを作っていたときからは想像もできないくらいの、つらい作業だった。

真夏とは思えないほど、ひんやりとしていた給水塔までの道。その道を手をつないで歩く、十四歳のハルノブ様と、七歳の女の子の姿は、まるで映画のように、私の頭のなかで再生される。錆び付いた螺旋階段を上っていく二人。ハルノブ様は女の子に町の夜景を見せて、それから……。

そのあと、ハルノブ様がしたことを想像すると、時々、口のなかに酸っぱいものがこみ上げてきた。だって、あの事件は小説や映画の出来事じゃない。誰かが頭のなかで想像した妄想や物語じゃない。私が実際に出会った、なっちゃんの娘さん、光《ひかる》ちゃんが命を奪われた事件だ。ハルノブ様が、一人の人間として、くっきりとした輪郭を私のなかで持ち始めたように、光ちゃんもまた、私の中で、一人の女の子として生き始めたのだった。

いくつかの本には、光ちゃんの顔写真が掲載されていた。幼稚園に入園した頃、七五三の着物姿、小学校の入学式。光ちゃんは、お母さんのなっちゃんにやっぱり似ていた。小さな手で慣れないピースサインを作り、まぶしそうにカメラを見る光ちゃん。なっちゃんは、光ちゃんの写真が自分の知らない人たちの目に触れ、かわいそうな子だ、と思われることをどう思っているんだろうか、と、ちらりと思った。

私があの町で言葉を交わしたなっちゃんは、とても、そんな体験をした人に見えなかった。ごく普通の、人のよさそうな、面倒見のいいおばさんだ。ハルノブ様への怒りを溜めているようにも、光ちゃんを亡くした悲しみにひたっているようにも見えなかった。なっちゃんは、あの事件のルポを書いている作家さんの手伝いをしている、と私に語った。それが本当か嘘かはわからない。けれど、なっちゃんは、多分、ある確信を持って、あの町に行ったんだ。あの町に、ハルノブ様がいると信じて。

突然、大事な人を奪われてしまう、ということを、私は想像してみた。自分にはそんな経験がないからだ。まず思い浮かべたのは、母のことだった。私は母がつきあっていたMさんという人が苦手だった。Mさんには家庭もあったし、子どももいた。Mさんが私と母のマンションに泊まりに来ることが死ぬほどいやだった。十代の私をMさんは気持ちの悪い目で見たこともある。そんなMさんが母と一方的に縁を切った。嫌いな人であっても母にはしあわせになってほしかったのに。だから、ハルノブ様に頼んで、母を不幸な目に遭わせたMさんをひどい目に遭わせてほしいと願った。

ハルノブ様にはそういう力があると信じている人がいたし、その頃、私もその噂を信じていた。けれど、今になって思えば、私がひどい目に遭わせてしまったのは、死んだMさんではなく、母のほうだったんじゃないかと思うことがある。

かたい表情で、仕事に出かけて行く母を見るたび、母を支えていた大きなものを、私は奪ってしまったんじゃないだろうか、という気持ちになった。母にとっては、二度目だ。父と、そして、Mさんと。

母のことを考え、そして、私が生まれる前に死んだ父のことを考えた。神戸という町でパンを作り続けていた父のこと。大きな煉瓦のオーブンと共に瓦礫のなかに閉じ込められ、おそらく焼け死んだ父のことだ。

「お父さんがかわいそうでなぁ。こんなかわいい娘さんが成長するとこ、見たかったんとちゃうやろか」

初めて会った日、なっちゃんはそう言った。

光ちゃんのことを思い出していたんだろう。けれど、Mさんや、私の父が死んだのは、事故や天災だ。光ちゃんとは違う。光ちゃんの命を途絶えさせたのは一人の人間だ。たった、十四歳の少年だ。そんなことに、どうやって、整理をつけて、なっちゃんは毎日過ごしているんだろう。

窓の外に目をやると夜景の光が瞬いていた。シャーレの中で繁殖した黴のようだった。地上には負けるけれど、空にも、ちかちかと光る星がよく見えた。南の空に、ほかの星よりもいっそうきらびやかに輝いているのは、なんていう星だろうか。

強く光っている星を、窓ガラスの上から、指でたどりながら、私と、なっちゃんと、ハルノブ様かもしれないあの人は、神戸という町と、そこで起こったあの大きな地震、そして光ちゃんが殺された出来事によって、どこかでつながっているのかもしれない、と、ぼんやりとそんなことを考えていた。

遠くの空で、まるで誰かに合図をするように小さな星が瞬く。

「葵ちゃんが好きなあの子な。おばちゃんの娘を殺した子や」

頭のなかで、また、なっちゃんの声が再生される。

十一月、あの陶芸工房に二人で行こうとしたとき、なっちゃんは、私にそう告げたのだった。

強い風が吹いて、木々の揺れる音や、葉がこすれる音や、ふくろうみたいな鳥の声が、どこからかずっと聞こえてきたことだけを覚えている。まだ、夕暮れには早い時間だったけれど、太陽はもうすっかり山の陰に隠れて、街灯もないようなまわりには、うすくらやみが広がっていた。暗くて、なっちゃんの表情もわからなかった。泣いていたら、どうしようと、どきどきしたけれど、なっちゃんは泣き声ではなかった。

私となっちゃんはそのまま道を引き返し、バス停で一時間ほど待ち、やっと来た誰も乗っていないバスに乗った。いちばん後ろの席に、二人並んで座っていたけれど、私もなっちゃんも口を開かなかった。バスが揺れるたび、ゆらゆらと揺れるつり革を、私は見るともなしに見ていた。胸のなかにはいろんな感情が渦巻いていた。けれど、それを言葉にすることに、どうしてもためらいがあった。

真っ暗な山の中の道を過ぎて、町の灯りが少しずつ増えていく頃、ふいに、なっちゃんの手が、私の手を包んだ。なっちゃんの手は乾いて、かさかさしていたけれど、あたたかかった。今、なっちゃんをなぐさめなければいけないのは、たぶん、私のほうだ。そう思ったけれど、どんな言葉をかけていいのかわからず、ただ、黙っていた。

ホテルに戻り、フロントで鍵をもらって、ツインの部屋に入った。その日は、二人一緒のほうが安くなるからと、私となっちゃんと同じ部屋に泊まろうとしていたのだ。部屋に入ったあとも、二人とも口を開かなかった。

私はひどく疲れて、着替えもせずに、ベッドの上に倒れこみ、そのまま眠ってしまった。翌朝、目を覚ますと、眠ったときにはかけていなかったはずの布団が体の上にかけられていた。

起き上がり、部屋をぐるりと見回しても、なっちゃんはどこにもいなかった。トイレにも浴室にも。なっちゃんの荷物も消えていた。なっちゃんが寝るはずだったベッドも使われたあとがなかった。昨夜、部屋に入ったときのまま、皺ひとつないベッドカバーがかけられていた。泣いたわけではないのに頭はひどく重かった。ぼんやりとしたまま、ベッドに腰掛けると、横にある小さなテーブルに、「葵ちゃん、ほんま、ごめんな」と、書かれた小さなメモが残されていた。

あの日から、なっちゃんからのメールはない。それまでは、毎日のようにやりとりしていたのに。目が覚めてから夜眠るまで、スマホを開いては、そこにあってほしい名前がないことに、私は落胆し続けた。

あの工房に私が初めて行ったのは、高校三年生、去年の秋だ。エスカレーター式に上がれる大学への入学が決まっていたので、受験勉強をする必要もなく、時間を持て余していた。二学期の中間試験が終わった週末、母が出張でいないのをいいことに、私は日帰りで訪ねたのだった。

「まぁ、東京からわざわざいらしてくださったの？」

ギャラリーに併設されたカフェのカウンターで、渡された用紙に名前と住所を書いた私に、どこか少年のような雰囲気のあるおばさんが声をあげた。胸のネームプレートには岡崎、と書かれている。

「先月、ここで個展を開いていた作家さんの展示会に母が来たんです。ほんとうは今日も、母が来るはずだったんですけど、仕事の都合で急にだめになっちゃって。だけど、私も陶芸には興味があったし、……それに、ここのコーヒーもおいしいと聞いたので……一人で来ちゃいました。あの……教室が始まる前に、コーヒーをいただいてもいいですか?」

とても自然に、自分の口からつるつるとあふれ出す嘘に、自分自身が驚いていた。私がそう言うと、岡崎さんは目尻に皺をたくさん寄せて、うれしそうに笑い、カウンターの向こうでコーヒーの準備を始めた。

教室が始まるまでには、まだしばらく時間がある。本当はコーヒーなんて好きじゃなかった。けれど、できるだけ、この場所の情報が欲しかったし、岡崎さんという女性とも話をしてみたかった。自分のサイトを充実させるために。

窓からやわらかな日差しが差し込んでくる。お昼すぎとはいえ、山のなかの空気は、東京と違って、きりりと引き締まったように冷たいが、ギャラリーの中は真ん中にある大きな薪ストーブのおかげで、ほどよく温められていた。

私以外には、まだ、教室に参加するような人は来ていないようだった。ことっ、と音がして、私の目の前にコーヒーカップが置かれた。ころん、とした丸みが特徴的な小さなコーヒーカップだ。陶芸のことなど、なにひとつわからないけれど、ターコイズブルーのような複雑な色味がとてもきれいだった。

「これ、すっごく、かわいい」

思わず声をあげると、

「でしょう? かわいいだけじゃなくてとても使いやすいんですよ。ファンも多くてね……。後ろに、ほんの少しだけど展示があるので、良かったら見てくださいね」

と、まるで、自分のことを褒められたように岡崎さんが微笑んだ。振り返ると、壁沿いに作られた木の棚の真ん中あたりに、このコーヒーカップと同じような色味の皿や湯呑みが並んでいた。ちりん、とドアにつけられた鈴が鳴り、一人の中年女性が入って来た。

今日の教室の参加者らしく、岡崎さんがさっきと同じように対応を始めた。

私はスツールを降り、棚に近づいてみた。茶碗や皿や、コーヒーカップなど、さまざまな色と形の陶器が、作家ごとに飾られている。同じ陶器でも、いろいろあるものなんだ、と思いながら、私は作品を眺めた。もしかしたら、このなかに、ハルノブ様の作った作品があるかもしれない、と思うと、ひとつひとつ時間をかけて、熱心に見つめてしまう。上の棚には、黒っぽい色味の、ざらざらした土の触感をいかした器が並べられていた。もし、ハルノブ様が作るのなら、あんな感じじゃないだろうか、と勝手な想像をしながら、その皿の表面に指先でそっと触れてみたりもした。

さっき、岡崎さんが私に出してくれたコーヒーカップと同じ作者らしい作品を、もう一度眺める。複雑な青。光の加減によっては緑にも見えた。どんな人が作っているんだろ、と思いながら、湯呑みを手にとってみた。ぽってりとした丸みが、手のひらのなかに心地良く納まった。陶器って、ぜんぜんわからないけれど、土でできているせいか、温かみのあるものなんだな、と思った。

いつの間にか隣に立っていた、さっきの女性が、茶碗を裏返して見ている。そんなところにも注目するものなのか、と思いながら、私も思わず、湯呑みを掲げ、底を見た。そこには、「倫」という一文字が、刻まれていた。尖った鉛筆の先で彫ったような浅い溝。倫子さん、だろうか。倫さんだろうか。こんなに綺麗なものを作るのは、さぞかし美しい女性なんだろうな、と思いながら、その器を棚に戻した。

ギャラリーの奥、少し坂になっている山の奥に、簡単なプレハブ造りの工房らしき建物が見え、さらにその奥にも道が続いている。山の木々の隙間から、細い煙が立ち上っていた。

この工房で毎月、陶芸の体験教室が行われていることはホームページで知った。岡崎さんに、名前と住所の記入を求められたとき、ここの場所に近い住所を書いたほうがあやしまれないかもしれない、と思ったけれど、その場所のことを知らなければ、嘘がすぐばれるだろう、という気がした。だから、正直に東京の自宅の住所を書いた。

この町に来る前にもう一度、ネットの情報を集めてみたけれど、ハルノブ様がこの町にいる、山の奥の、地元の人でなければ行かないような陶芸の工房にいる、という噂は確かに根強くあった。けれど、ハルノブ様の情報を集めたサイトでは居場所の情報はすぐに更新される。ここでなくて、同じ町にあるショッピングモールの清掃員をしている、という噂もまだあったし、九州の最南端にある岬のそばの缶詰工場で働いている、という新しい噂も、掲示板を賑わせていた。

今のハルノブ様の顔も知らないが、顔を見れば、この人がハルノブ様だろうと、私にはわかるような気がした。なぜだか不思議と、そんな確信があった。けれど、ギャラリーには、それらしき男の人はいない。いるとしたら、工房か、窯の……。

「そろそろ時間が来たので、工房のほうにお集まりいただけますか？」

いつの間にか、ギャラリーのなかに集まっていた数人の人たちに、岡崎さんが声をかけた。皆でギャラリーを出て、ぞろぞろと工房に向かった。私以外には、中年の女性四人に、おじいちゃんと呼んでもいいくらいの男性が一人、女性たちは友人同士なのか、工房に行く道すがら、楽しそうに会話を続けていた。

指導してくれるのはエプロンをつけた二十代くらいの若い女性の先生と、さっきの岡崎さんだった。あらかじめ練られた粘土を使って、電動式のろくろを回して、お碗を作るというのが、初心者向けの体験コースで、今日は粘土で形を作るまで。焼いたり、色をつけたりは、工房の人がやってくれるらしく、都合のいいときに、完成品を取りに来る、という段取りになっていた。

岡崎さんが説明をし、エプロンをつけた参加者たちが、ろくろの前に座り始めた。けれど、私の今日の目的はろくろを回すことじゃなくて、ここにハルノブ様がいるかどうかを確かめることだ。楽しそうに体験しながらも、時々、わざとらしく、おなかが痛そうなふりをして席を立ち、工房の外にあるトイレに何度となく向かった。

工房から続く山の道の奥に窯がある。来たときと同じ、細く、空に向かって上っていく煙。そこには誰かがいるような気がした。後ろを振り返る。工房から誰かが私を見ている気配はない。緩やかな坂になっている道を、私は駆け上った。左に曲がる道が窯に続いている。迷いもなくその道を曲がり、窯の前に立った。もし、ハルノブ様がそこにいたら。そう思うだけで、鼓動が激しくなる。けれど、そこには人の気配がなかった。ぐるりと、窯のまわりを見回してみても、誰もいない。それを確認すると、いったい、自分はこんなところまで来て、何をしているのだろう、という気持ちがわき上がってくる。工房に戻って、再び、ろくろを回していると、ふいに涙がわいた。その瞬間、ろくろで回っていた粘土が、ぐしゃり、とひしゃげた。

二回目にこの工房に来たのは、もう年末に近かった。

どこかで誰かに、もうそんなことはやめたほうがいい、と言ってほしかった。ハルノブ様を好きになって、その人がいるかもしれない町を訪れる旅など、馬鹿らしいことだと言ってほしかった。私に、区切りの言葉を、終わりの合図をかけてほしかった。この前作った完成品を取りに行って、もう、そこに、ハルノブ様がいないとわかったなら、私はもうハルノブ様を訪ねる聖地巡礼の旅をやめようと心のどこかで思っていた。

「なかなか来られなくてすみませんでした……」

「遠いんだから、こちらから送ってあげても良かったのよ」

宅配便で送りましょうか、という岡崎さんからのメールを断ったのは私だ。もう一度、この工房に来たかったから。

岡崎さんは初めて会ったときと同じように、人なつこい笑顔を私に向けながら、私が作ったお碗をカウンターの上にのせた。

「初めてにしてはまずまずの出来よ。筋がいいわ……」

そう言いながら目を細める。お世辞だとわかってはいたが、ありがとうございます、と口のなかでつぶやくように御礼を言った。目の前には私が作った茶碗のようなものがあるが、これをあの日にほんとうに自分が作ったんだろうか、と思うほど記憶がない。

年末、年始に使う食器を選ぶためだろうか、ギャラリーには、入れ替わり、立ち替わり人がやって来る。岡崎さんは、ちょっとごめんなさい、と言いながら、お客さんの対応に追われていた。その隙を見て、ギャラリーを出た。工房と窯を最後に見ておきたかった。

店の裏にある工房の戸は開け放たれていた。そっと中を覗くと、この前、陶芸教室で指導してくれた女性の姿が目に入った。思わず、私は戸の陰に隠れる。もう一度、中を覗いてみるが、彼女以外に人の姿はないようだった。ため息をついて、空を見上げた。細い黒い煙が立ち上っているのが見えた。山の奥、多分、窯のある場所に続く道。その道の先で、なにか、白いものがちらちらと揺れたような気がした。私は駆けだしていた。

息が切れる。はぁ、はぁ、と息をするたび、肺のなかに、山の冷たい空気が満たされていくけれど、頬と耳だけは熱を出したように熱かった。

道の先に白いシャツの背中が見える。背中でバッテンになっている黒いエプロンの紐がよじれている。どうしてその背中が、ひどくなつかしいと、私はそのとき思ったんだろう。袖をまくり上げた腕は、ところどころ粘土で汚れていた。

「あの、あのっ」

背中に声をかけた。

けれど、その人は立ち止まらない。通せんぼするようにその人の前にまわった。顔には何の表情もない。私の顔を見ようともしない。伸びすぎた前髪が目のあたりを覆っている。その前髪の奥の目は、まっすぐに前を見ている。そして、私が見上げるくらい背が高い。何か言葉を発さなければ、と思った。

「いつからここにいるんですか？」

「毎日、ここで働いているんですか？」

駄々をこねる子どもがお母さんにまとわりつくように、その人のまわりをぐるぐる回りながら聞いた。ハルノブ様の写真を見て、この人のことが好きだ、と思ったのは、ハルノブ様の顔が好きだったからだ。会えば絶対にわかる、とあんなに自信があったのに、いざ会ってみたら、その人がハルノブ様かどうか確信はなかった。けれど、すごく、すごく、きれいな顔の人だ、と思った。私が何度も眺めた子どもの頃のその人の顔に、今のこの顔が続いている、という気がした。

もしかして耳が聞こえないのかな、と思うくらいに、私の言うことを、私の存在を無視していた。私の横をすり抜けてその人は大股で坂道を上り始めた。その人の背中を小走りで追う。坂道は、意外に傾斜がきつくすぐに息が切れた。瞬く間に私のはるか先に行ってしまう。窯に向かったのか、煙が空にたなびいているほうへ曲がり、その人は、私の視界から消えた。私は立ち止まり、膝に手をついて、ぜーぜーと息をした。息を吸い、吐くたびに、胸の奥の深いところを、爪でぎゅっとつねられている気がした。会えた。やっと会えた。お風呂に長くつかり過ぎたときみたいに、頭がぼうっとして、もうなにも考えられなくなっていた。

「……なんだか、少し顔色悪いけれど、だいじょうぶ？　駅まで車で送りますね。もう、この時間になると、バスもなかなか来ないのよ」

ギャラリーのカウンターに座ったまま、ぐったりとしている私に岡崎さんが声をかけてくれたのは、もう夕方に近かった。ギャラリーに来ていた人たちも、駐車場に停めていた車に乗って、どこかに走り去っていく。その様子を放心したように見ていた。

「遠いところだけれど、また来てくださいね。今度はお母様とぜひ。あのね、これ、良かったら使ってください」

車のエンジンをかける前に、助手席に乗っている私の手の上に、岡崎さんは小さな箱をのせた。

「箸置きなのよ」

そう言いながら、岡崎さんが車を発進させる。

あ、ありがとうございます、と小さな声で返事をしながら、私の頭のなかはさっき見たあの人のことでいっぱいだった。

太陽が陰に隠れた山の道は、時々、対向車とすれ違うだけで、車はほとんど走っていない。岡崎さんが急にクラクションを鳴らした。なんだろう、と思うと、道の少し先を走っているマウンテンバイクに乗っている人が、右手を高くあげた。あの人だ。さっきの。その顔を思い出すと、ぎゅっとつねられたような胸の奥が、急に温度を上げた気がした。目で追うと、マウンテンバイクは急に左に曲がり、山の中に続く細い道を進んで行った。

「……お知り合いですか？」そう聞くと、

「倫太郎、これから、ばあちゃんの家ね」と、岡崎さんがひとりごとのように言う。

「りん、た、ろう?」

「ええ、うちの工房で働いている子なんですよ」

ハンドルを片手で握り、岡崎さんは右手のひとさし指でぽりぽりと鼻の横を掻いた。

「ほら、あなたが最初、ここに来たときに、かわいい、と言ってくれたあのコーヒーカップ。あれ、倫太郎のです。その箸置きもそうなのよ」

陶芸の話をしているとき岡崎さんの声はいちだんと高くなる。ほんとうにこの人は陶芸が好きなんだな、と思いながら、初めてギャラリーに来た日、岡崎さんが出してくれたコーヒーカップと、棚に飾られていた、ターコイズブルーの器を思い出していた。湯呑みの裏に彫ってあった、倫、という文字。

りんたろう? あの人は、倫、太郎、なのだろうか。ハルノブ様は、倫太郎なのだろうか。岡崎さんは、夢中になって、倫太郎という人が作る作品のすばらしさを語り続けている。その言葉に、曖昧な返事をしながら、振り返り、あの人が曲がり、走り去っていった道の先をいつまでも目で追っていた。


春が来て、形ばかりの卒業式を終え、エスカレーター式に大学に上がったあとも、私はあの場所に行き、もう一度、倫太郎と呼ばれる人に会う機会を窺っていた。大学に行く時間よりも多く、アルバイトを続け、私はあの町に行くためにお金を貯めていた。

中学、高校は、男子部、女子部、と分かれていたが、大学に入ると、男女共学になる。まるで、暖流と寒流が混ざり合うように、友だちは彼氏を作り大学生活を楽しんでいた。

「もう、葵！　まだ、やってんの？　そんなこと」

中学、高校の同級生で、数少ない友だちの一人、のんちゃんは、私よりももっと頭のいい大学に通っていた。久しぶりに会ったカフェで、私がハルノブ様本人に会ったかもしれない、と、打ち明けると、のんちゃんは眉間に皺を寄せて怒り始めた。

「頭、おかしいんじゃないの、葵……」

そうだ。私はほんとうに、おかしいのかもしれない、と思うことがあった。

あの人がこの国のどこかで生きている、と思うと、胸が張り裂けそうになる。あの日、あの人に会った出来事を、何度も何度もくり返し思い出していた。そのたびに涙がにじむ。一度、見ただけなのに、私は確かにあの人に恋をしていた。殺人犯かもしれないあの人に。

それでも、そんな自分や、生活を変えたくて、のんちゃんに誘われるまま、合コンに出たこともあった。誰か、もっと好きな人ができれば、あの人のことなど、忘れられるかもしれない、と思った。けれど、目の前にいる男の子たちのほうが、私にとっては、まるで現実味がない実体のないものなのだった。

やっとお金が貯まり、再びあの町に行くことができたのは、大学の長い夏休みが始まる頃だった。あの人に会うことはできなかったけれど、あの町で、なっちゃんに出会った。なっちゃんは、懐かしい、私が生まれた町の言葉を話した。私のサイトを見ていたと知ったとき、逃げだしたくなるくらい驚いた。なっちゃんとあの工房に行くとき、お母さんの振りをしてもらおうと思っていた。そして、あの人がハルノブ様かどうかを、なっちゃんと二人で確認したかった。自分一人では怖かったのだ。

連絡のとれなくなってしまったなっちゃんに、たまらなく会いたかった。

なっちゃんの娘を殺したあの人に、私は会ってもいいのだろうか。あの人を好きになってもいいのだろうか。なっちゃんに許してもらいたかった。

バッグの中から、布でできた小さな巾着袋を取り出した。岡崎さんがあの日くれた箸置きがふたつ入っていた。ターコイズブルー、それはあの人が好きな色なんだろうか。水滴のような形の箸置きを一個、手のひらにのせてみる。こんなにちいさくてかわいいものを作る人が、あんなにひどい方法で人など殺すだろうか。

なっちゃんの言葉と共に、そんな疑問がまた、私の頭を締めつける。あの人はハルノブ様じゃないかもしれない。陶芸をしている、ただの倫太郎、という人なのかもしれない。そうだとしたらどんなにいいだろう、と、思う自分がいた。大好きななっちゃんの娘を殺した人を、こんなに好きになれるものだろうか。もう何度となく、くり返した問いだ。けれど、考えても、考え続けても、答えは出なかった。


「岡山の、おばあちゃんのお墓参りに行きたいの。だって、もう、しばらく行ってないでしょう。お母さんに信用してもらえないかもしれないけれど……」

仕事から帰って来た母にそう伝えると、母は何も言わず、氷の入ったグラスに白ワインを注いだ。仕事柄、十二月に入ると、年末まで、母はいくつもの忘年会に駆り出されていた。珍しく早めの時間に帰ってきた母は頰を赤く染めていた。お酒のせいかもしれないが、いつもより上機嫌に見えた。

母は目を伏せてグラスに口をつける。母を納得させたいがために私がついた嘘だ。

「葵に厳しくしたのは……」

母は自分に語りかけるように口を開いた。

「……誰かが急にいなくなってしまうことがほんとうに怖いからよ」

同意を求めるように母が私を見る。私は何も言わずに頷く。

「葵を、失うのがこわいの」私は何も言わずに頷く。

やっぱりだめかもしれないな、そう思って、私はしばらくの間、母の座るソファのそばに立っていた。つけっぱなしにしたテレビからクリスマスソングが聞こえてきた。

「一泊だけ、一泊だけで帰ってくるなら……」

かすかに笑いながら、母が私の顔を見る。いいの？　と視線を投げかけると、母は、うん、と頷いた。子どもの頃のように母の首に抱きつくと、母がくすぐったそうな声をあげた。母の許可が出たうれしさとともに、母の思いを知りながら、嘘をついているのだ、という罪悪感が私を切り裂いていく。嘘を重ね続けている自分は、どこまで愚かなんだろう。

なっちゃんの家の場所は、行ったことがなくてもわかっていた。被害者の自宅として、なっちゃんの家の住所をのせているサイトがあるからだ。けれど、そのサイトの非常識さを笑う権利は私にはない。同じことを自分もしていたからだ。

三宮から乗った地下鉄を降り、駅のロータリーを抜けて、住宅街を歩いていく。この前、来たときと町の風景はほとんど変わっていないが、日差しの弱さのせいだろうか、冬のほうが、なんだか寂しげな雰囲気が漂っていた。

似たような二階建て住宅の並ぶ一角、表札をひとつひとつ確認しながら、ゆっくり歩いた。通り過ぎる私に向かって、どこかの家の犬が激しく吼え続けている。いくつかの家を過ぎて、低い門扉の向こう、庭に置かれた物干し竿から、乾いた洗濯物を取りこもうとしているサンダル履きの女の人の姿が見えた。

「なっちゃん……」そう声をかけたが気がつかない。

もう一度、大きな声を出した。振り返ったなっちゃんは、私の顔を見て、しばらくの間、立ち尽くしていた。なっちゃんの腕の中から、茶色いバスタオルがひらりと、下に落ちた。

「なんや、おかえり……よう、帰って来たな」

バスタオルを拾いもせず、私に近づきながら、なっちゃんが小さな声でそう言った。関西の人らしい冗談だとわかっていたけれど、思わず私も、ただいま、と言ってしまったのだった。

「なっちゃんに会いに来たで」

そう言うと、なっちゃんは私の手を握ったまま、私を家のなかに入れた。あのときと同じ、かさかさしているけれど、あたたかいなっちゃんの手だった。家の中に入ると、なんとなくお線香の香りがしたような気がした。家そのものは古いのかもしれないけれど、玄関も廊下も、埃ひとつ落ちていなくて、どこもかしこも、ぴかぴかだった。それが、なんだかとても、なっちゃんらしかった。

「茨ちゃんは運のええ子やな。今日はおいしい苺のショートケーキのある日やで」

私をソファに座らせ、なっちゃんはキッチンでお茶の準備を始めた。私がなんで、突然ここに来たのかも聞かないまま。

廊下から足音が聞こえリビングのドアが開いた。ソファに座っている私を見て、髭の伸びたジャージ姿の中年の男の人がびくっ、とするのがわかった。

「……な、なんや、お客さんか……」

「なんやの、お客さんの前でそんな格好で、もう恥ずかしい。一緒に旅行に行った茨ちゃんや。何遍も話したやろ。私が旅行先でお世話になった東京の大学生。でも、この子、出身は神戸や。ルミナリエ見に来たんやて」

そう言いながら、なっちゃんが目配せをする。私も笑いながら頷いた。男の人は軽く私に向かって頭を下げると、リビングを出て、慌てて階段を上がっていく。

「あれは私の旦那さん。ごめんな、ちょっと体調崩してな。家で休んでるもんやから」

なっちゃんが私の前にショートケーキののった皿を置いた。

「おいしいで。何個でも食べ。茨ちゃん、今日は泊まっていくんやろ。さて、夕ご飯は何つくろかな」

まるで私に何も話させないように、なっちゃんは早口でそう言って、私の頭を一度撫で、再びキッチンに戻っていった。

もし、なっちゃんに会えなければ、すぐに帰ろうと思っていたから、ホテルは予約していなかった。ここに泊まってもいいものだろうか、と思う間もなく、なっちゃんはキッチンでがちゃがちゃと大きな音を立てながら、夕食の準備を始めようとしていた。

「なっちゃん、なんか手伝う……」

私の姿を見て、なっちゃんが驚いたような顔をした。

「せ、せやな。じゃあ、これ、野菜でも刻んでもらおかな。服が汚れるとあかんからな。エプロンつけてや」

なっちゃんが渡してくれたエプロンをつける。背中のエプロンの紐をなっちゃんが結んでくれた。髪の毛をゴムで結び、なっちゃんに言われるまま手を動かした。茹でたばかりのじゃがいもをつぶし、炒めておいた挽肉とたまねぎを混ぜ、丸くして、小麦粉や卵やパン粉をつけて、熱した油のなかに入れた。レタスを水につけ、小さくちぎり、きゅうりとトマトと一緒にドレッシングであえる。そのどれも、生まれて初めてしたことだった。

「なっちゃん、コロッケ作ってたんだね」

黄金色に揚がったコロッケを見てそう言うと、なっちゃんがあきれたような声を出した。

ダイニングテーブルの上の大皿には、揚げたてのコロッケが湯気を立てていた。

私の前にはなっちゃんが、なっちゃんの隣には、なっちゃんの旦那さんが座った。旦那さんはさっきのジャージ姿ではなく、トレーナーとデニムに着替えていた。よく見ると、さっきまで生えていた髭もきれいに剃られていて、まるで違う男の人のように見えた。

「さ、食べよか」

なっちゃんがそう言うと、廊下をばたばたと乱暴に歩く音がして、勢いよくドアが開いた。

「もう、急に合コンが流れてしもて」

大学生だというなっちゃんの息子さんだろうか。その男の子の顔にもなっちゃんの面影がある。ドアノブを持ったまま、私の顔を見てぽかんと口を開けていた。お邪魔しています、と、頭を下げると、その人も大きな口を開けたまま、頭を下げた。

「なんやの智《とも》、タイミング悪いな。ほら、食べるで。手ぇ洗ってきて」

なっちゃんにそう言われるまま、ダイニングテーブルに四人で座ってご飯を食べた。小さな頃から、おばあちゃんや、お母さんと二人きりでごはんを食べていたから、こんな風に食事をしたことがなかった。お父さんと、お母さんと、きょうだいがいる生活ってこんな感じなのかな、と思いながら、揚げたてのコロッケを囓った。

本当においしくて、思わず、おいしい、となっちゃんの顔を見て言うと、なっちゃんの目が真っ赤になっていた。まるで、それが合図みたいに、私の斜め向かいに座っているなっちゃんの旦那さんの目から、ぽろぽろと涙が零《こぼ》れた。隣に座っている息子さんも鼻をぐずぐず言わせている。どうしたらいいんだろう、と思いながら、何を言っていいのかわからないまま、私は黙ってコロッケを口に運んだ。旦那さんが声を上げて泣き始めた。

「なんやの、もう……」

そう言いながら、なっちゃんはティッシュの箱を差しだした。旦那さんがティッシュペーパーを何枚か引き抜くと、自分もティッシュペーパーを引き抜き、鼻をかんだ。

「ごめんな、莢ちゃん。せっかく来てくれたのに、こんな家族でごめんな……莢ちゃんがそこにいると、あの子が大きくなって帰ってきたみたいやもん……」

なっちゃんがそう言うと、旦那さんがさっきよりもっと大きな声を上げて泣いた。

コロッケを囓りながら、ハルノブ様を好きになることは、目の前にいるなっちゃんの、旦那さんの、息子さんの、大事な人を奪ったハルノブ様と同罪なのだと、つきつけられた気がした。そう思うと、コロッケの衣が喉の奥の、やわらかい粘膜に刺さってくるような気がして、うまくのみこむことができなかった。

その日は、リビングの横にある和室に、なっちゃんと寝ることになった。

「さ、疲れたやろ。早く寝よな」

和室の隅にある仏壇には、小さな遺影と花が飾られていた。お線香を上げさせてください、と言うタイミングもないまま、パジャマ姿のなっちゃんはさっさと布団を敷き、部屋の照明を消し、体を滑りこませる。まるで私に何も言わせないかのように。

なっちゃんも疲れているかもしれない、と、しばらくの間我慢して黙っていたが、心を決めて、口を開いた。

「なっちゃん……わたしね……」

なっちゃんの布団のほうを見ると、私に背を向けて、寝ているのがわかる。かすかな呼吸の音。

「なっちゃん、わたし……」「莢ちゃん」

私の言葉を封じるようになっちゃんが口を開いた。

「あのとき、莢ちゃんにあんなこと話して……悪かったな」

ううん、と、うすくらやみのなか、なっちゃんのほうを向いて言った。よくは見えないが、なっちゃんの肩のあたりが震えているような気がした。

「今日な、あの子の月命日や……。あの子が死んだ日。だから、みんなびっくりして」

なっちゃんは、殺された、とは言わなかった。

「急に来てごめんね。……なっちゃんにずっと会いたかったんだ」

「うちかて悪かったな。ずっと連絡もせんと……」

なっちゃんがこちらを向いた。腕を伸ばし私の髪の毛を撫でた。

「でもな、莢ちゃんに会えて、ほんまにうれしいわ」

つぶやくようにそう言うなっちゃんの声が次第に小さくなっていき、かすかな寝息に変わった。布団の外に投げ出すように置かれたなっちゃんの腕を、布団のなかにそっとしまい、私も掛け布団を首元まで引き上げた。暗い天井を見ながら、いつまでも眠れずに、布団のなかで寝返りをうった。目の先に仏壇がぼんやりと見えた。明日、起きたら、お線香を上げよう。そう思って、ゆっくりと目を閉じた。

明日、私はまた、あの町に行こうとしている。母にもなっちゃんにも秘密が増えていく。自分のことを心配してくれる人に嘘をつくことの重さが、自分の体にひたひたとのしかかってくるような気がした。それでも、あの人を好きになっていく力はあまりにも強くて、自分はどこか、冷たくて暗いところに放り出されてしまうんじゃないだろうか。

その家の錆び付いた赤い郵便受けに封筒を入れると、ことり、という大きな音がした。岡崎さんが私を車で送ってくれたあの日、倫太郎、というあの人が、マウンテンバイクで向かった細い道の行き止まりに、その家はあった。国道から入ったその道には、畑や朽ちかけたような納屋があるばかりで、人が住んでいるような家はほかにない。ひどく寂しいところだ。

岡崎さんはあのとき、「ばあちゃんの家」、だと言っていた。あの人のおばあちゃん、なのだろうか。もし、あの人がほんとうのハルノブ様だとしたら、おばあちゃんは、ハルノブ様があの事件を起こす前に亡くなっているはずだ。もし、この家に住むおばあちゃんが、倫太郎という人のほんとうのおばあちゃんなのだとしたら、あの人はハルノブ様ではない、ということになる。

あの人がハルノブ様でないとしたら、自分が今抱えている苦しさは、半分になるのだろうか。あの人がハルノブ様だとしたら、自分は今と同じように、あの人のことを好きでいられるだろうか。答えのない問いがまたぐるぐると自分の体を締め付けていく。

岡崎さんには、「あのとき見せていただいた食器が素敵でした」と、メールを出していたが、「新作ができたら、ホームページに写真をアップしますね」と、返事が来ただけだ。あの食器の作者である倫太郎という人について、何かが書かれていたわけではない。倫太郎という人はどういう人なのか、と聞くことにもためらいがあった。

それでも、どうしても、倫太郎という人に自分の気持ちを伝えたかった。それで思い出したのは、岡崎さんに車で送ってもらったあの日、マウンテンバイクで走り去って行ったあの人の背中と、山の奥に続く、細い道だった。

この家が、倫太郎の、ばあちゃんの家なのかどうか、それすらもわからない。そうかもしれない、という仮定だけで、見ず知らずの人の家の郵便受けに手紙を入れようとしている。私はやっぱり頭がおかしい。こんなの、やっていることはストーカーだ。自分でそう思ってしまえば、自分のどこかを納得させることができるような気もした。

家のなかも、広い庭も、しんと静まり返って、人の気配はない。

郵便受けに手紙を入れることができたんだ。今日はもう帰る。東京に帰るんだ。そう思ったとき、家の裏のほうから、誰かの足音がした。小さなおばあさんが、私を見ながら近づいて来る。一瞬、驚いた顔をして、その表情を隠すようにかすかに笑った。

「何か……」

おばあさんが私を見上げて言う。

「あの……」と口を開いたが言葉が出ない。口のなかはからからに乾いていた。

さっき入れた手紙を、郵便受けから無理やりひっぱり出した。封筒の真ん中に、大きな皺が入ってしまったが、それを手で伸ばしながら、おばあさんに差し出した。

「これ、渡してほしいんです。私、あそこで、工房で、倫太郎さんの作品を見て、すごく好きになって」

まぁ、と言いながら、おばあさんの皺だらけの手が、私の手から封筒を受け取る。その封筒をおばあさんは、とても大事なもののように、手で撫でた。

「あなたは、どこかで倫太郎と会ったことがあるの？」

「一度だけ……」

言葉が詰まった。

「一度だけ、工房でお会いしました」

あれが会った、と言えるのなら。

「そうだったの……」

あの子がなんだかぼんやりしているのは、あなたのせいかもしれないね。おばあさんが口のなかでもごもごとつぶやくように言ったが、全部は聞き取れなかった。

「突然、伺ってすみませんでした」

頭を下げ、立ち去ろうとした私の腕を、おばあさんがつかんだ。

「あの子ね、もうすぐここから……」

言いかけたおばあさんがふいに顔を上げた。もうすぐここから……。その言葉の先を聞くことはできなかった。振り返ると、おばあさんの視線の先、白い軽自動車がこちらにやって来るのが見えた。

「仕事の合間にね、私の薬を取りに行ってくれたのよ」

庭先に停められた車のドアが、ばたん、と力強く閉められる音がして、あの人がこちらに歩いて来る。車の中から私が見えていたはずなのに、私には目もくれない。

「寝ていないとだめ、ってあれほど言ったのに」

怒ったような顔でおばあさんに薬袋を差しだした。

「あぁ、怖い怖い。お客さんにお茶を出したら横になるわ」

笑いながら、玄関の戸を開ける。

さ、と、私に目配せをして、家のなかに入れようとする。

「仕事に戻るから」

背中のほうで大きな声がした。振り返ると、家の裏手に停めてあったのだろうか、いつか目にしたことのあるマウンテンバイクに乗ろうとする倫太郎の姿が見えた。

「夜にはまた来るのよね」

おばあさんが再び玄関の外に出て、大きな声でそう言うと、倫太郎は頷きスピードを上げて走り出した。あっという間に倫太郎を乗せたマウンテンバイクが道の先に見えなくなる。大きな声を出したせいか、おばあさんが激しく咳込んだ。

「だいじょうぶですか?」

かがみ込んでおばあさんの顔をのぞき込むと、

「悪い風邪がなかなか治らないだけよ。倫太郎は心配性だからね……」そう言いながら、部屋にあがるように促した。

広い和室の真ん中に大きな炬燵《こたつ》があり、その上には、畳んだ新聞紙や、老眼鏡や湯呑みや、新聞の広告で折ったらしい、四角いくず入れのようなものが所狭しと並んでいる。

岡山のおばあちゃんの家と同じだ、と思ったら、くすっ、と笑いが漏れそうになった。

おばあさんは台所からコーヒーカップを持ってくると、炬燵の上にある大きなインスタントコーヒーの瓶を開け、小さなスプーンで三杯カップの中に入れた。炬燵のそばにある電気ポットからお湯を注ぐ。

「そのカップ……」

見覚えのある色だ。倫太郎の。あのターコイズブルー。

「そう、これね、倫太郎の。あの子、失敗作だけくれるのよ私に」

笑いながらそう言い、湯気の立ったカップを私の前に置いた。

かちかち、と、どこからか、大きな時計の音がするが、それがどこにあるのかわからない。部屋の中はしんしんと冷えるけれど、電気式の炬燵の温度は熱すぎるくらいで、私の足を温めていた。ここに来る前から、じんわりとおなかの痛みを感じていたから、その熱がありがたかった。まだ、夕方には早い時間のような気がしたけれど、家のなかはぼんやりと暗い。おばあさんが立ち上がり、照明の紐を引っ張った。何度か光りが瞬いて、家のなかが急に明るくなる。おばあさんがまぶしそうに目を細めて言う。

「ちゃんと手紙はあの子に渡すから。あなたの住所も書いてあるね？」

はい、と頷くと、おばあさんはかすかにほほえんで湯呑みに口をつけた。

「あの……」

おばあさんが私の顔を見る。上から照明があたってるせいなのか、さっきより皺が深く刻まれているように見えた。

「倫太郎さんは、お孫さん、なんですか……」

おばあさんがしばらくの間、私を見つめていた。ぼーん、と時計の鳴る音がしたが、この部屋ではなく隣の部屋で鳴っているように思えた。

ほつれた白髪の束を耳にかけながら、おばあさんは、また咳込む。咳はなかなか止まらず苦しそうに体を丸める。

「あの、お布団に入って横になったほうが……」

「そうだね。こんなかわいいお嬢さんに風邪をうつしたらいけないね」

そう言っておばあさんはさっき倫太郎が渡した薬袋を開け、手のひらの上に錠剤をいくつか取り出すと、湯呑みに入っているお茶でごくりと飲みくだした。そろそろと立ち上がり、襖を開けると、隣の和室に敷いたままの布団に横になった。

「もうすぐ倫太郎が帰ってくるから……そうしたら駅まで車で送らせるわ」

そう言うと、ゆっくりと目を閉じ、ふーっと一回息を吐くと、すぐに眠りの世界に落ちて行った。しばらくの間、おばあさんのそばにいて、その寝顔を見ていた。さっきみたいに激しく咳をする様子もない。ふと顔を上げる。部屋の隅に黒くて大きな仏壇がある。なっちゃんの家でも仏壇を見た。なっちゃんの家に泊まった翌日、お線香をあげさせてもらいたかったけれど、「はよ、顔洗っておいで」と、なっちゃんに急かされて、結局できないまま帰ったのだった。もしかしたら、なっちゃんは、私にそうされたくないのかもしれない、と思って、私もそれ以上、強く言わなかった。

なっちゃんの家の仏壇は位牌がひとつしかない真新しいものだったが、おばあさんの家の仏壇にはたくさんの位牌が並べられていた。その、ひとつ、ひとつを、なんとなく見ながら、やっぱりあの人は、ハルノブ様なんだろうかと、考えていると、また、おなかがしくしくと痛みはじめる。

襖を閉め、さっきの炬燵に足をつっこんだ。薬を飲まないといけないな、と思いながら、足元の温かさを感じているうちにうとうとした。

私の体を揺さぶる人がいて、目を開け、顔を上げると、黒いダウンジャケットを着た倫太郎が炬燵のそばに立っていた。私を見下ろしてぽつりと言う。

「駅まで。ばあちゃんが送れ、と」

自分の意志でそうするのではないのだ、と宣言するように、倫太郎は私の顔を見ずに、隣の部屋に目をやる。布団の中に横になったままのおばあさんが、私の顔を見て、うん、うん、と頷いた。倫太郎は大股で部屋を横切り、玄関のほうに歩いて行く。慌ててコートを着て、バッグを手にしたまま、何度もおばあさんに頭を下げた。

外灯のない庭は真っ暗で、夜になって、また、いっそう気温が低くなった。倫太郎が車に乗り込み、車内のライトを点けて待っている。慌てて助手席に乗り込んだ。私がシートベルトをつけるかちゃっ、という音が聞こえると、すぐに車を発進させた。

国道に出るまでの道も、国道に出てからも、暗い道が続く。午後六時前、東京に帰る新幹線はまだ余裕である時間だ。車の中に広がる沈黙は、時間が経つにつれ、重みを増していくようだ。けれど、その重たさとは裏腹に、自分のどこかに、足元が浮き上がっていくような喜びも生まれつつあった。隣に座る人が、ハルノブ様でも、倫太郎でも、どちらでもよかった。好きな人の運転する車に、私は今、乗っているんだ。車に乗り込んだときから、この時間がずっと続けばいいと思っていた。道沿いの街灯や、自動販売機の鋭い明るさが目に入るたび、正気になれ、と言われている気もした。遠くのほうに、白い巨大なショッピングモールの灯りが見えてきた。

「あの、すみません、あそこで、トイレに寄ってもらってもいいですか」

倫太郎は何も言わない。無視されるかも、そのまま通り過ぎてしまうかも、と思っていたけれど、車は、ゆっくりとモールに続く道を曲がり、駐車場の中を進んで行く。夕食どきだからか、ほぼ満杯の駐車場の空きスペースを探して、入口近くに車を停めてくれた。その手慣れている感じから、もしかしたら、倫太郎はここに何度も来ているのかもしれない、という気がした。

「すぐに戻りますから」

そう言って慌てて車を降りながら、ここで置いてけぼりにされるかもしれない、と、心のどこかで思っていた。小走りでフロアの奥にあるトイレに駆け込み、用を足すと、そのまま、エスカレーターで下に降りて、コーヒーをふたつテイクアウトした。コーヒーが出来上がるまで、気が気じゃなかった。エスカレーターで上に上がる。車は同じ場所に停まっていた。助手席に座り、ドアを閉める。

「あの、よかったら……」

ハンドルに手をやっていた倫太郎の視線が、私が差しだしたコーヒーの上にとどまる。

「……のめないので……」

小さな声でそれだけ言った。ごめんなさい。私は小さな声でそう言って、足の間にコーヒーを二つ挟み、シートベルトを締めた。車が静かに駐車場を出て行く。駐車場を出てから、駅まで続く道は少しだけ渋滞している。倫太郎に聞きたいことは山ほどある。倫太郎に会うのは、もしかしたら、これが最後になるのかもしれない、と考えたら、何から聞いていいのか、まったくわからなかった。それでも、さっき、おばあさんが言いかけたことが今はいちばん気にかかっていた。もうすぐここから。倫太郎はいなくなるのだろうか。

「あの……」

「誰かが」

倫太郎が前を向いたまま口を開いた。

「少しずつ、いろんな人が気づきはじめているみたいで」

話し始めた倫太郎の横顔を見る。声のトーンで、倫太郎が、とても大事な話をしようとしているとわかっているのに、その横顔に見とれてしまう。

「……たくさんの人が、僕の居場所に気づきはじめたら、僕は日本のどこかに移動させられる。そういうふうになっている」

つぶやくように言う、その声にも顔にも、表情らしきものはない。

「誰かに気づかれないように、僕は移動をくり返している。僕には、たくさんのお金がかけられたから。僕が死んでしまったら、僕にかけられたお金や、かけられた時間がすべて無駄になってしまうから」

倫太郎がすべて話し終えるまで、口を開くのはやめようと思った。

車は少しずつ進み、また停まった。ライトアップされた、ゆり園の看板が遠くに見える。車がこのままスムーズに流れだせば、すぐに駅についてしまう。緊張して忘れていたのに、おなかがまた、しくしくと痛みだした。おばあさんの家で鎮痛剤をのもうとして、そのままうとうとしてしまったのだ。さっきのコーヒーをおなかにあてて、温めようとするが、ふたつのコーヒーはもうすっかり冷めている。ほとんど口をつけないままだった。おなかの痛みが強くなって、少しずつ、体が前に傾いてしまう。

「僕が、誰だか知っているんでしょう?」

そう言いながら、初めて倫太郎が私の顔を見た。

はい、と答えながら、初めて自分に向けられたその視線が突然怖くなった。私の手からコーヒーカップのひとつが滑り落ちそうになる。傾いたカップからコーヒーが、スカートの太腿の部分に零れた。車内にコーヒーの香りが満ちる。バッグの中から、あわててハンカチを取りだして拭いてみたけれど、シミになってしまいそうだった。その様子を、倫太郎はただ黙って見ている。感情が読めなかった。

ごめんなさい、と言いながら、おなかをおさえた。額に汗が浮かんでいるような気がした。なぜだか寒気もする。スカートが濡れたせいだろうか。前屈みになって、おなかをおさえていると、倫太郎が驚いたような顔で私をみて、小さな声で言った。

「……おなかが、痛いの?」

うん、と頷きながら、暗い窓の外を見た。車は進んだり、停まったりをくり返しながら、ぼたん園の看板、お寺、高速道路の下をくぐり、川を越える。もうすぐ駅に着いてしまう。車が停まったすきに、倫太郎は後部座席に手を伸ばし、ブランケットのようなものを私に渡してくれた。ありがとう、と御礼を言って、スカートの濡れている部分にかからないように、そっと膝にかけた。

駅の灯りが少しずつ近づいてくる。車はロータリーをぐるりと回る。駅前は静まり返っていて、バスもタクシーも停まっていない。車を降りなくちゃいけない、と思ったけれど、体はなかなか動かなかった。おなかがひどく痛いせいもあったけれど、それよりもやっと会えた倫太郎とここで離れたくなかった。

「痛くしてごめんね」

倫太郎の体がハンドルに被さる。体が小さく震えている。

「どうして……そんなこと……あなたのせいじゃないんだよ」

慌ててシートベルトを外して、その背中に顔を埋めた。確かにこの日本で、ハルノブ様、倫太郎という人は生きている。温もりのある肉体に、私はこうして触れている。

「もう、どこにも行きたくない」

そう言う倫太郎の頭を撫でた。自分よりもずっと背も高く、体も大きいのに、なぜだか、小さな子どもの頭を撫でているような気持ちになった。

「私がそばにいるよ。ずっとずっといるよ」

そう言いながら、ハンドルを持ったままの倫太郎の手に自分の手を重ねる。何かが指の先に触れる。顔を上げてそれを見た。外し忘れたのだろうか、倫太郎の左の手首には、どこにでもあるような輪ゴムがひとつ巻かれていた。

Ⅸ　甘い運命

窓を開けると、きりり、とひきしまった空気が頬を撫でる。

あと何日もしないうちに大晦日がやってくる。今年は暖冬だと聞いたような気がするけれど、おとといあたりから、ぐっと冷え込みが厳しくなった。子どもの頃、冬はいつもこんなふうだった。誰かから譲り受けたランドセルを揺らし、走った小学校までの道。あのとき、吊りスカートから剝き出しの膕を撫でていった、真冬の風と同じような冷たさだ。

窓を開けたまま、部屋の隅にある仏壇の前に座り、手を合わせた。この仏壇を置いた日から、毎日、いや、多いときは、朝と夕、家にいるときは昼でもここに座った。誰にも指摘されたことはないけれど、もしかしたら自分は、線香の香りのしみついている人間なのかもしれないと思う。

熊や兎がまわりに飾られた陶器の写真立て。その中に入れられた小さな遺影は、窓からの光に照らされるからか、それとも線香の煙に燻されているせいなのか、色が変わり、端には薄茶色いシミのようなにじみが出始めていた。簞笥の奥にネガはある。もう一度、写真屋で現像してもらえばいいのだろうか。写真を見るたびに思うけれど、デジカメや携帯ばかりの今の時代、フィルムを現像してくれる店なんてまだあるのだろうか。

こちらを見て笑いかける光《ひかる》の顔に莢《さや》の顔が重なる。

あの日からずっとそうだ。私だけではない、夫も、智《とも》も。どこかぼんやりとした表情をして、時々、はっ、と何かに気づいたような顔をする。

今朝もそうだった。いつもと変わらない朝のテーブル。私がパート先からもらってきたパン、スクランブルエッグ、ソーセージとハム。圧力鍋で作った残り野菜のスープ。代わり映えのしないメニューを、ほとんど会話もないまま家族三人で食べていたとき、私と夫の向かい側、智の隣。誰も座っていない椅子、何も載っていないテーブルの上を、皆が皆、何かの拍子に見てしまう。

夫は何度も気づいて目を逸らし、パンを紅茶で飲み込もうとしていたが、食欲もあまりないのか、ごちそうさま、と言ったまま、新聞を広げた。まるで、自分の視界を塞ぐように。智は、夫とは反対に、皿の上のパンや卵を勢いよく口に入れ、目を閉じて咀嚼していた。何かの記憶を消そうとするように。私だって同じようなものだった。

突然家にやってきた莢に戸惑い、成長した光の姿を重ねた。そして、東京に帰って行った莢に、私たち家族はまた、深い喪失感を味わっているのだ。

この家にいる間、莢がなんでこの町に、この家に来たのか、私は最後までそれを尋ねることはできなかった。莢の目に、温度の高い、けれど、ほの暗く揺れる灯りを見たような気がしたからだ。私のようなおばさんにだって、あの目には覚えがある。誰かを真剣に好きになって、どうしようもなくなって、どうにもできなくて、苦しくて、苦しくて、たまらない、という目だ。

「なっちゃんに会いに来たで」

莢はそう言った。本当だけど嘘だろう、という気がした。

怖々と、腰を屈めて、庭の向こうから、こちらを見ている莢を見つけたとき、光が帰ってきたのかと思った。あの出来事があってどれだけ長い時間が過ぎても、私はやっぱり光が死んだ、とは思えない。考えたくない。光は今、この町から遠く離れた場所で、大学に通っていて、休みになればこの家に帰ってくる。目の前にいるのは実家に帰ってきた光だ。莢だとわかっていても、莢ちゃんと名前を呼んでも、それはやはり私にとって光なのだった。

その日は光の月命日だった。いつものように苺のショートケーキが冷蔵庫の中にあった。莢を家に入れ、お茶の用意をした。リビングに入ってきた夫も、挨拶はしたものの、表情も、体も硬直しているのがわかった。旅先で知り合った東京の大学生。ルミナリエを見に来たんやて。そう夫に紹介した。半分は嘘で、半分は本当だ。夫はしばらくの間、莢を見つめていたが、はっ、と気づいたような表情でリビングを出て行った。その慌てた様子を見て、莢を家に招き入れて、ほんとうによかったのだろうか、と、初めてそのとき反省と後悔の気持ちが同時にわき上がった。夫の気持ちがあまりにも理解できてしまったからだ。

今日は泊まっていくんやろ。さりげなくそう口にした。できるだけ長い時間、一緒にいたかった。その日の夕食のメニューは光が大好きだったコロッケだった。月命日だからそう決めたわけじゃない。ほんの偶然だった。

なんか手伝う。そう言いながら葵がキッチンに入ってきたとき、息がとまるかと思った。成長した光と一番やりたかったこと。それはいっしょに料理を作ることだったから。

葵は料理などしたことはないのだろう。私が何を作ろうとしているかもわかってはいない。それでも私の横に立ち、私が言ったとおりに、慣れない手つきでレタスをちぎり、茹であがったじゃがいもをつぶした。

二人で作った揚げたてのコロッケを、夫と葵と三人で食べようとした。いつの間にか、夫は洗濯したばかりのトレーナーとデニムに着替えている。無精髭はきれいに剃られていた。

突然帰って来た智も、葵の顔を見て、夫と同じように顔と体を強ばらせた。智に声をかけ、座らせ、四人の食事が始まった。最初に泣いたのは夫だった。智、そして、私も泣いた。私が、夫が、そして、智がしたかったこと。光と家族四人で食卓を囲むこと。光に葵の姿を重ねるのはいけないことだ。そう思ったけれど、やっぱり無理だった。

その日は仏壇のあるこの部屋で寝た。

私に何かを言いに来たのだろうと、葵の姿を見たときからわかっていた。

葵が好きなあの少年、いや、もう、すっかり青年や。あの子について、葵は何かを話そうとしてこの家に来たのだ。けれど、そこまでするには随分迷ったはずだ。私は、葵が好きなあの子に、光を殺された親や。この町は、あの子が光を殺した場所や。葵がどんな気持ちで、この町に、この家に来たのか、そのほんとうの理由は聞きたくはなかった。

莢ちゃんが好きなあの子な。おばちゃんの娘を殺した子や。そう言ったときから、もうひどい後悔が始まっていた。だから、陶芸工房の帰り、莢と駅裏のホテルに戻り、翌朝、書き置きだけを残して、私は家に帰った。莢がまだ眠っているうちに。毎日、頻繁に交わしていたメールもやめた。莢からは何度かメールが来ていたが、携帯を開いて返信を書きかけ、迷った末に送らなかった。もうメールも直接会うこともやめたほうがいいのだ。出会ってはしまったけれど、本来、出会うべき人間ではなかったのだから。莢と私は。

けれど、わざわざ、私の家に来てくれた莢を追い返すことはできなかった。

この部屋に泊まり、翌朝、私が作った朝食を、夫や智とともに莢は食べた。ほとんど私一人だけが話していたような食卓だったが、心のなかは、私も、夫も、智も、同じ気持ちだったと思う。莢がいなくなることに、私たちはまた耐えていかなくてはならない。

智は慌ててバイト先に出かけ、夫は二階の部屋から降りてこなかったので、私が駅まで送った。少しだけ俯き、マフラーに顔を埋めるようにして歩く莢は、何かをずっと考えているふうでもあり、何かを私に言いたがっているような気もした。駅前のロータリーまで続く坂道、振り返れば、あの給水塔が見える。莢だって、その場所のことを知っているはずだ。けれど、不自然なほどにそちらの方向を見ようとはしなかった。

駅の改札口の前で、莢の黒いコートの腕に触れながら言った。なぜだか私も莢も、お互いの顔を見ることができなかった。

「また、帰ってくるんやで」

目を伏せたままそう言うと、

「うん」

と、葵も目を伏せたまま、恥ずかしそうに笑った。葵と一瞬だけ目を合わせ、手を振って別れた。ホームへのエスカレーターを上っていく葵の姿が見えなくなった。改札口に背を向け、振り返ることも、足を止めることもなく、ロータリーのほうに歩いていくと、太陽が雲から顔を出したのか、急に冬の白い光が私の目の前に広がった。更年期障害の不定愁訴には慣れている。けれどその日、私を襲ったのは、いつもよりひどいめまいで、耐えられなくなった私は突然、コインロッカーの前でしゃがみこんでしまった。

それが二日前のことだ。

葵がいなくなってから、以前と同じように、夫は二階の部屋に閉じこもったまま、リビングには降りてこない。食事もあまりとらない。智は、この家に雪のように降り積もっていく沈黙が怖いのか、テレビのバラエティ番組をつけっぱなしにし、いつも以上にくだらない冗談を言い、私を笑わせようとした。

仏壇に目をやると、線香の先、火のついた赤い点が、さっきよりもずっと低い位置にある。もう一回鈴《りん》を鳴らして、手を合わせる。その瞬間、携帯が鳴った。

「……なっちゃん」

私を呼ぶ声がする。

「私……、帰る途中で……具合が悪くなってしまって……」

やっとの思いで声を出しているのか、言葉も途切れ途切れだ。

「ごめんね。……助けてくれないかな……お母さん、今、仕事で海外にいて……」

「葵ちゃん、今、どこにおるん？」

沈黙が続いた。そのまま、電話が切れてしまうような気がして、葵ちゃん、葵ちゃん、と呼びかける。長い沈黙のあとに、葵が、ある町の名前、あるホテルの名前を口にする。その音を耳にして、あぁ、という音にならない声が自分のどこかから漏れたような気がした。この家を出て、葵がまっすぐに東京の家に帰るわけがない。そんなこと、あの日、改札口で葵を送ったときから気づいていたはずなのに。


「なんかなぁ、葵ちゃん、ひどく具合が悪くなってしもたんやて。葵ちゃんの家、お母さんと、母一人、子一人やろ。お母さん、海外におって……頼れる人もおらん。ちょっと様子見てきてもええやろか。……おせっかいやきすぎやろか」

「そりゃ、あかん。すぐに行ってあげたほうがええて」

葵から電話を受けてすぐ、二階に上がり、布団のなかの夫に向かって言うと、勢いよく布団から起き上がった。そう言うだろうと思っていた。

「パート先には僕から連絡しとこか。東京のお母さんが体調悪いと言っておけばええやろ……」

その言葉の強さと勢いに驚いた。まるで、心を病む前の夫に戻ったようだ。

「こっちのことは、智となんとでもなるんやから。年末も、年始も、なっちゃんは、なんも心配せんと、葵ちゃんのとこ、はよ行ってあげて」

葵ちゃん、と口にするたびに、夫の目に力が戻っていくようだった。年末年始に帰ったことなんかないやろ……まぁ、なっちゃんが行きたいなら、やけどな」

「行くなら……東京のお母さんの家にも行けばええ。

行きたいわけ、会いたいわけないやん、という言葉を呑み込んで曖昧に頷いた。夫も私の顔を見て、わかった、という表情をする。

新幹線が突然トンネルに入ると、窓際に頬杖をついた自分が映り、はっとした。トンネルを出ると、畑に白い残雪のようなものが見えた。このあたり雪が降ったのだろうか。そして、また、トンネル。目まぐるしく暗くなったり明るくなったりする窓の外を見ながら、今朝の夫の顔を思い出していた。私のボストンバッグを手にして改札口まで送ってくれた。夫が外に出るのはいつ以来だろう。智はバイトで留守だったが、メールを送ると、「親父の面倒はおれが見るから。おかんは葵ちゃんの面倒みたってな。正月のことか気にせんと。葵ちゃんによろしく言ってな」と返信がきた。一度会っただけの葵を、夫も、智も、家族のように思いはじめている。そして、私はまた、夫と智に嘘をついている。

私が向かっているのは東京ではない。のぞみに乗って名古屋まで。そこから、こだまに乗り換えて二駅。さらに東海道本線に乗り換えて約十分。

葵と初めて会ったある町。あの子がいるかもしれない町。

「今、名古屋」

「乗り換えたで」

「まだ我慢できる？」

「今、駅についたからな。もうすぐや」

莢には自分が今どこにいるかをメールで送り続けた。何か一言送ると、莢から、「うん」と返事が来る。不安なのだろうと思うが、途中で、「もう読むだけでええから」と返した。電車の中に座っていても、もどかしくてたまらなかった。もっと、もっと、スピード出してや。そう心のなかで悪態をつきながら、駅に到着するずっと前に席を立ち、駅についても、なかなか開かないドアの前で足踏みをした。

ホームも、改札口を出ても、寂れたロータリーにも、私以外にほとんど人がいない。タクシー乗り場、という錆び付いた看板の下に、ぽつんと一台だけタクシーが停まっている。この前来たのは、一カ月ほど前なのに、もっと寂れたような気がする。これから年末が来るという気忙しさも、新年がやってくるというどこか浮き立った雰囲気もない。この町では、一年中、同じような日が続いていくのだろう、という気がした。

自然と早歩きになる。駅の裏側にある歓楽街とも呼べないほどの、キャバクラやラブホテルなどが並ぶ通り。店が途切れたあたりにあるビジネスホテルが見えてきた。茶色いガラスの扉を開け、中に入るが誰もいない。カウンターの上にある銀色のベルを押すが、誰かが出てくる気配もない。仕方がなく、莢がメールで知らせてきた部屋まで、エレベーターで上がった。八階で降り、部屋のドアを叩く。反応はない。

「葵ちゃん。来たで」

大きな声でそう呼びかけると、部屋の中から、がたんと大きな音がした。ふらついて何かにぶつかったんだろうか。しばらく間があって、かちゃり、と音がして、細く開けられたドアの隙間に、真っ白な顔をした荻が立っていた。二日前に会ったときより、もっと顎のラインがシャープになっているような気がした。

「荻ちゃん……」

そう言う私の腕のなかに、荻の細い体が倒れ込んでくる。

「まずは病院や。病院に行こうな。もう、だいじょうぶやからな」

腕のなかの荻に声をかけると、こくんと、小さく頷いた。

「だいじょうぶか、また、おなか痛いんか……」

荻は返事をせず、代わりに私の腕をぎゅっと細い指でにぎりしめる。

エレベーターで降り、荻をホテルのロビーに座らせ、ホテルのカウンターの銀色のベルを何度も叩く。しばらくすると、アルバイトなのだろうか、寝ぼけたような顔をした高校生くらいの男の子が、耳にはめたイヤフォンを抜きながら出てきた。何かを食べていたのか、口の端にスナック菓子の粉のようなものがついている。

「娘がここに泊まってたんやけど、具合が悪なって、連絡来てな。すぐタクシーを呼んでもらえへん？ それから、できたら、このあたりの救急病院教えてくれへんかな」

私の声の大きさと言葉の勢いに驚いたのか、男の子は頷き、慌ててカウンターの電話の受話器を取る。ここから救急車を呼ぶような騒ぎにはしないほうがいい。なぜか、そんな気がした。

「病院は、ここが、このあたりの救急で」

男の子は小さな四角いメモ用紙に救急病院の名前を書いてくれた。ありがとうな、と言うと、すみませんでした、僕、気づかなくて。と頭を下げる。私がよっぽど怖い顔をしていたのかもしれない。

すぐにやってきた緑色のタクシーに葵を乗せ、病院の名前を告げる。葵の肩に腕を回し、私のほうに体を預けられるようにした。熱がある様子も、汗をかいている様子もない。風邪やインフルエンザではなさそうだ。

「葵ちゃん、おなか痛いだけか？」

そう言うと、黙って頷く。最初に会ったときみたいな生理痛か、それとも盲腸かなにかだろうか。食べたものにでもあたったんだろうか。病院に着いたら葵のお母さんにも連絡せんとあかんな。頭のなかでくるくると考えをめぐらせながら、子どもを寝かしつけるように、葵の腕をとんとん、と叩く。葵の頭が揺れだして、すぐに深く眠ってしまった。よっぽど眠れなかったんだろうか。タクシーは線路を越え、畑のなかの道を走って行く。時折、大きなパチンコ屋や、ホームセンターのようなものがあらわれる幹線道路を過ぎ、細い道に入っていく。コンクリートブロックの石塀が続く細い道で、車一台すれ違うのもぎりぎりだが、対向車はない。

「気持ちの悪い車だなぁ……」

突然、運転手がひとりごちた。

大きな声を出す。


「え……」

そう返した私に、あ、ごめんなさい、つい、と、初老の運転手が返事をした。白髪交じりで眼鏡をかけた横顔しかここからは見えないが、私のほうに頭を傾けて、大きな声を出す。

「いや、さっきからね、後ろをぴったりつけてくる車があるから」

そう言われて振り返る。確かに運転手の言葉どおり、黒い軽自動車が一台、タクシーのすぐ後ろを走っている。ここからよく見えないが、運転しているのは、どうやら女性のようだ。黒いぴったりとしたタートルネックのセーターを着ている。表情はここからはよく見えない。

「お客さんの知り合いとかじゃないよね？」

「いえ、違いますが……あぁ、同じ病院に行くのと違いますか？」

「そうはいっても駅からずっとだからなぁ……距離つめて危ないなぁ……」

運転手は不安げな声を出すが、すぐ目の前に見えた二股に分かれる道で、黒い軽自動車は、畑の続く左側の道のほうに向かって行った。気にしすぎじゃないだろうか、と思う間もなく病院の白い建物が見えてきた。正面玄関でなく、救急外来があるほうに、タクシーを停めてもらい、莢を抱えるようにして病院の建物の中に入った。

受付をすませ、莢を黒い人工レザーのソファに座らせる。私は莢の前に立った。

「もう大丈夫やからな」

莢が腕を伸ばす。その腕を私の腰に巻き付け、おなかのあたりに顔を埋める。顔を上げて言った。

「なっちゃん、ほんとうにごめんね……」

「今、そんなこと言うとう場合やないやろ。ちゃんと診てもらおな」

そう言って葵の頭を撫でると、葵は再び、私のおなかに顔を埋める。温かな葵の息を感じた。

問診のあと、葵はいくつかの検査を受けることになり、私は廊下で待った。年末のこの時期、体調を崩す人も多いのだろうか、ぐったりした顔で、体を丸める老人や、ぐずぐずと泣き続ける赤ちゃんを抱きかかえた若い母親が、ただ黙って、診察の順番が来るのを待っていた。診察室の中から出てきた看護師が誰かの姓を呼ぶ。

「……葵さん、……葵さんのご家族の方は……」

葵の名前を呼ばれ、はっとした。

頭を下げ、赤いフレームの眼鏡をかけたその看護師に近づく。

「医師から説明がありますので」

そう言うと、診察室の中に私を招き入れた。葵はそこにはいない。

脱水症状があるので、隣の治療室で点滴を受けているのだと言う。医師は、私のことを葵の母親だと思っている。母親である私に、葵の体のことを話し始める。医師が指差すレントゲン写真。白く映る、大きな影。医師がその影を指差して、何かをつぶやく。冷静に、あくまで冷静に話をしようとする医師の言葉が自分の耳から遠のいたり、近づいたりする。これと同じことをいつか経験したことがある。あのときと同じじゃ。光がいつまで経っても帰ってこなかったときと、いなくなった光が見つかったときや。夫や智や、警察の人や病院の先生が私に向かって何か言っていたけれど、口がぱくぱくするのが見えるだけで、何も聞こえへんかった。

目の前がちかちかして、視界がふるえる。

ここで自分が倒れたらあかん。奥歯を嚙みしめて、下っ腹に力を入れるんや。だって、荚はまだ生きているんやから。


荚の腕に点滴の針が刺さっているが、黄色いチューブにつながる輸液は、もうほとんどなくなろうとしていた。そのせいなのか、しばらく横になったからなのか、ホテルのあの部屋で見たときよりも、荚の顔色はだいぶよくなっている。痛みで、不安で、一人で、眠れなかったんやろうなぁ。ベッドの脇の椅子に座ったまま小さな荚の額を撫でる。光のあの額の冷たさを一瞬思い出す。命が消えた娘の額。荚の眉間にかすかに皺が寄り、長い睫《まつげ》が震えた。ゆっくり目を開け、天井をぼんやり見上げる。顔を横に向け、私の顔を見て、驚いたような顔をした。

「ちょっとは眠れたか？　おなかはもう痛くない？」

そういう私をじっと見ている。なぜ、私が自分の目の前にいるのかを思い出し、ゆっくりと理解しようとしているようだ。

「荚ちゃん、今日はあのホテルに泊まってな。明日、東京のおうちまで送っていくから」

私がすべてを言い終わらないうちに、莢が頭を振る。

「ひとつだけ……」

「ひとつだけ？」

「……もう一度会わないと、東京に帰れない」

「誰に？」

「…………」

「莢ちゃん、誰に、会うの」

「おばあさん、と……」

「おばあさん、て誰の？」

「…………」

「おばあさんと、誰に会うん？」

莢は返事をしない。

私から視線を逸らして天井を見る。頬を膨らませれば、その表情はまるで機嫌を損ねた子どもみたいだ。光や智がずっとずっと小さかった頃、よくこんな顔をした。悪いことをしたとわかっているのに、黙ったままでいる子どもをとっちめているような、そんな気持ちになった。

「……東京に帰る前に会わないといけない」

「せやけど、莢ちゃんのお母さんも心配してはるやろ」

「……なっちゃんにしか言えないから、だから……なっちゃんに連絡したの」

瞬く間に目の縁が赤く染まっていく。涙が湧くようにあふれ、こぼれた。

「会わないと帰れない」

誰に？　それを聞くのが怖かった。

しゃくりあげるように泣きはじめた莢の顔を見ていられず、目を逸らして、黄色い輸液が一滴、一滴、落ちるのを見ていた。廊下から、幼い子どもだろうか、大きな泣き声が聞こえてくる。病院に来れば、どうしたって、光と対面しなければならなかったあのときを思い出す。丁寧に拭ってくれたのだろうけれど、頬や顎には拭いきれなかった赤いかたまりがついたままだった。顎の下まで不自然に引き上げられた不自然に真っ白な布。それでも見えてしまった首のまわりの包帯。こんなに早く会えなくなってしまうことがわかっていたのなら、食べたいものを食べさせ、やりたいことを、なんでもやらせてあげればよかった。そう思ったあの日のことだ。

「莢ちゃんの、お母さんはいつ帰ってくるん？」

「……一月二日……」

会ったことはないが、年末年始、娘を一人で東京に置いて、仕事を続けなければならない莢の母親を思った。苦労して、苦労して、莢を食べさせてきはったんやろな。そして、母親のいない間、子どもの頃から、ずっと一人の時間を過ごしていたはずの莢のことも。

「お母さんに連絡をせんとあかんで」

「私はもう、東京にいることになってる。一泊、っていう約束だから……」

そこまで嘘をついて、葵がしたいこととはなんなのか。

「そのおばあさんに会ったら、絶対に東京に帰るんやで。いっしょに私も行くから。夫にも智にも言っとう。葵ちゃんのお母さんが帰って来るまで、いっしょにおるから……」

うん、うん、と葵が頷く。この状態の葵を一人にするわけにはいかない。一人にしてしまったら、葵がどこかに行ってしまうかもしれない。葵を葵の母親に引き渡してから、それを自分の目で見届けてから神戸に帰ろうと、そう思った。

病院ではたくさんの薬を渡された。タクシーを拾いホテルに向かった。西の空が橙色に染まろうとしている。高い建物が何もないせいで空が広い。隣に座った葵も、何も話はしないが、病院で注射してもらった痛み止めが効いているのか、だいぶ体は楽になったのだろう。目をしっかり見開いて、窓の外を見ている。

ホテルのカウンターには、さっきと同じ男の子が座り、ロビーに入ってくる私と葵を見た。

「さっきは悪かったな。こっちもあせっとったから。タクシーも病院もありがとうな。助かったわ」そう言うと恥ずかしそうに頭をかいた。

「葵ちゃん、部屋の荷物を持っておいで。一人でできるか?」

葵は頷き、エレベーターに乗って上がって行った。

そうする間に宿泊代を精算した。葵が行きたいという、そのおばあさんの家に行って、電車に間に合うようなら、そのまま葵を連れて東京に戻ろうと思った。

ロビーに降りてきた荻の荷物を持ち、男の子に頼んでもう一度呼んでもらったタクシーに乗り込む。荻を先に乗せ、行き先を説明させる。荻の説明は具体的だ。あぁ、はいはい、と、運転手はすぐに納得し車は走り出す。遮断機の前で電車が通過するのを待っている間、後ろにいる車に気づく。黒い軽自動車。あれは、さっきの車やないやろか。けれど、運転している人の姿まではわからない。タクシーが走り出し、川を越えたときにはもう後ろには違う車があった。なんや、気のせいやろか。気にしすぎやろか。

荻のくわしい説明に導かれて、タクシーは山のなかの道に入っていく。舗装もしていないようなガタガタ道の先をタクシーのヘッドライトが照らす。時々、伸びすぎた木々の枝が窓を叩く。あたりはすっかり真っ暗で、人家があるような様子もないし灯りも見えない。それよりも、こんな車の振動に揺られて、荻の体は大丈夫だろうか、とそれだけが心配だった。腕を伸ばし荻の髪の毛をそっと撫でた。荻が私の顔を見て、かすかに頷く。暗い車内でその表情を読み取るのは難しい。

遠くにぽつんとひとつ、家の灯りが見えて来た。車が揺れるので、窓の上にある手すりにつかまっているが、手のひらがひどく汗をかいている。あの灯りがついている家にいる誰かと対面することに、自分がひどく緊張していることに気づく。

「あの家ですよね」

ずっと黙っていた運転手が口を開いた。そうです、と答える荻の声も心なしか震えているような気がする。薄暗い、それほど広くはない庭先にタクシーは停まった。

「すみません。すぐに戻るんで、十分だけここで待っててもらえませんか」

私はそう言ってタクシーから降りた。ドアを閉める大きな音が、暗闇のなかに響く。古い二階建ての民家で、家の中央に玄関があり、その脇の縁側、ガラス戸の向こう、カーテン越しに灯りが見える。茨は錆び付いた郵便受けのわきにあるスイッチのようなものを何度か押した。カーテン越しに人影がゆっくりと動く気配がし、玄関の向こうで照明がぱちぱちと瞬く。

「茨。……茨です」

茨がそんなに大きな声を出すのを初めて聞いた。大きくて切羽詰まった声だ。まぁ。と引き戸の向こうで声がし、鍵が外される。薄暗い玄関に小さなおばあさんが立っていた。茨の顔を見てから私の顔を見る。小柄な茨よりもっと背が低い。

「夜分遅くに突然伺ってほんとうに申し訳ありません」

目の前にいるこの人が誰なのか、わからないまま頭を下げた。おばあさんは目を細めて暗い庭を見る。振り返って、私もおばあさんと同じ方向を見た。何かを探すような目をしているが、探しているのは庭先に停められたタクシーではないようだった。

「あまり時間がないけれど、さぁ……」

そう言いながら、私と茨を家に招き入れた。

子どもの頃訪れた母方の祖母の家のなかが、こんなふうだった。母とは折り合いが悪く、母に声を荒げた姿を何度か見たことがあるが、私には優しい人だった。葬式か、法事があったときだろうか。たくさん集まった親戚や親族のなかで、一人居場所がない私を、手招きして台所に呼び、濃いカルピスを飲ませてくれた。母と引っ越しをくり返すうちに、いつしか会わなくなってしまったけれど。

玄関を上がり、暗い廊下の先の和室に入った。部屋の真ん中に大きな炬燵があるが、部屋の中は廊下と同じくらい寒い。

「莢ちゃんは、炬燵に入っていなさいよ。冷えたらまた」

莢は頷き、言われるまま、炬燵に足を入れる。

おばあさんは部屋の隅にある茶簞笥の引き出しを開け、何かを手にした。おばあさんの手のなかにも隠れてしまうような何かだ。私に手招きをする。おばあさんと二人、和室から廊下に出た。おばあさんが障子の戸を閉める。障子越し、和室からの灯りがおばあさんの顔を照らす。そしていきなり私に深々と頭を下げた。

「お嬢さんの時間をほんの少し、いただけないでしょうか」

私を見上げる顔に刻まれた深い皺の影が濃くなる。

「あの子は、もうすぐ遠いところに行ってしまう。……そのあとは、永遠に、たぶん、会えません。その前に、少しだけ」

おばあさんが私に白い封筒を差し出す。

「あの子……」そう言いかけたものの喉が詰まった。

「今、ここにいます」

おばあさんが私の顔を見上げて言う。薄暗い廊下で小さな白い封筒だけが浮き上がるように見える。聞きたいことや、言わなくちゃいけないことが、私にはたくさんあるのに、そのどれも言葉にすることはできなかった。

そのときの私の顔を誰かが見たら、今にも泣き出しそうな顔をしているように見えたはず。そういう顔を私は前にも何度もしたはずだ。もう生まれてから何度も。

タクシーはさらに一時間ほど山道を走り続けていた。

小さなメモ用紙に書かれた住所を見せたとき、運転手は一瞬怪訝そうな顔をしたが、その表情をすぐに隠した。私と葵に、深くかかわらないほうがいい。そう判断したかのようだった。

改めて、おばあさんが渡してくれた住所を確かめる。ブルーの万年筆で書かれた丁寧な、けれど震えているような文字だ。あのおばあさんが書いたのだろうか。隣の県の名前が書かれているが、それがここからどれくらいの距離にあるのか、まるで見当がつかない。住所の最後には、幸明園と書かれている。病院、それとも、老人介護施設のようなものだろうか。

「ここからどれくらいかかります？」

「そうですねぇ……二時間もかからないとは思うけど……」

走り始めてすぐ、国道沿い、最初に見つけたコンビニの前で停めてもらい、車内でも食べられるようなおにぎりやサンドイッチを買った。店の外でトイレから戻ってきた葵に渡して言った。

「少しだけでも食べて、薬を飲まなあかんよ」

「うん……」

コンビニの白っぽい照明の下でも、莢の顔が心なしか赤みを帯びているように見える。今日、ホテルの一室で会ったときよりも、病院で治療を受けたときよりも、おばあさんの家にいたときよりも、今の顔がいちばん元気できれいに見えた。

莢は、車内でほんの少し、おにぎりのてっぺんを囓り、薬をミネラルウォーターで飲み込んだ。うとうとし始めて、そこからあっという間にまた、眠りの世界に落ちて行く。小刻みに眠っているように見えて、実は、深くは眠っていないのだろう。私の家を出てから今まで、莢は緊張し続けていたのかもしれないと思う。だらりと力が抜けて、シートの上に放り出された莢の左手を握りしめる。

窓の外は真っ暗だ。ここがどこなのか、私にはさっぱりわからない。

さっきのコンビニで、莢がトイレから出てくるのを待っている間、神戸の家に電話をした。

「もう東京や。莢ちゃんと、もう一緒におるからな。病院に行って……うん、どこが悪いわけやない。おなかにくる悪い風邪をこじらせたんやろう、って、先生が。……まだ、体調も悪そうやから、あと、二、三日はいっしょにおるわ」

「そうか。……もうなんも、こっちのことは気にせんでええから。治るまで莢ちゃんといっしょにいたってや。……智はまだバイトから帰ってへんけど。……パートのほうも、連絡したで。こっちは、なんも心配あらへんから。なっちゃんも体気をつけなあかんで」

今朝別れたばかりなのに、夫の声をずいぶん久しぶりに聞いたような気がして、ふいに鼻の奥がつん、とした。今、自分がどこにいて、どこに行こうとしているのか。今日、起こったことのすべてを夫に話してしまいたかった。そうやって今まで私と夫は生きてきたのだから。タクシーでこのまま駅に戻り、葵を連れて、家に戻りたかった。夫と智のいる、あの家に。葵をあたたかなお風呂に入れて、ごはんを食べさせる。元気になったら、東京に帰す。それが今、自分がいちばんしなければいけないことなんじゃないか。頭のなかは、さっきから同じ点と点と点をつなぎ、環状になったその場所を、ただ、考えが行ったり来たりする。

その間にも夜の道をタクシーは進む。山沿いの道を上がり、トンネルを何度も通過し、下り坂を走って、私と葵をどこかに、私の知らない場所へと運ぶ。

「お客さん、つきますよ」

そう大きな声で言われるまで、私も深く眠ってしまったようだ。

腕時計を見ると午後十時を過ぎた頃だった。門の前でタクシーは停まった。門柱には小さな灯りがひとつついているだけだ。その下にある木の板に、にじんだ太い墨文字で、幸明園と書かれている。

今日は自分が生きてきたなかで、いちばん長くタクシーに乗った日だ。驚くような金額をカードで払い、葵を揺すって起こし、タクシーから降りた。

門からやや傾斜のついた小石の道が、建物中央にある入口まで続いているが、それ以外の場所は伸びた草に覆われている。道の先に見える小さな建物は、まるで木々に隠れるようにしてあるのでその全体像がつかめない。ここから見ると、学校のようにも、病院のようにも見えるが、時間のせいなのか、どの窓にも灯りはついてない。というよりも、ほとんど人の気配がしない。ほんとうにここに誰か人がいるのだろうか。

タクシーは建物に続くアプローチをバックで戻り、大きく車体の方向を変えると、今走って来たばかりの山道を、スピードを上げて走り去って行った。

まるで私たちをこの場所に置いてけぼりにするように。タクシーが見えなくなって、初めてここにいる恐怖を感じた。

もし、ここに、生きている人間が誰もいなかったら、私と莢はどうすればいいんだろう。莢はまだしっかりと目が覚めていないのか、それとも具合がまた悪くなったのか、まっすぐに立っていることすら心許ない感じだ。その体を抱き寄せる。いったいどうすれば、と思う間もなく、建物のわきから、ひとつの小さな灯りが揺れながら、こちらに近づいてきた。

目が慣れてきて、暗闇に溶けてしまったようなその人の体の輪郭が段々と見えてくる。ひどく背の高い人だ。若い人ではない。けれど、背筋はまっすぐで、腰も曲がってはいない。長い白髪を頭の後ろでひとつに結び、白いシャツに細いデニムを穿いている。目の詰まって重そうな織物のようなものを体に巻き付け、顔をその織物に隠すように埋めている。シルエットだけ見ると、女性のようにも見える。けれど、その人が目の前に来て初めて、男性なのだとわかった。

「莢ちゃんと、お母さんですね」そう言いながら男が手を差し出す。

それが握手だと気づいて、私も慌てて手を出した。男の手は驚くほど細く、冷たい。莢も、やはり緊張した様子で彼と握手をした。男はより広い場所が照らせるように手にしていたマグライトを調節する。玄関までのアプローチや、門のまわり、私たちが今来た道。さっきのおばあさんと同じ目をしてあたりを確認している。

「何かが、車が、追跡してきた様子はありましたか？」

男の言葉に抑揚はなく感情を読み取るのが難しい。まるで、外国の人が日本語を話しているようにも聞こえる。

「いいえ何も……」

そう答えると、男が納得したように頷く。

「莢ちゃんもお母さんも、今日はお疲れになったでしょう。すぐにお休みになったほうがいい。部屋を温めておきました。このあたり、今夜は格別冷え込んでいますから」

男はそう言うと私たちに背を向け、建物に向かって歩き出したが、数歩歩いたところで、何かを思い出したように足をとめた。男のほつれた髪が顔にかかり、それが風で揺れている。

「ご挨拶が遅れました。私のことはここでは、ルー、と呼んでくださいますか」

目覚めたものの、視界に入った天井を見て、自分はいったいどこにいるのか、しばらくの間わからなかった。顔も体も動かさないで、視線だけをぐるりと動かす。自分が寝ているのは病院によくあるようなベッドだ。なんで自分が病院にいるのだろう。そう思いながら、ゆっくりと視線を移動させる。天井も、壁も、窓にかけられたカーテンも何もかもが不自然に白い。ほんの少しだけ開かれたカーテンからは、まだ早朝のやわらかな光が床を照らしている。どこからか聞こえてくる鳥のさえずり。頭を反対側に向けた。もう一台ベッドがある。まだ小さなくぼみが残った白い枕。掛け布団を直したあとがある。あぁ、そうだ。莢。私は昨日、莢とここに。

ベッドの上に体を起こした。こめかみの奥が重い。窓のそばにひどく使い込まれたような飴色の机と二脚の椅子があり、入口のドアの近くには、備え付けのクローゼットのようなものが見える。病院か、ホテルのような施設なのだろうか。

ベッドから出て窓に近づいてみた。木々に隠れて見えにくいが、昨日、タクシーを降りた門は、左側のずっと先に見える。この部屋はずいぶんと建物の端に近い場所にあるらしい。枯れた冬草の上にある大きな木のテーブルとベンチ。太陽や雨風にさらされたせいなのか、白っぽく変色している。テーブルの上には大きなザルがひとつあり、ハーブかなにかだろうか、かさかさに乾いた草が広げられている。

人の姿は見えないのに人の気配がする。莢はどこにいるんだろう。そう思った瞬間、ドアが開いた。莢が窓際に立っている私を見て、驚いたような顔をした。

「おはよう。なっちゃん」そう言う莢の顔が輝いている。

「莢ちゃん、早起きやなぁ。体、だいじょうぶか？　顔色は悪くないなぁ」

「うん……」

言いながら私に近づく莢のスカートに、乾いた何かの実がくっついていることに気づく。子どもの頃によく投げ合ったとげとげのある、あの実。どこか外を歩いてきたのだろうか？　誰かと。

「あのね、ルーさんが、朝食をって。なっちゃんと」

葵が私の顔を見ないで言う。葵といっしょにいる時間が長くなるほどわかってきたことがある。照れて何かを言い淀むときには、必ず、私の顔から視線を外す。ルーさん。昨日のあの男か。そう思いながら葵の背中を一度撫で、二人で部屋を出た。

長い廊下を進むと、建物の奥に食堂のようなスペースがあった。

さっき部屋で見たような飴色のテーブルがいくつか並んでいる。適当な距離を置いて、三、四人が座り、食事をしていた。そのほとんどが、私と同年齢か、それ以上の年齢の人間だった。車椅子に乗っている人もいれば、女性に介助をされながら、口に入れられたものを、ゆっくり咀嚼している人もいた。やはり、ここは老人介護施設のような場所なのだろうか。

カフェテリア形式というのでもないらしい。勝手がわからず葵とテーブルに座ると、一人の女性が食事ののった皿と、ターコイズブルーの陶器のマグカップを私たちの前に置いた。食堂奥にある厨房から、私たちを見つけたルーがこちらに歩いてきた。

「よく眠れましたか?」

「ええ……」と言いながら、皿の上を見た。

プロの調理人が作った風ではないし、質素ではあったが、少量の卵やハムや野菜がきれいに盛りつけられている。葵はフォークを手に取り、すぐに食事を始めた。ぐっすり眠って食欲も出てきたのだろうか。

「少し、お話をしてもいいでしょうか?」

ルーに言われるまま、マグカップだけを手にして荻から離れたテーブルに座った。荻は厨房のほうを見ながら細切りのにんじんサラダを口に運んでいる。その顔がほんのかすかに微笑んでいるようにも見える。

「ここにいられるのは二日間だけです」

ルーが話しかける。この静かな食堂のなかでも私だけに聞こえるくらいの小さな声だ。

私はじっとルーの顔を見る。昨日は自分よりもずっと年上だと思っていたけれど、私とたいして年は変わらないんじゃないだろうか。

「もしここで、お嬢さんの体調が悪くなったら私が診ます」

私が驚いてルーの顔を見ると、ルーの目がかすかに細くなった。とてもわかりにくいけれど、これが、この人にとって微笑んでいる、という表情なのかもしれないと思った。

「なんで……」

「僕は医師なので」

それだけ言うとルーは立ち上がり、一度ちらりと厨房のなかに目をやってから、食堂のなかを突っ切り出て行った。

医師なのだと言われてみれば、確かにルーは医師のようだ。感情を押し殺したような話し方。私が何度も会ってきたような、医師たちにそっくりじゃないか。荻のほうに目をやる。荻の視線の先、カウンターの向こうに、何を刻んでいるのかはわからないが、俯いた背の高い男の子が見える。荻は、じっ、と見つめる、というわけでもない。見て見ぬふりをして、皿の上の野菜を一口、口に入れては目をやる。厨房の奥にいるのは、智とそれほど年齢の変わらないようにみえる男の子だ。ここに来て会った人のなかで、たぶん、いちばん若い。葵を見る。葵は、もう、その子から視線を外さない。けれど、男の子は葵のほうを決して見たりしない。

コーヒーはもうすっかり冷えてしまっていた。一口のみ、マグカップを見る。ターコイズブルーのその色は、朝の光を受けると複雑に変化する。コーヒーをまた、一口飲んだ。口のなかに苦い味が広がる。

「葵ちゃん、恋してるんやな……」

いつか葵に言った言葉を思い出す。

せやな。葵ちゃん、あの子、ほんまにかっこええな。おばちゃんも若い頃、あんな子がそばにおったら、好きになってたかもしれん。でもな。でもな。葵ちゃん。でもな。

マグカップを持った手がかすかに震え始め自分に言い聞かせる。たったの二日間だ。今日と明日。あの子はもうどこかに行ってしまうと、おばあさんも、ルーもそう言った。葵を連れてすぐに東京に帰ればええ。葵は泣くやろ。悲しむやろ。失恋と同じや。それをなぐさめるのが自分の役目や。今日と明日だけや。二日間、我慢すればええ。自分が感じることを、考えることをすべて封じて。できるはずや。光がいなくなったあの日から、そうやって、自分は生きてきたんやから。絶対にできるはず。

あの子には決められた役割があるらしかった。朝食後は、厨房を片づけ、皿を洗う。建物の外の枯れ草を刈り、まとめ、建物から少し離れたところにある鶏小屋のような場所に行き、その中を掃除する。ルーは私と莢を連れ、あの子から離れた場所で、まるで観察するかのように、あの子が今、何をしているのかを説明してくれた。そうすることに慣れているのか、あの子の動きにはまったく無駄がない。そうした作業を嫌がっているふうにも見えない。

食事づくりや掃除といった役割だけでなく、ここにいる老人たちの世話もあの子の担当らしかった。老人たちとあの子はずいぶんと親しげだった。車椅子に座ったおじいさんの前にしゃがみこんであの子が何か言う。おじいさんはうれしそうに笑い、あの子の頭をくしゃくしゃに撫でた。あの子は笑ったりはしないが、それでも、そうされることを嫌がったりもしていない様子だ。

あの子はいつからここにいるのか。ルーとあの子はどういう接点があるのか。あの家にいたおばあさんとどういう関係なのか、疑問はいくらでもあった。けれど、隣にいる莢のことを考えると、その疑問を今ここでルーにぶつけることはできなかった。莢はいっときもあの子から目を離そうとしない。

「昼食後、夕方前の時間まで彼には少しだけ時間があります。今日は天気が良いし寒くもない。少しまわりを散歩してみましょうか」

莢の顔がわかりやすいほど輝き、ルーの顔を見上げる。莢の様子とは裏腹に、私のみぞおちのあたりがひんやりとし始める。

建物の玄関前、莢と私、ルーが立っていると、あの子が向こうからやって来た。

私と莢を見て頭を下げたものの、何も言葉は発しないまま、どこかに向かって歩き始める。建物の裏から歩き始めて五分ほどアスファルトの道が続くと、日のあたる広場のような場所に出た。幸明園の人なのだろうか。おばあさんを乗せた車椅子を押している中年女性が、私たちを見て会釈をした。

広場を過ぎると、道幅はあるものの、舗装されていない山道がどこまでも続いていく。あの子は振り返りもしないが、歩くスピードはかなりゆっくりだ。莢のことを気遣っているのかもしれない、とも思った。

歩きはじめは、あの子が先頭に立ち、私と莢が並び、ルーが後ろからついてきた。けれど、今、目の前、数メートル先には、あの子と莢の背中が見える。いつの間にか、あの子と莢、その後ろを私とルーが歩いていた。木漏れ日があの子と莢の背中をまだらに照らしている。

「二人きりにするのは、心配でしょうから」

隣を歩くルーが前を向いたまま言った。

「けれど、心配には及びません」

道の両側に生えている草が風に吹かれて音をたてる。歩きはじめたときより、山の中にいるせいか、気温が低くなったようだ。ダウンジャケットの襟元をかき合わせる。莢は私の家に来たときと同じ、黒いコートに黒い編み上げのブーツを履いている。山を歩くような格好ではない。体調は大丈夫なのだろうか。

「あの、幸明園というのは……」

聞きたいことは山ほどあったはずなのに、いちばん聞きたいことはどうしても聞けなかった。

「都会のなかで強いストレスを感じている人をケアするための施設です。偏った食事や運動不足といった体と心にストレスを与えるマイナス要因をここで正す。そのためにさまざまなプログラムが用意されています」

ルーは言い淀まない。誰かにそう聞かれることが多いのか、説明に慣れているという気がした。道幅がさっきよりも狭くなるにつれ、葵とあの子の背中がどんどん遠くなる。見失ってはいけない、と思いながら、その背中を目で追う。二人が会話を交わす様子はない。ただ、並んで歩いているだけなのに、葵の背中はなんだかうれしそうにも見える。

「とはいえ、ホスピスとも言えますし、老人介護施設のような側面もある。いずれにしろ、世の中で行き場のない人たちが来る場所です」

「あの……」

葵、というよりも私の視線はあの子の後ろ姿をさまよう。山道は緩やかな上り坂になっていく。頂上に向かっているのか、道が大きく右へ右へと曲がり、葵とあの子の姿が見えたり、隠れたりする。

「なんで、あなたとあの子は……」

ルーはしばらくの間黙っていた。どう答えたらいいのか、迷っているふうでもあった。ルーが足を止めたので、私もそれにならった。ルーがぽつりと言った。

「親のようなものです。あの子にとっては」

また道は大きく曲がり、前を歩く二人の姿が見えなくなる。なぜか胸騒ぎがして、私は小走りになっていた。道の先で荻がしゃがみこんでいるのが見えた。あの子もすぐそばにしゃがみ、荻の背中をさすっている。その瞬間、頭がかっ、と熱くなるのがわかった。なぐりかかる勢いで、二人のそばに駆け寄る。荻に触れたことに怒ったわけではなかった。あの子の姿が、まるで雛を大きな羽根で包み込む親鳥のように見えたからだ。そう思ってしまった自分に、私はひどく腹を立てていたのだ。

ルーが注射を打ってから、荻はぐっすりと眠っている。

ここはルーの私室なのか、それとも治療室のような場所なのか、私と荻が寝ていた部屋よりもずいぶんと広い。部屋の中央には、黒い薪ストーブがあり、その煙突が天井まで伸びていた。壁一面の作りつけの本棚には、もう一冊の本も入れる隙間がないほど、本が詰まっている。英文字のタイトルも多い。

部屋の一角、カーテンで仕切られたその場所には、大きなベッドがあり、そこに荻は寝かされていた。そのそばに置かれたロッキングチェアにあの子が座っている。さっきまで腕を組み、うとうととしていたが、今はもうすっかり眠ってしまったのか、左腕がだらりと、床に向かって落ちていた。何かの作業をしていて外し忘れたのだろうか、手首に輪ゴムのようなものが巻かれているのが、ここからも見えた。ルーが足音も立てずに近づき、あの子に、ブランケットをかけた。

薪ストーブの近くに置かれた椅子に私は座っていた。

ルーは薪ストーブの前に、直に座った。時折、ストーブの扉を開け、火かき棒で中をかき回す。そのたびに、ルーの顔が赤く照らされ、扉から細かい火の粉が散った。

「あの、さっき……」

ルーが私の顔を見る。言い澱む私の顔を見つめている。

「山の中で言わはった、親のようなもの、というのは……」

ルーはストーブに手をかざしてから、その手を擦り合わせた。何かを言おうとして迷い、何から話したらいいのか、それを頭のなかで考えているような顔だ。

「お嬢さんが好きになったあの子について、お母さんがどこまでご存じなのか、僕は十分に理解していないのですが……まず、その質問から答えるなら……」

そう言って莢とあの子のほうに目をやった。二人が眠っているのかどうか確認したような気がした。

「もちろん、血のつながりがあるわけではありません。僕が若い頃にいた、とある集団に、あの子は母親とともにやってきたのです」

手のなかでばらばらだったトランプのマークが、一気に揃ったような感覚があった。あの子が子どもの頃のことだ。頭の隅に追いやっていた記憶がぽかりと水面に顔を出して、呼吸を始める。ルーというこの人は、あの子がいた、集団の。

「あの子が何をしたか、お母さんはご存じなのでしょう?」

ルーが私の顔を見る。こんなにストーブのそばにいるのに、寒気のようなものが背筋を駆け抜けていく。ルーが私の顔を見つめている。目を逸らさずに頷いた。

「あの子がしたことには私にも、責任があります」

ルーの横顔がストーブの火に照らされている。この人には外国の血が入っているんじゃないかと思うほど、彫りが深いことに気づく。

「あの頃、私たちの集団は、あまりに急進的なことをしていました。私も若かったのです。……私が若者だったあの頃、世の中は、幻のような好景気に浮かれていました。私は医学を学ぶ学生でしたが、私が話をしたい、親しくしたいと思うような人間はまわりにはいませんでした。日本全体が、金や欲に溺れていたような時代でした。……今、思い返せば、とても懐かしく感じますが……。子どもの頃から憧れていた医師になっても、私の心が満たされることはありませんでした。私のまわりの医師は、どうやって人の命を救うかということより、ほかのことに夢中になっていました。いい車、いい時計、彼らが夢中になっていたのは、カタチのある物です。それも高価な物質。私が興味を持っていたのは、カタチのないものでした。彼らがくり返す恋愛や、派手な遊びにも、私は興味が持てませんでした。その頃、出会ったのが、とある一人の人間です。その人間を信奉していた数人で、ある集団を作りました。家族というカタチを解体し、母親の影から逃れて、一人の人間として立つべきだと」

そこまで話すとルーは何度か咳をした。もう一度、萊とあの子のほうに目をやって、話を続ける。

「命のことや、人生のことや、神さまのことを考えて生きていきたかったのです。そのことだけに向き合いたかった。そして、静かに日々を過ごしていきたいと思っていました。あの熱に浮かされたような時代、今、思い返せば、同じようなことを考えていた人間はたくさんいたのです。一人が二人になり、四人になり……。けれど、次第に人が集まるにつれ、集団として、舵がきかなくなっていった。同じような集団が大きな事件を起こしたことも記憶にあるでしょう。僕らの集団も、それなりの社会的制裁を受けました。けれど……大人はまだいいのです。いちばん影響を受けたのは、あの集団に、自分の意志ではなく、連れて来られた子どもたちだったでしょう。僕は、あの頃、あの子がした、小さないたずらにも気づいていました。気づいていて、それでも怒りませんでした。言葉で注意しただけです。むしろ、そのいたずらを賞賛するような言葉もかけました。あのとき、頬を張ってもいいから、あの子のいたずらを止めるべきだった。僕はあの頃、母親の影から逃れるべきだと思っていました。母親が家庭で行うファシズムから逃れるべきだと。自分がそういう子どもだったからです。幼い頃からの母親からの圧迫、重圧、僕はそんなことから、逃れたかったのです。けれど、今はそうは思いません。この国に必要なのは、父親です。強い、力を持った父親です。あのときだって、僕があの子の父親代わりとして、あの子を叱っていれば。そうすれば……」

「私の娘が、殺されんかった、とでも言うんか」

ストーブの中で薪が爆ぜる音がした。ルーは私から視線を逸らさない。そうすることがきっとできないのだ。ルーの頭の中でも、さっきの私のようにトランプが揃ったのだろう、と思った。

「ルーさん」

なんと彼を呼べばいいのかわからなかったが、さん、づけで呼んだ。莢と、あの子が目を覚まさないように声を出そうとすると、自然に低くなる。

「私は、あんたみたいに頭もよくないし、あんたの言ってることも、実際のところ、ようわからへん。けどな、父親がどうとか、母親がどうとか、私には実際のところ、どうでもええねん。あんたが言っとうことは、あんたが頭のなかでこねくりまわしたことや。こんな山奥で、そんな絵空事みたいなこと、毎日考えながら生きてったらええ。でもな、あんたの話を今まで黙って聞いていてわかったことがある。あんた、莢みたいに、人を好きになったことないやろ。その人のことを思って泣きたくなるような恋愛したことないやろ。結婚したことないやろ。血を分けた子どものために、したくもない仕事、したことないやろ。毎日、寝ないで、ミルクあげて、おむつかえて、子どもが熱出して、はらはらしたことないやろ。そんな経験ないやろ」

ルーの肩ごしにベッドに眠る莢の姿が見える。そして、あの子。子どもみたいな顔ですやすや寝てる。でも、あの子は犯罪者や。殺人犯や。

「そうやって、大事に、大事に、育てた子ども、あんた、突然奪われたことないやろ」


かすかな物音がして目が覚めた。

自分の体にかけられている毛布から枯れ草のような香りがする。少しずつ目を開ける。部屋の中は暗い。まだ夜は明けていない。けれど、もうすぐ明ける時間だろう、という気がした。目の前のストーブはまだ温かさを保っているが、その前に座っていたルーの姿は見えない。その先に目をやる。床に跪き、莢のベッドに突っ伏すあの子の姿が見える。あの子の背中にまわされているのは、茨の白くて細い腕だ。ルーが手にしていた火かき棒が目に入る。ストーブの前に置かれた黒くて細い棒。立ち上がり、それを両手で握り、あの子の背中に力いっぱい振り下ろす。頭か、背中か。そうすれば自分の気がすむだろうか。その想像を目を閉じたまま繰り返す。でも、できひん。あの子の背中に手をまわしている茨も傷つけてしまうからや。

窓際の椅子に座った茨の背中が震えている。最初の夜、茨と二人で寝た部屋で、私は荷物を片付けていた。茨も、私も、たいした荷物があるわけではない。準備はすぐに終わってしまう。荷物を詰め終わったバッグを床に置いて、茨に近づいた。私を見上げる茨の頰が濡れている。涙を親指でぬぐった。

「なっちゃん……」

「なんや」

「……離れたくないの」そう言ってしゃくりあげる。

「二日間の約束や。茨ちゃんのお母さんをこれ以上、心配させるわけにはいかへんもん……。茨ちゃんの体もちゃんと診てもらわなあかん」

そう言いながら茨を抱きしめ、背中をさすった。

玄関の前であの子とルーが、私たちを待っていた。ルーが最寄り駅まで、私と茨を送ってくれるのだと言う。ルーの顔を見て、昨日の夜言ったことをあやまろうかと一瞬考えたが、もう、一生会うことはないだろう、と思い、何も言わないことにした。そのとき、建物の中から、一人の女性がルーを呼びに来た。話の様子から、ここにいる誰かの容態が悪くなったようだった。

「すみません。ほんの少し待っていていただけますか。すぐに戻ります」

ルーはあの子に車のキーを投げるように渡し、建物の中に入っていった。

葵と私、あの子だけになる。ここは二人だけにしたほうがええやろか、と思う間もなく、葵があの子に抱きついた。声をあげて葵は泣く。あの子がひどく驚いた顔をした。一度、葵の肩を押し返そうとしたが、葵はそれでも抱きつくことをやめない。迷いながら、あの子の腕がゆっくりと上がり、葵の背中にまわされる。その手に力がこめられる。きつく葵を抱きしめる。葵の肩ごし、あの子と目があう。もう少年ではない。一人の青年が目の前に立っている。その目が、あまりにまっすぐで、強い力を放っていることにたじろいでしまう。

あたしは光の母親や。あんたに娘を殺された母親や。大声でそう叫びたかった。葵の背中にまわされたあの子の手をひきはがそうとして、手首に巻かれたものが目に入る。なんや、古ぼけた輪ゴムや。それを思いきり、伸ばし、手を離した。あの子の手の甲で弾かれるはずのそれは、簡単に千切れてしまう。

そのとき、山道の向こうから、見覚えのある黒い軽自動車が走ってくるのが見えた。その後ろにも黒いワンボックスカーが一台見える。私が車を目で追っているのがわかったのか、あの子も振り返った。

「あんた、あんたは、いったいなんなん。あたしの人生に、かかわってきてあんたは」

驚いた顔をして、あの子が私を見る。茨も私の顔を見上げる。

「行きなさい」

茨とあの子が私を見つめる。

「茨と行きなさい。一時間でも多く、茨と過ごしなさい。茨と離ればなれになったとき、あんたには、私の苦しみがわかるやろ」

迷っているあの子に、

「はよういけ」と叫ぶ。

茨の手を取り、あの子が幸明園と車体に書かれたシルバーのワゴン車に駆け寄る。茨が振り返り私の顔を見る。その顔に頷いてみせる。急発進でワゴン車が走り出す。視界から二人を乗せた車の姿が次第に小さくなる。体の力が抜け、そのまましゃがみこんでしまう。両手をついて、まるで吐くように泣いた。視線の先に、さっきの輪ゴムが土の上にばらばらに散っているのが見えた。建物の前を、黒い車が二台、猛スピードで走り去って行く。絶対に車の行方は見るまい、と思いながら、思わず門の前まで駆け寄り、走って行く車を目で追ってしまう。この道の先があんなに急カーブだなんて気づかなかった。ブレーキをかける音と、何かがぶつかる大きくて嫌な音がする。誰か、私の目と耳を塞いでくれないだろうか。

私は何度そう思えばいいのだろう。

神さま、あんたは、ほんまに、ほんまにいじわるで残酷なやつや。

X　終曲

三十五歳から四十五歳まではあっという間だった。

三十五になったときは、三十のときにあった体力や気力を思い、四十になったときは、三十半ばまで自分の体に充ち満ちていた集中力というものが、日々すり減っていくことを知らされた。

私が小説家というものになったのは四十二のときで、それから三年が経っていた。バシャッとフラッシュが焚かれるたびに、笑顔を崩さないように口角を上げ、小さい目がこれ以上小さく写らないように、力を入れて見開く。写真を撮られることも、取材を受けることにも、何回体験したって慣れることはない。カメラマンのなかには、「こんな感じになりましたけれど、いかがでしょうか?」と、今撮ったばかりの写真を、カメラやパソコンで確認させてくれる人もいたが、いつも、ちらりと目をやっただけで、はい。もう。これで。と返事をすることしかできなかった。編集者が「NG写真だけ教えてくれますか?」とメールに写真データを添付してきても、「どれを使っていただいても大丈夫です」と返事をして、すぐにデータをパソコンのゴミ箱に入れた。

この年齢になっても自分の顔に慣れない。初めて小説家として自分の顔写真が雑誌にのったとき、あまりの醜悪さに目を閉じた。こんなことなら、顔写真など一切出さない覆面作家としてデビューすればよかった、と何度も思った。けれど、新人作家としてそんなことを言う勇気はなかったし、もちろん聞かれもしなかった。

誰も私の顔なんか見ていない。書いた本さえおもしろければそれでいいじゃないか。何度もそう前向きに思おうとしても、ネットで自分や、自分以外の作家の名前をエゴサーチすれば、作品だけでなく、容姿の話題は簡単に網にかかる。小さな頃からかわいいなどと言われたことはないし、自分の醜さは自分がいちばん知っている。今さら整形をするようなお金も勇気もない。整形をした小説家と呼ばれるのも嫌だった。

顔の造作は変えられないのなら、せめてまわりの人が見て見苦しくないようにしよう。年齢を重ねるたびに、そう思うようになった。もう、もてたいわけでも、きれいです、と言われたいというわけでもない。こまめに美容院に行って白髪を染め、歯科で歯を白くし、しみをレーザーでとった。自分のためでなく、自分を見ている誰かを不快にさせないように。年齢を重ねるにつれ、美容は老いとの追いかけっこになり、年々費用が嵩んだ。

応接室の窓際で行われていた撮影はあっという間に終わり、カメラマンが機材を片づけはじめる。担当編集者と私のテーブルを挟んだ向かいに、雑誌の編集者とフリーライターが座った。

テーブルの上には、これから取材を受ける女性月刊誌のバックナンバーが広げられている。毎月、特集は変わるが、年に二度、読書や作家の特集がある。東京にいた頃から、実家に帰っていたときだって、自分も読んでいた雑誌だからよく知っている。付箋をつけたページに、『人気作家おすすめの本特集』とある。ページをめくる。最近よく顔を見る作家たち。自分よりもはるかに若く、きれいな小説家の写真が並ぶ。新刊特集、ジャンル別の書評家おすすめ本、作家のプライベートをのぞき見しちゃいます、というページもあった。

小説家は部屋にこもって小説だけを書いていればいいわけではない。こういう雑誌や、作家が登場するブックコーナーがある番組を見ていても、適度な露出が必要な仕事なのだと、つくづく思い知らされる。タレント性みたいなものを、自分が考えていた以上に求められる仕事なのだと、自分が小説家になって、より痛感した。露出が増えるたび、好感度を求められている気になる。小説家自身がよりよき人、よりおもしろき人であること。大きな賞を取ったときに、どれくらいインパクトのある発言が必要なのか。いわゆるキャラの立っている小説家は、普段、小説なんか読まない人にさえ、その名前が耳に残る。たとえ、それが一時的なことだとしても。

ライターが小さな録音機やノートを鞄から取り出す間にページをめくる。自分の仕事部屋、好きな音楽、得意な料理のレシピ。そんなものをさらすことに抵抗がないこの人たちと自分は根本的に人間の種類が違うのだ、と感じる。

とあるページで手が止まる。

壁も天井も床も、すべてが白い部屋、天井まである本棚。大きなデスクのそばにある椅子は、確か、有名な建築家のものだ。壁にかけられたポップアート。私のようにくわしくない人間でも見たことのあるスープの缶詰のその絵。部屋はわかりやすいアイテムで満ちている。自分の仕事部屋とは違いすぎる。広さも、豪華さも。当たり前か。自分より何十倍と本が売れている女性作家だ。賞だってとっている。映画化もされた。自分と年齢はたいして変わらないが、キャリアは自分よりずいぶん長いはずだ。

「すごい。M先生のお仕事部屋、おしゃれですよね」

沈黙が怖くて、ついそんなことを言ってしまう。

小説はたいしておもしろくないのに仕事部屋は立派なもんだ。新人賞を狙い、小説教室に通っている頃、一冊だけ読んだことがある。一時間もかからずに読めて、すぐにBOOKOFFに売った。どうしてこんなにつまらない小説が本になって、自分の作品が本にならないのか、そのことをうらみ、ねたんだ。

けれど、そんなことは編集者の前では絶対に言わない。

腹を割れば割って話すほど、自分が不利な状況になるだけだ。損するだけだ。ほかの小説家や作品の悪口は、どんなに小さな声でささやいたとしても絶対に伝わる。それを作家になってすぐに思い知らされた。自分が予想していたよりここは狭い世界なのだ。作家のまわりを、ぶんぶんと飛び回る蜂のような編集者が噂を広める。作家、編集者、書評家、書店員、誰と誰が仲がいいか、犬猿の仲なのか、誰と誰がつきあい、別れたか。ときにはどんなセックスをしたかまで聞かされた。

「何か召し上がりたいものはありますか？」

と編集者に聞かれ、真剣に考えていた自分はどれだけ世間知らずだったのだろう。

打ち合わせなんて短ければ短いほどいい。ファミレスでいいのに、と思っていた自分は何も知らない新人だった。打ち合わせは作家のものではない。編集者のものだ。フレンチ、イタリアン、自分はたいして酒などのまないのに、次々に開けられていく高級ワイン。打ち合わせと称して会社の経費を使い、作家の時間を浪費するだけの食事会は、今夜もどこかで行われているのだろう。そして彼らは嘆く。出版不況だと。本がまったく売れなくなったと。

過度に自分との距離を縮めてこようとする編集者も苦手だった。編集者のほとんどが自分より年下だったから、自分の悩みを相談するふうで、心を開いていると思わせる人も少なくなかった。恋愛、結婚のこと、家庭の、体の悩み。私は彼らの「中身」など興味もないし、見たくもなかった。編集者のほとんどが、いい大学に入り、名前の知られた出版社に入社してきた人たちだ。けれど、それとは真反対に、苦学をして、父が酒乱で、母に虐待されて、と、生育歴を自ら告白してくる人もいた。誰にも言ったことのない自分の秘密、あなただけには話しますよ。そんな話にもまじめに耳を傾けていた。

作家に心を開いています。犬がおなかを見せるポーズ。けれど、それは自分だけに見せているわけではない。ほかの作家にだって、同じようなポーズをしているんだ。愛想笑いをしているうちに、心は擦り切れていった。

「どうしてこの本を書こうと思ったんですか？」

テーブルの上の録音機は小さな赤いランプが灯っている。

「編集者から依頼があったからです」

そんな答えが頭に浮かぶが、もちろん口に出すわけではない。

私は今、東京にいて、小説家という肩書きが与えられている。それなりに名の通った新人賞をとり、自分の書いた作品が本になり、新作を出せば書店のいい場所に並べられる。表紙を見せた状態で。その喜びを素直に享受できたのは、ほんの短い間だった。デビュー作は確かに話題になった。半年後に出した二冊目はデビュー作ほど売れなかった。三冊目は、昔書いた原稿を見せ、そのまま編集者からOKが出た。とある文学賞の一次にもひっかからなかった作品だ。なぜ、時間が経っただけで、それが商品として市場に出るのか。

「加筆とか訂正する必要がありますよね？」

当然のように聞いた私に編集者は大げさに首をふり、きっぱりと言った。

「どこにもありません」

けれど、今、取材を受けている五冊目の本の原稿は、編集者に見せる前に、自分で徹底的に手を入れた。幾人かいる担当の編集者たちは、原稿さえ渡せば何も言わずに小説誌に載せ、本にしてしまう。そのことが怖かった。半年に一冊のペースで本を出し、三年が過ぎた。ベストセラーになったわけでも、映画やドラマになったわけでもないが、原稿の依頼は途切れずに来た。都心にある2DKのマンションを借り、自分ひとりで食べていけるくらいは、余裕で稼ぐことができる。OL時代の何倍ものお金が毎月、銀行に振り込まれる。時々は母にまとまったお金を送った。

三冊目の本に、ほんの少しだけ重版がかかったとメールで知らされたときは、一人で泣いた。デビュー作以来、重版がかかったことなどなかった。初版部数だって驚くほど少ないのだ。自分が死ぬ思いで書いた本を読みたいと思っている人が、この国にはそれしかいないのか、と考えると、さらに泣けてきた。それでも原稿の依頼はやってきた。

「絶対に筆を止めてはいけない。休んではいけない。とにかく書き続けなくてはだめ。この作家はコンスタントに本を出している、まわりにそう思われることが何より大事なことなの」

文学賞のパーティーで出会った先輩作家はそう言った。カレンダーには原稿の締め切りの日だけが記されていく。家にいるときは、睡眠と食事以外の時間はパソコンに向かっていた。一歩も外に出ない日も多くなった。元々、東京に友人はいない。編集者以外の人間に会わなくなった。編集者との打ち合わせだって、忙しい、と言えば、メールですんでしまう。声を出さない日が増えた。喋らないと、そのための筋力や粘膜も衰えてしまうのか、久しぶりに人と会って話すと、声量もなく、言葉も噛んでしまい、「え?」と、聞き返されることが多くなった。私が体のなかで使っているのは、頭と、文字を打つためだけの指。そこから下は無用なのかもしれなかった。

それでも、こんなふうに新しい本が出れば、私のような作家にも取材依頼は来る。普段の不摂生の生活がほつれて見えないように、服を選び、丁寧に化粧をした。

発売日前後には、都内のたくさんの書店をまわった。この人が、この本が好きだと言えば売れる、いわゆるカリスマ書店員。そんな書店員がいる店は欠かさず行った。それが、今の小説家の仕事でもあった。頭を下げ、笑みを浮かべ、万引き常習犯の粒子の粗い顔写真が貼られた書店裏の狭い控え室で、時にはレジの端のカウンターで、下手な字でサインやPOPを書いた。

「今度の本より、やっぱりデビュー作のほうが僕は好きでした」

素直にそんな感想を言われることもしばしばあった。それでも、

「ありがとうございます。今度の本もどうぞよろしくお願いしますね」

と頭を下げた。

書店員Hのおすすめ本、などという手描きイラストの入ったPOPを見るたび、自分のどこかは確実に冷えていく。それ以外の本が、誰かの人生を救う一冊になるかもしれないのに。

小説を書きたい、と思っていた。作家になりたい、とずっと思っていた。作家になれば、純粋に小説だけを書いていればいいのだと思っていた。賞賛がほしかった。それが自分にとっての幸せなのだと思っていた。誰からもうらやましがられることのないOL生活とは、まるで違う生活が待っているのだと思っていた。けれど、その毎日は、自分が思っていた以上に過酷だった。さっき撮影された私の写真を見て、妬む人がいるだろう。才能が認められ、作家になったおまえはなんてラッキーな人間なんだ、と。私だってそう思っていた。にこやかに微笑む作家の顔を、黒いマジックで塗りつぶしたことだってあったのだ。

「……先生の作品に出てくる……」

先生とは誰だろう。目の前のライターが口にする言葉に、ふと顔をあげる。それが自分のことだということにしばらく気づかない。先生なんて呼ばないでください。作家になってすぐの頃は、そう否定していたはずなのに、今はもうそれすらもだるい。そう呼んでくれるのなら、もう、そう呼んでもらってもいい。いつからかそう割り切ることにした。

取材の質問も最初は何を聞かれているのか、わからないことのほうが多かった。作品を読んでもらえばわかると思うのですが。何度もそう思い、言葉を呑み込み、自分の作品について、言葉を砕いて説明をした。それは小説を書くことよりも力の必要なことだった。

応接室の窓の外に目をやる。まだ残暑を感じさせる強い光が、目の前のビルのはしっこを照らしている。この取材を終えたら、まっすぐに家に戻り、原稿の続きを書かなければ週明けの締め切りに間に合わない。それと同時に、半年後に始まる次の連載のプロットを練らないといけない。おおまかな筋はできているものの、それはこの前、編集者との打ち合わせで、苦し紛れに出したアイデアだった。

「あ。それ、いいですね！　おもしろそう」

若い女性編集者の顔が輝いた。ほんとうにそう思う？　これ、私がひねり出した、嘘の話だよ。嘘に嘘を重ねて、無理矢理に自分のなかから物語をしぼり出した。何度も何度も。今までに読んだ本、映画、目にしたもの。そのどれもが、新しい物語を作っていくトリガーにはなったが、毎日、原稿だけを書いていると、その蓄積がどんどん削り取られていく。自分が残り少なくなった歯磨きチューブのような気分になる。

小説を書き上げたときだけは、一瞬、心は軽くなるが、それ以外の時間は、地獄のような日々だった。小説に夢中になっていると、食べることを忘れてしまう。あるとき突然、目の端に閃光のようなものが走った。目の病気か、と思い、眼科に行ったものの異常はない。貧血になるとそんな症状が出るらしかった。体がだめになったら小説が書けなくなる。死ぬまで、私は自分一人の手で書いて、食べていかないといけない。料理をすることに時間をかけたくなかった。口をこじあけるようにして、レンジで温めたパックスりのごはんや、買ってきたお総菜を、キッチンの床に座りこんだまま、無理矢理、咀嚼した。

ふいに、虚業という言葉が浮かぶ。嘘で食べている人間は、こんなふうに毎日の生活をないがしろにする人間は、死んだあとだって、ろくな目には遭わないだろう、という気がした。時々マンションのエレベーターの中で、その姿を見ると、赤ちゃんを前に抱っこした自分よりもはるかに若い母親といっしょになる。それが人としての正しい生き方のような気がした。彼女のなかに、どんな地獄があるのだとしても結婚をして、子どもを産む。血をつなぐ。人を増やす。それが、人として生まれてきた者の正しい道なのではないかと。

眠りは浅く、細切れの睡眠のなかで、何度も夢を見た。そのときに書いている小説の夢を見ることも多かった。半年前からは、睡眠導入剤をのまなければ眠れなくなった。真夜中、もうどうやっても物語を進ませることができないとき、自分があの出来事をテーマにして小説家になったことの報いを受けている気がした。Aのことを書いたこと。実際に起きた出来事をフィクションとはいえ、自分の物語にしてしまったこと。あったことと、自分の妄想を、小さな布を縫い合わせていくパッチワークのようにつなぎ合わせて加害者と被害者の人生を書いたこと。そのことの罪。

「神さま、どうか、この物語を最後まで書かせてください」

真夜中に、目を閉じ、手を合わせて祈ることもあった。

その神は、Aの神さまではないし、キリストでもブッダでもない。けれど窮地に立たされたとき、ふいに自分の心に浮かぶ神さまとは誰なのか、それが何なのか、私にはわからなかった。わからないまま、祈らずにはいられなかった。

「お話はこれで十分です。ありがとうございました」

雑誌の編集者の大きな声で我に返る。

窓から見える景色には、緑色がまったくない。木も、草も、花も土もない。人間が作ったものしか目に映らない。ざっ、と風がふいて、あの暗い山が鳴る音が聞こえたような気がした。九月に入ったら、あの場所にまた行けるだろうか、そのためには、どうやっても今抱えている原稿を書かないといけない。そう思ったら、こめかみの奥が、じわりと、鈍い悲鳴をあげはじめた。

名古屋での取材を終え、ふと思いついて実家に寄ることにした。

駅前は来るたびに寂れていた。荒廃していると言ってもよかった。こんな風景は、これから日本の至るところに出現するのではないかという気もした。

改札を出ても人がいない。遠くに姿が見えるのは、腰が曲がったり、杖をついた老人ばかりだった。タクシーで自宅に向かう。バスが来れば、三十分もあれば着くのに、次のバスは一時間ほどしないとやってこない。タクシーを使うたびに、タクシーを使うことを躊躇しなくなった自分に驚いてしまう。

「あらぁ、また痩せたんじゃない。でも、それくらいがいちばんいいわよ。どんどん綺麗になってるみたいねぇ」

母は私の顔を見て、そう言った。意外なことに、母は私が作家になったことを私が思っている以上に喜んでいた。私の本の広告が新聞に出たり、雑誌にインタビュー記事が載ったりすると、それを切り取り、ファイリングしては、近所の人にも見せているようだった。

相変わらず、体調が悪い、と、たまにかける電話で口にするが、それはもう母の口癖のようなものだ。時々、東京に母をひきとることを考えてみたりもするが、母はこの家を離れることは考えていないらしい。けれど、いよいよ、体も動かなくなって、呆けてきたら、すぐにどこかの介護付きマンションに入れてほしい、と私に何度も言った。この家を売れば、いくらかにはなる。私の貯金を足せば、確かにそれがいちばんいい方法なのかもしれないと思う。

「ねえ、ごめんねぇ、また、いいかしら、サイン頼まれちゃって」

母は、ショッピングモールに入っている書店の紙袋を提げている。

「ほんとうにあなたの娘さんて、すごいのねって、みんな言うのよ」

私は母の自慢の娘、なのだろうか。ほんの数年前まで、母は私を家政婦のように扱っていたのに。二階はやけに静かだ。私がふいに上を見上げると、

「共働きだから、昼間は静かなのよ。保育園から帰ってきてから、寝るまでがドタバタ大騒ぎ。だけど、子どもは一人だし、我慢できないほどの音じゃないわよ」

明日香《あすか》や誠司《せいじ》さんの名前を出さずに、母は話す。

母は二階を人に貸している。年金に、家賃、時々、長女から送られてくるまとまったお金。母は今、もしかしたら、人生のなかでいちばん穏やかな暮らしをしているんじゃないかと思う。妹夫婦は、二年前に離婚し、もうこの家の二階にはいない。

「今日子《きょうこ》は、子どもの頃から作文がうまいってほめられていたものね。それが小説家になるなんて。その頃から才能があったのねぇ」

作文がうまく書けたと、先生にほめられても、母からほめられたことはない。私を過剰にほめてはいても、母の気がかりは、妹のことだけなんじゃないか、だから、ここを離れたくないんじゃないか。そんな気もした。

玄関わきの自分の部屋は、私が住んでいたときのままに、母がしてくれている。あの頃と違うのは、本棚に私の本が並んでいることだけだ。窓が小さく、日が射さないこの部屋は、やっぱり部屋じゃない。納戸だ。この部屋で私はデビュー作を書き、新人賞をもらってすぐに家を出た。ここでの生活はもう、私には一分一秒も耐えられなかった。母と妹夫婦の世話をすることに疲れきっていた。

部屋の隅には、プリントアウトした原稿が詰まった段ボール箱が積まれたままになっている。書いて、書いて、直し、また書いて、書き続けた原稿だ。母に処分してほしいと頼んだはずだが、

「今日子が一生懸命書いた原稿だもの。捨てられないわよ」

母はそう言った。

積まれた段ボールのいちばん上の箱が中途半端に開いたままになっている。本になった最初の原稿だ。Aを書いた物語。その作品で私はデビューした。

もう何度もくり返し、いろんな人にした話だから、君も僕のことを少しは知っているんじゃないかと思う。けれど、誰かが言葉であらわした僕には、結局のところ、誰かがあらかじめ僕に対して抱えている思惑が多く入り込む。僕が発した言葉は、切り取られ、編集され、誰かが見たい「僕」というカタチになるから。

私はAの一人称で小説を書いた。彼の生い立ち。事件を起こすまでの経緯。少年院を出てからのAの暮らし。そのひとつひとつを、彼の気持ちになって書いた。綿密な取材がなければここまで書けない。と、批評家たちは口をそろえた。それはそうだ。べたべたと靴の裏にくっついてしまう、まだ熱いアスファルトのように、私はAに恋をし、彼の後を追い続けたのだから。

自分で読み返してみても、文章に熱がある。そう感じる。熱と力を抑制しながら、書

きたいことを自由に書いている。今の私は、編集者の要求に応えるだけの、原稿を産み

出す機械だ。それが作家としての成熟だ、と、誰かに言われたこともあったが、デビュ

ー作を書いたときの熱が戻ってこないことに、いらだたしさと、あせりを感じているの

も確かだ。何を書いていけばいいのか。物語を作ることにはどんな意味があるのか。私

の頭のなかにはいつもその問いがあった。

「はああ? お姉ちゃん出てったら、どうすればいいわけよ、あたしは。未玲《みれい》とか、未《み》

海《み》の世話とか誰がすんのよ」

「自分でなんとかしなさいよ。知ったこっちゃないわよ」

そう言い返すと、急に妹の顔が泣き出す直前の顔になった。子どもの頃にこんな表情

をする妹をよく見た。私がそんなふうに妹に言い返したことは、今まで一度もなかった。

あなたの小説が新人賞に決まりました。さっそく打ち合わせなどをしたいので、東京

にいらっしゃることがあれば、その日時を教えていただきたいのですが。かすかに興奮

したような、けれども、それを必死で押しとどめているような若い女の編集者から電話

がかかってきた、その夜のことだった。携帯を持つ自分の手がかすかに震えていた。も

う、明日にだって、この家から出てもいい。そんな気持ちになっていた。

「だいたい、東京なんかに戻って何すんのよ。今さら、その年で再就職なんか、無理に

決まってんじゃん」

「小説の賞をとったの。それが本になるの。私は小説家になるの」

「は？　何言ってんの？　お姉ちゃん、頭おかしくなったんじゃないの」

「本当よ。さっき、電話がかかってきたの、私、小説の賞をとったの。それが本になるの。だから、もうこの家を出る。東京で生活して、小説を書くから」

「え」と最初に声をあげたのは、私と妹のそばで、二人の言い争いをはらはらと見守っていた母だった。

明日香におんぶされている未海が、体を反り返らせるようにして、泣き声をあげている。私の言葉を聞いた妹の顔が、なんだか急に老けて見える。明るくカラーリングをしてあるのに、ほつれたまとめ髪、朝、きっちりと完成したはずのアイメイクの黒が目の下に滲んでいる。

「もう自分でぜんぶなんとかして。あんたの人生と、私の人生は違うの。今までみたいに、あんたたちの家政婦をして、年をとっていくのなんて、もう絶対にいや」

妹をあんた、と呼んだのもそのときが初めてだったと思う。未玲はまるで言い争いなど聞こえていないかのように、リビングのテレビの前に座り、ぽかんとした顔で大音量のアニメを見ている。

「ほら未玲、帰るよ」

妹が言った声もまるで聞こえてないかのようだ。妹は乱暴に未玲の腕をとり、立たせ、玄関ドアに向かって乱暴に歩いて行く。泣き叫ぶ未玲と未海の声。バタンと大きな音を立てて、玄関ドアを閉める。玄関のたたきには、紙おむつのビニールパックが転がったままだ。さっき、私が、妹に頼まれて買ってきたもの。絶対に届けてなどやるものか、と、パッケージに印刷された、美しい赤ちゃんの顔を見ながら思う。

「本当に、そうなの？」

妹が出ていったあと、母はくり返しそう言った。

「おめでとう」と言ったその声に力はない。

「だけど、今日子がいなくなったら、さびしくなるわねぇ」

妹たちとたった一人で向かい合わなければならない事実に気づいた母は、喜怒哀楽、そのどれにもあてはまらない、複雑な顔をしていた。


実家に戻って来てから、すでに一年半が過ぎようとしていた。

時には、妹が目のまわりを腫らし、泣きわめきながら、一階にやってきたこともある。保冷剤をガーゼでくるんだもので、冷やしてやると、

「お姉ちゃん、なんであたし、結婚しちゃったんだろう。なんで、あんなやつの子ども、二人も産んじゃったんだろう」

そんなこと知るか。自分の責任じゃないか。そう、心のなかで毒づいても、その頃の私にできることといったら、妹たちの世話をすることしかなかった。

時々は、同級生の男と寝た。そうしなければ、自分のなかからひっきりなしに硫黄くさいガスが湧いて、自分も腐っていくような気がした。何もない、自分が生まれた町。愛着など何もない。大きなショッピングモールがあるだけの、どこにでもある地方都市。ここで、年齢を重ね、妹たちと母の面倒をみて、この家で老いていくのかと思うと、死

にたい気持ちになった。そのためのガス抜きに、ただ、相手の体を食らい尽くすような性が、私には必要だった。

妹だけでなく、母までもが、Aの噂を口にした。噂は浮き上がり、沈み、また、浮き上がった。私は男から、妹から、ネットから、この町にAがいる、という噂をひとつひとつ集めた。あそこにいた、あそこにいるかもしれない、そう噂されている場所を尋ね歩いた。コンビニ、ガソリンスタンド、ショッピングモール、フィールドアスレチックのある公園。そこに若い男がいれば、その顔を凝視した。さぞかし、気持ちの悪い女だと思われていることなど、わかってはいるのに、そうせざるを得ないのだった。

最初にひかれたのは、Aの容姿だった。凄惨な殺人を犯した人間の顔には見えない。私が寝ている川端《かわばた》君や、妹の夫の誠司さんのほうが、よっぽど殺人者にふさわしい顔をしている。Aの顔は、奇妙な清潔感と、落ち着きに満ちていた。Aの顔写真が写真週刊誌に掲載されたとき、誰もが驚いたはずだ。なぜ、こんな事件を少年が、ということ以上に、なんでこんなに美しい少年が、という驚きを誰もが抱いたはずだ。Aのことをネット上で、アイドルのように、神のように騒ぐ人間がいてもおかしくはない。

けれど私は、そうした人たちを軽蔑していた。自分はそんな表面的なことだけで、Aを追いかけているのではない。彼らとは一線を画したかった。

Aは人間の中身が見たくて、七歳の子どもを殺した。中身。それは少年Aが、事件を起こしたときに、何度も口にしていた言葉だ。人間の中身が見たかった。だから僕は、あの子を殺した、と。彼は何度もそう言った。けれども、当時、誰も、その真意をくんだ者はいなかったと思う。

私も中身が見たいのだ。人がひた隠しにして、心の奥底に沈めてしまうもの。そこに確かにあるのに見て見ぬふりをしてしまうもの。顔は笑っていても心の中で渦巻いている、言葉にはできない思いや感情。皮一枚剝がせば、その下で、どくどくと脈打っている何か。それを見てみたい。

そういう意味では、私とAは同志なのだ。

私以上に、Aのことを理解できる人間はいないはず。私はAの話をただ黙って聞き、Aを抱きしめる。歪んだ妄想が暴走していた。Aにとって、自分は運命の女に違いない。そう思っていた。この町にAがいるかもしれない、という噂ですら、Aと自分が深い縁で結ばれているからだと、そう信じこんでいた。

あの子に会うまでは。

Aが育った町、Aが殺人を犯した町を訪ねたとき、影のように、私のまわりにあらわれた少女。この町の山奥、探しあてた工房で、Aのそばにいた少女。Aは彼女がまるで目の前にいないようにふるまったけれど、Aとあの少女は、あまりに似合いすぎていた。Aと同じように、その少女も美しかった。

容姿でかなわないのなら、私はAに何かを差し出さなければならない。そう思った。供物が必要だった。それが、妹の長女、未玲だった。手がかかり、気にいらないことがあれば泣き叫び、そして誰からも愛されていない子ども。

Aが、彼自身の神さまを求めたように、そのときの私にとってはAが神だった。彼のために何らかの供物を捧げなければいけない。私はそう、信じていたのだ。

「この子をあげる。好きにしていいから」

そうはっきりと告げたはずなのに、Aの耳には、私の言葉は届いていないようだった。私をまったく視界に入れようとしなかった。Aの視線は一瞬だけ泣きやんだ未玲に向けられ、手の甲で止まった。妹と誠司さんが大晦日の夜、浮かれて酒をのんで乱れ、その隙にポットのお湯でやけどをした未玲の手に。救急病院で真っ白な包帯を巻いてもらった、その手の甲に。

「あなたは少年Aなんでしょう?」

Aは何も答えなかったが、その反応のなさが自分自身をAだと認めているような気がしていた。もしかしたら、そう聞かれたことも、何度もあるのかもしれないとも思った。見知らぬ場所に連れてこられたことが恐ろしいのか、未玲がまた泣きはじめる。その声はだんだん大きくなる。

「お願いだから黙って」

未玲が私のお願いなど聞いたことはないのに、そう言ってしまう。わかっているのに、未玲の声は止まらない。Aはなんの表情も浮かべないまま、未玲の手の甲を見つめている。窯の中で薪が燃える音と、未玲の泣き声だけが響く。

泣かないで。聞こえるか、聞こえないくらいの声だった。

Aの発した声だ。初めて聞くAの声が私の鼓膜を震わせている。

それだけ言うと、Aは私たちに背を向け、窯の前にある、木の椅子に腰を下ろした。

その背中をじっと見ていた。Aが、手首にはめた何かをいじっている。なんだろう。目をこらす。輪ゴムのようなものを、Aは、つまんだり、はなしたりしている。

未玲の泣き声はさらに大きくなる。おしっこ、おしっこおお。未玲の声が絶叫のようになる。わかった。わかったから。そう言って、手をつなぐと、未玲の手が夜の山の空気で冷たく冷えている。パジャマにフリースの上着を着せただけの未玲が熱を出したら、また、未玲の世話をするのは自分だ。Aは、ただ、目の前の炎を見つめ、手首の輪ゴムをはじく。

水音がして、未玲がおもらしをしてしまったことがわかる。視線を下げると、未玲のパジャマのズボンが濡れ、裾から漏れ出て未玲の靴をさらに濡らす。それを始末するのも自分だ。Aは動かない。もう、手首の輪ゴムをいじったりもしていない。自分の吐く息が白い。また来ればいいんだから。そう自分に言い聞かせて、私は未玲の腕をつかみ、その場所をあとにする。Aの視界にすら入らなかったみじめさが、山道を下りるたび、わきあがってきた。


「あっ……」

全裸で立った川端君の前にしゃがみこみ、根本を軽く握ったまま、陰茎の先を舌先でちろちろと舐めると、情けない声を出した。さっき、一回したばかりなのに、私の体はまだ貪欲に、川端君を求めようとしていた。

「なんか、今日、おまえ、あぁ……」

ベッドのわきにたったままの川端君が天井を見上げ、私の髪を両手でぐじゃぐじゃにかき回した。握ったまま包皮をゆっくり上下させ、亀頭をくちびるで覆い、その割れ目を舌で上下する。

妹夫婦との間でトラブルが起こるたび、私は川端君を呼びだし、寝た。分厚い胸を両手で強く押すと、川端君がわざとらしくベッドに仰向けに倒れ込む。その体に跨がり、しゃがみこみ、自分の親指とひとさし指で広げたその場所に全部を納める。根本までがすっかり自分の中にあることを、しばらくの間、味わう。川端君と私の陰毛が、私のなかから漏れ出したもので濡れ、からみあう。しゃがんだまま、腰をゆっくり上下させた。川端君はあっという間に果てた。私は心のなかで舌打ちをする。

「水野《みずの》が前に言ってたあの噂、まじで、ほんとうらしいな」

川端君の耳たぶをくちびるで挟みながら、私は黙っている。

「ほら、あのフィールドアスレチックとかがある国道からもっと山奥に入ったところに工房があってさぁ、その近くに、Ａの面倒をみている保護司みたいなばあさんがいるらしい」

「保護司って……」

耳たぶからくちびるを離した。

「犯罪を犯した人間が娑婆に出てくるだろ、再犯しないようにあの男を、少年Ａを見守ってんだよ。……まぁ、もう、でも、あいつ、少年って年でもないか」

川端君が寝たまま煙草に火をつけ、一口吸って私に渡す。普段は喫煙の習慣などないが、川端君と激しく交わったあとだけ、煙草を吸った。普段はどこからか、煙草のにおいがしても嫌なのに、セックスをしたあとだけは、おいしいとさえ思った。

「そんな話、誰から聞いたの?」

「会社の経理のおばさんが、あの工房でやってる陶芸教室に通っててさぁ……。あの工房も、どういうあれなのかわからないけど、Aの生活を守ってんだ。Aのために作られたんだっていう噂も聞いたぜ。あれだけひどいことやった殺人鬼なのに、ずいぶん手厚く保護されてんだ。Aは加害者だぜ。のうのうと、この空の下で、うまい空気吸って、土こねて、皿だとか、コーヒー茶碗だとか、売ったところでたいした金にはならないだろう。それでも、あいつの生活は保障されてんだ。なぁ、なんかおかしいだろ」

仕事がうまくいっていないらしい川端君は、最近、妙に愚痴っぽかった。ここに来る前に入った居酒屋でも聞かされた話を、また始める。不景気、下請け、年老いた母親の世話。別れた奥さんに毎月送っている養育費のこと。私はその話を深刻に聞いているようにして、聞き流していた。

「あいつに娘を殺された母親のこととか、家族のことだって考えてしまうさ。俺だって、一度は家族を持った身だからな」

元の奥さんと暮らしているという川端君の娘も、Aに殺された少女くらいの年齢じゃなかっただろうか。時々、川端君が見せる父親としての顔に、嫉妬の気持ちも起こらない。そのたびに、私が必要としているのは、川端君の体だけなのだと知る。

川端君が手にしていた煙草はフィルター以外のほとんどの部分が灰になっている。あわてて、おなかの上に置いていた丸い灰皿に、そっと移動させようとするが、灰のほとんどが、シーツの上に落ちてしまう。川端君は乱暴にそれを手で払い、ベッドの下に落とそうとするが、黒と白と灰色、筆で刷いたような汚れが、シーツに残っている。

川端君がさっき言った保護司の家を探さなければならないな、と、その汚れを見ながら、私はぼんやり、そう思っていた。


その翌日から、また、あの山奥の工房通いを始めた。夕飯の買い物に行ってくると母に告げ、Aが帰りそうな時間まで、国道沿いにある廃車が積み上げられた空き地に車を停めて、あの工房までの道から国道にAが出てくるのを待っていた。ほとんど毎日、夕食の時間にも家に帰らない私に母は遠回しに文句を言った。

「ずいぶん、遅かったのねぇ。明日香が頼みたいものがあったのにって、もう何度も何度も」

スマホに明日香から、紙おむつを買ってきて、というメールが来ていたが、私はそれを無視していた。

どういうタイムスケジュールで働いているのかわからないが、工房で働く人たちの軽自動車などは出てくるのに、Aの姿が見つけられない。もしかしたら、工房で暮らしているのかもしれないとも思ったが、川端君の言う、保護司のおばあさんの家を訪れる日は必ず来るはずだ。助手席でスマホが震えている。サイレントモードで震える振動音は、蜂が羽を震わせる音にも聞こえる。多分、母か妹だろう。私が買い物に出たまま、帰ってこないことを、怒っているのだ。振動音は止まらない。仕方なく電話に出る。

「ねぇぇぇぇ、お姉ちゃん、ミルクないから買ってきて、って昨日も言ったじゃん。早く帰ってこないと、未海が死んじゃうよ」

そのときだった。マウンテンバイクに乗ったAが、国道を右に曲がろうとしているのが見えた。スマホを助手席に放り投げる。通話は切っていなかったから、明日香の怒声は私が聞いていないのもおかまいなしに、まだ続いていた。

見失ってはいけない。

けれど、見つかってもいけない。

ゆっくりとエンジンをかける。Aのあとを車で追いかける。時間はもう午後七時をだいぶ過ぎていた。途中で一回、信号が赤になったが、私はそれを無視した。Aの自転車が左に曲がる。道を確認して、いったん私はそこを通り過ぎる。さっきの空き地に車を停めて、Aが曲がった道に向かって歩いて行った。

車が一台通れるかどうかも危ういその道には街灯もない。日はもうすっかり暮れて、山の中は静まり返っている。この先にAの家があるのか、それとも、川端君の言っていた保護司のおばあさんの家があるのか。十分ほど歩くと、道の行き止まりに、かすかな家の灯りが木々の間に見え隠れした。もう少し歩いてしまえば、その家の庭先に出てしまう。一瞬躊躇したが、私は玄関が見える距離の、茂みの中に身を隠した。

古い二階建ての民家だ。確かに玄関わきには、さっきAの乗っていたマウンテンバイクが停まっている。Aがこの家にいることは確かなのだ。玄関わきの部屋には、灯りがついているが、そのほかの部屋は真っ暗で、人が動く気配もない。枯れ木の枝が、ちくちくと臑をさす。あわてていたので、ダウンジャケットも着ていなかった。山の中の寒さは、私の家のまわりにはない寒さだ。冷えが私の体を蝕んでいく。しばらくの間、家の灯りや玄関のあたりを見つめていたが、誰かが出てくる気配や、家のなかで誰かが動く気配もない。ただ、ここは、Aに関係のある場所なのだ。そこをつきとめられただけでも、大きな収穫じゃないか。腕時計をみると、もう午後八時を過ぎている。家をでてから、三時間以上経っている。

機関銃のように愚痴を放つ妹の顔が浮かぶ。

母に、自分が何をしているのか、怪しまれても困る。川端君と会うときは、同級生とのみに行くと伝えてはいたが、そんなに頻繁に会うような仲のいい友だちっていたのね、今日子にも、と何かを薄々感づいているかのような気配もある。今日はもうここまでにしよう。私は、なるべく音をたてないように、その茂みから、ゆっくりと道に出た。

その日から、夕方になると、私は茂みに身を隠した。

茂みのなかに長い間、しゃがんでいると、ダウンジャケットを着ていても、地面から寒さが骨の芯まで染み渡っていく。フードを深くかぶり、背中に保温カイロを貼っても、私の奥歯はかちかちと音を立てた。

他人から見れば、これは明らかにストーカー行為だし、自分がそれをしている自覚もあった。彼がAではない、という可能性だってあるのだ。

けれど、私はその行為をやめられなかった。からまった糸のかたまりを一気にほどき、一本の糸にして、Aと私とを結んでしまいたかった。今日はもう行くまい、そう思うことだってあったが、夕暮れが近くなると、私は途端にそわそわし出し、家を出るタイミングをはかっていた。

Aは、週に二度、その家に行くことがわかった。工房から出てこない日もある。やはり、そこがAの住まいになっているのかもしれなかったが、もっと遅い時間に工房から出てくるのかもしれなかった。時折、小さなおばあさんが、玄関の引き戸を開け、あたりを窺う。

あの人が川端君の言っていた、Aの保護司なのだろうか。おばあさんの姿が見えたとき、重心をくずした私の足元の枯れ枝がぱき、と小さな音をたてた。引き戸が閉まり、足をひきずるような音が聞こえる。臑のあたりに痛みが走った。見つかったらなんと言い訳をしたらいいのか。このあたりには、誰かが訪れるような民家など、ここしかないのだから。鼓動が速くなる。遠くから、国道を走るバイクの音が聞こえる。できるだけ地面に丸くなり、フードを深くかぶり、目をぎゅっとつぶって、息を止めた。しばらくすると、おばあさんの足音は聞こえなくなり、再び戸の閉まる音がした。

いったい、自分は何をしているんだろう。

こんな思いをしても、私は何度も茂みに隠れ、寒さに耐えた。

驚いたのは、Aが軽自動車を運転していたことだ。おばあさんを乗せ、どこかに行こうとする。車が目の前を走り去ったあと、私も、空き地に停めていた車に乗り、あとを追った。ついたのは、ショッピングモールだ。Aの視界に入れば、あのときに来た女だと、すぐにばれるような気がした。遠くから、買い物をする、Aとおばあさんを柱の陰からちらりと見る。どこからどう見ても、おばあさんと孫にしか見えない。

そんなとき、なぜだかふと大声で、

「ここに少年Aがいる。神戸で女の子を殺したあの少年だよ」

と、叫びだしたくなることがあった。そんなことをすれば、Aを窮地に陥れるだけなのに、なぜそんな気持ちが湧いてくるのかが、自分でもわからなかった。けれど、いつか川端君が言ったように、あんな犯罪を起こした人間が、何食わぬ顔で、買い物をしている風景は、自分の目にも異様なものに映ったのだった。

「毎日、毎日、いったい何しているの？　夕飯どきにも家をあけて」

結婚もしていない、子どももいない、もう三十もとうに過ぎた娘に、そんな小言を言わなければならない母を不憫に思うこともあったが、私はそこに通うことをやめられなかった。

「あら、どんなご用かしら？」

おもいきって訪ねてはみたものの、このおばあさんに自分の姿を見せてしまったことを、もう後悔していた。

「あの人は少年Aなのですか？」と、聞けるはずもなかった。

長い沈黙。おばあさんは、玄関のたたきには下りてこなかったので、自然と私を見下ろす姿勢になる。

「あの……あそこにある工房の……」そう言って、私がうつむいてしまうと、おばあさんはゆっくりと腰を下ろし、たたきにあるサンダルを履いて、私の隣に立った。ほんとうに小さなおばあさんだ。けれど、まわりの空気の酸素が途端に薄くなるような威圧感がある。そのまま、私を家の外に追いだしてしまうような。

「あぁ、倫太郎《りんたろう》の、作品の……」

りんたろう、という名前をそのとき初めて聞いた。少年Aの事件を記したノンフィクションの本にも、ネットにも、少年Aは名前を変えている、という情報はあったが、具体的な姓や名前はわからなかった。りんたろう。頭のなかで何度も名前をくり返す。何かがひらめく。何度も見た工房のホームページにその文字を見たような気がする。倫太郎。それがAだったのか。

「倫太郎の作品のファンの方がね、時々、ここにもいらっしゃるのよ。工房が閉まっているときなんかにね。遠方から倫太郎の作品が欲しい、っていう方もいらしてねぇ。今日は工房のほうはお休みの日でしょう。それで、あなたもここに？」

はい。頷きながら、このおばあさんはとんだ狸だ、と思った。口調が滑らかすぎる。

「まぁ、そうだったの。でも、今日は倫太郎も遠くに出てて、作品もここにはないのよ。全部、工房のほうに」

「あの……」

おばあさんが私の顔を見上げる。おばあさんと私の距離は、人と人とが話をするには、近すぎる気がした。それも意識的なものだろう。まるで、先生に叱られている生徒のような気分で私は聞いた。

「倫太郎さんは、お孫さんなのですか？」

おばあさんが途端に笑顔になる。

「そうなの。私の長男の一人息子。顔がそっくりでね、小さい頃から似てる、ってよく言われるのよ」

私のような突然の来訪者に、この人は慣れている、そんな気がした。私が何を知りにここに来たかも、この人はわかっている。

「突然、お邪魔しまして、申し訳ありませんでした」

おばあさんの顔も見ずに、頭を深く下げて、家の外に出た。

背後で引き戸が閉められ、鍵のかけられる音がする。もしかしたら、家のなかに、Aが、倫太郎がいたのかもしれなかったが、玄関に男ものの靴はなかった。けれど、あの人が、倫太郎と名前を変えたAの保護司であることは間違いない、と、私はそう確信した。国道に出る道でスマホが鳴る。母からだ。

「今日子、もう、今、どこ？　さっきから、明日香たちの喧嘩がひどいのよ。どすん、どすん、て。きっとまた、誠司さんが暴れているのよ。早く帰ってき」母の電話を途中で切った。

誰も彼もが、私がAとつながろうとすることを邪魔する。

幸明園、という存在を教えてくれたのも、川端君だった。

「あいつ、子どもの頃、母親に連れられて、カルトのコミューンみたいなところを転々としてたんだろ。その残党がそこにいるらしいんだよ。噂だけど、ほら、あれ、地下鉄に毒まいた奴らいるだろ。あいつらの残りかすみたいな奴らもかくまってるらしい。表向きはさ、ホテルみたいな、なんていうんだろ。リラクゼーション施設、みたいな？　だけど実際はさ、あの出来事以来、行き場のなくなった奴らをそこで面倒みてるらしいんだよな。……ところで、なんで、おまえ、そんなに少年Aのことばっか気にしてんの？」

いつものホテルのベッドの上で腕枕をしながら川端君が私に聞く。

「……ん、だって、自分の家の近くに、あんな殺人犯いるかと思ったら怖くて仕方ないでしょ。うちには、妹の子どもだって、小さいのが二人もいるんだし。なんかあったら、と思ったらやっぱり怖いよ」

「妹も、そのだんなも、妹の子どもたちも、もううんざり、って、おまえ、さっき、酒のみながら言ってたばっかりじゃねぇか。いちおう、おばさんとしては、気にはかかるんだな。そういうこと」

そう言いながら、笑う。

「おばさん、って何よ」

「いや、そのおばさんじゃなくてさ。ほんとうにおばさんだろ。妹さんの娘にとってみたら。それに俺たちなんて、そうじゃなくたって、もう、ほんとうに、ばばあとじじいだろ」

確かに、川端君の後頭部は、初めて会った頃に比べて、確実に薄くなりはじめている。私の大きな胸だって、若い頃のような張りはなくなり、下垂しはじめていることに気づいている。

だから、早く。だから、早く、私は倫太郎に会わないといけないのだ。

ホテルから戻ってすぐ、私はパソコンで幸明園を検索してみた。

確かにホームページはある。ここから車で行けば、二時間以上はかかるだろう。森林に佇む牡鹿を背景にしたトップページには「ご宿泊」「ワークショップ」「アクセス」「ご予約」などの文字が並んでいて、山奥にあるプチホテルのホームページにしか見えない。「ご予約」の文字をクリックするが、年末まで満室の赤い文字が並ぶだけだ。

翌日、起きてすぐ、幸明園に電話をかけてみた。母はまだ寝ているのか、洗面所やリビングには物音ひとつしない。

「あの、ホームページを見て」

「ご予約でしたら、年末年始はもうすべて満室なんです。申し訳ありませんが」

感情を伴わない女の声が、私の言葉を遮る。それなら、と、私は電話を切って家を出た。車のドアを開けようとすると、二階から下りてきた誠司さんが私に声をかけた。

「お姉さん、あれ、あれっ、朝食、明日香が言ってませんでした？」

その言葉を無視して、エンジンをかけた。

倫太郎とつながる可能性のある場所なら、どこでも見ておきたかった。スピードを上げる。

町を抜け、山道を上がり続ける。前後を走る車も、すれ違う車もほとんどない。途中、車を道のわきに停め、風景を見下ろした。もう一時間は走り続けている。自分の家はあのあたりだろうか、と、目をやる。畑やゴルフ場の間に、小さな家々の密集している部分が、ところどころに見える。時間はまだ、午前八時にもなっていない。あの小さな家のなかで、たくさんの朝のいざこざが行われているという気がした。学校に、会社に急ぐために慌ただしく準備をして、家族に当たり散らして。喧嘩をしたり、自分に放たれた言葉に傷ついたり、苛立ったり。

多分、妹は、朝食を作らなかった私に怒って、母にあたっているはずだ。怒りを向けられる家族がいるだけ、まだ、幸せなのかもしれない。東京にいた頃の私のように、ただ一人で、黙々とパンをかじりながら、憂鬱な気持ちを抱えている人間だってたくさんいるはずだ。家族がいるだけで、住む家があるだけで、明日の食べ物に困っていないだけで幸せだ、それがささやかな日常の幸せなのかもしれない、という考えが一瞬、ふいに私の頭に浮かぶが、そんな生活はもうまっぴらだと思った。

それならば、もう一度、東京に帰るのか。そう考えても、気持ちはまったく浮き上がらない。東京は私をのけ者にし、ぷっ、と梅干しの種を吐き出すように私を放り出した町だ。そこに自分から戻ることは、また、負けを認める気分になる。東京が私を呼ぶまで行ってやるものか。

幸明園はさらに山道を上がり、トンネルを数えきれないほど通過し、曲がりくねった下り坂の先、まるで、山の中に隠れるように建っていた。門柱に「幸明園」という名前があるが、建物はさらにその奥にあるようだった。草に覆われた道の先に、建物の影が見えるが、その全体像はここからは見えない。この先に入っていいのだろうか、と思うより先に足が前に出た。あのホームページのトップページにあったような細い道が続く。確かに、ここに突然、鹿や熊が現れても不思議ではない。昼に近い時間だが、木々の影は、もう夕暮れに近いような濃さを道の上に落としている。

ホームページで見た写真では、確かに、隠れ家的なプチホテルを想像させたが、建物の全体像はまるで病院のようだ。建物そのものもパソコンで見たよりもずっと古ぼけている。バルコニーのようなものがなく、どの窓も閉じられているせいなのか、都会の疲れを癒やす場所というよりは閉鎖病棟のようにも見える。開放感とはほど遠い。

入口だけは、両開きの自動ドアになっていて、そこだけが現代的なのが、なぜか違和感があった。中に入ろうとすると、フロントのような場所に立っていた若い男が、怪訝そうな顔で私を見る。ホテルマンが客を迎える顔ではない。明らかに私は警戒されている。

「あの、ホームページで拝見したのですが……」

私が声を出すと、男は神経質そうに、眼鏡のフレームの真ん中を中指で上げる。男は何も言わない。

「宿泊をしたいと考えていて……」

男は視線を落とし、ノートのページをめくる。

「年末から年始にかけては、もういっぱいで、予約は受け付けていないんです」

　こちらを拒絶するような表情のない声だ。

「……だいたい、いつくらいになれば、宿泊はできますか？」

　男がノートをめくる。二月、三月、四月、とページをめくるが、そのほとんどが白紙に近い。

「春先は会社の研修などに使われることが多いので、ずいぶん先になってしまいますね」

「そうですか……」

　そのとき、かすかな音がして振り返ると、廊下の先から、車椅子に乗った年老いた女を押す女性の姿が見えた。男と同じような黒いポロシャツにデニム、そして眼鏡。化粧っ気のない表情のはっきりしないその顔は、目の前にいる男とおそろしく似ている。車椅子にのった女の膝には、グリーンのタータンチェックのひざかけがかけられている。その二人を見ていると、まるで、ここは老人介護施設のようだ。あの老女も、川端君がいつか言ったような「残党」なのだろうか。

　私が二人を見ている間に、フロントにいた男は姿を消していた。誰かを呼びに行ったのかもしれない。その誰かに、顔を見られては、まずいような気がした。

　自動ドアが開くと、来たときよりもずっと冷たい風が私の顔を撫でる。門までの細い道を走るように歩いた。背中に誰かの強い視線をずっと感じながら。

　駅前のロータリー、工房、保護司のおばあさんの家の前の茂み、あの工房から国道に続く道が見える廃車の置かれた空き地、ショッピングモール。そして、幸明園にすら、私はあのあとも何度か訪ねていた。建物の中に入りはしなかったが、そこにもしかしたら、倫太郎がいるかもしれない、と思った次の瞬間には、玄関の車のキーを手にしていた。けれど、私は、未玲を連れたあの日以来、倫太郎に会うことはできなかった。

「男でもできたんじゃないの。お姉ちゃん。まぁ、いいことじゃん。だけど、頼んだことはやってほしいんだよね。それやらないと、タダメシ食べてるだけじゃん。アラフォーで独身で、そんなの、こっちだって恥ずかしいよ」

にやにやと笑いながら、妹にそんな憎まれ口を叩かれても、黙って、頼まれた紙おむつや缶のミルクを二階に届けた。

「ごめん。急に生理来ちゃって」

そう言って川端君の誘いすら断り、夕暮れの、あの茂みに隠れていることすらあった。電話を切る直前に、川端君の舌うちが聞こえた。

「おつきあいするのはいいのよ。友だちづきあいも今日子にだってあるでしょ。でも、最低限の家の仕事はしてもらわないと。なんのために東京から帰ってもらったのか、わからないいじゃない」

最後は母までもがそんな言葉を口にした。妹から頼まれた買い物、食事の準備、それだけは、きちんとしてほしい。母はまるで家政婦に命令するように言った。そう思われているのだろう、と、もちろんわかってはいたけれど、実際に音にして放たれた言葉は、予想以上に身にこたえた。

それ以上に、倫太郎に会いたかった。倫太郎の声を聞き、彼と話をしたかった。なぜ、自分にはそれができないのか、歯ぎしりするような気持ちで、私は師走の日々を過ごしていた。

もうすっかり日の暮れたある日、いつものように茂みに身を隠していると、玄関から倫太郎と誰かが出てくるのが見えた。玄関灯がないのでシルエットしかわからない。倫太郎が庭先に停められた軽自動車に乗り込み、誰かが助手席に乗った。長い髪がゆらり、と揺れるのが見えた。

あの少女だった。

なぜ、あの少女がここに来るのか。なぜ、倫太郎の車に乗るのか。どこに行こうとしているのか。車が庭先をぐるりと回り、国道に続く細い道を走り出す。

自分の車を停めた空き地に走り出す。エンジンをかけ、車で追いかける。なぜ、なんで。倫太郎の運転する車と、自分の運転する車の間には、何台もの車が挟まれている。いったい、二人はどこに行こうとしているのか。信号が赤になるたび、舌打ちをし、窓を開けて、倫太郎の車を目で追った。この道は駅に続く道だ。二人でどこに行こうとしているのか。のろのろと走る前の車にいらだち、何度かクラクションを鳴らした。追い越し運転をしたいが、反対の車線には、山の奥に進むトラックが途切れることはない。

見失ってしまったのか。そう思った瞬間、ずっと先にあるショッピングモールに、倫太郎と少女の乗った車が曲がって行くのが見えた。二人はここで何をするつもりなのか。私もその後を追った。駐車場はほとんど満杯だったが、入口近くになんとか車を停めた。

ドアを開けようとすると、私の目の前を、少女が歩いていく。確かにあの少女だ。けれど、一人しかいない。倫太郎は車の中にいるのか。私は開きかけたドアを閉め、車の中で待った。しばらくすると、少女は、モールに入っているカフェの紙袋を手に戻ってきた。駐車場の二列先の端、停められた車の中に、少女は乗り込む。

再び、倫太郎と少女が乗った車を追った。

軽自動車の車内、という狭い空間のなかに、Aと少女だけが乗っているのかと思うと、それだけで、体温がかっと上がっていくような気がした。二人を乗せた車は、ロータリーに停まったまま動かない。スマホが突然震える。咄嗟に目をやってしまう。

「紙おむつ、ミルク、いつもの、多めによろちく」

妹からのメールだ。おつかい、雑用。

私の役割は、私がこの世に生まれてきた意味は、それだけか?

「ショッピングモールの花屋はぜんぜんだめなのよ。ぜんぜんもたないの、すぐに枯れちゃって。お正月だから、駅前のあの店で買ってきて」

駅前のロータリーで倫太郎と少女が乗った車を見た翌日、母は自分の部屋の襖から顔を出し、それだけ言うと、また襖を閉じた。少女と倫太郎がまだこの町のどこかにいっしょにいるのかもしれないと思うと気が気ではなかった。駅前のあたりか、おばあさんの家か、それとも。朝から車で動きたかったが、母や妹からなんだかんだと用事を押しつけられ、すでに夕方近くになっていた。母に言われたとおり、夕食の準備はすでにすませてあった。駅前の花屋は母の馴染みの店だが、午後六時前には閉まってしまう。車のスピードを上げながら、昨日のあの二人は何をしていたのか、と考えているうちに、駅前についてしまった。車の通りなど、ほとんどないのに、最近は路駐を厳しく取り締まるので、駅の向こうにある歓楽街のコインパーキングを探す。川端君とよく来るホテルのあるあたり。キャバクラ、居酒屋などが並ぶこの通り、夜は蛍光色のネオンで賑わうが、まだ日の出ている時間は妙に静かで、道の脇に置かれた収集できません、というシールの貼られたゴミ袋が破れ、使用済みコンドームや空き缶、紙屑に混じった残飯を数羽のカラスがついばんでいた。

ゆっくりと車を走らせる。もしかしたら昨夜見た、少女と倫太郎を乗せた車があるかもしれない、と目をこらす。コインパーキングは、歓楽街が途切れるあたり、誰が泊まるのかもわからない、私が子どもの頃からあるビジネスホテルの向かいにあった。何かがふいに目に飛びこむ。見たことのある何か。見たことのある誰かだ。ビジネスホテルの前に停まった緑色のタクシーに誰かが乗り込もうとしている。ゆらりと揺れる長い髪、折れそうな細い体。あの少女だ。その体を抱えている中年女性。少女はどこか具合がよくないのか、ひどく顔色が悪い。おなかのあたりに手をやって、車に乗り込む。あの女性は。記憶がシャッフルし始める。髪型は変わっているけれど、あの、神戸の。

なぜ、二人がいっしょにいるのか。

走り出したタクシーの後を追う。二人の行く先は、必ず、倫太郎につながっている、と確信した。けれど、なぜ、被害者の母であるあの女性が、少女と行動を共にしているのか。ハンドルを手にしながら考え続けるが、答えは出ない。もう少し、距離を離したくて、スピードを落とすが、タクシーと私の車の間に、横道から車が入ってくる気配すらない。

線路を越え、畑のなかの幹線道路を走る。どこに向かっているのか。この道の先には、未玲が火傷をしたときに連れて行った救急病院がある。少女の具合が悪いのか。二人は正面のエントランスではなく、救急の入口から病院に入っていく。タクシーは去っていくが、必ず、あの二人は再び、ここから出てくるはず。

私は自分の車を救急の入口、人の出入りが見える場所に停め、二人が出てくるのを待った。何度か、スマホが震える。母か、妹か、川端君か。私は電源そのものを切る。二人が出てきたのは、二時間ほど経った頃だろうか。

二人を乗せたタクシーがまた、駅に向かう。その後を追う。

タクシーは先ほどのホテルの前に停まり、二人はホテルの中に入っていく。これからどうするつもりなのか。私はホテルの向かいに車を停めてホテルの入口を凝視していたが、まもなく二人が出て来た。

二人は再び、タクシーに乗り込んだ。私も後を追う。線路を越え、さっき走った道を戻り、山に向かう。夕方のせいか、さっきよりも車が多く、タクシーと私の間には、途中の道から何台も車が割り込んでくる。タクシーを目で追いながら、なぜ、二人がこの町で行動を共にしているのか、という疑問がどうしても頭を離れない。少女は私と同じように倫太郎に興味を持ち、近づいた。昨夜の狭い車中に二人きりでいた倫太郎と少女の姿を思い出すと、頭の芯が火がついたように熱くなる。なぜ、そこに、被害者の母である、あの女性が出てくるのか。

タクシーは国道を走り、あのおばあさんの家に続く道を曲がっていく。

けれど、その後を追い、いつものように茂みに隠れているのは、あまりに危険なような気がした。二人を乗せたタクシーはあの道から出てこない。もしかしたら、あのおばあさんは、私が来たときと同じように、二人を追い返すかもしれない。そう思って、いつも車を停めている、廃車置き場の空き地で待つことにした。ほどなくして、さっきのタクシーが、二人を乗せて山道へ向かっていく。私も再びエンジンをかける。

私の知らない、倫太郎のいる、倫太郎に関係するどこかへ行くのだろうか。タクシーはどんどん山道を登っていく。この道の先にあるのは幸明園だ。私はもう何度、くぐり抜けたかわからないトンネルの中に、オレンジ色のライトが走り去っていくのを見ながら思った。そこに、倫太郎がいるのだろう、と。

さすがに幸明園の近くに車を停めるのはまずいと思った。入口前の道を通り過ぎ、園の裏に回った。アスファルトの敷かれた道路はいつしか途切れ、車体に小石や枝がぶつかる音がする。その道の先、もうこれ以上進めない、という場所で、私は車を停めた。あたりは真っ暗で、園の全体像すら見えないが、暗闇に目が慣れてくると、建物の右端に煙突らしきものが見える。あの建物に、少女とあの女性、そして、倫太郎がいるはずだ。エンジンを切った途端、緊張と疲れで、かすかに手が震えていた。ここで、夜を明かすつもりだった。

真夜中の、山奥の暗闇、というものを、生まれて初めて体験した。まったくの無音、ではない。何かが動く音が絶えずしている。風で木々や葉が揺れる音。小動物だろうか、何かが走り去っていく音。フクロウのような鳴き声。羽ばたきの音。そして、車窓に広がる黒。目が慣れ、まわりに何があるかはわかっても、恐怖心は募る。ヒーターを切った車内はどんどん冷えていく。タートルネックの上に、助手席に放り投げたままになっていたダウンジャケットを着て、ジッパーを首元まで上げても、襲いかかるような冷えが、私の体温を下げる。思いついて、スマホの電源を入れてみる。画面の灯りが私の顔を照らす。山奥のせいだろうか、電波はつながらない。ここに来るまでに着信になっていたメールは、やはり妹と母からで、妹は紙おむつのこと、母は、頼んでおいた花の種類を間違えないように、という内容だった。もしかしたら、連絡がつかなくなって、母は心配しているかもしれない、と思う。

寒さでなかなか眠ることができず頭の芯は妙に興奮している。あの少女と女性を結ぶ線。倫太郎と少女を結ぶ線。そして、女性と倫太郎を結ぶ線。ぐるぐると頭のなかが妄想であふれかえりそうになる。

その感覚をふと懐かしく感じる。

小説を書いているとき、よく頭のなかがこんなふうになった。東京でＯＬをして実人生を生きていても、頭のなかでは常に物語が進行していた。思えば、実家に帰ってからというもの、私は小説をほとんど書いていなかった。書こうと思ったことはあったが、母や妹から頼まれる日常の些末な雑事で、それはしばしば中断され、中途半端な物語の始まりだけが、パソコンの中に蓄積されていた。私はまだ書こうとしているのか、まだ、小説家になろうと思っているのか、それすら曖昧だった。書かずにはいられない。そんな人間だったはずなのに、その夢も放り投げたまま、私は倫太郎のあとを追っている。

がさっ、がさっ、と大きな音がして、思わず、身をすくませる。しばらく耳をすませて、音の正体を探ろうとするが、その音が何か、誰が発するものなのか、わからない。寒さで奥歯が鳴るが、額には、うっすらと汗が滲んでいた。幸明園の誰かに絶対に見つかってはならない。幸明園のホームページにあったように、鹿が現れるような場所だ。熊が出てきてもおかしくはない。しばらくすると音は消えた。

過度の緊張が振り切れたせいか、それとも、この寒さにも慣れたせいなのか、うつらうつら、数分眠っては起き、眠っては起きをくり返した。

いつのまにか、あたりはうすぼんやりと、明るくなっている。もう、夜が明けるのだろうか。夜明けを目にするのは、あの、東京の端っこにある小さなアパートで、小説を書いていたとき以来だった。明日、会社で眠気が襲ってくることがわかっても、私はパソコンのキーを叩く手を止めることができなかった。気がつくと、窓のカーテンの隙間から、朝日が私の顔を照らしていた。カーテンを開けると、窓から見える風景が少しずつ朝日に照らされていく。世の中はこんなにも不平等なのに、朝日はなにもかもを、平等に明るく照らしていた。

鳥の声が途端に聞こえるようになった。鳥たちも、その生の不平等を嘆くことはあるんだろうか。朝靄に煙ってはいるが、木々の合間から、光が差し込む。ほんの少しだけ、窓を開けてみた。東京にいた時だって、こっちに帰ってきたときだって、嗅いだことのないような、深い森の香りがした。なるべく音を立てないように、ドアを開け、あたりを見回す。木々の合間、昨夜見た、幸明園の建物は確かにそこにある。建物の端にある煙突からは、すでに白い煙が、空を目指して立ち上っていた。

そっと車のドアを閉め、足音をしのばせて、山道を下りた。

少女と、あの女性、そして倫太郎がもしかしたらいるかもしれない幸明園に少しでも近づきたかった。

どこまでが幸明園の敷地なのかもわからないし、どの道が幸明園につながっているかもわからない。確か、ワークショップには、山の中を散策するウォーキングのようなメニューもあった気がする。こんな早朝にここまで誰かがやって来ないとも限らない。なるべく足音を消し、太い木の幹や生えた草の群れに身を隠しながら、獣道のようなところをわざと選んで私は足を進める。

太陽はさっきよりも高みにのぼり、あたりを朝の風景に変えていく。足元は朝露で濡れているが、朝靄はもうすっかり、その姿を消していた。一歩、一歩、進んでいくと、目の前に納屋のようなものが現れた。古びた納屋の扉には南京錠がかけられている。屋根は傾き、横に小窓がひとつついている。のぞき込んで中を見てみるが、ガラスそのものが汚れきっているせいで、中に何が入っているのかはわからない。これは幸明園のものなのか、それとも、この山の持ち主のものなのだろうか。どこか遠くで、鳥たちの群れが、高く、長い声で鳴き、その鳴き声に驚いたのか、近くの枝の上にいた体の大きな鳥が、私の頭をかすめるようにして、茶色い翼を広げて飛び立っていった。私は反射的に納屋の後ろ側にしゃがみこんでいた。鳥の群れの鳴き声がやんだあと、聞こえてきたのは人の声だった。誰かがこちらに向かってくる。枯れ葉を踏みしめる音、枯れ枝がぱき、と折れる音。私は納屋の裏でしゃがんだまま、その場所にじっと身をひそめた。

「ほんとうに……」

女の子らしき、その声はひどく小さい。その声の持ち主が発する言葉を逃さないように、私はできるだけ気配を消す。

「明日ほんとうにこのままどこかに行っちゃうの？」

彼女の隣にいる誰かは一言も言葉を発しない。足音すら聞こえない。ここからは彼らの姿は見えない。けれど、そこに誰がいるのか、私にはわかっていた。

「もう会えないの？　このまま」

倫太郎は何も言わない。ぽつり、ぽつり、と話しているのは少女だけだ。

二人がたてる枯れ葉の動く音だけが聞こえる。

「……どうして、あんなことしたの？」

少女の独白のような会話だ。

まるで、そこには少女一人しかいないように、倫太郎の気配を感じない。

私だって、倫太郎に直接そう聞きたい。けれど、そんな子どものような聞き方はできないだろう。彼はもう、何百回とその質問を受けてきた。知識のある大人たちが彼によってたかって聞いてもわからなかったことだ。彼自身にも、その答えはわからないはずだ。なんだって、そんな瘡蓋《かさぶた》をめくるような乱暴なことを言うのだ。そう思いながら、少女が少しも倫太郎のことを怖がっていない、ということに気づく。

「生まれ変わりとか、よく聞くでしょ」

冷たい風が強く吹いて、木々を揺らし、今にも落ちそうになっていた枯れ葉を枝から下ろす。けれど、太陽はさっきよりも天頂に近く、辺りを明るく照らしている。

私はほんの少しだけ顔を上げる。彼らが移動する気配はない。同じ場所に立って、話をしているようだ。少女のあの小さな声が聞き取れるほどの距離で。

「……私、そういうのが、ほんとうにあるのかわからないけどね」

倫太郎の声は聞こえてこない。

「……生まれ変わりとか、もしあるとしたらね。もし、私が死んで、あなたも死んで、また、生まれて、大人になって、私がお母さんになったら、私のところに生まれてくればいいね。あなたが、そんなことをしないように、私が大事に、大事に育てる。殺されたあの子も、生まれた私の子どもに、生まれかわったらいいね。二人とも大事にする。お兄ちゃんと妹。もしかしたら、お姉ちゃんと弟かもしれないね。たくさん優しくして、いつもいっしょにいてあげるね。悪いことしたら、きちんと叱ってあげる」

少女の言葉に倫太郎がどんな顔をしているのか、私からはわからない。だが気がつけば、目の前の風景が揺れはじめ、自分の頬を涙が濡らしていた。

「運命の女」という存在がこの世にあるとしたら、それは多分、あの少女のためにあるのだと思った。私は決して、その運命の輪のようなものには入れない。いつだって主役にはなれないのだ。傍観者として生きていくことの疎外感は、また、新たな絶望に変わる。だとしたら、私は、いったい、何のために生まれてきたんだろう。そんな青臭いことを考えて、また私は泣いた。涙を手の甲でぬぐい、納屋の陰から、顔をそっと出した。抱き合う二人を、木々の間から漏れる光が包んでいる。あの二人が生まれてきた意味。私にはそれがわかる。あの二人は、お互いに出会うためにこの世に生まれてきたのだ。

倫太郎が今日のうちに幸明園を出て、どこかに向かうというのなら、傍観者として、その先を見届けておきたかった。一昨夜来た道を車で戻り、幸明園の入口がかすかに見える林の中に車を停め、早朝から、車内に身をひそめていた。出発はいつなのか。何か、少しでも動きがあれば、すぐにその後を追えるように、左手はハンドルに、右手は差し込まれたキーを握っていた。

幸明園と脇に書かれたシルバーのワゴン車が、入口に停められたのは、夕方近くのことだった。動く数人の人影。目をこらして見ると、長い髪の少女と倫太郎が車のすぐそばにいる。倫太郎がどこかに移動するのだろう。私は車のエンジンをかける。スピードを上げる。幸明園に続く道の最初のカーブ、山奥に続く脇道から、突然一台の黒い車が現れ私の車の後に続いた。車一台やっと通れるくらいの細い道だ。私の車をあおるように、その車もスピードを上げる。ワゴン車が道に出てくるが、二台の車に気づいたのだろうか、ワゴン車もさらにスピードを上げる。こんな速さで走ったことなど、生まれて初めてだった。左側は稲を刈り取ったあとの田んぼが続き、右側は伐採していない伸び放題の枝や葉が車窓を叩く。はるか先に急カーブが見えてきた。スピードを緩めなければ、車は田んぼのなかにつっこんでしまう。けれど、後ろの車がさらにスピードを上げる。立て続けに鳴らされるクラクション。私の先を走るワゴン車はスピードを緩めない。急カーブの脇、右側にクスノキの巨木が見えてきた。道はさらに狭くなる。鳴らしっぱなしのクラクションが、鼓膜を破くように響く。曲がりきれるだろうか、と思った瞬間、黒い車がスピードをさらに上げ、道幅が広くなった場所で、私の車を追い越した。黒い車はさらに、ワゴン車の後ろにぴたりと車体をつけ、スピードを上げていく。まるでワゴン車に自ら突っ込んでいくかのように。タイヤがこすれ、鉄の塊が衝突する音。私は二台の車を追い越し、しばらく走ってから脇道に車を停めた。振り返りたくはなかった。けれど、見なくてはいけないとも思った。息をとめて、それを見た。

田んぼの中で横転しているワゴン車から投げ出されたのは少女の体だった。頭と右足首が、あってはならない方向に曲がっていた。めくれ上がったワンピースから、黒いタイツに包まれた小枝のような足が見える。倫太郎は車内にいるのか。車から出てくる気配はない。ワゴン車のクラクションが鳴りっぱなしになっていた。その音を鳴らし続けているのは、動かなくなった倫太郎の体だろう、と思った。どこからか、ぽつり、ぽつりと人が現れ、事故現場に集まってきた。

けれど、この出来事は、新聞記事やテレビのニュースにはならない、という気がした。そして、実際のところ、そうだった。

私の車を追っていた黒い車は誰が運転していたのか、それだけは、少年Aの、倫太郎と少女の物語を書き始める前に、どれだけ調べてもわからなかった。

「遠いところからようこそいらっしゃいました。コーヒーが冷めないうちに、さぁ」

老いた神父は、奇妙なアクセントでそう言いながら、私の前にコーヒーカップを置き、窓のそばに立った。手作りなのだろうか、ぽってりとした陶器のカップに口をつけ、コーヒーをのむ。独特の酸味の強さが舌に残るが、とても丁寧に淹れられたコーヒーだ、と思った。

窓の外には、一面の林檎畑が広がっていた。遠くに見えるのは岩木山だろうか、雲に隠れてはいるが、そのなだらかな山の稜線を確認することができた。

「あなたも、あの子の話を聞きにいらしたのでしょう」

アポイントもとらず、突然訪れた私を、神父は何も言わず受け入れた。林檎畑のはずれ、ぽつんと建つ小さな教会に、その人はいた。

物語を書く前にどうしても会っておきたい人がいた。一人はルー、そして、もう一人は、目の前にいる、ジェイムズという名前の神父だった。けれど、ルーの行方はわからなかった。幸明園そのものが、あの出来事のあった直後に取り壊された。そこにいた人たちがどこに行ったのか、その先はどうしても見えてこなかった。

ジェイムズは、もうすでにかなり高齢であるはずなのに、背中はまっすぐで、櫛を入れた髪にも乱れがない。アイロンのかかった真っ白いシャツに、ベージュのコットンパンツ。高齢者にありがちなだらしなさのようなものは一切なかった。

「彼と、あの場所で、どんな話をしたかは、本に書いてあるとおりで、私にはもう何もお話しできることはないと思うのです」

振り返って言った。後ろ姿は日本人にしか見えないのに、やはり彼は異国の人だ。瞳は、眼窩にはめこんだ青いビー玉のように光っている。彼が言うように、倫太郎とジェイムズとのやりとりは、さまざまな本に書かれていた。倫太郎がいた医療少年院では、父的な役割をする教官と、母的な役割をする精神科医、そして、目の前にいるジェイムズが、倫太郎を育て直した。その結果は、今の倫太郎がどう生きているかにかかっているわけだが、倫太郎の所在はあの出来事以来、わからなくなっていた。生死すらわからない。ネットに上がる情報も、以前ほどの熱狂はない。

「あなたは、ジャーナリストですか？」

名刺など持ってはいなかった。ただ、この教会に突然現れ、名前を名乗り、話を聞きたい、と申し出た正体不明の女だ。だが、ジェイムズは、こうした訪問に慣れているのか、私を不審に思っている様子はまるでない。

「いいえ……小説を書いて、いえ、これから書きたいと思っているんです」

「ハルノブの？」

一瞬、誰の名前だろうと思ったが、少年Aは、晴信《はるのぶ》であり、倫太郎でもあるのだ。

「あの出来事を題材にして？」

はい、と声に出しては言えず、頷くだけだった。自分以外の誰かにそのことを打ち明けたのは初めてだった。これではまるで告解だ。

「小説を書きたいというのなら、あなたも人の中身が見たい人間なんでしょうね」

ジェイムズはかすかに微笑みを浮かべながら、そう言った。

「何かを表現したいと思う人間、人の中身が見たいという人間。なぜ、そこに向かってしまうのだ、という人間がこの世のなかにはいます。そうではない人間もいる。どんなふうに生きても、それはその人自身の自由です。まるで観光をしているように日々を楽しく生きていく人もいる。そうした人間から見れば、なぜ、わざわざそっちに行くのだろう、と。地獄に続く道を選んでしまう人間がこの世の中には確かにいるのです。東洋の言葉で言えば……」

ジェイムズは窓から離れ、私の前のソファに座った。座ったときにも背筋は伸び、膝頭はぴったりとくっついている。

「因果、と言い換えてもいいのかもしれない。クリスチャンである僕が言うのも、おかしいですが」

ジェイムズは、またかすかに微笑んだ。

白人特有の乾いた荒い肌に細かな皺が寄る。

「彼らがそこに向かおうとしなくても、環境や、生まれついての性格や、まわりにいる人間、場所、時間、すべての条件が揃って彼らをその道に向かわせてしまうこともある。彼にはそれが十四歳のときに起こった。それは彼にとっても、あの少女にとっても不幸な、とても不幸なことでした。あの頃……」

ジェイムズが音を立てずにコーヒーを飲んだ。

「彼を殺してしまえ、という声もあった。けれど、僕は彼を信じました。彼は何かを表現したい人間です。僕はそう思いました。それが、悪いほうに転がっただけです。どんな人間でも、神が与えた生を全うするべきだと、僕はそう言いました。あの頃は、僕も若かったので、彼にひどいことも言った。言うべきではない言葉を、若い彼に口にしたこともありました。けれど、僕もあのときは必死だったのです。彼を、彼の表現を、善の方向に向かわせたかった。彼にかかわった大人は、多分、皆、そう思っていたはずです。あの場所から出た彼の人生の過酷さは、あなたにも想像がつくでしょう。それでも、出来事が終わっても、その出来事は続いています。彼はあの場所を出たあとも、生きながら、罪を償い続けている、と僕は思っている。小説というものが、私にはよくわかりませんが、あなたがこれから書く物語が終わっても、その物語は続いているはずです。そうではないですか?」

私にはわからなかった。

私の物語が終わったあとも続いていくのか。

その物語を書き始めることに恐れすら感じている私には。

「……ここはあまりにも静かすぎるでしょう」

ジェイムズが窓の外に目をやった。はるか遠くまで続く林檎畑には、まだ林檎の赤い実は見えない。ただ、緑色の葉が繁っているだけだ。

「地の果てのようなところです。けれど、ここで、私は、彼のために祈っている。毎日。彼が彼の生をまっとうすることを」

「あの……」

ジェイムズが私の顔を見る。

「彼は、まだ、どこかで生きているのでしょうか?」

それが、私がいちばん聞きたかったことだった。

ジェイムズは窓の外に目をやったままだ。長い沈黙。私が乗ってきた列車だろうか。遠くから、車輪の動く音が近づいて来る。

「そのカップ、とてもいいでしょう。私のお気に入りなのです」

私の質問には答えないまま、私の目の前にあるのと同じコーヒーカップを手にしてジェイムズは言った。複雑な色調のカップ。持ち手の大きさや、口に触れるときの感触がやさしい。人の、体のことをよく理解して作られたものだ、という気がした。ふいに頭に浮かんだのは、窯の火に照らされた倫太郎の横顔だった。これは……。

「何かを表現するということは自ら地獄に向かうことなのかもしれません。あの出来事を書こうと思ったあなたはそこに行こうとしている。僕自身は表現者ではないから祈ることしかできない。つらいことがたくさんあるでしょう。でも、仕方がない。あなたがそれを見たいと思うのなら」

すっかり冷めたコーヒーを私は飲んだ。そうしてもコーヒーが温かくなるわけでもないのに、カップを両手で包み込むように持っていた。手のくぼみにすっぽりと収まるそれは、まるで、Aの、晴信の、倫太郎の中にある、かすかにあかるく、ほのかにあたたかい何かをカタチにしたもののような気がした。

「あなたは、ずいぶん、そのカップが気にいったようですね。こんなに遠くまでわざわざいらしたのだから、ひとつ差し上げましょう。小説を書く合間にこのカップでおいしいコーヒーをのんでください。今日、お会いしたあなたのことも僕はここで祈りますよ。小説が書けるように。あなたがあなたの生を全うするように」


旅を終え、少年Aと少女と、彼が殺した女の子の母親の物語を私は書きはじめた。

「突然いなくなったと思ったら、今度はひきこもり。……お姉ちゃん、その年して何やってんの。やってることが二十年遅いんじゃないの」

部屋に閉じこもり、何時間もパソコンのキーを叩き続ける私を見て、妹はそう言った。母と妹は相変わらず、私に雑用を押しつけようとしたが、どうしても小説に集中したいときは、「今は無理」とその要求をつっぱねた。パソコンに向かう私の顔を見て、母も妹もただならぬ気配を感じたのだろう。それ以上何も言わず、私の部屋のドアを閉めた。

気が狂ったように集めたあの出来事と少年Aの資料、そして、自分が見たこと。そのどれもが、自分のなかで整理できるはずもなかった。七歳の女の子を殺した十四歳の少年の気持ちも、被害者の家族の気持ちも、同じ感情を共有することなどできはしない。私には想像することしかできない。彼らに寄り添うとき、私の足の裏はふいに地表から浮いてしまうこともあった。現実の世界から遠のいて、物語の濁流にのみこまれる。その濁流の中で泥水をのみこみながら、私は書いた。暗い、黒い、流れを泳いでいた。たった一人で。岸辺など、ちっとも見えはしないのに。

真夜中、もう一文字も書けない、と思ったときには、ジェイムズにもらったカップを抱きしめるように手にした。コーヒーをそのカップで飲んだことはない。小説が書けるように。あなたがあなたの生を全うするように。少年Aのことを、萊《さや》という少女のことを、そして、Aに殺された女の子とその母親のことを祈った。

ジェイムズが言ったように、世の中のたくさんの人たちが、あの出来事を忘れても、彼らにも、その後の人生がある。私があの出来事を物語にすることで、彼らの人生に影を落とすことにならないか、と思わない時はなかった。それでも、書きたい気持ちが勝った。

人の中身が見たかった。それを文字にしたかった。

物語を書き終えても、まだ、物語は続いているような気がしていた。

少年Aをテーマに書いたデビュー作が出たのは、私が四十二歳のときだ。

あれほど難しいと思いこんでいた新人賞を、私はあっさりと手にした。

そこまではあまりに簡単だった。夢は叶わない。ほとんどの人にとってそうだ。それが人生だ。けれど、そう思っているほうが楽なのだと気づいた。ほんとうに恐ろしいのは、叶ってしまった夢に振り回されることだ。叶ってしまった夢を現実として継続させていくことだ。あの町で母と妹の世話をしているときにも、毎日が地獄だ、と思ったはずなのに、自分の夢を叶え、作家になっても、毎日は地獄だった。それが私の人生なら仕方がない。半ば、自虐的にそう思いながら、部屋に閉じこもり、依頼の来た原稿をひとつひとつ書き終えていった。作品を書き終えるたび、燃える蠟燭が溶けていくように、自分自身の生をも削られていくような気がした。

徹夜明けのまま、私はあの町に向かう。

原稿はなんとか締め切りまでに間に合ったが、次の原稿を書き出すまで一日しか時間がとれなかった。新幹線の中で少し眠ろうと思ったけれど、次の物語のための書き出しを考え始めたら眠れなくなった。携帯には、それぞれ違う版元の編集者から、メールが五通届いていた。頭の芯が重い。車内販売でミネラルウォーターを買い、バッグに常備されている鎮痛剤を口に放り込んだ。

三宮からあっという間に、その駅に着いてしまう。駅前には、以前来たときにはなかった小さなモールのようなものができていた。そこには、多少の賑わいがあるが、そこを過ぎてしまえば、人の姿はほとんど見えなくなる。夏の終わり、まだ、夏休みだというのに、子どもたちの声も聞こえず、どの家も、マンションも、窓を閉ざしている。まるで、何かが侵入してこないように。

住宅街を十分ほど歩けば、つきあたりにある高校のフェンス越しに、あの給水塔が見えてくる。

新幹線で見た天気予報では、午後は雷雨と表示されていた。台風も近づいているらしい。確かに、空は青さの欠片もない。水分をたっぷりと含んだような厚い雲に覆われ、今にも雨が落ちてきそうだ。

給水塔に続く坂道の前には、私が以前来たときにはなかった立て看板が出ている。水道局用地につき無断で立入を禁止します。とはいえ、二メートル近くある鉄の棒に、ゆるいロープが張られているだけだ。あたりを見回すが誰もいない。私はそのロープをくぐり抜け、給水塔に続く坂道を上っていく。アスファルトの隙間から、伸びた雑草がサンダルを履いた私の足首をくすぐる。

坂道に続く階段を上がりきったところにある慰霊碑も、立ち入り禁止になってからは、人が来ることもないのか、以前あったような花も線香も缶ジュースもない。

遠くから見たときには感じなかったが、そばで見ると、給水塔も、私が年を重ねるように、かなり劣化していた。ところどころにあるコンクリートのひび割れ。螺旋階段の表面は赤錆に覆われ、踏み板には小さな穴が無数に開いていた。給水塔に続く道には、鍵のかかった門があり、その脇も以前は人が通れるくらいの隙間があったはずだが、その両脇にはコンクリートの壁ができていた。鍵をにぎり、揺すってはみたものの、鍵も、門も、開く気配はない。頰に雨粒があたったような気がした。

その場所から、町を見た。

高い建物のない住宅街が、はるか向こうの山裾まで続いている。日本の、どこにでもあるような平坦な風景。Aは覚えているだろうか。風が突然強くなった。葉をたっぷりと茂らせた木々が揺れ、山が鳴る。低く、うなるような音が、私の体を震わせる。Aは、今、どこに生きているのか。私はまるで、昔の恋人のことを思い出すように、十四歳だったAの顔を頭のなかに映し出す。

その家は、今でもそこにあった。

御影石に彫られた表札。低い門扉。芝生の庭に置かれた物干し台。家族何人分かの洗濯物が干されたままになっている。雨が少しずつ強くなってきた。ビニール傘をどこかで買おうと思っていたが、給水塔からこの家までは、コンビニもない。私は雨に濡れたまま、そこに立っていた。遠くで雷のなる音が聞こえた。

掃き出し窓が開き、女性が飛び出すように庭に出てきた。険しい顔をして、バスタオルやシャツを左腕にかけながら、その人は室内に向かって叫ぶ。

「もう莢、あんた、なにぼんやりテレビ見とん。はよ手伝って」

雨雲のせいで、すっかり暗くなった空に稲光が走る。空を引き裂くような、雷の音。ふいに、空を見上げたその人と目があった。彼女が洗濯物を手にしたまま、こちらに少しずつ近づいてくる。その視線は、私を突き抜けて、どこか遠くを見ているようだ。

「また、傘もささんとこんなに濡れて。光《ひかる》はうっかりさんやなぁ。今、タオル持ってくるから、はよ中に入り」

そう言って、また、庭を走り、開いたままの掃き出し窓から、人の気配のない部屋のなかに入っていく。私は、その場から走り出していた。

住宅街を抜け、駅に近づくにつれ、雨は豪雨といってもいいほど、激しくなっていた。雨宿りをする場所もなく、私の体はシャワーを浴びたように濡れる。地獄を生きたのは、あの人だ。そして、莢をなくした母親も、同じ思いをしているはずだ。物書きの自分が見た地獄など、地獄の入口ですらない。体に張りついたワンピースの裾をしぼりながら思った。ならば、もっと地獄に行こう。もっと深くて、もっと暗い、地獄に下りていこう。人の、世の中の、中身を見て、私は自分の生を全うするのだ。それが、私に課せられた運命ならば、仕方がない。

全身から水滴をしたたらせた私を、地下鉄のプラットフォームにいる人たちが怪訝そうな顔で見ている。まるで、これから飛びこみ自殺でもする女だと思われているのかもしれない。自殺などするわけないじゃないか。私はこれから、迷って、悩み、苦しみ、悶えて、書いて、書いて、書いて、そして、死ぬのだ。

電車が轟音を立てて滑り込んでくる。

さよなら。

私の口から小さなつぶやきが漏れる。

さよなら、ニルヴァーナ。

参考文献

『少年A　矯正2500日　全記録』草薙厚子（文春文庫）
『「少年A」この子を生んで……　父と母　悔恨の手記』「少年A」の父母（文春文庫）
『彩花へ「生きる力」をありがとう』山下京子（河出文庫）
『性暴力の理解と治療教育』藤岡淳子（誠信書房）
『生命の歓喜　バグワン・シュリ・ラジネーシとの対話　ダルシャン日誌』話者　バグワン・シュリ・ラジネーシ　翻訳　スワミ・プレム・プラブッダ（ラジネーシ・パブリケーション・ジャパン）

解説

佐藤 優

作家は、小説家とそれ以外に分かれる。それ以外の（強いて言えば、ノンフィクション）作家に私は含まれるのであろう。ノンフィクションであっても、それが作品であるためには、新聞報道とは異なる創作力が求められる。これは、木を削って仏像を作る作業に似ていると思う。ノンフィクション作家に許されているのは、削ることだけであって、そこに何かを付加することはできない。これに対して、小説家には無から創造する才能が求められている。実を言うと、小説家にとって、いちばん難しいのは、現実の事件から着想を得ているのだが、それを観念の世界に昇華して、独自の作品とすることだ。特に世の中でよく知られている凶悪事件について扱う場合には、読者の偏見や先入観によって誤読される可能性が高まる。多くの作家が、そのことを恐れ、小説にすることを躊躇するようなテーマに窪美澄氏は挑み、成功した。この事件については多くのノンフィクションが書かれ、また、殺人事件を起こした元少年Aも、本書の単行本が上梓された直後に当事者手記を書籍にした。しかし、この当事者手記や事件自体を一旦、括弧の中に入れて、思考の外側に置いておかないと、『さよなら、ニルヴァーナ』という作品の深層をとらえることができなくなる。

本書で言う、ニルヴァーナには二重の意味がある。表層では、1987年に結成され、94年まで活動したアメリカのロックバンドのニルヴァーナ（Nirvana）だ。殺人事件を起こし、医療少年院に収容された晴信は、院生Wからこの名を聞く。

〈「おまえ、ニルヴァーナとか好き？」

いつもより、いっそう早口でWがその言葉を口にしたのでその単語を聞き取れず、何？と言いながら、右耳をWのほうに向けた。

「ニル、ヴァー、ナ。ニ、ル、ヴァー、ナ」

Wは音節を区切り、口をゆっくりと開けて、その単語をくり返した。とはいえ、その単語を覚えてみても、それがどんな意味なのか、そのときの僕にはまったくわからなかった。

「バンドの名前だよ。おれが好きな。ここ出たら聴いてみなよ。おれはさぁ、あのブタ女を刺したときも、あいつらの曲を聴いてたんだよね」

音楽のことにはまったくくわしくないから、Wが何を言ってもその言葉は耳を通り過ぎてしまうような気がした。けれど、そのときの会話のことは、あの場所を出たあとも忘れず覚えていた。初めて聞くニルヴァーナ、という不思議な音が僕の耳に残った。〉

（295〜296頁）

意味はわからなくても、ニルヴァーナという音が晴信に肉体化する。そして、晴信が倫太郎と名を変えて、新しい人生を始めてからも、ニルヴァーナは、肉体から離れていかない。ニルヴァーナには、仏教用語で「涅槃」という意味がある。涅槃には、死への誘惑が伴っている。倫太郎が死を望んでも、国家が死を許さないのである。その論理が、本書では端的にこう説明されている。

〈僕の見た目はごく普通の十四歳だ。体もきゃしゃで背も高くなかった。とても人殺しには見えない。こんな子どもがなぜ。

僕に接する大人たちの顔には全員そう書いてあった。

この国で絶対にあってはならないこと。僕がしたことはそういうことだ。

精神科医による面接、問診、心理テスト、知能検査、脳波検査がくり返されたが、意識も清明で精神病でもなかった。年齢相応の知的判断能力があり、心神耗弱の状態でもなかった。その結果が出てから、大人たちはさらに混乱していった。けれど、僕という人間をあらわす言葉のひとつを彼らは見つけた。

「未分化な性衝動と攻撃性の結合」

普通の男の子は成長するにつれ、身近にいる女の子を想像しながらマスターベーションをするのに、僕は動物を殺すところを見たり、実際にすることで快楽を感じていた。ほかにも僕と同じような人がいるのだとばかり思いこんでいた。僕だけ、その方法が違うだなんて。それならば、僕のような人間のことはさっさとあきらめて殺してほしい。

僕はそれだけを考えていた。

「……このまま死んでしまいたいです」

家庭裁判所で行われた最後の審判が終わったあとに、そう答えた僕の顔を見て、裁判官がひどく悲しい顔をしたことを覚えている。その顔を見た僕ですら、裁判官という立場にある人が、そんなにストレートに感情を出していいものかと、かすかに動揺したくらいだった。

十四歳の僕を国は殺すことができない。

大人たちが、いや、国が選んだ方法は、僕の育て直しだった。

とある一人の医師はこう言ったそうだ。

「神さまの恵みがあれば良くなる可能性はあるかもしれない。もし発育が遅れていたとしても、まだ追いつく可能性はある。とはいえ、最終的に彼がどうなるのかはまったく分からない」

まるで僕は新種のウイルスみたいだった。けれど、ニュータイプならまだましだ。どちらかといえば、僕はルー（引用者註＊晴信が少年時代に母に連れられて過ごした新宗教教団の中堅幹部で医師）が細い指で解剖していた、あのマウスみたいじゃないか。自分自身がマウスになりたくないと、あんなに思っていたのに。

あのときの僕は、国に解剖され、骨の配置を変えられ、皮膚の色を変えられてしまう、そんな恐怖にかられていた。しかし、この医師が言った神さまとはいったい誰のことなのだろう。僕の神さまでないことだけは、わかっていたけれど。〉（285〜287頁）

個人の魂を国家が管理して、国家に不都合な世界観や思想を持つ者に関しては、それを徹底的に改造する。これはファシズムの思想だ。本書で描かれているのは、「正常」「人権」という名で、知らず知らずのうちにわれわれの思考を支配しているファシズムのグロテスクな姿を浮き彫りにすることなのである。医療少年院以後、倫太郎こと晴信は、国家による男性的ファシズムの完全な監視下に置かれる。しかし、ファシズムはこのような形態に限られない。社会の側からの女性的ファシズムもあるのだ。

〈「母は僕たちのすべてを吸いつくす。すっかり包み込んでだめにしてしまう。子と一心同体になって、時には死を選ぶことも躊躇しない」

ルーが言葉にする「母」と、自分の母親が僕のなかでは一直線に結びつかなかった。ルーの言う母には顔も体のカタチもない。なんだか、やわらかくて、ぐにゃぐにゃしていて、手のひらに載せたら、指の間からだらんとたれてしまうゼリー状のもののような気がした。

「この国のすべての病は、母から起こる。母を意識的に自分から切り離さないといけない。けれど、家族、という檻のなかではそれは難しい。母は家庭の権力者であるから。母はその場所でファシズムを強行する。僕らはその場所から逃げ出さないといけない。間違った接合を解いて、その関係に自覚的であるべきだ、と、お父さまは言う。接合されたままなら、その人は一生閉じて、分離して、孤立したままだ」

ルーの言っていることは正直よくわからなかったし、僕の質問の答えでもないような気がした。けれど、この日だけでなく、母というものを語るとき、ルーがいつも以上に饒舌になっているのを僕は感じていた。〉（165～166頁）

この小説の登場人物は、女性的ファシズムと男性的ファシズムのいずれかに組み込まれている現実から脱出することを試みているのだが、誰もそこから逃げ出すことに成功していない。まさに21世紀の日本社会を『さよなら、ニルヴァーナ』で描かれている世界と類比的にとらえることができる。

作家とは、誰もが常識と思っている事柄の奥にまで踏み込むことをせずにはいられない習性を持っている。このことを窪美澄氏は、挑発的な表現で語る。

〈Aは人間の中身が見たくて、七歳の子どもを殺した。中身。それは少年Aが、事件を起こしたときに、何度も口にしていた言葉だ。人間の中身が見たかった。だから僕は、あの子を殺した、と。彼は何度もそう言った。けれども、当時、誰も、その真意をくんだ者はいなかったと思う。

私も中身が見たいのだ。人がひた隠しにして、心の奥底に沈めてしまうもの。そこに確かにあるのに見て見ぬふりをしてしまうもの。顔は笑っていても心の中で渦巻いている、言葉にはできない思いや感情。皮一枚剝がせば、その下で、どくどくと脈打っている何か。それを見てみたい。

そういう意味では、私とAは同志なのだ。〉（402～403頁）

作家が書くことに固執するのは、「人間の中身を見たい」からなのだ。これは、小説、ノンフィクションのジャンルにかかわらず、すべての作家が持つ病理なのだ。その意味で、私もAの同志なのである。

（作家・元外務省主任分析官）

初出　別冊文藝春秋　２０１３年３月号〜２０１５年１月号
単行本化にあたり加筆・修正
単行本　２０１５年５月　文藝春秋刊

文春文庫

さよなら、ニルヴァーナ

定価はカバーに表示してあります

2018年5月10日　第1刷
2022年8月10日　第2刷

著　者　窪《くぼ》　美《み》澄《すみ》

発行者　大沼貴之
発行所　株式会社　文藝春秋

東京都千代田区紀尾井町 3-23　〒 102-8008
TEL　03・3265・1211㈹
文藝春秋ホームページ　http://www.bunshun.co.jp

落丁、乱丁本は、お手数ですが小社製作部宛お送り下さい。送料小社負担でお取替致します。

印刷・萩原印刷　製本・加藤製本
Printed in Japan
ISBN978-4-16-791063-1

（　）内は解説者。品切の節はご容赦下さい。

阿刀田　高
ローマへ行こう
忘れえぬ記憶の中で、男は、そして女も、生きたい時がある。あれは夢だったのだろうか。夢と現実を行き交うような日常の不可解を描く、大切な人々に思いを馳せる珠玉の十話。（内藤麻里子）
あ-2-27

阿佐田哲也
麻雀放浪記1　青春篇
戦後まもなく、上野のドヤ街を舞台に、坊や哲、ドサ健、上州虎、出目徳ら博打打ちが、人生を博打に賭けてイカサマの限りを尽くして闘う「阿佐田哲也麻雀小説」の最高傑作。（先崎　学）
あ-7-3

阿佐田哲也
麻雀放浪記2　風雲篇
イカサマ麻雀がばれた私こと坊や哲は関西へ逃げた。だが、そこには東京より過激な「ブウ麻雀」のプロ達が待っており、京都の坊主達と博打寺での死闘が繰り広げられた。（立川談志）
あ-7-4

阿佐田哲也
麻雀放浪記3　激闘篇
右腕を痛めイカサマが出来なくなった私こと坊や哲は新聞社に勤めたが……。戦後の混乱期を乗り越えたイカサマ博打打ちたちの運命は。痛快ピカレスクロマン第三弾！（小沢昭一）
あ-7-5

阿佐田哲也
麻雀放浪記4　番外篇
黒手袋をはずすと親指以外すべてがツメられている博打打ち、李億春との出会いと、ドサ健との再会を機に堅気の生活から足を洗った私……。麻雀小説の傑作、感動の最終巻！（柳　美里）
あ-7-6

安部龍太郎
等伯（上下）
武士に生まれながら、天下一の絵師をめざして京に上り、戦国の世でたび重なる悲劇に見舞われつつも、己の道を信じた長谷川等伯の一代記を描く傑作長編。直木賞受賞。（島内景二）
あ-32-4

浅田次郎
月のしずく
きつい労働と酒にあけくれる男の日常に舞い込んだ美しい女。出会うはずのない二人が出会う時、癒しのドラマが始まる——表題作ほか「銀色の雨」「ピエタ」など全七篇収録。（三浦哲郎）
あ-39-1

（　）内は解説者。品切の節はご容赦下さい。

浅田次郎
姫椿
飼い猫に死なれたＯＬ、死に場所を探す社長、若い頃別れた恋人への思いを秘めた男、妻に先立たれ競馬場に通う助教授……。凍てついた心にぬくもりが舞い降りる全八篇。（金子成人）
あ-39-4

浅田次郎
草原からの使者
沙高樓綺譚
総裁選の内幕、莫大な遺産を受け継いだ御曹司が体験するカジノの一夜、競馬場の老人が握る幾多の人生。富と権力を持つ人間たちの虚無と幸福を浅田次郎が自在に映し出す。（有川　浩）
あ-39-11

浅田次郎
降霊会の夜
生者と死者が語り合う降霊会に招かれた作家の〝私〟は、思いもかけない人たちと再会する……。青春時代に置き忘れたもの、戦後という時代に取り残されたものへの鎮魂歌。（森　絵都）
あ-39-18

浅田次郎
獅子吼《ししく》
戦争・高度成長・大学紛争――いつの時代、どう生きても、過酷な運命は降りかかる。激しい感情を抑え進む、名も無き人々の姿を描きだした、華も涙もある王道の短編集。（吉川晃司）
あ-39-19

あさのあつこ
透き通った風が吹いて
野球部を引退した高三の渓哉は将来が思い描けず焦燥感にさいなまれている。ある日道に迷う里香という女性と出会うが……書き下ろし短篇「もう一つの風」を収録した直球青春小説。
あ-43-20

あさのあつこ
I love letter
アイラブレター
文通会社で働き始めた元引きこもりの岳彦に届くのは、ワケありの手紙ばかり。いつしか自分の言葉を便箋に連ね、手紙で難事に向き合っていく。温かくて切なく、少し怖い六つの物語。
あ-43-21

有栖川有栖
火村英生に捧げる犯罪
臨床犯罪学者・火村英生のもとに送られてきた犯罪予告めいたファックス。術策の小さな綻びから犯罪が露呈する表題作他、哀切でエレガントな珠玉の作品が並ぶ人気シリーズ。（柄刀　一）
あ-59-1

（　）内は解説者。品切の節はご容赦下さい。

有栖川有栖
菩提樹荘の殺人
少年犯罪、お笑い芸人の野望、学生時代の火村英生の名推理、アンチエイジングのカリスマの怪事件とアリスの悲恋。「若さ」をモチーフにした人気シリーズ作品集。（円堂都司昭）
あ-59-2

阿部智里
烏《からす》に単《ひとえ》は似合わない
八咫烏の一族が支配する世界「山内」。世継ぎの后選びを巡る有力貴族の姫君たちの争いに絡み様々な事件が……。史上最年少松本清張賞受賞作となった和製ファンタジー。（東　えりか）
あ-65-1

阿部智里
烏《からす》は主《あるじ》を選ばない
優秀な兄宮を退け日嗣の御子の座に就いた若宮に仕えることになった雪哉。だが周囲は敵だらけ、若宮の命を狙う輩も次々に現れる。彼らは朝廷権力闘争に勝てるのか？（大矢博子）
あ-65-2

青柳碧人
国語、数学、理科、誘拐
進学塾で起きた小6少女の誘拐事件。身代金5000円、すべて1円玉で?!　5人の講師と生徒たちが事件に挑む。「読むと勉強が好きになる」心優しい塾ミステリ！（太田あや）
あ-67-2

青柳碧人
国語、数学、理科、漂流
中学三年生の夏合宿で島にやってきたJSS進学塾の面々。勉強漬けの三泊四日のはずが、不穏な雰囲気が流れ始め、ついには行方不明者が！　大好評塾ミステリー第二弾。
あ-67-4

朝井リョウ
武道館
【正しい選択】なんて、この世にない。「武道館ライブ」という合言葉のもとに活動する少女たちが最終的に〝自分の頭で〟選んだ道とは——。大きな夢に向かう姿を描く。（つんく♂）
あ-68-2

朝井リョウ
ままならないから私とあなた
平凡だが心優しい雪子の友人、薫は天才少女と呼ばれる。成長に従い、二人の価値観は次第に離れていき、決定的な対立が訪れるが……。一章分加筆の表題作ほか一篇収録。（小出祐介）
あ-68-3

（　）内は解説者。品切の節はご容赦下さい。

安東能明
夜の署長
新米刑事の野上は、日本一のマンモス警察署・新宿署に配属される。そこには〝夜の署長〟の異名を持つベテラン刑事・下妻がいた。警察小説のニューヒーロー登場。（村上貴史）
あ-74-1

安東能明
夜の署長2 密売者
夜間犯罪発生率日本一の新宿署で〝夜の署長〟の異名を取り、高い捜査能力を持つベテラン刑事・下妻。新人の沙月は新宿で起きる四つの事件で指揮下に入り、やがて彼の凄みを知る。
あ-74-2

明石家さんま 原作
Ｊｉｍｍｙ
一九八〇年代の大阪。幼い頃から失敗ばかりの大西秀明は、高校卒業後なんば花月の舞台進行見習いに。人気絶頂の明石家さんまに出会い、孤独や劣等感を抱きながら芸人として成長していく。
あ-75-1

浅葉なつ
どうかこの声が、あなたに届きますように
地下アイドル時代、心身に傷を負った20歳の奈々子がラジオアシスタントに。「伝説の十秒回」と呼ばれる神回を経て成長する彼女と、切実な日々を生きるリスナーの交流を描く感動作。
あ-77-1

天祢　涼
希望が死んだ夜に
14歳の少女が同級生殺害容疑で緊急逮捕された。少女は犯行を認めたが動機を全く語らない。彼女は何を隠しているのか？ 捜査を進めると意外な真実が明らかになり……。（細谷正充）
あ-78-1

朱野帰子
科学オタがマイナスイオンの部署に異動しました
電器メーカーに勤める科学マニアの賢児は、非科学的商品を「廃止すべき」と言い、鼻つまみ者扱いに。自分の信念を曲げられずに戦う全ての働く人に贈る、お仕事小説。（塩田春香）
あ-79-1

秋吉理香子
サイレンス
深雪は婚約者の俊亜貴と故郷の島を訪れるが、彼には秘密があった。結婚をして普通の幸せを手に入れたい深雪の運命が狂い始める。一気読み必至のサスペンス小説。（澤村伊智）
あ-80-1

（　）内は解説者。品切の節はご容赦下さい。

朝井まかて
銀の猫
嫁ぎ先を離縁され「介抱人」として稼ぐお咲。年寄りたちに人生を教わる一方で、妾奉公を繰り返し身勝手に生きてきた、自分の母親を許せない。江戸の介護を描く傑作長編。（秋山香乃）
あ-81-1

石田衣良
池袋ウエストゲートパーク
刺す少年、消える少女、潰し合うギャング団……命がけのストリートを軽やかに疾走する若者たちの現在を、クールに鮮烈に描いた人気シリーズ第一弾。表題作など全四篇収録。（池上冬樹）
い-47-1

石田衣良
PRIDE――プライド
池袋ウエストゲートパークX
四人組の暴行魔を探してほしい――ちぎれたネックレスを下げた美女の依頼で、マコトはあるホームレス自立支援組織を調べ始める。IWGPシリーズ第1期完結の10巻目！（杉江松恋）
い-47-18

石田衣良
憎悪のパレード
池袋ウエストゲートパークXI
IWGP第二シーズン開幕！　変容していく池袋、でもあの男たちは変わらない。脱法ドラッグ、ヘイトスピーチ……続発するトラブルを巡り、マコトやタカシが躍動する。（安田浩一）
い-47-21

石田衣良
西一番街ブラックバイト
池袋ウエストゲートパークXII
勤め先の店で無能扱いされた若者が池袋の雑居ビルで飛びおり自殺を図る。耳触りのいい言葉で若者を洗脳し、つかい潰すブラック企業の闇に、マコトとタカシが斬りこむ！（今野晴貴）
い-47-22

石田衣良
裏切りのホワイトカード
池袋ウエストゲートパークXIII
闇サイトに載った怪しげな超高給バイトの情報。報酬はたった半日で10万円以上。池袋の若者達が浮き足立つ中、マコトにはある財団から依頼が持ち込まれる。（対談・朝井リョウ）
い-47-23

石田衣良
池袋ウエストゲートパーク ザ レジェンド
時代を鮮やかに切り取る名シリーズの初期から近作まで、読者投票で人気を集めたレジェンド級エピソード八篇を厳選した〈傑作選〉。マコトとタカシの魅力が全開の、爽快ミステリー！
い-47-36

（　）内は解説者。品切の節はご容赦下さい。

石田衣良
MILK
切実な欲望を抱きながらも、どこかチャーミングなおとなの男女たちを描く10篇を収録。切なさとあたたかさを秘めた、心と身体をざわつかせる刺激的な恋愛短篇集。（いしいのりえ）
い-47-35

池井戸　潤
オレたちバブル入行組
支店長命令で融資を実行した会社が倒産。社長は雲隠れ。上司は責任回避。四面楚歌のオレには債権回収あるのみ……。半沢直樹が活躍する痛快エンタテインメント第1弾！（村上貴史）
い-64-2

池井戸　潤
オレたち花のバブル組
あのバブル入行組が帰ってきた。巨額損失を出した老舗ホテル再建、金融庁の嫌みな相手との闘い。絶対に負けられない闘いの結末は？　大ヒット半沢直樹シリーズ第2弾！（村上貴史）
い-64-4

池井戸　潤
シャイロックの子供たち
現金紛失事件の後、行員が失踪!?　上がらない成績、叩き上げの誇り、社内恋愛、家族への思い……事件の裏に透ける行員たちの葛藤。圧巻の金融クライム・ノベル！（霜月　蒼）
い-64-3

池井戸　潤
かばん屋の相続
「妻の元カレ」「手形の行方」「芥のごとく」他。銀行に勤める男たちが、長いサラリーマン人生の中で出会う、さまざまな困難と悲哀。六つの短篇で綴る、文春文庫オリジナル作品。（村上貴史）
い-64-5

池井戸　潤
民王
夢かうつつか、新手のテロか？　総理とその息子に非常事態が発生！　漢字の読めない政治家、酔っぱらい大臣、バカ学生らが入り乱れる痛快政治エンタメ決定版。（村上貴史）
い-64-6

乾《いぬい》　くるみ
イニシエーション・ラブ
甘美で、ときにほろ苦い青春のひとときを瑞々しい筆致で描いた青春小説――と思いきや、最後の二行で全く違った物語に！「必ず二回読みたくなる」と絶賛の傑作ミステリ。（大矢博子）
い-66-1

（　）内は解説者。品切の節はご容赦下さい。

井上荒野
ママがやった
七十九歳の母が七十二歳の父を殺した。「ママはいいわよべつに、刑務所に入ったって」——男女とは、家族とは何か？　ある家族の半世紀を描いた、愛を巡る八つの物語。（池上冬樹）
い-67-5

伊坂幸太郎
死神の精度
俺が仕事をするといつも降るんだ——七日間の調査の後その人間の生死を決める死神たちは音楽を愛し大抵は死を選ぶ。クールでちょっとズレてる死神が見た六つの人生。（沼野充義）
い-70-1

伊坂幸太郎
死神の浮力
娘を殺された山野辺夫妻は、無罪判決を受けた犯人への復讐を計画していた。そこへ人間の死の可否を判定する〝死神〟の千葉がやってきて、彼らと共に犯人を追うが——。（円堂都司昭）
い-70-2

阿部和重・伊坂幸太郎
キャプテンサンダーボルト（上下）
大陰謀に巻き込まれた小学校以来の友人コンビ。不死身のテロリストと警察から逃げきり、世界を救え！　人気作家二人がタッグを組んで生まれた徹夜必至のエンタメ大作。（佐々木　敦）
い-70-51

乾《いぬい》　ルカ
カレーなる逆襲！
ポンコツ部員のスパイス戦記
廃部寸前の樽大野球部。部存続の条件は名門・道大とのカレー作り対決!?　ヤル気も希望もゼロの残党部員4人は一念発起するのか否か？　読めば腹ペコな青春小説！　文庫オリジナル。
い-78-4

石持浅海
殺し屋、やってます。
《650万円でその殺しを承ります》——コンサルティング会社を経営する富澤允。しかし彼には、殺し屋という裏の顔があった……。殺し屋が日常の謎を推理する異色の短編集。（細谷正充）
い-89-2

伊吹有喜
ミッドナイト・バス
故郷に戻り、深夜バスの運転手として二人の子供を育ててきた利一。ある夜、乗客に十六年前に別れた妻の姿が。乗客たちの人間模様を絡めながら家族の再出発を描く感動長篇。（吉田伸子）
い-102-1

（　）内は解説者。品切の節はご容赦下さい。

岩井俊二
リップヴァンウィンクルの花嫁
「この世界はさ、本当は幸せだらけなんだよ」秘密を抱えながらも愛情を抱きあう女性二人の関係を描き、黒木華、Ｃｏｃｃｏ共演で映画化された、岩井美学が凝縮された渾身の一作。
い-103-1

岩井俊二
ラストレター
「君にまだずっと恋してるって言ったら信じますか？」裕里は亡き姉・未咲のふりをして初恋相手の鏡史郎と文通する――不朽の名作『ラヴレター』につらなる、映画原作小説。（西崎　憲）
い-103-2

いとうみく
車夫
家庭の事情で高校を中退し浅草で人力車夫として働く吉瀬走。大人の世界に足を踏み入れた少年と、同僚や客らとの交流を瑞々しく描く。期待の新鋭、初の文庫化作品。（あさのあつこ）
い-105-1

いとうみく
車夫2　幸せのかっぱ
高校を中退し浅草で人力車をひく吉瀬走。陸上部時代の同級生が会いに来たり、ストーカーにあったりの日々の中、行方不明だった母親が体調を崩したという手紙が届く。（中江有里）
い-105-2

伊与原　新
ブルーネス
地震研究所を辞めた準平は、学界の異端児・武智に「津波のリアルタイム監視」計画に誘われる。個性が強すぎて組織に馴染めないはぐれ研究者たちの無謀な挑戦が始まる！（巽　好幸）
い-106-1

伊岡　瞬
祈り
東京に馴染めない楓太は、公園で信じられない光景を目にする。炊き出しを食べる中年男が箸を滑らせた瞬間――。都会の孤独な二人の人生が交差する時、心震える奇跡が。（杉江松恋）
い-107-1

伊岡　瞬
赤い砂
男が電車に飛び込んだ。検分した鑑識係など3名も相次いで自殺する。刑事の永瀬が事件の真相を追う中、大手製薬会社に脅迫状が届いた。デビュー前に書かれていた、驚異の予言的小説。
い-107-2

（　）内は解説者。品切の節はご容赦下さい。

歌野晶午
ずっとあなたが好きでした
バイト先の女子高生との淡い恋、美少女の転校生へのときめき、人生の夕暮れ時の穏やかな想い……。サプライズ・ミステリーの名手が綴る恋愛小説集は、一筋縄でいくはずがない!?（大矢博子）
う-20-3

上田早夕里
薫香のカナピウム
生態系が一変した未来の地球、その熱帯雨林で少女は暮らす。ある日現われた〈巡りの者〉と、森に与えられた試練。立ち向かうことを決めた彼女たちの姿を瑞々しく描く。（池澤春菜）
う-35-1

冲方　丁
十二人の死にたい子どもたち
安楽死をするために集まった十二人の少年少女。全員一致で決を採り実行に移されるはずのところへ、謎の十三人目の死体が!? 彼らは推理と議論を重ねて実行を目指すが。（吉田伸子）
う-36-1

逢坂　剛
禿鷹《はげたか》の夜
ヤクザにたかり、弱きはくじく史上最悪の刑事・禿富鷹秋《とくとみたかあき》――通称ハゲタカは神宮署の放し飼い。だが、恋人を奪った南米マフィアだけは許さない。本邦初の警察暗黒小説。（西上心太）
お-13-6

大沢在昌
魔女の笑窪
闇のコンサルタントとして裏社会を生きる女・水原。男を一瞬で見抜くその能力は、誰にも言えない壮絶な経験から得た代償だった。美しいヒロインが、迫りくる過去と戦う。（青木千恵）
お-32-7

大沢在昌
魔女の盟約
自らの過去である地獄島を破壊した「全てを見通す女」水原は、家族を殺された女捜査官・白理《ベイリー》とともに帰国。自らをはめた「組織」への報復を計画する。『魔女の笑窪』続篇。（富坂　聰）
お-32-8

大沢在昌
魔女の封印（上下）
裏のコンサルタント水原が接触した男は、人間のエネルギーを摂取し命を奪う新種の〝頂点捕食者〟だった！　女性主人公・水原の魅力が全開の人気シリーズ第3弾。（内藤麻里子）
お-32-10

（　）内は解説者。品切の節はご容赦下さい。

大沢在昌
極悪専用
やんちゃが少し過ぎた俺は、闇のフィクサーである祖父《じい》ちゃんの差し金でマンションの管理人見習いに。だがそこは悪人専用住居だった！　ノワール×コメディの怪作。（薩田博之）
お-32-9

大沢在昌
心では重すぎる（上下）
失踪した人気漫画家の行方を追う探偵・佐久間公の前に、謎の女子高生が立ちはだかる。渋谷を舞台に描く、社会の闇を炙り出す著者渾身の傑作長篇。新装版にて登場。（福井晴敏）
お-32-12

奥田英朗
イン・ザ・プール
プール依存症、陰茎強直症、妄想癖など、様々な病気で悩む患者が病院を訪れるも、精神科医・伊良部の暴走治療ぶりに呆れるばかり。こいつは名医か、ヤブ医者か？　シリーズ第一作。
お-38-1

奥田英朗
空中ブランコ
跳べなくなったサーカスの空中ブランコ乗り、尖端恐怖症で刃物が怖いやくざ……。おかしな症状に悩める人々を、トンデモ精神科医・伊良部一郎が救います！　爆笑必至の直木賞受賞作。
お-38-2

奥田英朗
町長選挙
都下の離れ小島に赴任することになった、トンデモ精神科医の伊良部。住民の勢力を二分する町長選挙の真っ最中で、巻き込まれた伊良部は何とひきこもりに！　絶好調シリーズ第三弾。
お-38-3

奥田英朗
無理（上下）
壊れかけた地方都市・ゆめのに暮らす訳アリの五人。それぞれの人生がひょんなことから交錯し、猛スピードで崩壊してゆく様を描いた傑作群像劇。一気読み必至の話題作！
お-38-5

荻原　浩
幸せになる百通りの方法
自己啓発書を読み漁って空回る青年、オレオレ詐欺の片棒担ぎ、リストラを言い出せないベンチマン……今を懸命に生きる人々を描いたユーモラス＆ビターな七つの短篇。（温水ゆかり）
お-56-3

文春文庫　最新刊

御留山 新・酔いどれ小籐次（二十五）　佐伯泰英
「御留山」の秘密に小籐次は？　大人気シリーズ堂々完結

いけない　道尾秀介
写真が暴くもうひとつの真実。二度読み必至のミステリ

カインは言わなかった　芦沢央
失踪したダンサーと美しい画家の弟。驚愕の真実とは？

朴念仁 新・秋山久蔵御用控（十四）　藤井邦夫
久蔵の息子・大助に助けを乞う文が。依頼人は誰なのか

侠飯《おとこめし》8 やみつき人情屋台篇　福澤徹三
底辺ユーチューバー・浩司がテロ事件にまきこまれて!?

無防備都市 禿鷹Ⅱ〈新装版〉　逢坂剛
マフィアからは更なる刺客。警察内部でも禿富に制裁が

ラーゲリより愛を込めて　辺見じゅん原作　林民夫映画脚本
強制収容所で生き続けた男。感動の実話

「死ぬんじゃねーぞ!!」 いじめられている君はゼッタイ悪くない　中川翔子
中高でいじめられた著者が、傷つき悩む十代に送る言葉

Au オードリー・タン 天才IT相7つの顔　アイリス・チュウ　鄭仲嵐
中学生で自学、起業、性転換—台湾政府で活躍するまで

怪談和尚の京都怪奇譚 宿縁の道篇　三木大雲
金髪の女、黒いシミ、白いモヤ—超人気怪談説法第5弾！

戦士の遺書 太平洋戦争に散った勇者たちの叫び〈新装版〉　半藤一利
日本人、国、家族とは何か？　28人の軍人の遺書を読む

魔術師の匣《はこ》 上下　カミラ・レックバリ　ヘンリック・フェキセウス　富山クラーソン陽子訳
生き辛さを抱えた女性刑事と男性奇術師が挑む連続殺人

靖国〈学藝ライブラリー〉　坪内祐三
かつて靖国はアミューズメントパークだった？　名著復刊